岁月融融

何定镛作品选

何定镛 著

黄河出版传媒集团
阳光出版社

图书在版编目（CIP）数据

岁月融融：何定镛作品选 / 何定镛著 . -- 银川：
阳光出版社, 2024. 6. -- ISBN 978-7-5525-7323-7

Ⅰ. I217.2

中国国家版本馆CIP数据核字第 2024SD4744 号

岁月融融——何定镛作品选　　何定镛　著

责任编辑　谭　丽
封面设计　圣立文化
责任印制　岳建宁

黄河出版传媒集团
阳　光　出　版　社　出版发行

出 版 人　薛文斌
地　　址　宁夏银川市北京东路139号出版大厦（750001）
网　　址　http://www.ygchbs.com
网上书店　http://shop129132959.taobao.com
电子信箱　yangguangchubanshe@163.com
邮购电话　0951-5047283
经　　销　全国新华书店
印刷装订　四川金邦印务有限公司
印刷委托书号　（宁）0029785

开　　本　710 mm×1000 mm　1/16
印　　张　22
字　　数　360千字
版　　次　2024年6月第1版
印　　次　2024年6月第1次印刷
书　　号　ISBN 978-7-5525-7323-7
定　　价　86.00元

卷首语

人生如梦，对酒当歌。

人生只有三天，昨天、今天、明天。

人生如四季，春、夏、秋、冬。

老成都文化人"一览斋"馆主何定镛（亦兮）已步入八十，进入人生的冬季，执笔数十载，没有虚度，终有所获，将历史散记、着墨的一些篇章，汇集成册，聊以自慰，与人分享，以飨读者，岂不快哉？

何定镛是个热爱生活、诚实率真，坚持自然辩证法、历史唯物主义哲学价值观，宣传普及科学技术，执着追求文化艺术生活，终生读书、写字，无私奉献的老成都文化人。

何定镛认为，作为一个有灵性的人，要不囿于命运，体验人生，感悟人生，一息尚存要读书，一笔用终生。展现生活中的真善美、假丑恶，演绎生活的喜怒哀乐、酸甜苦辣。展望未来，作为一个作家，将努力奉献更多与人民生活、科学生活息息相关的作品，在文学艺术、科学文艺创作中努力提高自己的科学思想和文化素质，直面人生，撰写出与读者之心唱和的作品来。

读书人何定镛年逾八十，书此与之。

序 一

何开四

　　何定镛先生是个资深的新闻工作者，也是位知名作家。我觉得他作为副总编发行的报纸《成都商报》，办得是出色的。定镛在《成都商报》供职多年，对于他和他的同人所付出的辛劳，我一向表示敬佩。也许是因为职业习惯吧，定镛的作品很"杂"，散文、随笔、小说、纪实文学、报告文学以及科学文艺等体裁他都在写，而且同他的编辑工作一样取得了不错的成绩。这次定镛把他多年的作品精选为文集出版，我是很高兴的，也得以有机会把他的一些主要作品看了一遍。

　　定镛的作品真切、自然，很容易和读者产生沟通。我想，在他的心目中，读者是作为上帝存在的。那种灵魂情感的赝品，那种玄言虚谈的文字游戏，那种以华美的辞藻来掩饰苍白内容的玩意儿，和他的文章无缘。

　　定镛是个"老成都"，对生于斯长于斯的这块热土，他投入了深挚的情感。成都的风土人情在他的笔下如数家珍，读起来令人感到亲切，不唯刻画细致入微，更重要的是有一股冲击人心的情感力量，读着读着，你就会进入一种美好的境界，乃至产生一种作为成都人的自豪感。这里，我要特别谈一谈散文《蜀风园的食文化》。作者极具现场感的美食描写，可谓令人口舌生津，但文章并不于此大肆渲染，而是把笔墨多用在对蜀风园的古典建筑、园中的诗词书画及以乐侑食的"文化"描写上，着力烘托出一种诗情画意的氛围，使人如痴如醉，从而深刻地揭示了"食文化"并不是简单的口腹之快，而是蕴含了精神的内容。

　　作为一个资深科普作家，定镛写过很多知识小品，选在科学文艺的《美哉，空中果园》《啊，金色的菜花》《家乡的柑橘》等篇什都是他这类文章的代表作。这些小品都有丰富的科学知识内容，也很切合生活的实际；同时又充分重视了文艺的审美特征，做到融知识性、趣味性和艺术性于一体。《啊，金色的菜花》则有童话的意趣，作者把"甘蓝杂交油菜"和"低芥酸油菜"拟人化，通过对这两姐妹争强好胜的个性的刻画，把油菜家族的最新品种介绍给了读者。而《美哉，空中果园》《家乡的柑橘》等文章又别具一格，《猕猴桃情结》更是为丰富人民的生活做出了奉献，且都是抒情散文的笔调，甚至写出了一种诗的境界。

定镛还写了不少小说和报告文学，也很有特色。像《盘盘绿意》《日月湾》等都有较深刻的思想内涵，同时，作者善于在动态中刻画人物性格，塑造出有血有肉的人物形象。《盘盘绿意》中的个体户春兰姑娘，《日月湾》中的知识分子苏昶，都具有一定的典型性，他们独特的性格和命运给人留下了难忘的印象。

纪实文学作品《周太玄咏叹〈过印度洋〉》《缅怀文化大家流沙河》，它们真实记录了著名文化人在一段历史中的成就与光环，让世人敬仰。

其评论文章《董仁威的全景式长篇小说〈花朝门〉》《探索在文学与科普之间》《行走在科学与文学之间》《科普中的"成都元素"》《鱼凫文艺平台成就金温江精神文明佳作》，论证精准，言之在理，言之有情，旨在弘扬精神文明。

定镛退而不休，坚持创作，笔耕不辍，其代表作长篇小说《影子的诱惑》、散文游记《行走欧洲》、长篇传记《巴蜀武林英豪》、科普图书《智慧者的光芒》等，深受读者青睐。

何定镛先生的《成都文化人散记——我与成都文化名人的零距离接触》视角独特，内容丰富，艺术表达生动流畅，情节跌宕起伏，颇能引人入胜，书中述及的成都文化人形象无不血肉丰满，栩栩如生，给人留下了深刻的印象。这是当代成都文化人的艺术画廊和巡礼，是成都文艺界重要的文化积累，也是广大读者价值阅读的一个范本。枕藉观之，不亦宜乎，不亦乐乎！

定镛是个品德高尚、诚实、说真话的作家，其作品选《岁月融融——何定镛作品选》实为值得阅读的精神文明佳作。

何开四：茅盾文学奖、鲁迅文学奖、全国少数民族文学创作"骏马奖"评委，四川省文艺评论家协会名誉主席，四川省作家协会原副主席，《当代文坛》原主编。

序 二

吴显奎

80岁的何定镛，仍然像年轻人一样，健步如飞。如果把他的精气神和他的年龄相联系，不熟悉他的人，几乎要惊掉下巴！这不仅仅得益于他出身武术世家，还在于他历尽人世沧桑，在永无止息的学习与实践中，不断增进学养，做到追求高尚，丰富阅历，涉猎广泛，一部厚重的人生大书，被他书写得丰富多彩。

"锦江春色来天地，玉垒浮云变古今。""诗圣"杜甫写于广德二年（764）的这两句千古名言，突出一个"变"字。定镛这部作品选似得杜甫老先生的神力，全书也体现出"变"字，即时代之变、社会之变、审美之变。这是一部记录成都社会变革的百科全书式作品集。何定镛的名字是由伟大的爱国主义者，著名的民主主义革命家、教育家，中国民主同盟的创建者和领导人张澜先生取的。何定镛出生那一年正值中国人民艰苦卓绝的抗日战争最艰难时期。张澜先生赐名何定镛，意在抗日救国，平定天下！何定镛的童年是在抗日战争、解放战争和抗美援朝战争中度过的。中华人民共和国成立后，中国共产党带领中国人民进行社会主义现代化建设过程中所经历过的坎坷曲折，以及取得的巨大的社会进步和成就，他都经历过。一个"变"字通古今。定镛这部"文选"，无论是散文随笔、小说篇章、纪实文学，还是科学文艺、评论文章、评论报道，都真实地记录了一个时代的变化、一个社会的变化和一个人的变化——国家从战争走向和平，从动乱走向安定，从贫穷落后走向繁荣富强；他从颠沛流离，居无定所，事无可依，到考学读书，成为专业技术人才、政府公务员和新闻记者，大报副总编，再到成为成都知名文化人，著作等身。他的家庭荣获了原国家新闻出版广电总局颁发的首届全国"书香之家"称号，成为全国家庭文化建设的榜样。在他的身上浓缩了一个时代的历史、一个时代的变化，并把这段历史、变化通过不同的体裁记录下来，这是最宝贵的。因此，这部书值得一读。

我和定镛有30多年的友谊。在20世纪90年代初，我担任四川省科普作家协会秘书长的时候，协会创会理事长周孟璞先生把何定镛介绍给我。我们因此成为创作上的好朋友。我在资阳市担任副市长期间，不能继续为四川省科普作家协会履职，定镛替我代行四川省科普作家协会秘书长职务（担任常务副秘书长），一干就是6年，为四川省科普作家协会活动组织、会员创作付出了巨大的努力和精力。因此，他获得了四川省科普作家协会成立40周年杰出贡献奖。

2020年，我担任四川省第十二届政协文化文史和学习委员会主任时，主持评定了四川100位历史文化名人，其中周孟璞先生的父亲周太玄入选。我先后请了两位报告文学家来写以周太玄为主人公的人物小传，均达不到要求。最后我找到何定镛，他仅用两天时间写就《周太玄咏叹〈过印度洋〉》，一次通过编审，被收录进《四川历史文化名人"百人画传"》中。由此可见，定镛的文学功底不凡。

定镛委托我为《岁月融融——何定镛作品选》写序时，成都正在筹办第81届世界科幻大会。我作为成都承办世界科幻大会的主要推手，这几天一直被媒体包围着。我突破重围，专心用一天时间写了这篇序，并期待与读者共同分享这部难得的"老成都文化人何定镛作品选"。

吴显奎：著名科普科幻作家，首届中国科幻银河奖和第二届四川省文学奖得主，四川省人民政府参事室主任、文史研究馆副馆长、党组书记，四川省第十二届政协文化文史和学习委员会原主任，四川省科普作家协会理事长。

Contents

目录

散文随笔

小说篇章

科学文艺

诗歌咏叹

纪实文学

评论文章

评价报道

何定镛年谱

散文随笔

岁月融融
——快乐人生

仲秋，去杜甫草堂拜谒诗圣。信步于浣花溪畔中国诗歌文化中心（诗歌大道），其间两百米诗歌大道，记载了从先秦至清末三千年中华文化的精品，两百余名诗人和一百多首绝句，令人感慨不已。屈原《离骚》中的诗句"路漫漫其修远兮，吾将上下而求索"领头，接着排列的是曹孟德的诗句"对酒当歌，人生几何"。

小时候，懵懵懂懂不知人生为何物，成人后方知人生的辛苦，人生如梦，开始珍惜人生。岁月依稀，不知又过了多少个春夏秋冬，风风雨雨，落叶知秋，人生苦短，才渐渐感悟出人生的真谛。

当今，大凡人者，都脸挂着微笑，忙这忙那，显得从容而充实。但也有人，心境极其不佳，似乎笑的神经消失了，脸上常布愁云，长吁短叹，唉，活得太累了。言"活得累"者，察其心态，其忧是主症。大忧者，忧思八极，似天将降大任于是人也，小事不为，大事不立，却忧地球毁灭、宇宙星坠……小忧者，忧名不盛、利不多、妻不靓，还忧房不大……总之，怎一个"忧"字了得！此乃盲忧症、贪忧症（医学上无此二病症名，只此文提）。

人生怎能无忧？忧国忧民，欲拯救黎民百姓于水火；忧己奉献少，恐负人生……忧得其所，是智者所忧，勇者所忧。

丢掉心上的包袱，去掉"忧"字的千钧重压，去掉盲忧症、贪忧症，从精神的桎梏中解放出来，放飞心情。于是有乐者心得云："正大光明，奉事尽力，随遇而安，淡泊自然，潇洒人生。"

当今，对于人来说，除了展现个人价值，对国家、对社会做出有益的奉献外，健康、快乐的人生，应该是最重要的了。千禧年间，时常听到这样的话语："高官不如高薪，高薪不如高寿，高寿不如高兴。"可见，快乐健康的人生是何等重要。

　　快乐的人生不是千篇一律的，人人都要面对现实，要有自知之明；要对自己的现状进行测试，看我们受教育的程度，自己的阅历，生活积累如何；看我们的健康状况如何。我们还要对自己所处的环境进行分析，结合自身的实际和客观现实，找准自我的坐标，去实现生命的价值。同时，我们在搏击人生时，还要胜不骄败不馁，顺其自然，保持平和心态，只有这样，才能不陷入"名利场"的泥潭，活得潇洒自如。

　　快乐人生，必须要懂得如何养心，如何养生，如何在不妨碍他人的前提下，享受雅俗五福。人生常乐，还必须要拥有一个健康的爱好，而且要持之以恒，才会其乐无穷。

　　爱好是度过闲暇时间一种最有意义的方式，也是寻求乐趣的一种活动。它就像一个由你选择的特殊朋友，吸引着你，让你愿意为它付出精力。不同的人有着不同的兴趣和爱好，无论你住在什么地方，或有无特殊兴趣和技能，你都会找到一种适合自己特点的爱好。当你选择好了正确的爱好时，它会时时给你快乐，并引导着你走向希望和富有创造性的未来。

　　笔者是一个文学爱好者，也是一个新闻、科普工作者。文学说到底即人学，作为一个人，去研究人，观察人的生活，体味人生的喜怒哀乐、酸甜苦辣，有感而发，其乐融融。

　　注：该文入选《四川精短散文选》（袁基亮、孙建军主编，中国文联出版社2011年出版），刊载于《锦西文化》《鱼凫文艺》《琴台文艺》2018年第3期。

百花潭情愫

诗圣杜甫诗云：

> 万里桥西一草堂，百花潭水即沧浪。
> 风含翠篠娟娟净，雨裛红蕖冉冉香。

百花潭得名，《蜀中名胜》《成都县志》皆有记述。而古百花潭位于何处，历来传说不一，一说浣花溪畔龙爪堰，一说现百花潭公园。

在"九天开出一成都"的锦江河畔，万里桥至望仙桥间，有一护城河即饮马河，穿越千年的守护，从北向南再从遇仙桥下穿过汇入锦江（南河）。两水交汇处、遇仙桥东北岸有一"散花楼"，南岸即绿荫覆盖的百花潭公园。

百花潭确实位置尚在锦江上游杜甫草堂东北，送仙桥即清水河与磨底河交汇处。杜甫诗《卜居》云"浣花溪水水西头"，《怀锦水居止二首》曰"百花潭北庄"。清代，那里有一较深水潭，光绪七年（1881），立有石碑"古百花潭"，后人称此为"百花潭"。

1952年建为成都动物园，并设有熊猫馆供游人观赏。1976年，动物园迁北郊昭觉寺旁，这里改建成以花卉盆景为特色的百花潭公园。百花潭西大门（西一环路百花大桥南），"百花潭公园"五个大字为兴公（余中英，抗战时期成都市市长）书法，北大门，琴台路正对面，"散花楼"旁"百花潭公园"为舒炯（书法家，成都市书法家协会主席）题字。

百花潭公园最值得游人驻足的是"慧园"。1989年，为了纪念中国现代文坛巨匠巴金，在园中修建了巴金文学纪念馆，慧园门前广场塑巴金雕像。馆内陈列了大量与巴金文学创作成就相关的文物，供游人学习、观赏。

20世纪80年代，笔者在浣花溪畔成都市农科所供职时，每天清晨跑步到百花潭公园内原熊猫馆处习练峨眉武术，吐故纳新，陶冶情操，乐此不疲。

回忆往事，笔者更为看重的情愫，是精神文明《百花潭》副刊。

1992年新年伊始，《生活科学报》筹办《百花潭》副刊。那时报社设在红墙巷24号原市委书记米建书的住宅。这是一栋十分理想的编辑部办公楼，一楼一底，红木漆地板，花格格的落地彩色玻璃窗，窗外前后有小花园，十分幽静。

作为《生活科学报》副总编兼副刊部主任，笔者受命主编《百花潭》副刊。为了提升副刊的知名度，我怀着崇敬和期望的心情，去成都市红星中路87号文联宿舍拜访文坛雅士、文字学者、著名诗人流沙河先生，请他为《生活科学报》副刊《百花潭》题字，没想到他欣然爽快地应承了。隔天我去取字，更没想到沙河老师为此，特别细心用心，用他擅长的瘦金体写了两幅，一横一竖便于报社版面选用，且润笔费分文不取。

1992年1月11日，《生活科学报》副刊《百花潭》创刊。《百花潭》副刊由流沙河题字，配图白描"梅"，彰显国花梅"坚强、忠贞、高雅"的品格。笔者为《百花潭》副刊撰写了"编后记"：

> 《百花潭》副刊终于与读者、作者见面了。她如一池碧波，给您温馨的生活添了一抹绿意，朵朵绽开的小花意在为紧张工作的人们，融入一段和谐的音符，汇成欢悦的乐章，奏出美化生活的畅想曲，供您赏鉴。
>
> 丑女初嫁，请多多关照。欢迎惠稿、赐教。

借助《百花潭》副刊这个文学园地，我也有幸结识了许多作家和朋友，相互交流切磋文学创作，受益匪浅。

一时间，《百花潭》副刊成为继《四川日报》副刊《原上草》、《成都晚报》副刊《锦水》、《四川经济日报》副刊、《四川政协报》副刊、《四川青年报》副刊、《成都工人报》副刊之后，成都地区又一个受广大读者、作者和文学爱好者喜爱的传承成都文化的文学园地。

《百花潭》副刊得到成都文化名人流沙河、何开四等著名作家的关心、支持与厚爱。沙河老师惠稿《村姑杨学用》、贺星寒（四川省小说创作促进会原会长）送来作品《方脑壳》、林文询（《成都人》作者）、吴鸿（后任四川文艺出版社社长）、唐宋元（《峨眉》文学杂志主编）、谭楷（《科幻世界》杂志原总编辑）、杨景民（《西南军事文学》主编）、傅吉石（《四川工人日报》副刊部主任）、张大成（《成都晚报》主任编辑）、周钰樵（《成都工人日报》副刊部主任）和著名作家栈桥、张家禄、林雪、陈洁（尘洁）、嘉嘉，以及著名科普作家刘兴诗、董仁威、王孝达、魏知常、肖岩、姚思源、郑华钰、季文博等纷纷为《百花潭》锦上添花，女诗人杨光和投稿，张凤霞在这里发表了处女作。《百花潭》副刊还不惜版面连载了著名作家曾智中、王跃、黄剑华、田闻一、贾万超、肖红、刘秀品、李友勋等的长篇作品，深受读者的喜爱。

编辑《百花潭》副刊，辛劳中收获着快乐，特别是编辑收到一篇佳作，个中的喜悦，让人久久不能自已。文字学者钱玉趾撰写沙河老师的文章让人玩味，编辑中有一字值得商榷，即登门拜访沙河老师。沙河老师对文字特别考究，听了笔者的讲述，他谦虚地同意换一个字，让人感动不已。

好的作品让人不能忘怀，吴鸿写艾芜的散文《记得我们有约》、嘉嘉的散文《不懂不是错》、傅吉石的杂文《撩开万宝路世界的烟幕》均获四川省报纸副刊好作品奖，笔者也获得了三个编辑奖。笔者与伍玉文（成都市人民广播电台副台长）合作的《生活的强者》也获四川省报纸副刊好作品奖，佳作还有李书崇的《成都女人》、贾万超的《一足跌飞了爱情》……

编辑过程中也有遗憾，一次，时在《成都晚报》副刊的著名女作家陈洁寄来一篇影评作品，笔者阅后感觉很有新意，即选用，可惜在付印审定时因故去掉，未能刊出，十分歉然。

著名文学评论家何开四（现任四川省文艺评论家协会名誉主席）评述：

> 我觉得他的报纸是办得出色的，每期我都从头看到尾，就连我的家人也是这张报纸的忠实读者……文艺副刊也办得有声有色。

《百花潭》副刊创刊当年，首届全国报纸副刊编辑研修班在中共中央党校（国家行政学院）举行，成都仅笔者一人参加，并荣任班长，结业还被评为优秀学员。副刊编辑研修班由国家新闻出版署、中华全国新闻工作者协会、中国报纸副刊研究会联合主办，授课老师有中国报纸副刊研究会会长、《人民日报》编委、文艺部主任、《大地》副刊主编丁振海（后任《人民日报》海外版总编辑），国家新闻出版署报纸司司长梁衡（后任《人民日报》副总编辑），中宣部文艺局局长、著名作家李准，中国记协原国内部主任阮观荣，文化部政策法规司原司长康式昭，解放军报社文艺部原主任喻晓，《中国妇女报》副总编辑刘永祥等。会长丁振海对报纸副刊作了论述：

> 副刊是报纸的重要组成部分，是承接文明的一个重要阵地。报纸读者，其经济地位、思想倾向不同，文化水平各异，兴趣爱好不一，必然要求报纸除了提供新闻的信息外，还要创造某种形式满足他们的文化需求。报纸副刊由于能最为灵活、最大限度地兼容纯新闻、硬新闻之外的各种题材和内容，又有长短适宜、雅俗共赏、感染力强的种种优势，深受不同类型读者的欢迎。历史和现实告诉我们，它对振奋民族精神、丰富文化生活、推动社会进步，对提升报纸形象、增强报纸的影响力，都有不可替代的促进作用。

《生活科学报》副刊《百花潭》创刊，提升了报纸的知名度，受到读者和作者喜爱，发行量也节节上升，仅在北京市即有1万多份。北京街头邮亭窗口上挂10份杂志，其中有成都的《科幻世界》，下挂10份报纸，成都有两份——《生活科学报》《文摘周报》。

1992年，笔者在中共中央党校（国家行政学院）首届全国报纸副刊编辑研修班报到当天，突然接到国务院办公厅电话，一秘书告诉我，他一同事辞去秘书职务，下海经商创办海南三维公司，想在四川成都做广告宣传，约见我，我便愉快答应。不知谁引见，又互不相识，当天下午即签订合约，还聘请我做该公司新闻宣传顾问，由我牵头《生活科学报》《四川日报》《成都晚报》、四川人民广播电台、成都人民广播电台5家媒体联合开展"龙凤杯"科学文艺征文活动，该公司提供活动经费。

从1992年8月起，连续3个月每周一次征文刊出，科学文艺征文活动开展得有声有色，在全国众多来稿中择优选登，并评出一、二、三等奖，读者、作者、媒体、企业皆大欢喜，提升公众科学文化素质，何乐而不为，同时也彰显了报纸副刊的无穷魅力。

1994年底，《生活科学报》（国内统一刊号：CN 51-0073）与内刊《成都商报》合并，由笔者负责去四川省新闻出版局将报纸更名为《成都科技商报》，半年后，再由笔者去省局将报纸更名为《成都商报》。其后，笔者任《成都商报》副总编调研员，做了历史的见证人，也成为公开发行的《成都商报》创始人之一。

新创刊的《成都商报》以经济工作为中心，这也是它后来成为中国报纸一匹黑马的成功经验之一。历时3年的《百花潭》副刊也寿终正寝了，为了表达我对亲手创办的《百花潭》副刊依依不舍的别离情，我在其最后一期撰文《生活依然》，致谢所有的朋友和读者：

> "疏影横斜水清浅，暗香浮动月黄昏。"梅花独芬，国色天香的季节里，生活科学周刊及其副刊《百花潭》，圆满地画上了历史的句号。
>
> 多少个日日夜夜的时空，一片处女地引来无数的辛勤耕耘者。著名诗人流沙河欣然为《百花潭》题字，著名文学评论家何开四，著名作家贺星寒、林文询、贾万超、田闻一、杨景民、唐宋元、吴鸿、曾智中、刘兴诗、王孝达等妙笔生辉，众多作者捉笔弄文为其增光添彩，编者的执着，读者之厚爱，相映成趣，副刊《百花潭》花香袭人。
>
> 事物在发展中变化，不以人的意志为转移。在这画句号之时，编者要向为其赐教、撰稿的朋友们和热情的读者们，深深地三鞠躬，诚谢所有的朋友。
>
> 来信甚多，无法一一回复，道一声祝福："生活无所不包，无所不有，生活明天会更好。"生活科学周刊已完成历史使命，然《成都商报》及更多的周刊将会成为您永远的朋友。
>
> 如果说副刊《百花潭》是一席精美的佐餐的话，它使您口舌生津，感受了生活中的酸、辣、苦、咸、甜。生活中"酸"起酶化作用；"辣"是生活中必不可少的刺激；"苦"使生活中的人更敏感；"咸"为百味之首、生活之本；"甜"则使人喜，享受生活之乳汁。天下没有不散的"宴席"，留给人们的将是对其生活中喜、怒、哀、乐的回味。如果能回味无穷，编者也了然了。
>
> 再见！尊敬的作者、亲爱的读者，编者和你们的心情一样。
>
> 再见！生活依然。

《百花潭》副刊停刊了。《百花潭》副刊历时3年多，160多期，广大的读者和众多的作家对它的喜欢、厚爱之情，笔者永世不忘。

而今，《百花潭》在《成都文艺》这个更具文学素养的刊物上绽放，笔者内心的喜悦之情无以言表。

报纸副刊是媒体文化与社会文化值得珍惜的特殊生产力，副刊在媒体中的地位与作用，虽不显赫一时，但却将永远存在。

《百花潭》副刊这个成都文学园地未能继续办下去，十分遗憾。

资深报人都清楚一个道理：新闻招客，副刊留客。

注：该文刊载于北京《中国副刊》《钩沉》栏目2018年8月7日、《行脚成都》栏目2018年7月15日、《鱼凫文艺》2018年第3期总第22期。

初撩雾纱

——渝州掠影

东方尚未发白，列车已徐徐驶进窄窄的重庆火车站，步出站台大厅，举目远眺，一派万家灯火，似夜空繁星闪闪。

1960年，我从成都列五中学初中毕业，学校欲保送我去四川美术学院中专部，因诸多因素未成行。不想一晃32年过去，尽管我走遍了大半个中国，虽然重庆距成都仅千里之遥，但无缘谋面。此次参加四川省报纸副刊好作品评选，终于初临山城。

随着人流拾级而上，长长的石梯，两旁的叫卖声、耳语声打破了黎明前的宁静。啊！好一个喧腾的山城。

从两路口西行，拐弯上缓坡，即鹅岭公园。

"你找谁？"一个男低音叫住我。

门卫通融，得以放行。园内晨练者寥寥无几，在蒙蒙薄雾和鸟啼声中，我兴冲冲地直上两江亭。

两江亭为六层塔楼，基座偌大的顽石上铭刻着任白戈手书诗句：

> 两江蟠山城，浮图踞要津。
> 江山形势胜，景象日日新。

缓步登楼，门框横书"瞰胜楼"三个大字。环两江亭眺山城全貌，两眼茫茫，雾中仅依稀可见远处的电视塔和嘉陵江，其他什么都看不见，真是名副其实的雾都。

遥望东方天宇，春日在雾里像一幅古山水画中褪了色的羞月，不愿亮出她的光环。7时许，大地依然茫茫一派。当一群鸽子在天空翱翔时，红日终于冲破云雾，放射出了她那耀眼夺目的光辉。

在春花似锦、风物瑰丽中，我觅得一好去处——雪曼艺术馆。

入胡子昂老先生手书绝笔"雪曼艺术馆"，如品仙茗，令人陶醉。佘雪曼先生字莲裔，重庆人。他以"不许一日闲过""贫穷惠一生"，著书画册百种，艺文蜚声海内外，曾任诸多知名大学教授、系主任、院长，现主持香港雪曼艺术馆。30年前，他手写中国三千百体书法，自成一家，其字刚劲婀娜，极富神韵，世称"莲体"；习瘦金体40年，点如菊，横竖如竹，撇捺似兰叶，近复创新，瘦劲飘逸，被誉为"新瘦金体"。"百鸟鸣春""百花齐放"和书赠北京人民大会堂，盈丈巨幅"中国"，堪称佳品；双手齐挥"龙飞凤舞"令人叫绝。其泼墨山水、花卉人物《鱼乐图》（与张大千合作）和《红莲》《美人思春》，尤使赏鉴者驻足。雅兴萌发，挥笔留言："一笔用终生，消磨几斗墨。"

雾渐渐散开，乘车贯穿闹市，不宽的街面两旁大厦林立，骑自行车的人绝少。这与有"自行车王国"之称的蓉城，形成强烈反差。解放碑下车，像北京王府井、成都春熙路一样，自己立刻被人海所淹没。

"要不要打火机？资格的进口货。""录像带，原装、便宜。"不管你有无兴趣，手里已被硬塞上了几张商品广告宣传单。环顾四周琳琅满目的橱窗，标语醒目的商招，着皮短裙、丝袜的时髦女郎，让人眼花缭乱。

突然，"叭"的一声，一捆扎得严严实实的100元人民币掉在我的脚边。哈哈！看来我这初下渝州的看客，只顾欣赏市景，不想已被善于察言观色的无业游民盯了梢。这类骗局，只能骗骗贪小便宜者。笔者一介书生，无动于衷，怡然自得地赏鉴市景。行诈者无趣，拾起钱溜之大吉。

穿街过巷，人流逐少，朝天门到了。眺青山巍峨，俯滔滔长江、嘉陵江，轮渡长鸣，分外壮观。

触景生情，不由得让人感慨万端：

> 雾散观景楼，长江第一州。
> 双江通天堑，汇合直东流。

注：《初撩雾纱》为录入作者文集《初撩雾纱》（新疆大学出版社1994年10月出版，获"五个一工程"奖，著名文艺评论家，茅盾文学奖、鲁迅文学奖评委何开四先生作序）的首篇散文，刊载于《生活科学报》副刊《百花潭》1993年4月10日。

蜀风园的食文化

入秋，久违的朋友聚会，去了一趟蜀风园。成都人特别好吃，且口味高，口福不浅，吃风也愈演愈烈。有"烫火锅要登狮子楼，尝海鲜上淘海楼，吃小吃进龙抄手，品川味入蜀风园"一说。

生活有潮起潮落，赶一阵吃小吃、尝海鲜、烫火锅之后，更多的人还是依恋川菜。正是巴山蜀水特有的地方风情和民俗文化，孕育出它别具一格的个性与魅力。

借菜肴喻说艺术，蜀风园李国经经理独具慧眼。坐落在东大街与红星中路交叉路口的蜀风园，以古典庭院餐馆的特色名扬海内外。该店历史悠久，中华人民共和国成立前便颇负盛名。后来在改革开放中复出，属旅游涉外餐厅。

入蜀风园就是一种享受，其建筑格局、礼仪、氛围、琴声、美食使人赏心悦目，不醉不归。

其门面不宽，却古色古香，迎宾小姐着红色旗袍候立，顺着窄长的过厅，步入花园，豁然开朗。两旁翠竹悠悠，正面青砖二门镶嵌的石料上是张爱萍将军手书的"蜀风园"三个大字，上下联则是著名书画家赵蕴玉的篆书。

侧厅品茗，爱新觉罗·启骧撰写的楹联吸引了笔者——"蜀国吴魏三天下，风味倚食一独枝"，清新优雅，韵味十足。小憩后入二门，其清代古典庭院式风格果然典雅古朴。音乐厅、鱼池、金栗、瑶萼、莺迷、翠霞等12个具有中国文化特色的餐厅排列两厢。巴金、沙汀、艾芜、王朝闻、张爱萍、张秀熟、马识途等文人雅士相继光临品味或留下墨宝。举目赏鉴，庭院各处诗词匾对、名人字画，琳琅满目，其深刻的思想内涵，风格各异、端庄飘逸的艺术，与装潢典雅古朴、光彩夺目的老字号相映成趣，给食客增添了许多情趣。

在醉艳厅围着仿古雕花桌落座，色香味美的小款凉菜、樟茶鸭、酸辣鱼茸、红烧甲鱼之"蜀风园三绝"，名优小吃芝麻苕枣、香辣黄喉、火锅牛肉粉、八宝黑米粥等佳肴，食之令人难忘。

更使人入醉的是听琴了。以乐侑食，中国从秦代即有，天子进膳或撤食时要奏乐，诸侯士大夫的筵宴上也要奏乐助兴。《诗经》里《鹿鸣》云："我有嘉宾，鼓瑟吹笙。吹笙鼓簧，承筐是将。……我有嘉宾，鼓瑟鼓琴。鼓瑟鼓琴，和乐且湛。"宴会上用笙、簧、琴、瑟来伴奏助兴，宾客当然尽情饮食，身心愉悦了。

蜀风园主不愧为有识之士，设蜀风古乐团，以弘扬食文化。人云："音乐最能唤起人们的回味。""松鹤图"屏风前，一鼎铜香炉，香烟缭绕，70岁高龄的蜀派古琴家俞伯孙老先生特意为笔者演奏了一曲《高山流水》，俞老平心静气，弄琴十分投入，霎时间，清澈悦耳的琴声，宛如山溪碧瀑，从十指间迸流而出。琴声在厅堂悠扬缥缈，时而如流水行云，时而如松涛絮语。接着是身披枣红色丝绒披风的古筝演奏家黄凤仙女士独奏的《渔舟唱晚》，宽广荡漾、高亢浑厚、欢快流畅的曲调，使人如痴如醉。

雅兴未尽，隔日笔者又去了蜀风园南桥大酒楼。这是一个晴朗的秋夜，一弯新月辉映锦江，万里桥边星光朦胧，入酒楼，顺彩画雕花灯笼高挂的过厅，踏着"中国红""芝麻白"相间的大理石石梯上二楼"中原楼"。竹影婆娑，暗香幽幽，中式庭园里一副"好酒好菜愿诚交天下宾客，观书观画当追抚古今幽情"的行草对联，使人油然生趣。屏风前清一色的妙龄女子，二胡、琵琶、扬琴奏出《喜洋洋》《彩云追月》《春江花月夜》《好人一生平安》《江河水》，奏响一曲曲欢畅、活泼、跳跃、奔放、抒情，如泣如诉的乐章。领奏的是一位如花似玉的二胡新秀。其淋漓尽致的演奏，美得令人陶醉的音乐，将听众一下子带进了高雅的艺术殿堂。

在明清家具、雕花水磨的古色古香包间内，赏鉴吴一峰的山水、岑学恭的剑门秋色、何继笃的花鸟。动容的食客点歌了，好！"步步高""银月亮"轻挥纤手，优美的演奏，美妙动听的旋律，陶醉了食客，让其忘了饮酒，忘了举箸，琴声到高潮戛然而止，堂上才发出连连的喝彩声。大堂巨幅国画《蜀都秋晴好》尤为引人注目，此乃蜀中苏葆桢、岑学恭、方滨生、秦天林、张鸿奎、周为、邓光奇、任光荣、卢光明、赵蕴玉等著名书画家珠联璧合的即兴佳作。

乘兴再登"蓝月楼""南风楼"，又是另一番天地。欧式情调，浪漫雕塑浴女，罗马风格豪华餐具，卡拉OK，大小包间，尽情领略现代娱乐典范。

不醉不归，飘飘然，蜀风园的食文化深深感染了笔者……

注：该文刊载于《生活科学报》《百花潭》副刊，录入《初撩雾纱》（新疆大学出版社 1994 年 10 月出版）。著名文艺评论家何开四评介："这里，我要特别谈一谈散文《蜀风园的食文化》。作者极具现场感的美食描写，可谓令人口舌生津，但文章并不于此大肆渲染，而是把笔墨多用在对蜀风园的古典建筑、园中的诗词书画及以乐侑食的'文化'描写上，着力烘托出一种诗情画意的氛围，使人如痴如醉，从而深刻地揭示了'食文化'并不是简单的口腹之快，而是蕴含了精神的内容。"

闹市中心的老商场"商业场"

    成都市区闹市中心最为人们称道的老商场，非"商业场"莫属了。

    读成都人、中国近现代文学巨匠巴金的激流三部曲《家》《春》《秋》，再读成都文化人、文学大家李劼人的三部曲《死水微澜》《暴风雨前》《大波》，其文章无不提及商业场。

    笔者儿时，从1949年至1979年住内姜街鲁班庙、科甲巷、华兴正街，与商业场临近，童年和青少年时光都消磨在闹市中心商业场商圈之中，留下一段难以忘却的记忆。

    商业场原名"劝业场"，是四川历史上第一个综合性的商贸娱乐场所。清光绪三十三年（1907），新派官员周善培，清末四川第一个剪掉发辫的清朝官员，最早带队四川留日学生出国，创办四川第一所新式学校"私立务本学校"、第一所外文学校"东文学校"。他主持创办最早的警察机构、商会、戒烟机构、消防队、商品展览交易会、川江轮船公司、农业试验场。保路运动中力劝赵尔丰退位，交出政权。他出任四川劝业道总办后，倡导修建"劝业场"。在他的支持下，成都著名新派企业家樊孔周组织修建了"劝业场"。1908年3月动工，1909年4月22日建成开业。商业场街区包括悦来场巷、新集场巷和昌福馆街。在商业场腹心地段商业场和新集场巷交会处，建有商业场小学，在大城市闹市中心寸土寸金的商贸中心设一教育机构，可见对培育人才的重视程度。

    商业场街的商铺多为一楼一底中式砖木结构青瓦房，南面街口临总府街、春熙路口为青砖立柱巴洛克式拱形门楼，上书三个大字——"劝业场"（今"商业场"为胡耀邦题字）。北街口临华兴正街，为两壁高高的青砖封火墙（现有张爱萍题字"商业场"），商业场街窄窄的街面。20世纪50年代，植有浓郁的槐树、榆树和梧桐树，槐花盛开时，满街清香扑鼻。

    商业场内有中西餐厅"楼外楼"和成都最早的"菜根香"川菜馆，以及著名的"宜春楼""第一楼""怀园"茶馆；悦来场巷有成都历史上第一家近代经营方式的悦来旅馆（后为沂春浴室）和四川名小吃"龙抄手"；新集场巷有著名的大光明理发厅和"西米尔"西式服装店、"九江"中式服装旗袍店，新集场巷北口与总府街交会处，街对面的镇板巷子口即著名的"赖汤圆"，堂口一热气腾腾的大锅，铃声一响，托着满满汤圆的木盘从楼上天花板一洞口缓缓放下来，将汤圆倒进沸水锅里，那香甜可口的汤圆蘸芝麻酱、白糖，特别爽口；商业场街北口的"中华书局"则是小小少儿郎（笔者）流连忘返的所在，从商业场小学放学后常在这里免费啃读中外名著《少年维特的烦恼》《安徒生童话》《唐吉诃德》《巴黎圣母院》《三国演义》《水浒传》《西游记》《红楼梦》和巴金的三部曲《家》《春》《秋》等，增长了不少课外知识，受益匪浅。

昌福馆则有昌福印刷公司、华阳书报流通处、师亮随刊社，是当年陈毅、郭沫若、巴金等蜀中进步青年阅读与购买中外书报，吸收外界新文化、新思想的重要场所，还有成都最早的电影院"昌宜电影院"（也称"昌宜大戏院"，演京戏），后来还发展成银器、珠宝玉石、化妆品一条街。昌福馆南街口与总府街交会处为著名的"师友面"，有为食客称道的"宋嫂面"，其鱼香味硬是不摆了。相传为安史之乱时，唐玄宗避难逃至天回镇，一宋姓渔家妇女为其做的一碗面，后人称为"宋嫂面"。

1948年秋，年仅4岁半的笔者随在商业场小学教书的母亲何兴猷（中华人民共和国成立后更名陈兴猷），开始了人生第一课，母亲为班主任。笔者1949年秋复读一年级。

校园狭小的商业场小学历史悠久，教育质量颇高，极有知名度，建于光绪三十年（1904），是成都市区内最早建立的完小。100多年来，学校为国家培养了各类人才，在各个历史时期做出杰出贡献。有为中华人民共和国诞生在重庆渣滓洞英勇献身的革命烈士胡其昌，有四川省文联原主席李致（巴金侄儿），世界女子围棋冠军孔祥明，国际象棋大师马红丁、王犁，世界技巧冠军黎艺佳，等等，真是群星璀璨，人才辈出。

1955年，笔者从商业场小学毕业，是班上唯一没有戴上红领巾，加入不了少先队的学生。笔者毕业后又因考中学试卷污染不阅而落榜，成了流浪儿、报童，露宿街头。在绵绵秋雨淅淅沥沥下个不停的深夜，巡夜的民警好心将笔者送回家，再送去成都市人民广播电台自学广播小组补习班学习，补习班刚好设在商业场小学隔壁大光明理发店二楼上梓橦桥街道办事处内，笔者在这里天方夜谭般加入了少先队，戴上了红领巾。补习班同学都是超过十五六岁的少年，不少同学已加入共青团，并建有团支部，同学们学毕即准备报考东郊军工企业，只有笔者一人12岁，1957年如愿考上列五中学。现代人为提升学历，不少人上"电大"，20世纪50年代，市电台办自学广播小组开设补习班，听收音机里老师给小学生上课，这应该叫"电小"吧！

在商业场小学，笔者同班同学中出了两个人才，一个是与笔者同住华兴正街25号同巷的杨俊六同学。读小学六年级时换了特级教师李慎吾（市政协委员）做班主任，教我们语文，那时上语文课重点背课文、写作文、写毛笔字。一天，李老师在课堂上拿出一张纸说道："同学们看，这篇毛笔字，字迹工整，端庄秀丽，这是杨俊六同学写的；再看看这篇，潦潦草草，歪歪斜斜，这是何定镛同学写的，这好比'慢工出细活，快工出粗活'。何定镛写字心烦气躁，静不下心来，写字图快。"在以后的漫长人生中，"慢工出细活，快工出粗活"始终指引着笔者的人生航向，笔者永远感激李慎吾老师的教诲。

杨俊六同学长大后成了气候，为四川大学教授、系主任，学术成就显著，被选为省政协委员。

另一人，为笔者终生文友周孜仁。周孜仁属漂泊在外的成都文化名人，现为云南省老年网络大学校长。周孜仁天资聪慧，博览群书，多才多艺，文思敏捷，才华横溢，是一位有真才实学的文人，曾两度担任云南省委书记秘书，后为著名作家，有多部作品被拍成电视剧、广播剧，20世纪80年代上海《萌芽》杂志曾刊评论，成都人刘心武专门从北京赴昆明参加他的作品研讨会。

20世纪90年代，周孜仁常回成都，与成都文化名人、列五中学同班同学、四川省作家协会原副主席徐康，中共成都市委宣传部原副部长李维中，小学同学、《科幻世界》原总编辑谭楷，文友、作家、编辑家林文询，四川省作家协会原秘书长王敦贤和笔者等切磋文学创作，交流技艺，互通信息，乐此不疲。

1994年，商业场小学迎来90周年校庆，笔者（时为《生活科学报》副总编辑）随原副市长吴平国（分管文教科技）去祝贺。原副市长吴平国留下墨宝，笔者撰写了长篇通讯《摇篮曲》，感谢商业场小学基础教育之恩。

而今的商业场尽管仍地处闹市中心区，但受现代化、国际化、市场化商业经营模式激烈竞争的演变，已远远落伍了，昔日的繁华早已消失。商业场小学也易地搬迁与天涯石小学合并办学，商业场小学这所百年名校现已不复存在了……

注：该文刊载于"行脚成都"2018年7月24日、《晚霞》杂志"往事追忆"2018年第23期，录入《初撩雾纱》（新疆大学出版社1994年10月出版）。

马镇街和列五中学

每年冬至，成都的好吃嘴们都要蜂拥至北门小关庙街去啖羊肉汤锅。好吃嘴多时，名气大的羊肉汤馆还要排班等号，那阵仗，那热火朝天的场面，硬是不摆了。从小关庙街向东去，即马镇街，再向东是莹华寺。

小关庙街与莹华寺之间的马镇街是一条不起眼的小街，属于宋代茶马交易管理马政之地。宋、明时期称马务街，又名马政街。马政司官衙就设在原莹华寺西侧，清代更名为马镇街。马镇街全长142米，宽9.4米，两侧多为旧式青瓦平房，有少数商铺。成都市工艺水印厂即设在列五中学巷内大门西侧，列五中学东侧为成都市肉食品加工厂。

马镇街最出名的是街北侧的列五中学，这是成都市所有学校中唯一一所以革命先烈名字命名的学校。

成都列五中学，原名叙府公立中学堂，1944年为纪念创办人张培爵，更名为列五中学。

张培爵出身于四川荣昌农村三代医家，童年饱受清贫之苦，幼时参加农村劳作，养成勤奋勤俭之美德。张培爵书信言：

> 居家应以恕道以待亲友，俭非啬之谓也。当用而用谓之俭，当用而不用谓之啬。俭则使人敬，啬则令人怨。故持家之道俭可也，啬不可也。

现马镇街列五中学老校园内、列五中学东校园内均塑有革命烈士张培爵的半身铜像。

辛亥革命以前，四川同盟会的很多重要会议都在这学校里召开，该校被誉为辛亥革命四川的策源地之一，是成都近代革命史上一个值得重视的纪念地。

列五人有着无比光荣的历史，列五中学由辛亥革命时期革命志士张培爵等创建，具有悠久的办学历史和光荣的革命传统。曾在列五中学任教的有著名革命前辈吴玉章、杰出教育家叶圣陶、厚黑学鼻祖李宗吾、世界和平理事会前主席文幼章、革命先烈车耀先和著名作家徐霞村、李伏伽等,前辈的道德风范、辉煌历史,极大地激励着列五学子踏踏实实学习,不敢有一丝懈怠。

抗日战争时期,为躲避日寇的疯狂轰炸,学校临时疏散到崇宁县(现郫都区)唐昌镇一庙宇上课。1940年11月,著名教育家叶圣陶(中华人民共和国成立后任国家出版总署署长、教育部副部长、中央文史研究馆馆长、全国政协副主席)以四川省教育科学馆研究员身份到学校短时授课,与教师座谈,观看师生文艺表演,为学生演讲,品尝学生自己制作的佳肴,挑灯批阅学生笔记至晚上10时。特别珍贵的是,他还为学校36周年校庆题字"自强不息,其命唯新"。

叶圣陶先生十分关注"人"的发展这一核心,他在《作文与做人》一文的末尾总结说:"文还是要作的,更重要的还在乎怎样做人。"抗战期间,叶圣陶先生在列五中学短暂执教,给列五中学留下了一笔宝贵的精神财富。

1957年,笔者考入列五中学。列五中学让笔者这个小学戴不上红领巾,天方夜谭般在街道办事处加入少年队的穷学生当上了少先队小队长。

笔者是穷学生,每天光着脚板步行9条街到马镇街列五中学上学。没钱吃学校食堂,在家用一纱布袋装上米饭,中午在学校食堂炉灶边烘热,配泡菜,解决温饱。因营养不良,骨瘦如柴,常被同学们唤作"排骨"。入学前做过报童,养成每天看报的习惯,学校报栏《人民日报》《四川日报》《成都日报》《中国青年报》通览,因记性好,同学们要问的天下事,一一告知,又被同学们戏称"新闻记者"。

穷则思变,笔者格外勤奋,数学为全年级9个班第一,一个初中生敢做高考数学题,帮数学、生物、地理老师改作业,作文常被示作范文在课堂上念,又被同学们戏称"小老师"。笔者一初中生,却拥有学校墨池图书馆、文化宫图书馆、春熙路基督教青年会图书室和四川省图书馆4个图书馆的借书证,由于饱览群书,知识面广,时常帮助同学复习功课,深得老师、同学们喜欢。

放寒暑假了,我每天光着脚板来回18条街走两趟,清晨去学校为生物组的兔子喂食,将学校食堂鸡鸭放养。喂完兔子还得去菜地割苕藤等,且每张叶片要用布揩干净,不能有水,否则兔子会拉稀。傍晚还要走一趟,再去学校为兔子喂食,打扫粪便,将一群鸡鸭哄回笼子,遇到顽皮公鸡飞上了墙,得小心用食诱引,唤:"咯咯……"7月,大雨倾盆,电闪雷鸣,没有雨具,尽管淋得像落汤鸡，也得硬着头皮去学校。艰难的学习历程，磨炼了少年心智，养成了坚韧不拔的品格，受益终身。想想而今的学生，寒暑假都去旅游，甚至出国观光，开阔视野，真是幸福得像花儿一样。

1960年，笔者从列五中学毕业。列五中学校长漆瑶光、书记袁忠智、班主任周寄凡力排众议，将笔者这个不是共青团员，但品学兼优的穷学生，破格保送成都无线电机械工业学校，后改为保送成都市农业学校，从此改变了笔者的命运，使笔者成长为一个对国家、社会有用的人。笔者终生感激列五中学的培育之恩。

2004年，列五中学百年校庆之际，教育部发来贺信，四川原省委书记张学忠、原省长张中伟、省政协原主席秦玉琴分别为列五中学百年校庆题词。

2005年，百年校庆第二年，列五中学校友会创刊《列五人》校刊。笔者（已从《成都商报》副总编调研员岗位退休）作为校友会副理事长、宣传部部长兼《列五人》校刊执行主编，设计了校刊封面、版式，并在创刊号上撰写了卷首语：

> 开卷，有份惊喜等着您；
>
> 开卷，会有收获伴随您；
>
> 开卷，友谊之手牵着您；
>
> 开卷，只是个开始，我们还会给您更多更好的开始；
>
> 翻过扉页，让思绪随校友人生一起飞翔。

《列五人》创刊号刊载了吴光平校长的发刊词《奋笔谱写辉煌》、张培爵曾孙张鹰惠稿《列五中学百年校庆感言》、列五中学调研员叶永林（西昌市委宣传部原部长）的《百年列五和张培爵》、校友周孜仁（云南省老年网络大学原校长）的《远行者的怀念》等文章，传承历史，弘扬校训（"公、勇、诚、朴"），厚载人文，增进友谊，雅俗共赏。

2007年12月，为回报列五中学3年教育之恩，笔者将自己撰写的作品、主编及参加撰写的图书、参与策划的图书数十册，赠送给母校列五中学墨池图书馆，以谢师恩。

注：该文刊载于"行脚成都"2018年7月30日。

难以忘却的暑假生活

六十三年前，正值盛夏暑假期间，位于蓉城闹市商业场商圈。

清晨，天空乌云密布，电闪雷鸣，大雨从天而降。华兴正街25号附2号小院里，走出一个骨瘦如柴的初中生少年，头戴破草帽，身着补疤蓝布衫，系着红领巾，光着脚板匆匆行走。

走过华兴正街悦来茶园"锦江剧场"（鲁迅手迹）、盘餐市（得名杜甫诗《客至》"盘餐市远无兼味"）、穿过纯阳观街（经营布鞋，《锦城旧事竹枝词》云："街号纯阳观难寻，双双布履色样新。仙人吕祖乘鹤去，老板迎客笑吟吟。"）、隆兴街（原英国驻成都行馆）、竹林巷（著名藏书家严谷声、川剧宗师周慕莲故居）、七家巷巷口油茶铺，刚走过中共西南局所在地玉沙路、福德街街口，倾盆大雨毫不留情地落在少年身上，他浑身已湿透。破草帽被大风雨吹落在地，少年刚从地上拾起又被吹落，一个个惊天炸雷轰隆隆在头上炸响，少年赶紧缩着身子靠在高墙边，一动也不敢动。

大雨渐渐小了些，少年又迈开光脚板，穿过福德街（街口原有福德祠，"土地庙"雅称）、石马巷（因有石马而得名，《蜀中名胜记》云"北门内有石马"），右拐进入马镇街（因原设马政司衙门得名），走进街中北侧小巷里的列五中学（成都唯一以革命先烈名字命名的学校），这里就是少年的目的地。偌大的中学堂，暑假期间空空荡荡，只有守大门的校工在值班。整个暑假，少年要每天来回走两趟，共计32条街，约20里路，为学校生物组饲养的兔子、鸡打扫清洁、喂食，风雨无阻。这也是少年的班主任兼语文老师周寄凡好心给他安排的暑假活路，总共能够挣10元助学金。

少年打开学校食堂大院的大门，进入后又关上大门，走到生物组家禽动物室，打开门，开始清扫笼内的屎尿。兔子屎特别臭，少年也顾不了这些，赶紧打扫，又用水冲洗，然后配好鸡饲料喂鸡，又拿起镰刀、竹筐关上门，走出食堂大院，来到学校大操场旁生物园地割红苕藤。雨又下大了，淋在少年脸上、身上，他已无所谓了。回到食堂大院，他将红苕叶用麻布一片片擦干净，放在兔子笼内让兔子填饱肚子，生怕水不擦干净，兔子吃了要拉稀。看见几只大白兔吃饱后，揉着大耳朵、懒洋洋的样子，少年疲惫的脸上终于露出一丝丝笑意。

饲养的事还没完，还要打开鸡笼将几只鸡敞放出来，让鸡在大院内吃虫、吃草、散步、扑腾。

上午学校的事完毕，少年还得再走8条街，回家担水，做中午饭。因家境困难，母亲陈兴猷从早到晚终日在外，在街道生产组做多项劳动盘家养口，甚至卖掉家里的饭桌、椅子贴补家用，家务事也都落在小小少年身上，年复一年，从小学五年级9岁起，外婆去世后，作为长子即承担全家五口人的家务，包括担水、买菜、做饭、洗衣被。担水最痛苦，要去300米外锦江剧场旁悦来巷的水井提水，一不小心绳子断了，水桶落在深深的水井里，又没提水长竹竿，急坏了又瘦又弱的穷学生……

下午少年开始做暑假作业，握笔、动脑的活路是穷学生的强项，班上优秀学生，少先队小队长，数学择试，全年级九个班第一，作文常被班主任语文老师周寄凡示作范本朗读，安排穷学生帮助同学学习，甚至帮数学、生物、历史、地理老师批作业，俨然是个"小先生"。

作业很快做完，少年忙着再走8条街赶回列五中学，还要将敞放的鸡一只只捉回鸡笼。一只大公鸡太顽皮飞上了墙，少年小心翼翼地用鸡饲料将它诱下来抓住，放回鸡笼。给兔子再放些红苕藤，配好鸡饲料，锁上门，又再走8条街回家，回家后赶忙用缝纫机打手套板子、粘纸盒、做晚饭。

每天晚饭后是少年最开心的时候，在微弱的灯光下，或在被窝里用手电筒的灯光，少年翻开了从四川省立图书馆、劳动人民文化宫图书馆、列五中学墨池图书馆借回的中外小说《少年维特的烦恼》《钢铁是怎样炼成的》《马克思传》《谁是最可爱的人》《三国演义》《水浒全传》《西游记》《红楼梦》……行走在字里行间，汲取精神食粮。

夜深了，少年入梦了。穷则思变，少年在梦里做起了理想之中美滋滋的未来之梦……

这是63年前难以忘却的暑假生活，也是那个年代穷学生真实的生活写照。

注：该文刊载于"行脚成都"2021年9月11日。

春风化雨

早春二月，春风细雨忆故人。

这是一个让人感怀的季节，思绪绵绵，脑海里自然而然地会跳出两个文友的名字——周克芹、贺星寒。

我和克芹的缘分，可以追忆到20世纪50年代末。在成都市东郊沙河堡有处水面叫大观堰，旁边有一学堂——成都市农业学校。几十年前，我从成都列五中学毕业后被保送入该校读书，有幸成为著名作家周克芹的校友。克芹是学校里"蜜源文学社"的社长，参与文学社活动的校友还有后来成为诗人的魏知常、程显华，以及以写兰草、花卉著称的邓承康。我比这几位学长都小班级，文学社的活动影响了我这个班上的通讯组组长，也许这就是我和文学最早结下的缘。

20世纪60年代初，我从农校毕业出来有幸分配到市政府工作。那时，还没有天府广场，也没有展览馆。皇城保存完好，走过两个大石狮，进入城门洞，明远楼旁四合院即市政府的农业局。那时大作家、前副市长李劼人也从这个城门洞去上班。在沙河堡与李劼人故居"菱窠"相邻，而今又与李劼人同一大院上班，心里别提有多高兴。然而，事与愿违，报到后，手里虽拿着市级机关工作人员证，上班的地点却在北门外20里的天回镇，这不正是李劼人所著《死水微澜》里的天回镇吗？尽管心里有些别扭，年轻的我还是兴致勃勃地踏上了自己的工作历程。面朝黄土背朝天，天回山消磨了我的青春时光。20世纪70年代初，已故著名作家贺星寒来林场访友，诗人程显华是他的中学同学，我在林场做政治队长编写墙报，共同的喜好，让我们牵手文学。

那时，贺星寒已从写诗歌转为写小说、杂文。他给我看了《解放军文艺》准备刊发他撰写的以非洲坦赞铁路为背景的一部中篇小说，已出大样，后因故未得刊出。从此，我俩相交甚深。

20世纪90年代初，我主编的《成都商报》前身《生活科学报》的副刊

《百花潭》，成都许多作家为其惠稿，贺星寒撰写的《方脑壳》深得读者喜爱。

那时，《生活科学报》社址在成都市红墙巷，与贺星寒的工作单位四川省曲艺团相邻。一天，作为四川省小说创作促进会会长的他，到编辑部对我说："老何，我们准备把四川省小说创作促进会的财务大权交给你。"我听后目瞪口呆——我是一个两袖清风的寒士，一介文人，从小经济价值观念淡薄。我立即婉言推辞，他却执意要我承担："老何，我与你交往十多年了，就是认准你身上没有铜臭味，才请你担任，交给你我放心。"

呜呼！知我者，星寒兄也。其实，四川省小说创作促进会作为四川省作家协会的二级学会，穷得叮当响，连开展活动的经费都得靠化缘。为难的我，只得厚着脸皮找了一家企业赞助。这样一来，在蓉的许多作家每周末添了一处以文会友的好去处——四川省曲艺团的俱乐部。这一时期，周克芹、流沙河、何开四、孙静轩、黄化石、曾伯炎、徐康、贺星寒、林文询、阿来、邓贤、江沙、黄剑华、林雪、傅吉石、古春晓、张大成、唐宋元、吴鸿、招家杰等数十位作家在此交流文学信息，喝茶跳舞，其乐融融，甚至远在南充的魏继新也赶来聚会。

记得春天踏青，我有时也随周克芹、流沙河、曾伯炎等兄长去郊外赏春，去农家做客。那时，克芹在文学创作上已有所成就。使人倍感亲切的是，每有我参加，他总是要把我拉到他身边："来，老同学，我们坐在一起。"

有一天，我到红星中路87号文联大院五楼拜访流沙河先生，与他商榷钱玉趾撰写的有关他的一篇稿件。事毕，我又顺便上六楼去看望周克芹。克芹的家十分简陋，书房里用木板和砖头砌成的书架上，散放着许多书籍。他披着军大衣躺在一张行军床上，眉头紧锁，不知是在构思他的另一长篇小说《饥饿平原》，还是……

我关心地问："哪里不舒服？"他回答："不晓得是胃痛，还是牙痛？（实际他早已被肝病折磨）怎么不常来？我真想你多来。老何，我推荐你读一本书——《展望二十一世纪》，值得一读。新华书店已没有了，东大街一家小书店可能还有。"

《展望二十一世纪》这本书我真的在东大街的小书店买到了，该书是英国著名历史学家阿诺尔德·汤因比和日本宗教和文化界著名人士、社会活动家池田大作关于人类社会和当代世界问题的谈话记录，论及的问题极为广泛，并对未来世界做了预测和展望，包括中国在未来世界中发挥的作用。

1989 年，四川省作家协会组织一批在蓉作家去川北南江县采风、讲学，我随周克芹、孙静轩、何开四、王敦贤一行十余人，过绵阳，出广元、旺苍，风尘仆仆来到秦岭山下的小城南江。南江城有多大？热情好客的县长用当地的俗语讲："大堂打板子，全城都听见。"

观桃园山水，品野味山珍，入夜，信步在静悄悄的古镇，在供销社，克芹帮我选购了一件蓝花花的衬衣。他讲："出门在外，穿蓝色的衣服经脏。你看，你的白衬衣都成了黑衬衣了。"事过了 18 年，蓝花花衬衣早已破旧，我却依然保存在衣柜里。

更使人感动的是，克芹已被确诊为肝癌晚期，送往成都军区总医院抢救，一位农民作家去看他，被病魔缠身的他，居然还向其询问关心我的近况。当我得知信息准备赶去时，无奈为时已晚，一个冉冉升起的文坛大将，已经停止了心脏跳动，《饥饿平原》这部尚未面世的长篇小说也消失得无影无踪。

几年后，我又失去了另一位兄长贺星寒。1995 年夏，一位文友告诉我："你不要认为星寒兄下过海，体验过做经理的滋味，实际上他迂得很，至今不知桑拿浴是怎么回事。"我一听立即说："我找一处桑拿，让他去感受感受。"

一个天气沉闷的下午，我邀星寒兄和作家林文询、江沙一同前去蒸桑拿。在热气腾腾的桑拿房里，星寒兄大汗淋漓，有些不适。我赶忙陪他到绿树丛中的草亭休息，呼吸新鲜空气。晚上，我俩又同居一室彻夜长谈，不想这竟然是我和星寒兄最后一次相处。

秋去冬来，我中学的校友、《精神文明报》副刊部主任招家杰告诉我，贺星寒得了癌症，住在商业街省直门诊部，并告诉我，病危的星寒兄在床上还在询问我的情况。我不敢怠慢，第二天即赶去医院，不幸的是他已处于昏迷之中，10 多个小时后与世长辞。正值蜡梅幽香时，星寒兄悠然入梦。

两位关心我、我所尊敬的兄长已离世多年，思之依然，克芹的《许茂和他的女儿们》《山月不知心里事》《秋之惑》，星寒的《贺星寒随笔》及其《至圣先师孔子》《方脑壳》。

呜呼！生门无所营，闭户闲不得。一笔用终生，消磨几斗墨。

2010年初春于温江杨柳河畔"一览斋"

注：该文入选《当代四川散文大观》（中国戏剧出版社2010年10月出版），刊载于《鱼凫文艺》2012年。

雨中情

人在雨中，不由人不生情。更何况在南宋著名诗人陆游游历、驻足、流连、咏叹的崇州。陆游钟情于大自然，骑驴远足成都赋诗"二十里路香不断，青羊宫到浣花溪"传颂至今，依然让人感叹不已。

淅淅沥沥的夏雨，飘洒在崇州文井江畔金盆地，飘洒在金波源，飘洒在放翁亭，飘洒在化成山上的古刹大明寺。"对酒当歌，人生几何"，此时此刻，笔者仿佛得见陆放翁把盏高歌："孤塔插空起，双楠当夏寒。"

古人云："人逢知己千杯少，话不投机半句多。"

笔者有幸应成都市微型小说学会会长李永康先生邀请，赴崇州参加"金盆地笔会"，四川金盆地集团副总经理陈昇做东，在金波源设宴盛情款待，酒好人更好，关键是一个"情"字了得。《金盆地》主编傅安先生把酒言欢，金盆地集团工会主席罗启昌先生频频敬酒，笔者不胜酒力，然盛情难却，只有以笔叙情，权当回敬之意。

笔会上，李永康会长作藏头诗《川酒新金花金盆地精酿》以文会友。感谢《金盆地》主编傅安先生，将笔者的一篇写崇州风情的散文《秋日赏红》刊载在《金盆地》第29期上，算是应了景，回了情，见笑了。

其实崇州就是一个多情的金盆地。我20多年的文友、成都市作家协会副秘书长、崇州市政协文史办原主任肖岩，前不久，半夜生情睡不着，写了一首忧伤的诗，在后半夜3点发给我。忧伤的诗也是诗，传情之意让人感怀。前不久，笔者应邀参加温江"鱼凫诗会"，即在诗会上朗读了这首诗，感动了与会的诗人们，也是一个"情"字了得。肖岩多年来数次邀请我到崇州一游，却均未成行，不想让金盆地在雨中抢了先。

与崇州人有情的还有多年的同人，中共成都市委宣传部原副部长、市广电局原局长黄泗元。老黄为人真诚朴实，一口地道的崇州话，在新闻传播界公认，真所谓乡音难改。一次会上，我俩相邻而坐，老黄小声问我："我想把我多年的心得、文章，汇集出一本书，有人愿意资助，你看行吗？"我讲："好事一桩嘛，将自己的感悟与人分享，何乐而不为？这是精神文明宣传的正道，我支持。"多么老实巴交的崇州人黄泗元。

读罗启昌先生《放翁亭夜谈》有感，方知多年的文友罗竞先、罗先贵两先生，早于笔者捷足先登《金盆地》。10年前，2002年四川省作家协会第六次代表大会在白芙蓉宾馆召开。我和罗先贵同居一室，彻夜长谈，后他远走美国，可谓多年未联系，不想在罗启昌先生《放翁亭夜谈》中相会，算是传情了。

罗竞先老先生原为成都市曲艺家协会的老主席，常与笔者在各种文艺沙龙和笔会相见。今有两年不见，书中相见甚喜。

更使人觉得多情的是，相见甚晚的刘连青教授。刘连青老先生作为成都市微型小说学会顾问、《成都大学学报》原副主编、四川省外国文学教学研究会副会长、著名欧美文学研究学者，在崇州，他赠书《正确解读〈娜娜〉和它的作者》，会后他又发来邮件《左拉巴尔扎克关注社会的意识差异》，近日又收到他寄来的挂号邮件《成都大学学报》，刊物载其论文《〈人面兽心〉的"政治论题"——左拉、写出司法黑暗中一个检察官的人格分裂》。凡此种种，让笔者深深地感受到了刘连青教授的渊博学识，谦恭、真诚、执着与真性情。笔者也忝列成都市微型小说学会顾问，相形见绌，惭愧！惭愧！

傍晚时分，热情真诚的傅安主编，挽留我们一行人，又在文井江畔茶社欣赏崇州迷人的夜色，继续叙情，切磋文学的魅力和感悟人的真、善、美，社会的假、丑、恶，探讨当今社会转型时期的种种矛盾，议论情感的困惑，颂扬精神文明。

离开崇州时，夜空依然淅淅沥沥地下着细雨。

离开崇州已多日，"金盆地笔会"依然让人难以忘怀。

坐在锦城西杨柳河畔陋室一览斋书屋，笔者在冥冥中思考：情为何物？只因一物降一物。

入夜了，窗外淅淅沥沥的夏雨依然下个不停……

注：该文刊载于《微篇文学》2012年第2期。

秋日赏红

丹桂飘香，秋色芙蓉，在红叶尽染的仲秋时节，笔者一行人驾车前往龙门山九龙沟感受枫叶正浓的秋韵。

九龙沟位于龙门山山脉褶皱断裂带，岩层变化强烈，形成众多层峦叠嶂，深沟峡谷，飞瀑流泉，怪石林立，吸人眼球。一行人弃九龙沟风景区，选了常人不去的后山，探幽赏红。

沿着青山绿水、弯弯曲曲的后山公路行驶，公路不时被山溪洪水冲断，小心翼翼地通过临时铺设的土路，汽车在后山山下清溪苑停住，一行人再沿着崎岖的山间小路上山攀行。山路湿滑，铺满青苔的小石梯路越来越难走，最后路也断了。一行人开始在怪石林立的山沟水溪中艰难上行，高一脚低一脚，突然脚下一滑，虹哥背的包摔下沟底。继续爬山，密林丛中又有了小路，一棵大树倒下横在众人面前，趴下弓身穿越，树林更加茂密，在偌大的银杏、水杉、板栗树、核桃树的笼罩下，一行人赏红的目的地"红子园"到了，疲惫的城里人在兴奋中露出了笑脸。

在这荒芜、寂静的山林中，居然有一座"红子园"。

川西特色民居的木结构山村四合院，呈现在一行人眼前，四周没有人烟，只有林涛声和山溪水声在山谷间回响，好个幽静的所在！高高耸立的巨型水杉、银杏叶黄了，板栗熟透了，落下颗颗毛皮包裹的栗子。远处重叠翠绿的高山坡上，升起了一缕炊烟，恰似一幅绝妙的九龙沟山水图，让人如痴如醉。

坐落在九龙沟后山半山腰，高山密林丛中的"红子园"，原是山民封山育林遗弃的破落四合院。都市人相中这寂静山林的"幽"和大自然丰富的负氧离子，这样的空气在都市是钱买不到的，这里正是都市人终日辛劳后，周末休闲的"天堂"。一把将军锁锁住了"红子园"，都市人一合计，合伙买下了30年的使用权。

"红子园"换了主人，鹏哥用钥匙打开了无人居住的"红子园"大门，引一行人入园。油漆一新，干净整洁的四合院，山里朴素的民风，都在欢迎都市人的光临。10间瓦房，席梦思、电热毯、电视、音响、厨房、冰柜、卫生间……一应俱全。

"红子园"门楼两侧悬挂着红灯笼，几束五彩旗在迎风飘舞，像在列队欢迎远道而来的繁华闹市的城里人，将新鲜氧气送给您。

好一个山外有山枫叶红，林中苑园栗子香。

"红子园"平时没有主人，客至即主。一行人在莫姐的引导下自己铺床陈被，煲一锅稀饭，将都市带来的熟食放在餐桌上，把盏美酒，丰盛的冷啖杯，在九龙沟后山密林深处的"红子园"开席了。

"举杯邀明月！"老伯提议，"今天是重阳节，为所有的老年人、长辈干杯！""呜啦！万岁！"

"行酒令""石头、剪刀、布"和自制的烧烤香味交融在一起，美妙的九龙沟"红子园"交响乐奏起了"序曲"。不胜酒力的鹏哥一组率美女"行酒令"输了，罚美女们"洗碗"，众人听后开怀大笑。

厨房洗碗期间，天真可爱、年仅5岁的"玺娃"发问："为什么最漂亮的女人叫'泥袜子'？"众人听完捧腹大笑，其实应为"霓娃子"。众人调侃"玺娃"："几个男人谁最帅？""玺娃"老气横秋地思考后讲："老伯！"并补充，"帅，不受年龄限制哈！"引得众人笑弯了腰。

酒足饭饱后，海归"益哥"领着孩子们，倡导绿色环保，将所有垃圾装袋深埋树下，赢得了众人的赞美。

皓月当空，繁星闪烁，众人入梦了，梦中好似飘飘然来到"人间仙境"。

天蒙蒙亮，窗外鸟啼，早起的老伯发现厨房无水。于是，几个男人去远处的山上用盆端水。山高路滑，捧着水盆前行的男人们虔诚得像信徒。

早餐，"虹哥"做"火头军"，老伯配作料——一碗小面，吃得清淡，就像当年上山下乡的知青生活。

秋高气爽，正是登山攀岩的好季节，迎着朝霞，小小"玺娃"健步走在前，握着木棒，踏着露水。在长满青苔、无人行走的山路上，众人一步步攀高。阔叶林中，灯台、冬青、青冈、五倍子、香樟、桢楠、枫树等尽显风姿，露水珠挂在青草上像颗颗晶莹闪亮的珍珠，透出大自然的迷人秀色。山脊上一片竹林，竹笋破土而出，节节拔高。穿过竹林，远眺层层叠叠的山峰，朝阳似火，红霞满天，层林尽染，漫山遍野的红叶，陶醉了都市人——赏红正当时。

行走在龙门山山脉的脊梁上，人在画中，身临其境地感受九龙沟秋韵。

正是：

　　人闲观枫叶，山静秋日红。

注：该文刊载于《今日温江》副刊2011年11月22日、《金盆地》"旅游文化"2012年3月总第29期。

别样情怀

南方，域外乡下，喜逢中秋佳节。

清晨，五时许，自然苏醒，这个习惯已经养成好多年。

东方渐渐泛白，空气格外清新宜人，气温25摄氏度。寂静的窗外，频频传来各种鸟啼、蛙声和鸡鸣、犬吠的合声晨曲，令人心醉。

窗外小荷塘，朵朵粉红色的荷花竞相绽放，几条鱼儿在池中遨游，浮在水面摆动，发出轻柔的水声。

远处的寺庙，传来小乘教僧侣们琅琅的诵经声，倍感信仰的执着、虔诚。

荷塘中，映衬着池边绿树的倒影，芒果、椰子、菠萝蜜、火龙果、杨桃和香蕉叶，在微风中摇动，婀娜多姿。

偏僻的域外乡下，离最近的城镇，尚有十多公里路程，人烟稀少，幽静安宁。

按摩、打坐后，为不惊醒家人和可爱的小孙女，我轻手轻脚地踏着木地板，打开房门，外廊厅两只猫咪迎上来，亲近早起的老叟。一只花猫，一只灰猫，很乖，或卧或躺在廊厅地板上，打滚、撒娇、戏玩。

我缓缓地步下木阶梯，在小院里，轻舒猿臂，练习武术，四只野狗又围上来亲热，又蹦又跳。我和老伴信步田间，野狗又寸步不离，摇头摆尾，贴身保驾护航。

面对东方的晨曦，虔诚的我双手合掌，喜迎八月十五。一轮红日从地平线冉冉升起，满天朝霞。

小院木屋被藤攀植物缠绕，坐南朝北，背靠一片果树林；院东草坪，供奉四面佛像，绿树常青；荷塘西是一牧场，牧草茵茵，牛群尚在木栅栏里酣睡；小院门前，溪水淙淙，水草繁茂；溪外是乡村柏油马路，有路灯、指示牌，却少有行人，偶尔有摩托车、小汽车疾驰而过；马路对面是蔬菜地，栽有芋头、生姜、白菜等，喷灌下郁郁葱葱；路东百米外有农家，矮矮的平房，种植成片成片的水稻，青青翠翠，长势喜人；水田里，数只白鹭腾空而起，展翅翱翔，构成一幅唯美的乡村田园风光画卷。

域外乡下，生态好，环境好，绿树成荫，水草茂盛，蚂蚁成群，蚊虫特多，木屋墙上，随处可见爬壁虎（食蚊虫）在爬，松鼠在树间跳跃，满树的杨桃，在艳阳下，黄澄澄、亮晶晶的，分外诱人。只是，这域外乡下，白日里气温偏高，35摄氏度，阳光辐射强烈，不宜外出。

域外乡间，民风淳朴。不知名的农夫送来芒果；隔日，农妇又送来一袋黄瓜；过两日，青年农夫又送来两个大冬瓜；再过几日，木屋前放有一袋平菇。乡邻之情拳拳，让人动容。

域外乡间，人与人、植物、动物、昆虫，相濡相融，共享一方天地。

面对这开阔的农田佳禾，勤劳友善的农家，幸福指数高的佛教王国，祥和的域外乡村沃土，不由得让人感慨万端，浮想联翩……

前两天是一年一度的教师节，今日即中华民族传统佳节中秋节。两节相逢，让我想起了我4岁半时的启蒙老师陈兴猷。她教我语文、算术、美术，还是我的班主任。更重要的是，她还是我的母亲，我是她的长子，是她的学生。

八月十五中秋节，是母亲的母亲的受难日。中秋节时，婆婆生下了母亲。75年前，母亲剖腹产生下了我。母亲74岁时驾鹤西去，如果健在，今年应该98岁了。每逢中秋，感恩养育、教育之恩，缅怀启蒙老师、母亲陈兴猷和婆婆谢明。

我愧对婆婆，我从小与婆婆睡一床。她是个小脚老太婆，抽长长的叶子烟杆，我帮她卷叶子烟。我9岁半时，婆婆病重卧床了，开始口授教我这个家里最大的男人，在土灶生火做饭。劈柴火是第一步，年幼的我连柴刀都举不起来，常常为生火被熏得两眼直流泪。担水是力气活，要去锦江剧场悦来巷的水井提水，井深提水最怕提水桶的绳子断了，水桶还在深深的井里，年幼的我束手无策。另外，还要洗衣被，照看更年幼的弟妹。一次忙中，我将长烟杆丢给婆婆，竟不慎将婆婆的一只眼睛碰瞎了，为此我内疚终生。

母亲早出晚归，常常以民族英雄岳飞为榜样教导我，男子汉要有担当，读圣贤书，长大报效国家，做好人，尊敬长辈，善待他人。

母亲厨艺精湛，她在家时掌勺，烹饪的樱桃肉、大蒜烧鳝鱼，观其色，闻其香，食之难忘。母亲喜爱花卉，家再穷也要买一束鲜花，养在瓶里，让家人感到穷日子也有温馨、美好。

我读书太小太早，加之淘气捣蛋——老师的儿子是"横"，头顶上长有三个旋儿，从小不知被做老师的母亲的戒尺打了多少手板心，最难忘的是一次，我犯了严重错误，学校早晨升旗后，被当众脱裤子打屁股。做老师的母亲，她才不管你是不是她亲生儿子——黄荆条子出好人，决不留情。

1955年，我小学毕业了，全班同学只有我未戴上红领巾，实在丢人。童年的我，充满苦难，却也磨砺了吃苦耐劳、坚韧不拔的意志。

中华人民共和国成立后，由于历史原因，母亲与父亲离了婚。父亲走时，没给家留一分一文，为维持家人生计，母亲辞去教师公职，自谋出路，做过工人夜校教师、街道缝纫工、刺绣组组长、电瓶修理门市组组长、剧装厂厂长、川剧团副团长。母亲崇尚道德，为人正派，严管子女，但患有严重心脏病，受苦受累，辛劳一生。

儿时的我，少不更事，给母亲添了许多烦恼。1955年，我小学毕业考初中意外落榜，不是成绩不好，皆因考数学时，不慎将墨水瓶碰倒，试卷污染不阅，最终得了0分。作为教师的儿子，居然连中学都考不上，母亲不能原谅。失学后，我便包揽了全部家务活。

这年深秋，少不更事的我又犯了一个大错误。母亲一人维持全家生计，又生病，本来够辛苦了，我却将母亲"请会"借来的5元钱（20世纪50年代，5元钱够一人一个月伙食费）拿去买了我想吃但家里又买不起的东西。那时家里太穷，太困难，吃不饱饭，我上学都是光脚板，穿补丁衣服。甚至，中秋节母亲生日，也只买两个月饼，一个给婆婆，另一个分成六小块，一人只能吃一块。尽管母亲变卖家里仅有的家具、首饰，也难维持生计。

母亲外出做工，晚上回家，见借来的5元钱生活费没了，气得浑身颤抖，用竹竿将睡在床上光溜溜的我一顿痛打，打得我满院子乱跑，大叫："打死人了！救命呀！"情急之下，我离家出走了，成了一名名副其实的城市流浪儿。11岁的我露宿街头，曾经三天水米不沾牙，饿得两眼直冒金花。为了维持生存，我拾烟头、打猪草、卖香烟、擦皮鞋、拉架架车（拉飞娃），还做过报童："卖《四川日报》《成都日报》！看今天的新闻……"也萌发了长大要当记者的梦想。

一个秋风瑟瑟、秋雨绵绵的深夜，好心的户籍民警彭同志将衣衫单薄、浑身湿透的流浪儿送回了家。我参加了成都市人民广播电台自学广播小组学习，并天方夜谭般在街道办事处戴上了红领巾。也许是因为遇上了好老师，也许母亲教子有方，加之穷则思变，勤奋学习，中学一年级我当上了少先队小队长，帮同学学习，替老师改作业。中学毕业，我作为班上唯一非共青团员穷学生，被列五中学破格保送上中专。中专毕业又作为班上唯一男生，进入市政府工作，而后进入传媒行业，圆了自己的记者梦。于四川文学院、香港东方函授学院文学专业毕业，成为了一名作家。走进中共中央党校（国家行政学院）学习，荣幸地当了班长，被评为优秀学员，成为报社领导。再后来，我家被评为全国首届"书香之家"。我没有辜负母亲老师养育、教育的良苦用心，终有所获。

由于历史的原因，父母后来并没有复婚，父亲跟我在一起生活。

对于母亲，作为长子的我，没有尽到儿子的孝道，心中实在有愧。

兴许是母亲在天之灵保佑，我妻子是大学图书管理员。她是黄埔军校将军的后代，聪慧贤达，温柔善良，爱好读书，注重修身养性。作为太极拳习练者，曾获"世界太极拳健康大会"太极拳（剑）金奖，"四川省传统武术名人明星争霸赛"太极拳（剑）金奖，多次获成都市传统武术太极拳冠军。

她相夫教子，女儿在"书香之家"熏陶下，勤奋学习，初中任班长，高中任团支书，还被评为省三好学生，大学任学生会宣传部部长，现于国外教授中文，传播中华传统文化。女婿系皇家大学博士、副教授，教书育人。教育是崇高的事业，施惠于人。教育让人脱离愚昧、贫穷，是造福一方的人生善事，普度众生，何乐而不为？！

每逢佳节倍思亲，国外乡下，有月圆，也有书香。仅以此，缅怀、铭记我的恩师，曾为人师表、做过教师的母亲陈兴猷。

满天星斗，皓月当空。十五的月亮，照在家乡，也照在国外乡下。同在一片月光下，我思念，你也思念。

此刻，让人想起四川家乡人、"诗神"苏轼咏叹中秋的宋词《水调歌头》："明月几时有，把酒问青天……"

己亥年八月十五中秋节
润笔于域外乡下小木屋

注：该文刊载于《大洋文艺》"海外见闻"2019年10月21日，并获年度优秀作品奖。

国外过新年

新年，一元复始，万象更新。

75个春秋后，2020年元旦，老叟第一次在国外过新年。

新年前夕，清晨，一轮红日冉冉地从地平线上方升起，朝霞满天。

域外乡间绿荫下，打坐后，伴随古筝名曲《高山流水》《春江花月夜》优雅的民乐声，老叟与老伴翩翩起舞，轻舒猿臂，习练"八段锦""五禽戏""太极拳"，练完身心愉悦。怀抱小孙女，踏露水，观卧牛，散步田间，沐浴阳光，亲近大自然。

农村出身的皇家大学博士、副教授女婿，勤劳朴实，在家喜务农，谨记"耕读为本，天下良图读与耕"。早早换上劳动服，打理乡间小院植被——莲雾、杨桃、青柠檬、椰子和芒果等各类果树，俨然一农夫，丝毫无教授派头。

老叟清扫院落，做"扫帚大叔"之雅兴，已延续数十年。

20世纪50年代初，年仅9岁半的愚乃家中年龄最大的男人，每日必须打扫四合院，尽管家里只有16平方米一间公租房。

女儿在国外教授中文，传播中华优秀传统文化，老叟偕老伴去探亲，看望小孙女，包揽了清扫小院的劳动，扫落叶、落花和落果，也清扫门前的乡间小路，且乐此不疲。尽管愚身居中国西部第一都市报《成都商报》、世界华人科普作家协会高层，却从不摆谱，视己为村夫，著文署"亦兮""南村人"，村人劳动，食人间烟火，实实在在体验社会最基层生活，并引以为荣。

女婿精心布置各种喜庆的挂件，如霓虹灯、彩条、风铃等吉祥物，欢欢喜喜地迎新年，这也是可爱的小孙女人生中度过的第一个新年，特别有意义。

艳阳高照，众亲友从近百公里外的曼谷陆续驾车前来团聚，年逾85岁的亲家母及大姐、二姐、三姐和姐夫及家人，近邻皇家大学退休老教授伉俪，齐聚一堂。众人合掌说着"萨瓦迪卡"，偏僻宁静的乡间小院一下子热闹异常。

泰国乡间过新年与中国民间风俗完全不同，没有中国这个礼仪之邦那么多讲究客套，不贴春联，不挂红灯笼，不包席，年饭无长者致词，不敬酒，不敬烟也不抽烟，不发红包、压岁钱，亲友们自备精选的礼物交换。过新年、吃年饭没有仪式，一切主随客便，自由自在，宽松随性，自己动手烹饪自己带来的食物，反客为主，老叟、老伴及女儿反倒清闲成了"客人"。女婿的两个姐姐主厨，丰富多样的各种酸溜溜、火辣辣的泰式佳肴，冬阴功汤、海鲜、烤鱼虾和油炸猪肉、牛肉、鸡肉及甜食、水果等美食摆上桌，热闹的"坝坝宴"开始了。"坝坝宴"由二姐夫出资，他家祖上五代系华人移居泰国经商，属有产人家。

"坝坝宴"座位不分老幼，可随意走动。精心打扮，着漂亮服饰，戴着鲜艳头饰及夸张眼镜的亲友们，在音乐声中，笑逐颜开，自饮自乐，相互祝福，喜迎新年。

"坝坝宴"为流水席，从下午到晚间，无拘无束，自由自在，聊家常，摆龙门阵，慢慢品尝各种美味佳肴，不喝烈性酒，饮勾兑酒——低度酒加冰块、矿泉水，饮可乐、果汁、矿泉水，开怀畅饮，不亦乐乎。

当一弯蛾眉月挂上树梢、满天星斗时，迎新年的"坝坝宴"进入高潮，交换礼品环节开始。

亲友们用彩色包装纸，将各自精选的礼品包装好，堆在桌上写上号码开始抽奖。乘龙快婿幸运地抽到头奖，居然是4位数的泰铢，于是，与送礼的二姐合影分享欢乐。老叟也幸运地抽到二等奖——养生燕窝营养食品，家家都获奖合影，皆大欢喜。一、二等奖获奖者表演节目，于是歌声响彻乡间夜空，众亲友随之跳起欢乐的泰国舞蹈和交谊舞。

午夜时分，众亲友在欢乐的歌舞声中，来到四面佛旁的草坪燃放鞭炮、礼花。亲友们让老叟作为男性最长者燃放最大的礼花，喜迎2020年新年的来临。

此刻，小院周边的泰国农家也沉浸在喜迎新年的欢乐之中，载歌载舞，且歌声更加嘹亮，燃放更大的鞭炮、礼花，欢庆新的一年的开始。农夫们对着门前的四面佛祈福，期待新的一年风调雨顺，稻谷丰收，佳禾满地，幸福安康！

此刻，原本宁静的佛统府偏僻乡村热闹非凡，烟花、礼炮升空，映红了天宇。月亮弯弯笑开颜，金童玉女赴瑶池；嫦娥有伴不寂寞，玉兔出宫获自由。

众星捧月，繁星闪烁，一元复始，万象更新。国外乡村迎新年，别样民风民俗，同在一片月光下，中泰一家亲，新年同乐！

2020谐音为"爱你，爱你"。2020年新年，特别值得庆祝，中国全面建成小康社会。此时此刻，思乡之情油然而生。身在国外的老叟，更加思念自己亲爱的祖国，思念家乡成都金温江，思念家乡的亲友们，思念回锅肉、麻婆豆腐、鸳鸯火锅等川菜的味道。一种发自内心的思乡之情，让人心绪绵绵，久久不能自已。让人不由得记起"诗仙"李白著名诗词《静夜思》的佳句：

床前明月光，疑是地上霜。
举头望明月，低头思故乡。

2020年新年于泰国佛统府乡间小木屋

注：该文刊载于《大洋文艺》"海外见闻"2020年4月9日。

当年报童　今日记者

我与《成都晚报》有缘，始于其前身《成都日报》1956年刚创刊时，12岁的我有幸做了它的报童。

40年前，我小学毕业，不幸在报考中学的考场上碰翻了墨水瓶，污染了试卷，考官不阅而落榜。作为一个教师的儿子，竟然连中学都升不了，对自己幼小的心灵和家人来说都是晴天霹雳的消息。做教师的母亲不能原谅，加之诸多因素，我一急之下离家出走，成了一名名副其实的流浪儿。白天做报童、拉架架车、打猪草卖，晚上露宿街头。在这短暂的流浪生活中，我最怀念的是做报童的日子。"卖报喽！买《成都日报》看今天的新闻……"

那时四开四版的《成都日报》是晨报，每天清晨，卖报人聚集在华兴正街的复兴茶社里分报，然后上街零售。有一段时间，我白天找饭钱，晚上等茶馆收堂后用两张茶桌当床，和衣而眠。天麻麻亮即被卖报人分报的声音唤醒。与报贩混熟后，我也分得几十份《成都日报》沿街叫卖。

1956年的成都人民生活水平还较低，几十份《成都日报》从早喊到晚，喊得口干舌燥，腹空出虚汗，有时手头还剩不少。在春熙路孙中山铜像旁的花店前，一些惜花者可怜我，买一份去包那馥郁馨香的鲜花，我为此感激不已。做报童虽苦，却也有乐。那字里行间的学问、知识、天下大事，尽收眼底，使年少的我受益匪浅，由此也萌发了长大要当记者的心愿。

中学时代，因我天天读报，知识面比一般同学广，被同学们戏称为"新闻记者"。随着岁月流逝，20世纪70年代末，我从林场调到成都市农业科学研究所，80年代又到《成都科技报》，而后《生活科学报》，现在又在《成都商报》做记者、编辑和报社管理工作，终于圆了儿时的记者梦。《成都晚报》是我成长为一名新闻工作者的摇篮。

无独有偶，我的第一篇新闻报道《农科人员下乡服务》是20世纪80年代初在《成都晚报》上刊发的；不久，我的文章《请来"财神"送走"瘟神"》又被《成都晚报》在头版头条刊出。我的第一篇获奖作品《美哉，空中果园》（获"绿化成都"征文一等奖）也是《成都晚报》刊登的。可以毫不夸张地说，《成都晚报》是我的恩师！

近十多年来，我能在《成都晚报》发表各类文章几十篇，部分文章荣幸地入选《锦艺群芳》《蜀都文苑》（中共成都市委宣传部编），加入四川省作家协会、四川省科普作家协会、成都市作家协会、成都市科普作家协会，无不得力于《成都晚报》对我的厚爱和培养。

前不久，我出版了散文集《初撩雾纱》（著名文艺评论家何开四先生作序），书里几篇获奖作品是首先在《成都晚报》上刊发的。我无以回报，只有努力撰写出更多与人民生活息息相关、真切自然的文章来。

注：该文刊载于《成都晚报》《锦水》副刊，荣幸地入选《我与成都晚报——成都晚报创刊四十周年纪念》，1956年5月1日至1996年5月1日，成都出版社出版。

金灿灿的油菜花

——车辐趣事

　　春来不是读书天，阳春三月，春光无限好，正是赏花的好时节。离开书斋，走出陋室，放飞心情，赏花去喽。

　　沿光华大道西行，好宽敞的马路，郁郁葱葱的行道树间，不时点缀着玉兰花、桃花和樱花，让人赏心悦目。汽车跨过了江安河、杨柳河、金马河上行，不一会儿即穿过金温江进入崇州境内的羊马。此时，眼前田野更为宽阔，大地一片金黄，好美的油菜花哦！一时间让人陶醉，让人浮想联翩。

　　时光仿佛回到十几年前。

　　也是春光明媚的日子，也是踏青赏花的季节，笔者应农民作家郑建邦的热情邀请，去石羊乡下农村赏花。那时笔者还在成都市农业科学研究所供职，也是几家媒体的通讯员。应邀前往的还有老成都文化人车辐老先生和成都晚报社副刊部的一位主任编辑。

　　春困人乏，暂离字里行间，游春岂不美哉。

　　春风催春雨，丽日映红花，难得的春雨终于停了。映着暖融融的阳光，出南门，过石羊场，顺着一条弯弯曲曲的小溪信步前行。小溪畔竹林掩映着农舍，炊烟缭绕，梨花烂漫洁白，红白相间的苹果花粉嘟嘟的，葡萄藤缠绕争春，无数的迎春花绽放，仿佛要与田野中千万朵金灿灿的油菜花相媲美。翠竹环绕的四合院，好一个幽静的所在。犬吠声中，主人郑建邦出门拱手相迎。莫道君行早，车辐老先生与晚报社那位仁兄早已骑自行车先到了。"你迟到了哈！等会儿吃'九斗碗'，要罚酒三杯！""要得，等会儿罚酒三杯！"

　　车辐老先生当时已70多岁了，这么远的乡间小道，他还能骑自行车前往，身体真的太棒了。车老不仅是成都文化界的名人，也是一个老新闻工作者，更是一个美食家。

欣赏了主人自己撰写的春联，车老在四合院里四处转悠，我则和主人讨论其长篇小说《胭花恨》的草稿。郑建邦的散文写得不错，但写长篇还是第一次。时间不知不觉到了中午，主人的"九斗碗"已在堂屋摆满了一桌，请客人入席。"车老呢？"农家的"九斗碗"还得请这位美食家点评。一时间，大家都在找车辐老先生。主人家的几个儿女找遍四合院、屋前屋后、田间小溪，甚至石羊场，车辐老先生居然悄无声息地消失了。他会去哪里呢？一桌的"九斗碗"快凉了，无奈之下，主人只好请我们慢慢吃喝着等车老。酒过三巡，菜也吃得亮了盘底，车辐终于出现了。"你到哪里去了？""我哪里也没去，春困人乏，我在屋里床上睡觉。"大家都笑了，原来车老在主人家大媳妇的床上睡觉——在农村，媳妇的屋，外人是不去的。看着一桌子的剩菜剩饭，美食家车老气极了。他愤愤然地围着桌子转悠，同时从提包里拿出一张纸，说道："你们看看这是什么？这是远在美国的中国著名电影明星白杨给我发的电文。远在美国的白杨都这么尊敬我这个老朋友，你们居然……"大家又是一阵大笑。哭笑不得的主人连忙赔不是："再炒几个菜，为车老再炒几个菜……"

……

又过了许多日子，笔者已在《生活科学报》任副总编辑，又与车辐老先生相遇在同一饭局。

此次饭局设在成都市中心暑袜街"泰山堂"旁的一饮食店。这里的饭菜十分可口，虽然上不了档次，只能算一家苍蝇馆子，但生意十分火爆，我们一桌文化人都只能在街边围桌品尝。做东的比较大方，菜点了不少，酒足饭饱后，尚有剩余。

"老板！拿几个塑料袋来，我要打包。"车辐高声呼唤，说着动筷夹着咸烧白，翻着脆皮鱼，"这个软和……这个让我老伴也尝尝，味道不错……不要笑，吃不完兜着走，是好事，美食不可浪费也。"

……

又过了许多年，四川美术馆举办丁聪漫画展，我已在《成都商报》任副总编调研员，也去捧场。在展厅碰见流沙河老师和夫人吴茂华一同赏鉴，旁边有一老人头戴贝雷帽，我还以为是画家丁聪。抬头却是车辐老先生，我笑着说："你怎么与丁聪戴同样的帽子？""志同道合，兴趣使然。"车辐爽朗的笑语。在一旁的《成都商报》摄影记者迟阿娟，乘机按下了快门，留下了我俩的合影。

……

又过了若干个春秋，前年吧！也是在春天，我和夫人江登霓去望江楼公园操练太极拳，在后门外，又与车老相遇，这时的车老脸上依然露着笑脸，只是行动已不便，坐在轮椅上，由家人推着出来赏春。我在车老耳边大声说："您还认识我吗？"他大声讲："咋个认不到，市总工会主席何镜波的长公子。"

春风化春雨。

作为"成都的土地爷""活宝""老天真""饮食菩萨"，车老90岁出版《川菜杂谈》，91岁出版小说《锦城旧事》。而今的车老已94岁了，尚笔耕不辍，写了一本《车辐叙旧》，还准备再出一本车辐书信集……

前不久，与车老相伴数十载的夫人仙逝了，我默默地为他祈祷、祝福。

春暖日融，花迎朝霞，芳菲烂漫，蜜蜂在花丛中伴舞。啊！交相辉映的金色菜花是多么迷人，叫人眷恋，愿车辐老先生长寿。

注：该文刊载于《成都文艺》2007年第4期、《今日温江》副刊2007年6月12日、《锦西文化》2007年第2期、《鱼凫文艺》2007年秋。本文有所润色。

鹤林春雨

读书是件乐事，所谓"书山有路"。然要持之以恒也非易事，不入读书境界也难自成高格，自有名句。唯有多读、泛读，方能达精读深究之地步。读书也有倦时，春困人乏，暂离字里行间，出游。

有闲几日，我便直赴临邛。文君故里西约5公里，有一去处"白鹤山"。清晨，乘头班去火井的汽车西行，不到半个时辰，依山傍水处，便是了。迎微风细雨，沿石阶而上，步步登高。两旁松柏幽深，路无行人，空山听鸟语，山清水秀，好个寂静的山林。身在此山中，如入超然境界，悠悠然，飘飘然，久居闹市的我，此时读书倦意一扫而空。

石梯在山腰一转弯，一红墙赫然横在眼前，山门上落着赵朴初的手书"鹤林寺"。跨进"水月门"，偌大的照壁上铭刻着"鹤林禅院"四个大字。小移几步即石龙吐水的放生池。微雨中，春寒袭人，我却游兴盎然，转大雄宝殿、观音阁、翠屏亭，入"云吟山茶庄"小憩，居高临下，一览顺江风光，美不胜收。

正是：

> 顺江一帆近，鹤林风雨春。

"鹤林寺"殿宇虽不大，却布局典雅古朴。茶庄里，茶博士对我这个赶早来的第一位品茶客，显得分外殷勤，和我摆起了龙门阵。他讲："鹤林寺在历史上颇有名声，但殿宇经历风雨、年久失修。现政府制定了十年建设规划，目前已是整修的第二期工程了。"说话间，他右手掺茶水，左手顺着手指前面金碧辉煌的殿宇。

品着沁人心脾的香茶，恍惚中，一妙龄尼姑飘至我眼前，双手合十。言谈中，我得知她系石羊场"四川尼众学院"的高才生，分来这里做住持助理，刚好我有一文友郑建邦曾在该院执教，算是她的老师。于是她合掌轻语："香客，后山还有大佛、西塔，可去一观。"缓步至红墙，侧门紧锁，心慈面善的高僧老住持取来钥匙启开，我乘兴而去。

泥泞的小山道，双脚沾满了松针，遍山的马尾松、杉树、阔叶树郁郁葱葱。空山听鸟语，妙无旁人，兴趣盎然的我，仿佛在飘、在飞，好自在哦！转了两道山弯，翻过两道山冈，在转弯处，一伸壁断崖下，即"白鹤山"大佛。遗憾的是崖壁上佛龛空穴，只见偌大的石壁上依稀可辨"翠山献修屏立岩半屋欲"的残留字迹。

顺大佛山道上行，登至开阔的山顶便是西塔了。西塔始建于北宋宣和二年（1120），重修于清道光乙巳年（1845），塔为8面7层重楼式，塔刹为3个伏盆连接而成，通高18米。塔基用红砂石垒砌，塔身用青砖，巍然矗立山巅。

雨终于停了，无数的松涛拥抱着我这唯一的登高者，举目远眺，蒙蒙薄雾，重重山冈，山外有山，尽收眼底，好一派诗情画意的山川秀色。

下得山来多快活，终于看见了几个朝山的香客。猛然间，一小殿挡住了我的去路——哦，是魏了翁的"读书台"。魏了翁，字华父，号鹤山，南宋大理学家、教育家，曾为皇帝讲授经典。好个魏了翁，选在如此美妙之地读书，面对秀丽山川，此时此刻再啃书、啃好书的意念在我的心田油然而生。归来兮，面对斗室书桌，我翻开了《展望二十一世纪》，这是已故文友、校友、著名作家周克芹生前曾叮嘱我一定要买来一读的一本书。

注：该文刊载于《生活科学报》副刊《百花潭》1992年5月30日、《旅游开发报》1993年11月1日；录入《初撩雾纱》（新疆大学出版社1994年10月出版）；1992年5月9日，成都市人民广播电台"川西导游"配音乐朗诵播出；入选《笔底波澜——四川省记者散文随笔选》（四川人民出版社2000年1月出版）。

巴山蜀水闲庭信步

有朋自远方来，不亦乐乎。

友人周孜仁是老成都文化人，那年月的穷学生，尽管世居四川，脚却实难迈出蓉城。大学毕业分配省外，对巴山蜀水、秀丽山川的向往梦游终未成真。

友人从南方来，日程排得满满当当，仅有一天可以忙里偷闲。

一天，不消说巴山蜀水，即便是郊县景点，这大热天，车来人往，也够你受。陪友人寻梦使我犯难。猛然间想起，何不去塔子山新近建成的"巴蜀古迹"微缩苑一观？

一日之内将巴蜀的奇山异水尽收眼底，绝了，于是欣然前往。

花十多元钱坐出租车，仅十多分钟即到了沙河边，眼前是生机盎然、碧绿葱郁的塔子山公园。入园小移几步左拐上缓坡，一两米多高偌大的仿古城墙横在眼前。城墙上罗哲先苍劲有力的"巴蜀古迹"四个大字分外醒目。

穿过瓮城，造型奇特、幽默风趣、放大夸张的东汉说唱俑笑吟吟地招待我俩入苑了。

友人十分兴奋，怀旧之情油然而生，于是拾级而上，漫步古城墙。

"还记得不，当年我们在城墙上放风筝、捉蟋蟀、眺望锦江、写生……"听着友人的回忆，我频频点头。

天公作美，雨后放晴，登高望远，爽快极了。

"那是什么？"友人问道。我顺着他手指的方向看去，黑压压一片街区。啊！"清代古成都"微缩成都全貌，再现清代重修的260多条街道、市景。

"瞧！清贡院，就是皇城。"我对友人讲，"20世纪60年代初，我从学校毕业分配到市政府农牧局报到，正是从那皇城城门洞进去，走上了人生之路。"

在巴蜀竹廊小憩后，我俩乘兴上青城天师洞，过三峡夔门，望僰人悬棺，下丰都鬼城，览巴塘藏族大营官寨风情，评品雅安高颐阙建筑、浮雕，进广元皇泽寺，闯剑门关，登峨眉山万年寺无梁砖殿，观乐山大佛、潼南金佛、大足卧佛，在闲庭信步中优哉游哉地饱览了秀、幽、险、雄的巴山蜀水。人融于景中，情景交融，友人看得目不转睛、依依不舍，我也乐在其中。

在导游黄小姐的导引下，我俩神游了独具创意的28宿石雕。总设计师鲁杰和他的伙伴们在国内首创的这组石雕，将游人带进了微缩宇宙无穷无尽的联想。石雕造型古朴，形象生动，奇妙无比，十二生肖各具形态，栩栩如生。无巧不成书，刚好今年是我俩的本命年，我俩都属猴，石雕猴又刚好塑了两尊，于是各自在中意的生肖前一笑留影。

又到了古城墙，然而这时呈现的却是以巴蜀文化为内涵的大型文化石雕艺术墙。赏鉴这由中国传统透雕、高浮雕、浅浮雕、线刻、碑刻等多种手法融为一体的多姿多彩的艺术形象，其感染力使我俩耳目为之一新，格外欢悦。

城门洞右边，那代表中华文化氛围奔腾的汉马，三星堆出土的凸目人，象征"巴"的鱼，代表"蜀"的蚕虫，望、丛二帝，青铜时代的女神，没有破译的"巴蜀文"，春秋战争，等等，其艺术魅力让人陶醉。

城门洞左边，荟萃巴蜀文化历史精英的李冰父子镇水，司马相如、卓文君当垆，扬雄之《甘泉赋》，史学家陈寿的《三国志》，蜀汉丞相诸葛亮的"宁静致远"，李白《蜀道难》绝唱，杜甫忧吟《茅屋为秋风所破歌》，苏东坡豪放悲壮的《念奴娇·赤壁怀古》，等等，按其历史沿革依次排列的线条粗犷、纵横古今的艺术墙，使人目不暇接，感受到了强烈的视觉艺术熏陶。

璀璨的"巴蜀古迹"艺术景观，使我俩感慨万端，步出"园中苑"，我问尚在遐想中的友人有何感想。周孜仁深情地脱口而出："在闲庭信步中畅游巴山蜀水，使我30年的梦想成真。"

注：该文刊载于《生活科学报》《百花潭》副刊，录入《初撩雾纱》（新疆大学出版社1994年10月出版），成都人民广播电台"川西导游"配音乐朗诵播出。

乐游温江"农家乐"

成都的繁荣写在李冰兴修都江堰两千年来的流水之上，可以说成都的文化、经济的某些方面也是由水流孕育而成的，这是一座在水边长大的城市。岷江的激流掀起了多少历史浪花，演绎了多少人文市井。

20世纪90年代初，从都江堰内江——宝瓶口，流经温江的江安河畔寿安、和盛、万春镇和郫县（今成都市郫都区）友爱镇农科村，在新农村建设中首创了中国"农家乐"。

在新农村里，在农舍家庭院落里，吃农家饭，住农家屋，农村消费实惠，城市客人开心。这种以乡村旅游休闲为主的快乐经济现象被誉为"农家乐"。

笔者受其诱惑，常偕家人从成都浣花溪畔成都商报宿舍来到温江江安河边，走进明芳居、西园、月圆霖、蒙氏食府等"农家乐"，感受惬意的生态文化田园生活，踏青、祭祖、赏荷、赏农家景、品农家美肴……兴奋时，不胜酒力的笔者推杯吃饭，乘着酒兴在餐桌上大声呼喊："再来一碗菜稀饭，一盘长馒头，一盘泡菜。"心情好，胃口就大开，吃什么都香，全家老小乐开怀，来了还想来，吃了还想吃，甚至生日、团年、过大年、亲友聚会都安排在"农家乐"，且需要提前一个月预订，乐此不疲。

在江安河畔茂林翠竹的农家大院里，清晨，东方尚未发白，春日在炊烟缭绕的晨雾里像一幅古山水画中褪了色的羞月，不愿亮出她的光环。笔者从美梦中醒来，听到的第一个声音，即农舍窗外绿树林中小鸟的欢叫。叫不出名的各种小鸟在绿树间飞来跳去，悠然自得。当艳阳高照时，在一湾碧水中，一只只白鹭在水面上自由翱翔。傍晚，信步江安河畔绿道，游人在春花似锦、风物瑰丽中享受慢生活。夕阳西沉，挑灯夜读"举手推出窗前月"，窗外春燕与蝙蝠共舞催眠，当美梦尚未成真时，农舍窗外已蛙声一片。农家大院里黄色的迎春花、粉嘟嘟的红梅花、大红的茶花、洁白的玉兰花和紫玉兰竞相绽放，露出笑脸，仿佛在放歌，像是在演奏新农村建设的序曲。

"农家乐"这种利用农民自家院落以及依傍田园风光、自然景点，以低廉的价格吸引市民走进农村，住农家院落，吃农家饭菜，赏农村风情的休闲方式，目前很受欢迎，成为都市人周末、节假日休闲度假的首选。

"农家乐"的设施虽然不算高档，但那份贴近自然的清新与质朴，令都市来客流连忘返。几乎所有的"农家乐"都因成本低而消费便宜，优美的生态环境与农家特色、娱乐结合为一体，成为一种全新的生态乡村旅游产业。

由"中国农家乐之父"甄先尧命名的"农家乐"这个新事物、新市井，不胫而走，迅速在周边区市县火爆发展起来，其燎原之势让人叹为观止，形成了后来全国性的"农家乐"龙卷风。一时间，"农家乐""渔家乐"在中国广袤的大地上生根、发芽、开花、结果……在华夏大地上编织出一幅乡土中国的美丽画卷。

"关关雎鸠，在河之洲"，江安河，早于李冰所开之成都水道，为大禹、开明帝所凿"江沱"。从温江寿安、万春、柳城至涌泉，踏寻着古蜀鱼凫王国人生活演化的足迹。数千年来，江安河以清澈的河水浇灌着两岸的良田、花木，润泽着竹林农家袅袅炊烟。春色被两岸成片成片的树林花卉尽染，"农家乐"独领风骚，为温江区和郫都区的生态环境做出贡献，为都市人享受乡村旅游带来福祉。

笔者对"农家乐"情有独钟，一想起温江江安河畔"明芳居"的万春卤肉、"西园"的罐罐酥豆花、"月圆霖"的藿香鱼、"蒙氏食府"的叫花鸡嘴就馋；一想起江安河畔绿道清新的空气和美丽的田园画卷就心痒并向往。退休后为尽情享受幸福田园生活，健康快乐，干脆卖掉浣花溪畔成都商报宿舍搬到温江定居，走进被鱼凫文化浸润的金温江，与"农家乐"为邻，在成都后花园、国际生态花园城，尽享夕阳的平和。学陶渊明栖居田园，无忧无虑、悠悠然地安度晚年，尽享美哉乐土。

笔者对"农家乐"情有独钟，20世纪90年代初曾在温江金马河畔一农家乐"国香园"的苗圃中一间几平方米的破屋内，与花工原村支书相处数月，早上荷包蛋，中午一碗挂面，晚上红苕稀饭，在漫天大雪的寒冬里，奋笔直书改革开放带来的房地产第一波浪潮，撰写自己的第一部长篇小说《影子的诱惑》。

笔者对"农家乐"情有独钟，2011年在中国爱国主义教育网等网站、香港《文汇报》和《温江文史》等报刊撰写《现代田园城市的探索者——记中国农家乐创始人甄先尧》。

笔者受温江区邀请，2013年撰写了《温江农家乐调查报告》。

十分荣幸，笔者又受中共成都市委党史办邀请，2014年撰写了《成都"农家乐"奏响新农村建设序曲》的调查报告，该调查报告系中共中央党史研究室《改革开放实录》课题"成都篇"。

田园生活一直是中国古代许多诗人向往的生活方式，但真正实现并赋予了田园生活新的意义和新的内容的，却是在改革开放后20世纪90年代初成都近郊的农民。农民因"农家乐"致富，走上了小康之路。"农家乐"今天已提档升级——温江区"农家乐"华丽转身；郫县（今成都市郫都区）友爱镇农科村已创建成为国家AAAA级乡村旅游景区，被授予"中国农家乐旅游发源地"称号；锦江区打造的花乡农居、幸福梅林、江家菜地、东篱菊园、荷塘月色"五朵金花"，已建设成为国内外享有盛名的乡村休闲旅游"农家乐"娱乐度假区，被评定为国家AAAA级旅游景区。

城乡统筹，留住乡情乡愁，农民发家致富，都市人尽享生态田园生活，成都"农家乐"奏响了新农村建设的序曲。

在改革开放的新农村建设中，在全国乡村旅游迅猛发展的风景线上，成都农民创造性地打造了一个独有的"成都元素"——"农家乐"。"农家乐"从此引领了中国乡村旅游业的发展航向。

注：该文刊载于《大洋文艺》"经典散文"2019年5月8日，入选四川省政协文史委"巴蜀民风民俗丛书"之一《成都市井闲谭》（四川人民出版社2016年11月出版）。

烟花三月下扬州

诗仙李白咏叹：

> 故人西辞黄鹤楼，烟花三月下扬州。
> 孤帆远影碧空尽，唯见长江天际流。

烟花三月下扬州，思念了十多年，终于，在一个春暖花开时节启程。

十多年前，孩子睿蓝大学毕业，将去国外皇家大学执教中文，于是，全家三口参加旅游团第一次去了江南的上海、南京、杭州、苏州，行程匆匆，游兴未尽，拍了许多照片，归来选出的冲洗照片竟被照相馆丢失……

再次江南行，皆因修身养性的老伴晗生，将参加在杭州的一次聚会，于是老叟亦兮扮琴童，相伴而行。

阳春三月，柳絮如烟，繁花似锦，从长江之尾西部岷江源头，到长江流域之东钱塘江畔杭州，再到湖州、上海、昆山、苏州、扬州、南京等江南胜迹，闲庭信步，自由自在逍遥行。

行脚杭州

玛雅·身心灵疗愈中心

从成都双流国际机场乘川航直达杭州萧山国际机场，再乘地铁转公交车抵达目的地——杭州湘湖国家旅游度假区，玛雅岛玛雅哒疗愈酒店的玛雅·身心灵疗愈中心。

没有想到，在"人间天堂"杭州西湖旁尚有这样一个湘湖景区，方圆若干公里，没有单位、工矿，甚至没有居民、农民住宅，只有青山、碧水、湿地和树木、草坪、花丛，俨然一个世外桃源。玛雅·身心灵疗愈中心即点缀在这片湿地绿荫丛中的少数高档休闲旅游会所之一。

远离城镇繁华闹市，下榻玛雅岛上，开阔的湖面微波荡漾，沿岸漫步，绣球花散落其间，夜雨后遍地似白雪；晚霞如黛，残阳如血，芳草鲜美，落英缤纷，犹入隐世之地。

这里是修身胜迹，极其幽静，只闻水鸟声，青山映夕阳。超豪华的露台卧室竟没有电视，优雅的菩提餐厅更没有一片肉，只有清净、淡雅、营养丰富的养生素食。

来自北京、沈阳、西安、重庆、成都、广元、遵义、杭州的"仙姑"们，在典雅的民乐声中静坐、起舞，随身心而律动，尽情享受放松和宠爱自己的每一瞬间，感受越来越自在的自我，奢享健康养生的旅居体验，重获身、心、灵的平衡喜悦。

在这样超然的时空之间，一周时间，没有电视，没有肉食，清美素馔，尽释营养，静享自我，也是一次难得的身、心、灵于一体的愉悦体验。

清晨起，在能量室、湖滨莲台，老伴晗生与众"仙姑"静坐、禅舞。寻找心灵的栖息之地，归还体态的曼妙轻盈，祛除杂念，静下心来慢慢感悟疗愈的过程，回归自我最好的状态，赏味人间的清欢。闻乐起舞，安住而舞，禅舞一味，身心自在。在觉知中悟禅舞，在禅舞中悟人生。

老叟亦兮惊蛰起，卧室露台，融入空间灵感，在生命平衡中清静，面向似一幅水墨画的碧水青山，打坐、按摩、拍打、吐故纳新，练太极拳、峨眉武术，轻舒猿臂。净化心扉，养生修炼，顿悟自在，适静生活。在觉知中悟生活，在生活中悟人生。

本心本愿化作莲，静心禅坐，落笔书诗文，起身回眸，不过凡尘种种，愿我本心，愿我本愿，化作莲花，一世沉浮不过浅浅一笑间。

亦兮是个读书人，终生读书，品味人生，此刻的心境用两个字概括——"自在"。

"诗神"，蜀中人，被贬浙江杭州任通判，再贬湖北黄州任副团练使的唐宋八大家之一苏轼，在其千古名作《定风波》中云："莫听穿林打叶声，何妨吟啸且徐行。竹杖芒鞋轻胜马，谁怕？一蓑烟雨任平生。料峭春风吹酒醒，微冷，山头斜照却相迎。回首向来萧瑟处，归去，也无风雨也无晴。"

这首词展示了"诗神"苏轼面对人生坦然乐观的旷达胸怀、开朗性格和内心的平静与超脱。

亦兮、晗生也亦然，也无风雨也无晴。

古刹灵隐寺

离开玛雅岛,乘公交转地铁(外地老人也免费)再转公交,下车沿玉古路步行,穿过绿树成荫的浙江大学校区,再穿过生态绝佳的杭州植物园,杭州旅游民宿优选地青芝坞到了。这里距"人间天堂"西湖杨公堤很近,距古刹灵隐寺也不远,乃远道而来的游客栖居西湖旁的极佳选择。

青芝坞,杭州植物园近邻,民宿、美食一条街,白墙黑瓦,花草藤蔓,开放式小庭院,悠闲生活,入住"心悦客栈"。私人客栈面积虽小却温馨,使客人有回家的感觉,服务员青春可爱,待客如亲人:"欢迎春夏秋冬客,款待东南西北人。"

三楼雅室,阳台正对植物园,绿意盎然,鸟语花香,品茗素茶,困意全无,身心愉悦。入夜喜降春雨,清晨,阳光破云而出,空气格外清爽,正好去古刹灵隐寺。

大文豪苏东坡在《冷泉亭记》中云:

> 东南山水,余杭郡为最。
> 就郡言,灵隐寺为尤。

灵隐寺又名云林寺,位于杭州西湖湖畔,背靠北高峰,面朝飞来峰,始建于东晋咸和元年(326)。其开山祖师为西印度僧人慧理和尚,南朝梁武帝赐田并扩建。五代吴越王钱镠命请永明延寿大师重兴此寺,并赐名灵隐新寺。宋宁宗嘉定年间,灵隐寺被誉为江南禅宗"五山"之一。清顺治年间,禅宗巨匠具德和尚主持灵隐寺,筹资重建,仅建殿堂时间就前后历十八年之久,其规模之宏伟跃居"东南之冠"。清康熙二十八年(1689),康熙南巡时,赐名"云林禅寺"。

沿植物园、灵隐路步行,即达古刹灵隐寺,沿途植被茂盛,树林郁翠,好一个寂静的禅院所在。

坐落在绿树丛中的灵隐寺山门,门额横匾为江泽民行书"灵隐寺"三个大字,进门不远的小溪左侧即飞来峰。

飞来峰不高,迎面即6层石塔"理公之塔",塔右侧岩石上雕凿一石佛坐莲台。

　　飞来峰作为"禅宗五山"之首，其石刻造像是中国南方石窟艺术的重要作品，雕琢于石灰岩上的佛像有470多尊，妙相庄严，弥足珍贵。

　　飞来峰雕凿有高僧取经故事组雕，三个不同时代，内容各异："印度高僧摄摩腾，竺法兰白马驮经"，第一世纪；"三国魏颍川人朱士行取经"，中国最早去西域求法的僧人；"唐玄奘取经"，所塑造像面相温文尔雅，神态矜持虔诚，袈裟垂袖，双手合十，表现出唐僧慈悲宽宏的气度。

　　飞来峰石灰岩上雕凿最早的是青林洞上的弥陀、观音、大势至三尊佛像，为北汉乾祐四年（951）造。而卢舍那佛会浮雕则是北宋造像艺术精品。最为人称道的莫过于大肚弥勒和十八罗汉群像。大肚弥勒造像是飞来峰石刻中最大的造像，也是国内最早的大肚弥勒造像，佛像生动传神——坐于神龛的大肚弥勒，袒胸鼓腹，开怀大笑，将"容天下难容之事，笑天下可笑之人"的形象刻画得淋漓尽致。其周围并环十八罗汉，神情各异，细致生动。元代的100尊汉、藏风格的石刻亦容貌清秀、体态窈窕，为佛教艺术之瑰宝。

　　此处，游人香客甚多，纷纷驻足拍照，也有身着袈裟的外地僧人合十礼拜。

　　沿小溪上行不远右侧即古刹灵隐寺，排队入寺，庙宇文明敬神，只上香，不点蜡，香火是赠送的。

　　拜谒天王殿，让人为之震撼。

　　老叟亦兮去过不少寺庙，供奉大肚弥勒的天王殿一般规模较小，这般高大的天王殿让人倍感意外。殿额为康熙御书"云林禅寺"，殿内供奉弥勒菩萨和排在两旁形态威武、神色狰狞、通高8米的四大金刚，重塑于1932年，香客肃然。殿后的护法神韦驮菩萨竟是由整块香樟木雕刻而成的南宋遗物。亦兮乃无神论者，尊重信仰，欣赏佛家行善和普度众生，故也顶礼合十。

　　沿石梯而上即雄伟庄严的大雄宝殿，大殿正中高达24.8米的释迦牟尼莲花造像端庄凝重、气宇轩昂、慈眉善目，供香客仰俯。它是中国最高大的香樟木坐式佛像之一，是一件不可多得的宗教艺术精品。正殿两边是二十诸天立像，殿后边为十二圆觉坐像。让人赞叹的是大殿后壁有"慈航普度""五十三参"海岛立体群塑。有佛像150尊，正中为鳌鱼观音立像，手执净水瓶，普度众生，下塑善财童子及其参拜观音故事。善财童子参拜名师53位，第27参拜观音得道成佛。观音两侧为弟子善财与龙女，上有地藏菩萨，再上面是释迦牟尼雪山修道的场景：白猿献果、麋鹿献乳，整座佛山造型生动，弥足珍贵。

灵隐寺尚有华严殿、藏经楼、药师殿和罗汉堂，值得一提的是罗汉堂正中铸造有"灵隐铜殿"，高达12.62米，为中华第一高铜殿，是吉尼斯世界纪录认定的世界最高铜殿。铜殿正方四面雕铸中国四大佛教名山：山西五台山、浙江普陀山、四川峨眉山和安徽九华山。五台山相传为文殊师利善菩萨道场，宗教文化遗产极为丰富，是著称世界的佛教"文化大户"；普陀山相传为观音菩萨道场，是著名的海岛风景旅游胜地；峨眉山据说为普贤菩萨道场，自古有"峨眉天下秀"之美誉；九华山相传为地藏王菩萨道场，享"东南第一山""佛国仙城"之称。铜殿铸造精雕细刻，诸形工美，金灿尊贵，光芒闪烁。

天王殿有康熙御笔题匾，还有一个笑话一直流传至今。

自命风流儒雅的康熙皇帝南巡来到杭州灵隐寺，老和尚请求他为寺院题块匾额。康熙信手挥笔，在纸上写了一个大大的"雨"字，可"灵隐寺"的"灵"字按书法在"雨"字下面还有三个"口"字和一个"巫"字，这许多笔画怎么也摆不下了，真是急得康熙皇帝下不了台。还好，在一个随从的暗示下，他将错就错，写成"云林禅寺"。至今，这块匾已悬挂了300多年，可老百姓并不买他的账，仍叫它"灵隐寺"。

在灵隐寺内仰望先贤忠烈文天祥题额"明德堂"，其所撰《正气歌》，至今耳熟能详，令后人敬仰；赏鉴"当代草圣"于右任联"论古不外才识学，博物能通天地人"；观近代著名政治家、书法家，同治帝、光绪帝的老师翁同龢墨宝"近闻梨枣同时种，长与松杉守岁寒"；品晚清政治家、思想家、教育家、改良主义代表人物康有为书法"寒香生寂磬，山翠滴疏棂"；读著名书画大师、佛学大师、古琴大师竹禅隶书"应事岂有化意，为人不爽世情"；欣赏晚清民国著名国画家、书法家、篆刻家、西泠印社首任社长吴昌硕水墨"翠竹兰草"、彩绘"牡丹富贵"图，十分难得，甚喜。

空灵永福寺

从灵隐寺出来右拐沿小溪上行1里，左侧石笋峰下即永福寺。

永福寺自东晋慧理禅师开山至今，已有1600年的历史。据清康熙年间《杭州府志》记载，永福寺坐落于飞来峰呼猿洞对面的石笋峰下，旧分上下两寺，与下天竺（旧称翻经院）等寺一样，同为慧理禅师开山创建。

永福寺和灵隐寺建筑体例相左，灵隐寺规模宏大，院内有6个殿，布局严谨。永福寺占地面积300余亩，面积较大，殿小分散，穿行林间，格外空灵。

永福寺建筑群落依山而起，普圆净院、迦陵讲院、资岩慧院、古香禅院，拥有七进、五殿、三堂、两阁、两楼、五亭，气势恢宏，环境幽雅。香客走走停停，尽赏山林风光，别有一番情趣。

沿山间石梯上行，树木耸秀，层林尽染，深山古刹，云烟雾绕，心情格外开朗。游客平台小憩，晗生有灵，中道禅舞，亦兮触动，峨眉武术，甚是自在。

普圆净院：永福寺在吴越国时又名普圆寺，主殿为观音宝殿，供奉木刻千手观音圣像，表净土法门，故名普圆净院。院内有五观堂、云水堂。

迦陵讲院：主殿为梵籁堂，兼做法堂及佛教音乐厅，为永福寺佛法宣流之地。亦兮、晗生至此，正逢众僧合十做法事，梵音缭绕，佛乐长鸣，犹如迦陵频伽神鸟腾飞，善哉！善哉！迦陵讲院尚有文景阁、艺明斋、福泉茶院，品茗禅茶，清心寡欲。

资岩慧院：永福寺后山古名资岩山，吴越国时以山名寺，故名资岩寺；因该院光明畅达，堪表智慧，故名资岩慧院。主殿为大雄宝殿，供奉释迦牟尼佛及迦叶、阿难二尊者铜像。院内湖山一览处，云雾缭绕，亦兮远眺，山下西湖美景依稀可见。

古香禅院：永福寺旧有金沙、银沙二泉，明成化年间住持僧古香建海日楼于上院，该院因远离尘烟，颇通禅意，故名古香禅院。主殿藏经阁，左厢三圣殿。

亦兮、晗生于幽远处读经，离尘解脱，顿悟禅意：

> 挑起一担，浑身白汗阿谁晓；
> 放下两头，遍体清凉只自知。
> 天下事，了犹未了，
> 何妨以不了了之。

下得山来多快活。

"人间天堂"西湖

行脚钱塘江畔，漫步"人间天堂"西湖。

蜀人好口福，况且蜀人苏轼在杭州任通判，创制出美食东坡鱼、东坡肉，自然要去品尝，大快朵颐一番。

上网点出西湖畔名餐饮店，"知味鲜"刚好在杨公堤边，于是乘出租车前往。

"知味鲜"榜上有名，坐落西湖西门外，时过中午，依然门庭若市。进入中式庭楼，好家伙！排号排到25号，既来之，则安之——等，为了尝尝这正宗的东坡鱼、东坡肉，味道鲜不鲜。

"楼上请！"一小时后，终于入座，二楼几百平方米的餐厅豪华气派。民以食为天，晗生、亦兮两人点了东坡肉、片儿川、荷叶酥、鱼圆汤，饱餐一顿。

名菜配名器，"知味鲜"装盘考究、造型各异的美食端上桌，看到就来胃口。苏老夫子的东坡肉果然名不虚传——色泽红亮、软和爽口、肥而不腻。

西湖之美名扬天下，且不收门票，十分人性化，这里游人如织。

"诗神"苏东坡吟《饮湖上初晴后雨》赞美西湖：

> 水光潋滟晴方好，山色空蒙雨亦奇。
> 欲把西湖比西子，淡妆浓抹总相宜。

随着人流，入滨湖密林、曲院风荷，到苏堤春晓，再乘游船上小瀛洲，此乃"西湖第一胜境"。湖中有岛，岛中有湖，湖天一碧，春风送爽。观三潭印月、湖心亭、阮公墩，遥望雷峰塔。小瀛洲漫步，荡舟西湖，观赏苏堤，寻觅白堤断桥，愿今夜销魂。

正值阳春三月，草长莺飞，苏、白两堤，桃柳夹岸。两岸水波潋滟，游船点点，远处山色空蒙，青黛含翠。西湖美景不仅春天独有，夏日荷花叶接天碧，秋夜三潭浸透月光，冬雪红梅疏影横斜。

西湖作为国家级重点风景名胜区，历史悠久，人文荟萃，西湖十景：断桥残雪、平湖秋月、三潭印月、双峰插云、曲院风荷、苏堤春晓、花港观鱼、南屏晚钟、雷峰夕照、柳浪闻莺。

老叟亦兮这里要特别提及苏堤春晓。苏堤南起南屏山山麓，北到栖霞岭下，全长近3000米，是北宋大诗人、蜀人苏东坡任杭州知州时，疏浚西湖，利用挖出的葑泥构筑而成。后人为纪念苏东坡治理西湖的功绩，将其命名为苏堤。长堤卧波，连接了南山北山，给西湖增添了一道妩媚的风景线。南宋时，苏堤春晓已成为西湖十景之首，元代又称之为"六桥烟柳"，列入钱塘十景，足见其景观美不胜收。苏堤长堤延伸，六桥起伏，走在堤桥上，湖山胜景如画卷般展开，万种风情，任人领略。

三潭印月是西湖十景之一，被誉为"西湖第一胜境"，游人在此留影存念众多。据史料记载，三座石塔是苏东坡所立，以塔为标志，观湖中水位的高低，现在的三座石塔是康熙年间重筑。

蜀人、大文豪苏东坡在杭州为官，整修水利，筑苏堤，建三塔，倡导种植莲藕，创制出东坡肉、东坡鱼，关注民生，其德政至今备受百姓称颂。

"诗神"苏东坡流传后世最著名的是他的代表作《念奴娇·赤壁怀古》，诗词以凌厉无比的词笔描绘江涛，壮美无比：

> 大江东去，浪淘尽，千古风流人物。……人生如梦，一尊还酹江月。

老叟亦兮则更喜欢苏东坡具有强烈艺术感染力，充满人生哲理，千古传诵的宋词《水调歌头》：

> 明月几时有？把酒问青天。……但愿人长久，千里共婵娟。

拜谒岳王庙

岳飞乃老叟亦兮偶像、榜样，从小受父母教诲：好好读书，长大像民族英雄岳飞那样，能文能武，精忠报国。

亦兮今日如愿，从西湖一号门出，来到岳王庙前，满怀激动、崇敬的心情，拜谒这位坚持抗金而屈死的民族英雄——岳飞。

岳王庙坐落在西湖畔，栖霞岭下。"青山有幸埋忠骨，白铁无辜铸佞臣。"岳飞和他的儿子岳云就埋在这里。

岳王庙始建于南宋嘉定十四年（1221），将西湖北山的智果观音院改为"褒忠衍福禅寺"，明英宗天顺年间（1457—1464），改为"岳王庙"，并赐额"忠烈"，为纪念南宋时期伟大的抗金名将、民族英雄——岳飞。岳王庙是西湖景区为数不多的收费景点，一座拥有近900年历史的祭祀庙。

岳飞是中国历史上一位极受敬仰的民族英雄，岳王庙于1961年被中华人民共和国国务院列为全国重点文物保护单位，是目前国内规模最大的岳飞纪念地。

岳王庙殿宇恢宏、庄严，"忠烈祠"大殿内塑有岳飞彩色坐像，高4.5米。殿中高悬"还我河山"匾额，为岳飞手迹，两侧有明代人所书"精忠报国"，中国佛教协会会长赵朴初墨宝"碧血丹心"，以及西泠印社社长沙孟海题字"浩气长存"等匾额。正殿重檐歇山顶，檐间悬"心昭天日"匾，为叶剑英元帅重书。岳飞塑像正殿对联为中国书法家协会创始人、首任主席舒同撰：

爱国尽忠武穆英灵长在，旧容新貌西湖美景增辉。

岳王墓又叫岳坟，位于岳飞庙内大殿左侧，墓前有墓门，照壁嵌有明代洪珠书"尽忠报国"，墓呈圆形，墓碑刻有"宋岳鄂王墓"，墓前列有两排石人、石兽，亦兮在此，肃穆合十。

在石阶下铁栅栏内，跪着铜铸千古罪人秦桧、王氏。

岳飞墓前庭院两侧为碑廊，陈列历代石碑125块。北廊是岳飞诗词、奏札等手迹；南廊是历代名人凭吊题咏、岳庙几次重建的碑记。

亦兮流连注目敬仰的是岳飞手迹《满江红》：

怒发冲冠，凭栏处、潇潇雨歇。
……
三十功名尘与土，八千里路云和月。
……
待从头、收拾旧山河，朝天阙。

整首词表达了岳飞"精忠报国"的誓言，表达了岳飞雄壮的浩然之气、英雄气概，表达了他报效国家的伟大乐观主义精神。

南浔古镇

离开杭州，乘长途客车125公里，抵达南浔古镇。

南浔古镇位于浙江省湖州市，为浙江省历史文化名镇、中国魅力水乡。耕桑之富，甲于浙右，江南丝都。一个充满诗意的水乡，一个令人梦忆的土地。河网纵横，物华天宝，人杰地灵，九里三阁老，十里两尚书。犹如一颗颗晶莹的水珠，在这片绿野里闪烁，绘出一幅幅绚丽多彩的画卷，让人着迷，乐不思蜀。

南浔古镇景点众多：小莲庄（刘墉家庙、花园）、藏书楼、颖园、三古石桥、张静江故居、张石铭旧居、百间楼。

长途客车一到南浔客运站，让人吃惊。客运站陈旧过时，一下回到改革开放前。翻过简陋的人行天桥，进入南浔镇，这里房屋破旧，人去楼空，仅有几家小店尚在营业，这里就是名声在外的南浔古镇？一看墙上告示，哦！原来，这里开始规划拆迁。之前，原计划去名气更大的乌镇，听去过的人讲，那里商业气息太浓，还是南浔古镇原汁原味好。因此庆幸自己选择了这里。

住南浔古镇新区快捷酒店，这里颇具县城规模，高楼林立，干净整洁，红绿灯、公交车一应俱全，且游人少，生活方便。

傍晚，先睹为快，步行前往，观南浔古镇夜景。

古牌坊上的"中国魅力名镇"六个大字，在彩灯辉映下，格外夺目。

牌坊立柱对联：

风物长宜集名园瑰宝九州胜境，人文久远传翰墨藏书万代精华。

小桥流水，富贾之地，古桥上，观彩灯小舟穿行，华灯绽放，如梦似幻；行步老街，石板铺路，古色古香，诗情画意。

次日，南浔古镇闲庭信步。

南浔是千年古桥，百年老屋，桥在屋存，至今依然矗立在南浔河两岸，以自己的方式，向来人默默讲述它所经历的风雨岁月。

南浔古镇内河道交织，街巷纵横，所有街道、屋宇都依河而延伸，傍水而居，家家户户出了门就是河埠石阶，有意大利"小威尼斯"的感觉。

一座座小桥沟通了小镇如织的水路，迈过一座古桥，即留下记忆：清风桥、通津桥、洪济桥、便民桥……一座桥便是历史的见证。那半圆形的石拱桥横跨在小河上，水中倒映成满月，斑驳青灰像清晨的残梦，勾起一段令人回忆的思绪，春意盎然。

小食铺的臭豆腐，小作坊的桂花糕，海碗里的阳春面，吃着小吃，重温昔日走南闯北的丝绸生意人之路。

走进一条窄窄、深深的古巷，间或有老式煤灶炉青烟飘起，好客的主人在小木窗、小木门前的小八仙桌上泡上好茶，请游人品茗。晗生坐在竹马挂椅上，欣赏白灰墙下精致瓷花盆里种的兰花、茶花、杜鹃花和文竹。老叟亦兮从门窗瞥见堂屋里的古字画、古董、古琴……无不透出江南历史文化的富足。

老街上的石板路湿润光滑，水洼里有老宅的倒影，映射出河埠头泛着幽幽的青色，承载着无数关于"摇啊摇，摇到外婆桥……"的温馨故事。

南浔游兴浓，再日，走进小莲庄、刘墉家庙和藏书楼。

小莲庄即刘墉花园（莲池），占地面积10亩，收门票（老人免费），除树木高大外，略微简朴，彰显廉洁。

刘氏家庙建于光绪十四年至二十三年（1888—1897），为祭祀先灵之所。建筑宽三间，纵三间，有照壁、旗杆座、牌坊、石狮等，气势雄浑，雕饰华美。正厅内悬有宣统皇帝所赐"承先睦族"九龙金匾，为近代典型宗庙建筑。

迎面两个精工雕塑的御赐石牌坊，一为光绪皇帝御书"乐善好施"，二为宣统皇帝御书"钦旌节孝"。刘墉家庙正殿横额为清朝晚期政治家、外交家、军事家、洋务运动领导人李鸿章手书"义推任恤"，门柱对联：

积德勤绍推序本原知奕世继明而出，灵支挺生弥历亿万为冠带理义之宗。

嘉业堂藏书楼，因清逊帝溥仪御赐"钦若嘉业"金匾而得名，鼎盛时藏古籍18万册共计57万卷，浙江省三大藏书楼之一，系国内收藏地方志最多最全的藏书机构，2001年被公布为全国重点文物保护单位。

踏进尊德堂，这里即张静江故居，全国重点文物保护单位。

张静江家族是南浔巨富"四象"之一，光绪中期更是称雄一方。

张静江，原名增澄，自名"人杰"，是中国近代历史不能不提及的人物，中国民盟早期重要成员。

孙中山称他为"革命圣人""中华第一奇人"，给他题词"百折不回"。

尊德堂正厅正中挂孙文（中山）对联：

满堂花醉三千客，一剑霜寒四十州。

正厅立柱对联：

世上几百年宿家无非积德，天下第一件好事还是读书。

张静江半身石刻塑像基座铭刻孙文手书"丹心侠骨"。

漫步宜园，观翁同龢手书"绿净山庄"，一湾湖水，心境分外爽朗。

欣赏园中"绮霞仙馆"草圣于右任佳联：

清坐使人无俗气，虚堂尽日转温风。

于右任书"夕佳亭"小憩，品联：

花将色不染，水与心俱闲。

信步百间楼。

相传，百间楼是明代礼部尚书董份归隐南浔后，为其孙子与南浔白华楼楼主、嘉靖进士茅坤的孙女结亲所建。百间楼是江南一带极为罕见的沿河民居群落，黄昏时刻，景色极佳，温和的光线将木栅栏的影子拖得老长，青瓦粉墙也渐渐有了暖意，轻巧通透的券洞门组成的骑式长街里，传来了游人踏来的脚步声，各家的煤饼炉子摆到了河埠头上，主妇们有的收着衣裳，有的炒菜，美术院校的学子用彩笔将此美景涂在画板上。无论是三叠式的封火墙，还是拱形的过街券洞门、水柱廊檐或是南浔百姓忙碌的身影，都在静静的河面留下了美丽的倒影，晗生、亦兮陶醉在这如梦似幻的黄昏倒影了。

华灯初放，南浔的酒吧、商铺有了人气。聪明的商家在湿滑的路面上投映文字招客：

> 静居陋室观天下，闲坐书斋阅古今；
> 竹雨松风蕉叶影，茶烟琴韵读书声。

> 悄悄的我走了，正如我悄悄的来；
> 我挥一挥衣袖，不带走一片云彩。

重游上海滩

10多年后，重游国际大都市上海滩，让人感慨万端。

上海有一种任何城市都无法比拟的气质，就是她的"洋气"。她的现代化和她的古典融合得那么完美，魅力让人无法抗拒。可以随意地徜徉在阳光下安静的街道，手指划过街边欧式花园的墙壁；或穿过崭新宽阔的马路，抬头欣赏高耸的摩登建筑……

上海在中国近代历史中，曾是风起云涌、可歌可泣的地方。

2021年是中国共产党成立100周年。100年前，毛泽东、董必武、李达、刘仁静、王尽美、陈公博、何叔衡、陈潭秋、李汉俊、张国焘、邓恩铭、周佛海12位中国最先进的知识分子汇聚一堂，在法租界上海望志路106号（现卢湾区兴业路76号），一幢沿街砖木结构旧式石库门住宅一楼客厅，召开中国共产党第一次全国代表大会，代表全国50多名共产党员，宣告中国共产党成立，揭开了中国历史的新纪元，为中华民族的复兴找到了正确的方向和答案。

上海虽然没有雄伟的名山大川、奇峰异谷，也无世界奇迹之类的名胜古迹，但是，多少年来一直以她独有的风韵吸引着无数的中外游客。"三千年历史看成都，两千年历史看西安，一千年历史看北京，一百年历史看上海。"上海是中国近现代史的"缩影"，作为中国共产党的诞生地，更增添了一份独特的光彩，许多重大的历史事件和革命活动在这里发生并影响全国；上海是中国的"窗口"，70多年的艰苦创业，特别是浦东的开发、开放，上海已成为一座融古色古香和现代潮流为一体的海派文化旅游国际大都市。

入住上海繁华市中心区，上海国际大饭店旁黄河路宜家快捷酒店。

行脚人满为患的方浜中路"老城隍庙"，古街、古巷、古屋充满江南繁华气息，一幅《清明上河图》的景象。漫步四川布政使潘允端私家经典园林"豫园"，亭阁参差，山石嵯峨，溪流蜿蜒，景色旖旎，清幽秀丽，玲珑剔透，其"点春堂"曾是上海小刀会起义军的城北指挥部。

穿过彩旗缤纷的黄河路居民住宅，惊讶于人行道上晾晒被盖衣物，而且是社区关注民生，用不锈钢专门搭建了晾晒杆，可见全国第一大都市民居的状况。走进多伦路174号的老旧小区——建于1925年的永安里弄，旧楼之间通道狭窄，仅3米。通道上空架着各种电缆网线，两旁停放自行车、电瓶车、老年车，堆放旧纸箱，楼与楼之间横着各种晒衣杆，小区居民在床单、长裤、内裤、袜子甚至胸罩下通行，"胯下之辱"习以为常，偶尔还能享受"滴水之恩"，不知滋味如何？

更让亦兮惊讶的是上海市民生活物价的低廉。清晨，出宜家快捷酒店，黄河路街对门即一小食店，一根油条、一个包子、一杯豆浆，人民币5元，实惠；中午在黄河路"奶奶的味道"，两荤一素一汤的套餐，仅35元；晚上在国际大饭店旁的面馆用餐，一份正宗的川味炸酱面，人民币10元，味道巴适；小区生活超市各种菜蔬品种繁多，且多数为两三元一斤，极为便宜，可见上海市民的生活幸福指数。但是，这里的房价却高得离谱，亦兮看了一下房屋中介报价，均价12万多每平方米，一套三居室的商品房总价上千万元，一个小旧楼房总价上亿元，普通百姓根本买不起。

前往淮海中路1843号，瞻仰宋庆龄故居；武康路113号，拜谒文坛巨匠巴金旧舍并留影。高大的乔木，彩画的墙壁，攀缘植物覆盖，环境幽静高雅，游人纷纷在此驻足，自拍定格文艺范儿。

前往虹口区多伦路（原窦乐安路，北邻鲁迅公园）"海上旧里"，地中海式花园住宅区。20世纪30年代，鲁迅、郭沫若、茅盾、叶圣陶等文化巨匠及左联作家的文学活动，铸就了多伦路"现代文学重镇"的历史地位；而闻名遐迩的公啡咖啡馆（遗址）、鸿德堂、白（崇禧）公馆、汤（恩伯）公馆更使多伦路成为海派建筑的"露天博物馆"。名人故居、海上旧里，积淀成今天多伦路上浓厚的文化氛围。

多伦路"文化名人街"再现了20世纪20、30年代上海的文化风情，并以众多的博物馆、展览馆、古玩字画、书屋文苑、茶室吧廊成为国内外宾客怀旧休闲、旅游观光、文化消费的好去处。文博街市、休闲社区，勾画出明天多伦路上广阔的发展前景。

亦兮在多伦路"名人后裔"聆听伟大的文学家、思想家、革命家、新文化运动奠基人鲁迅先生讲述阿Q的故事，品味其名言："世上本没有路，走的人多了，也便成了路。"与众多近代文化大师对话——欣赏新文化运动巨匠之一、卓越的文学家茅盾的名言："人们的前途只能靠自己的意志、自己的努力来决定。"领悟中共早期领导人、中国革命文学事业奠基人瞿秋白的名言："本来，生命只有一次，对于谁都是宝贵的。"读新文化运动巨匠之一、卓越的文学家、史学家郭沫若的名言："形成天才的决定因素应该是勤奋。"学习著名作家、教育家、出版家叶圣陶的名言："教育之要点，当天逾养成儿童正确精神之思想能力。"赞美中国革命文艺奠基人之一、文艺理论家冯雪峰的名言："一个品质高尚的人，永远是年轻和美丽的。"咏叹新文化运动先驱者之一、诗人、书法家沈尹默的名言："霜风呼呼的吹着，月光明明的照着。我和一株顶高的树并排立着，却没有靠着。"品读早期共产党员、"左联五烈士"之一柔石的名言："孩子，这是人类纯洁而天真的花朵。"感悟中共早期杰出的无产阶级革命家、著名的工人运动领袖赵世炎的名言："'奋斗'二字，愚常奉以为人生第一要义。无论何事，皆应奋斗。"认识著名作家、社会活动家丁玲的名言："幸福不是在有爱人，是在两人都无更大的欲望，商商量量、平平和和地过日子。"……受益匪浅。踏进"鸿德书房"追忆内山完造（内山书店店主，国际友好人士）与鲁迅先生的文化友谊，感受鲁迅小道上，多伦文化艺术空间的熏陶，亦兮、晗生尽享精神大餐，不亦乐乎。

清晨，在黄浦江边流连，感受上海滩十多年的巨变；那幢幢矗立的大厦，让人眼花缭乱，目不暇接，感受"船在江中游，人在画中行"的意境。

当年，著名作家丁玲的作品《太阳照在桑干河上》获斯大林文学奖。而今，太阳照在上海浦东开发区，那龙腾虎跃、日新月异的创新景观，更是受到世人的瞩目与赞美。

昆山"周庄"

宋代大诗人白居易《忆江南》咏叹：

> 江南好，
> 风景旧曾谙。
> 日出江花红胜火，
> 春来江水绿如蓝。
> 能不忆江南？

诗中对江南秀美风光神往不已。江南之美，就美在江南的水。昆山市周庄作为"中国第一魅力水乡"，是一个汇集中国水乡之美的地方。

入住周庄北市街俞家弄，小巧玲珑，格调高雅，私人民宿，精品客栈"雨墨江南"，清静舒服。

周庄地处江南水乡腹地，沪苏交界处。春秋时为吴王子摇的封地，称"摇城"，隋唐时称贞丰里。宋元祐元年（1086），里人周迪功郎在此收获设庄，捐田建寺，里人感其恩德，改贞丰里为周庄。

周庄镇为泽国，四面环水（白蚬湖、急水港和南湖），因河成镇，依水成街，以街为市。周庄环境幽静，建筑古朴，虽历经900多年沧桑，仍完整地保存着原来水乡集镇的建筑风貌，有近百座古典宅院和60多个砖雕门楼。周庄民居古风犹存，最有代表性的当数沈厅、张厅。周庄还保存了建于元、明、清3代14座各具特色的古桥，800多户原住居民枕河而居，它们共同构造了一幅美妙的"小桥、流水、人家"的水乡风景画。

作为中国历史文化名镇，周庄荣获联合国人居中心授予的"迪拜国际改善居住环境最佳范例奖"，被列入联合国世界文化遗产备选名单。

周庄有着悠久的历史和厚重的文化积淀，其源远流长的吴文化，古老灵秀的水土，弥漫着古朴情调与浓浓韵味。这里因为电影《摇啊摇，摇到外婆桥》而闻名天下；这里是江南第一富豪沈万三的故乡；这里让三毛潸然泪下，讲道"我们要把周庄当一个文化珍宝"；世界著名建筑师贝聿铭和古建筑学家罗哲文都称赞"周庄是国宝"。

雨后，穿过特色民宿街区福洪街，10元钱买一包阿婆茶，泡一杯阿婆花茶品茗，临窗而坐，河风带着水汽掠过两颊，清香沁人；过最负盛名的横跨蚬江的双桥（世德桥、永安桥），碧水泱泱，绿树掩映，橹声小船穿过，人流如潮，驻足留影，流连忘返；观蚬江摇快船，着蓝斜襟衫的船娘吆喝吴侬软语，桨声倒影里，船娘吴歌悠扬，让人品不尽、看不够、道不完……

欣赏近代著名学者、诗人、书法家谢无量书赠叶楚伦对联：

高谈颇复轻三代，一醉俄惊失二豪。

品鉴中共中央顾问赵健民给叶楚伦故居撰联：

屋连湖水笔墨润，窗近花荫琴书香。

著名画家吴冠中来此写生《周庄》（拍出了2.36亿港元天价，刷新了中国现当代油画最高的拍卖纪录）后，感叹："黄山集中国山川之美，周庄集中国水乡之美。"旅美著名画家陈逸飞讲："周庄是我生命的一部分。"他妙笔生花，绘出油画《故乡的回忆——双桥》（"双桥"即世德桥和永安桥），在美国展出，又被美国石油大王阿曼德·哈默用重金购下，应邀访华时回赠邓小平。1985年，《故乡的回忆——双桥》被联合国选为首日封图案，从此，水乡古镇周庄蜚声世界。

周庄最美的应该是它的夜景。黄昏时分，移步蚬江南市街石板路，华灯初上，人影依稀，小镇终于安静下来。一弯新月洒下银辉，尼龙纱般地笼罩着南湖。环绕南湖栈道赏景，远眺南湖全福长桥倒影，四周平添了几分诗意。盈盈碧水摇晃着夜泊的渔舟，不知从哪儿传出的幽婉乐曲，与点点灯火一起泻入夜空，撩拨着人的心弦，这就是周庄给人带来的美的韵味。

月儿弯弯照南湖，周庄、南湖如画如梦，宛如一颗镶嵌在淀山湖畔的明珠。

周庄是内敛而从容的，诚如93岁的谢孝思赋诗《周庄即事一首》咏叹：

正是春光三月天，菜花黄遍周庄田。

江南风物般般好，竟道周庄更耐看。

周庄始终美丽着，幽静着，一点点流入人们的心田。

亦兮、晗生如醉如梦……

信步苏州

清晨，周庄"雨墨江南"好客的主人用车，将亦兮、晗生和行李送至公交客运站，转乘高铁38公里到苏州，再转乘地铁2号线到近郊电梯公寓私家民宿。

这种私家民宿有居家感觉，干净宽敞，客厅、卧室、厨房、餐具齐全，十分方便，高楼远眺，风光无限。

苏州游，首选慕名已久的寒山寺。

寒山寺地处京杭大运河畔，位于苏州阊门外枫桥镇枫桥侧。

唐代著名诗人张继《枫桥夜泊》云：

月落乌啼霜满天，江枫渔火对愁眠。

姑苏城外寒山寺，夜半钟声到客船。

唐人张继的一首《枫桥夜泊》，虽然只是为了自己排遣愁思，却也让枫桥与寒山寺知名天下。

未到寒山寺山门，即被寺院粉墙上的诗文吸引——明初著名诗人高启的《赋得寒山寺送别》：

枫桥西望碧山微，寺对寒江独掩扉。

船里钟催行客起，塔中灯照远僧归。

渔村寂寂孤烟近，官路萧萧众叶稀。

须记姑苏城外泊，乌啼时节送君违。

寒山寺坐东朝西，山门正对古运河。寒山寺始建于梁武帝天监年间，其规模和洛阳的白马寺不相上下。

踏进寒山寺山门，院正中五层"普明宝塔"，供香客礼拜。

寺内偏厅，欣赏李鸿章墨宝《枫桥夜泊》。

观岳飞书法：

> 三声马蹀阏氏血，五伐旗枭克汗头。

读康有为诗文：

> 钟声已渡海云东，冷尽寒山古寺风。
> 勿使丰干又饶舌，化人再到不空空。

仰望赵朴初横额"霜天清响"，品佳联：

> 寒山变暖山暖人心，拾得是舍得舍烦恼。

寒山寺钟楼原来的大钟，据说已流入日本，现存寺内的大钟是寒山寺重建时依据大钟原样仿制的。

出得山门，跨枫江枫桥，一览古运河风采。明清时期，枫桥是全国重要的商贸重镇，南来北往的船只鳞次栉比，人声鼎沸，众多文人墨客纷至枫桥寻古访幽，兴怀赋诗。

枫桥的美在于气质，它犹如一弯皎洁的新月横跨在枫江之上。它的曲线是那么柔和，韵律是那么和谐，优美而又多姿，似长虹卧波，安详又静谧。

枫桥的美，还在于它所蕴含的深厚文化内涵，自从张继写了《枫桥夜泊》之后，吟叹枫桥的诗篇不计其数，唐代诗人张祜的佳作《枫桥》广为传诵：

> 长洲苑外草萧萧，却算游程岁月遥。
> 唯有别时今不忘，暮烟秋雨过枫桥。

南宋爱国诗人陆游在戎马征途中写下了思虑深沉的《宿枫桥》，诗云：

> 七年不到枫桥寺，客枕依然半夜钟。
> 风月未须轻感慨，巴山此去尚千重。

枫桥的古朴，总是给人以宁静的感觉，仿佛那与世隔绝的桃花源，使人寻到了一座抚平内心伤痕和一切烦恼的心灵港湾。朴实无华的枫桥，也就从此烙上了无数游人寻找历史痕迹的烙印。

而今这里少了喧嚣，多了宁静，成为游人景点。恢复了唐灯、明清街坊、江枫草堂等旧观，增添了古戏台、渔隐村、听钟桥等民俗建筑。

观"钟韵楼""吴门古韵"，品古运河"漕运展示馆"联：

> 输粮运豆漕舫无不汇枫斛，送往迎来驿站大都凭泾河。

过"铁铃关""御寇安民"，正是：

> 雄关通浒墅，古寺对寒山。

坐枫江游艇览胜，沿河两岸绿树掩映，古民居青砖蓝瓦，高高低低，错落有致，一派吴国如诗如画的江南水乡风光。

登虎丘山。"吴中第一山"虎丘山位于苏州西北角，据传外形远望像老虎而得名。虎丘依山傍水，风景秀丽，号称"三绝"，是"吴中第一名胜"。历代著名文人墨客来此题诗作画，集中了吴文化精华，虎丘塔一直是苏州象征。

进元代山门，观对联：

> 水绕山塘笑旧日莺花笙歌何处，塔浮海涌看新开图画风月无边。

过虎丘山溪古桥，再进二道元代山门，拾级而上，山势平缓，茂林修竹，山清水秀。

入山道西侧"拥翠山庄"的"抱瓮轩"小憩。观"不波艇""憨憨泉""问泉亭",西北堆叠,湖石假山,散植花木,石径盘绕,自然有致。"灵澜精舍""月驾轩",纵观虎丘山山麓,仰望云岩古塔,再上"送青簃",漫步"冷香阁""远引若至",拜"古石观音殿",游"虎丘剑池""二仙亭",读:

　　昔日岳阳曾显迹,今朝虎阜再留踪。

沿数十级石梯至大雄宝殿上香。

进"海涌岚浮"观张爱萍题字,仰望云岩寺塔。

云岩寺塔俗称虎丘塔,始建于五代周显德六年(959),建成于宋建隆二年(961),为七层八面仿木结构楼阁式砖塔。塔身残高47.7米,向北偏东方向倾斜2.34米,最大倾角为3度59分,塔身自重约6000吨,是古老苏州的标志和象征,堪比意大利比萨城比萨斜塔,1961年被列为全国重点文物保护单位。虎丘山山脚,"吴岳钟秀"处设有"风味虎丘"。

虎丘不仅是一座历史文化名山,亦是苏州城一处民俗胜境。自古以来,以"三市""三节"最为著名,每逢节会,"画舫珠帘,人云如雨",百姓倾城而出,是苏州最为重要的民间集市场所。《红楼梦》中描写的天下第一俗人薛蟠自集市带回的"自行人、酒令儿、水银灌的打金斗小小子、沙子灯,一出出的泥人儿戏用青纱罩的匣子装着"。又有"泥捏的薛蟠小像",正是出自虎丘集市。

历经千百年传承,如今的虎丘依旧不负苏东坡那句"到苏州不游虎丘乃憾事也"的美名。为满足到访游客的需求,"风味虎丘"街区集中展示苏州传统精致美食独特的文化,重时令、尚新鲜、注精致、尊传统。鸡头米、鸡汤馄饨、糖粥等特色风味小吃,使游人饱了口福。

游拙政园。

步行至娄门东北街178号,即拙政园,江南古典园林代表。其以晋代诗人潘岳(潘安,民间念念不忘的"貌若潘安")《闲居赋》而得名:

　　筑室种树,

逍遥自得，

……

灌园鬻蔬，

供朝夕之膳，

……

此亦拙者之为政也。

拙政园亦是"太平天国忠王府"，全国重点文物保护单位。

最早的苏州园林，可上溯到公元前6世纪春秋时期吴王的园囿，私家园林最早见于记载的是东晋的辟疆园。相比其他园林，苏州园林更能体现出中国古典园林设计的理想品质。咫尺之内乾坤再造，苏州园林被公认是实现了这一设计理想的典范。这些建造于11世纪到19世纪的园林，折射出了中国文化中取法自然又超越自然的深邃意境。

拙政园是苏州最大的园林，占地面积51950平方米，它与北京颐和园、承德避暑山庄、苏州留园并称为"中国四大园林"，主要代表明代风格。

拙政园初为唐代诗人陆龟蒙的住宅，元代为大宏寺。明正德年间，监察御史王献臣弃官还乡而改为拙政园。王献臣死后，其子将园林赌输。后来几度易手，清同治十年（1871），巡抚张之万恢复拙政园旧时的名称，并把西边的补园与东边的归田居并入，成为苏州最大的园林，即现在的拙政园。

拙政园以山水为重，水面占五分之三，以水池为中心，遍布楼、台、亭、榭，园林如浮水上，巧妙地把平淡景观渲染出绚烂之盛的深邃意境。粼粼池水中，遍种莲花，堂、亭、轩多以莲花命名，如远心堂、荷西亭，是赏莲花的好去处。园中建筑朴素、平淡而隐有天真开朗的风格，颇合"拙政"之名。

亦兮、晗生绕池一周，因季节未到，无缘目睹莲花争艳，在"香洲"小憩。"香洲"乃明代著名书法家文徵明题书。

观"十八曼陀罗花馆"，读近代著名画家、海派书画名家、96岁的沈迈士题字：

小径四时花随分逍遥真闲却香车风马，一池千古月称情欢笑好商量酒政茶经。

行步"卅六鸳鸯馆"、书斋厅堂，仰康有为墨宝：

松柏有本性，金石见盟心。

烟花三月下扬州

古有美誉"扬一益二"。
益州今人，终于如愿，一览扬州芳容。

天下三分明月夜，二分无赖是扬州。

扬州地处江苏省中部，南临长江，京杭大运河穿城而过。境内河网众多，堪称鱼米之乡。扬州园林自成一派，集北方之雄、南方之秀，久负盛名。城内文物古迹众多，是国家首批历史文化名城、第一批中国优秀旅游城市、国家级园林城市，素有"园在城中，城在园中"之美称。名胜古迹、亭台楼榭、湖光山色，城郭内外，随处点缀。扬州也是中国四大菜系之一"淮扬菜"的故乡。

亦兮、晗生入住古运河畔扬州荷花池公园旁宜家快捷酒店。

民以食为天，中国四大菜系鲁菜、川菜、粤菜、淮扬菜，唯有淮扬菜笔者未曾品尝，扬州有名的淮扬菜餐馆"福满楼""食为天酒店""金聚德"均需提前预约，于是，亦兮、晗生慕名前往扬州最负盛名的富春茶社品早茶，以饱口福。说是早茶，实为早点，因太出名，两层楼数百平方米的富春茶社，早已坐满来此旅游的各地食客。

富春茶社是一座闻名中外的老店，1885年始为富春花局，由茶座起家，历经百年，形成了花、茶、点、菜结合，色、香、味、形俱佳，闲、静、雅、适取胜的特色，是淮扬菜的正宗代表。

早餐，亦兮、晗生点了一笼获国家商业部金奖的特色"三丁包"、扬州双绝之一的"翡翠烧卖"，以及"蟹黄汤包"，同桌食客毫不相识，来自沈阳、北京、广西的夫妇和湖南母女十分友好，均将各自点的菜匀一些大家共同品尝。淮扬菜有其独特风味，用料考究，制作精细，绵软入味，十分爽口，且物美价廉。一顿早餐，使大家都品尝到七八种淮扬菜，更让人感怀的是同胞之间浓浓的亲情与友善。

漫步瘦西湖，瘦西湖不远，即在扬州市城西北郊。瘦西湖以"瘦"为特征，湖面时宽时窄，行船其间，景色唯美，引人入胜。

五亭桥是瘦西湖的标志，在全国园林中有一席之地。其最大的特点是阴柔阳刚的完美结合，南秀北雄的有机融合。五亭桥建于形状像一朵莲花的堤上，人称莲花桥。坐在莲花桥上，瘦西湖风光一览无余。

瘦西湖最主要的景点是二十四桥景区。

唐代著名诗人杜牧咏叹《寄扬州韩绰判官》：

> 青山隐隐水迢迢，秋尽江南草未凋。
> 二十四桥明月夜，玉人何处教吹箫？

二十四桥因诗而闻名天下。信步二十四桥、玲珑花界、熙春台、十字阁、重檐亭、九曲桥等古典园林建筑，移步望春楼、栈桥，落座静香书屋。

亦兮、晗生乃读书人，更喜在静香书屋读书。

静香书屋乃乾隆年间盐商旧筑，"扬州八怪"之一的金农常往来于此，今日复建。匾额四字乃集金农隶书墨迹而成，字体方正朴拙，笔力雄劲。金农以画梅著称，屋内陈设雕有梅花，屋外也遍种梅花。亦兮不由得忆起北宋著名隐逸诗人林逋的咏梅绝句：

> 疏影横斜水清浅，暗香浮动月黄昏。

望"熙春台""天然桥"，读杜牧忆扬州的《遣怀》诗：

> 落魄江湖载酒行，楚腰纤细掌中轻。
> 十年一觉扬州梦，赢得青楼薄幸名。

江南佳景无数，诗人记忆中最美的印象则是在扬州的景致，岂不闻唐代诗人徐凝《忆扬州》：

天下三分明月夜，二分无赖是扬州。

更何况扬州瘦西湖名胜二十四桥上还有仙女般的美人可看呢！

在瘦西湖闲庭信步，时不时见穿汉服的青年男女，在此徘徊，留下倩影。晗生触景生情，在幽静的湖边来了一段禅舞；亦兮则轻舒猿臂，太极拳爽身。

上大明寺。

大明寺距瘦西湖不远，位于扬州城西北的蜀冈中峰，山上寺院遍布，有"江南第一灵山"之称的观音山。

大明寺始建于南朝刘宋时期，乃鉴真故里，蜀冈福地。唐代鉴真大师曾任此寺住持，传经讲律。寺内建有九层高的栖灵塔。

大雄宝殿后即鉴真纪念堂。鉴真（688—763），古扬州江阳县（今江阳区）人，唐代律学高僧，中日文化交流的友好使者，舍身弘法，历时10年，6次东渡日本，是日本的"文化恩人""律宗禅祖""医药之祖"。1963年，为纪念鉴真圆寂1200年，中日两国商定建造鉴真纪念堂。该纪念堂由中国著名建筑师梁思成参照日本唐招提寺金堂设计，于1973年动工建设，典雅古朴，保存了唐代的建筑艺术风格。

"唐鉴真大和尚纪念碑"由郭沫若题字。

大雄宝殿左侧为欧阳祠。欧阳修（1007—1072），字永叔，号醉翁，晚号六一居士，景德四年（1007）出生于绵州（今四川绵阳），北宋政治家、文学家。

欧阳修于宋仁宗天圣八年（1030）以进士及第，历仕仁宗、英宗、神宗三朝，官至翰林学士、枢密副使、参知政事。死后累赠太师、楚国公，谥号"文忠"，故世称欧阳文忠公。

欧阳修是在宋代文学史上最早开创一代文风的文坛领袖，与韩愈、柳宗元、苏轼、苏洵、苏辙、王安石、曾巩合称"唐宋八大家"，并与韩愈、柳宗元、苏轼被后人合称"千古文章四大家"。

代表作《醉翁亭记》传诵至今：

　　醉翁之意不在酒，在乎山水之间也。

　　欧阳祠又名欧阳文忠祠、六一祠，是扬州人民为纪念欧阳修在扬州的德政而建。欧阳公晚年自号六一居士。

　　赏鉴苏轼墨宝《醉翁亭记》。

　　移步平山堂。平山堂是蜀冈上一个标志性文化景观，始建于北宋庆历八年（1048），是欧阳修任扬州知府时所建，用作游宴宾客，因望江南诸山，历历可见，似与堂平，故名平山堂。重建于清同治年间。

　　厅堂横额"放开眼界"，对联：

　　诗意岂因今古异，山光长在有无中。

　　入谷林堂。谷林堂始建于北宋元祐七年（1092），为大文学家苏轼在扬州任知府时所建。堂名取自苏轼诗句"深谷下窈窕，高林合扶疏"中的"谷林"二字。

　　欣赏苏轼墨宝《秦邮续帖》。

　　仰望栖灵塔，栖灵塔始建于隋朝仁寿元年（601）。时当隋文帝六十寿诞，诏选天下清净处建立30座供奉佛舍利子的宝塔，栖灵塔即其中之一。此塔共9层，高出云表，被赞为"中国之尤峻特者"。

　　唐武宗会昌三年（843）一代胜迹化为焦土。

　　1993年8月，栖灵塔重建，恢复当年栖灵塔之尤峻。重建的栖灵塔为仿唐建筑，塔身外形结构为"方形、九级、楼阁式、三间副阶、一门两窗、平座腰檐"。全塔高73米，直插云霄，堂皇而庄重。中国佛教协会会长赵朴初题写的"栖灵塔"3个俊秀、遒劲的金字悬于高塔之上，在阳光下分外耀眼。

　　"晚清第一园"何园坐落在徐凝门大街66号，一个不起眼的门楼里。

　　何园主人何芷舠曾任清湖北按察使，汉口、黄冈、德安道台，诰封资政大夫，晋升光禄大夫。49岁挂冠隐退，在扬州建"寄啸山庄"，即何园。

　　其孙子何世桢（不屈的爱国主义者、著名政治家、五四运动时任上海学联评议长）是美国密歇根大学法学博士，创办持志大学任校长。

　　走进何园，才知这里别有洞天，不是因主人与亦兮同姓，特别关注，而是这家主人所收集展示的文史资料格外引人注目。

何氏家族，家国情怀，一门俊秀。受"道德传家，教育救国"理念的影响，何家英才辈出。清代有祖孙翰林何俊、何声灏，兄弟博士何世桢、何世枚，父女画家何适斋、何怡如，中华人民共和国成立后又有姐弟中国科学院院士王承书、何祚庥。王承书院士为中国第一颗原子弹爆炸的核燃料工程做出了杰出贡献。

作为读书人，亦兮、晗生在参观何园中思考：这何家人为何这么优秀，出了这么多英才？在其后看到的一幅《读书写字之规》千字文中找到了答案。

何氏是由科举及第而走向发达的家族，尤其重视对子弟的教育。《读书写字之规》是全部家训中篇幅最长的一则，用1000多字详尽论述了读书治学之道，可以概括为治学三部曲：读书学习能不能有成，首先要看有没有"敬"——从主观意识上崇尚学识，热爱学问。其次要看能不能"习"——研穷潜思参明义理，才能把知识学问化为自己的东西。尤其难能可贵的是，规训的最后还提出了与孔孟"学而优则仕"和"万般皆下品，唯有读书高"正统儒家思想不同的主张，要求族人实事求是，量力而行，能读书的安心读书，"何必入仕然后谓之能行"；不能读书的安心生理，"何必读书然后谓之能知"。

何园的"寄啸山庄"为"国家重点公园"，全国重点文物保护单位，被收入《中国名园》《中外名建筑鉴赏》等权威典籍，电视剧《红楼梦》等50多部影视作品在此拍摄，使何园成为荧屏下广大观众熟悉的面孔。

读中国近现代著名画家、书法家黄宾虹横额"芷虹斋"联：

烟霞洁癖襟期古，云水论交遇合奇。

赏于右任题字：

成德达材。

穿街走巷雨中行。顺文昌路即到皮市街。

老扬州人很会生活，"早上皮包水，晚上水包皮"，皮包水即馄饨，水包皮即泡澡。为饱口福，顶着淅淅沥沥的春雨，穿街走巷寻小吃，扬州学生热情，指引可去皮市街。皮市街为老旧街区，小街巷青瓦灰墙，遍布甜食店、咖啡店、茶坊，"一个人的好天气""浮生记书店""玖记边炉""吉人茶舍""一点光""以沫""茶宾"……充满小资情调。皮市街私家小店门前，花草盆景点缀别有情调，亦兮、晗生乃读书人，适时读书好，偏爱扬州书店。

走进皮市街111号，边城文化沙龙"边城书店"，门前立咸丰二年（1852）恭王府"义学碑记"，店内"一朵红云"乃宋代王淇撰《梅》：

> 不受尘埃半点侵，竹篱茅舍自甘心。
> 只因误识林和靖，惹得诗人说到今。

正是：

> 皮市寻春有百花晗生若梦，有福观博览群书亦兮读书。

东关街体验扬州民风、民俗、民情。
穿过观巷，即到扬州民俗文化东关街。
观巷42号是扬州市文学艺术界联合会所在地"琼花园"。
赏联：

> 明月三分州有二，琼花一树世无双。

琼花又称聚八仙、蝴蝶花，忍冬科落叶或半常绿灌木，是扬州具有传奇色彩的市花。民间有"隋炀帝开大运河下扬州看琼花"和"琼花仙子"的传说。北宋至道二年（996）王禹偁任扬州太守时，曾作《后土庙琼花》诗，其序云：

> 扬州后土庙，有花一株，洁白可爱。其树大而花繁，不知何木也，俗谓之琼花。

琼花观由此得名。后欧阳修做扬州太守，又在花旁建"无双亭"，以示天下无双。

东关街是扬州城最具代表性的一条历史老街，是扬州水陆交通要道，而且是商业、手工业中心，是文化部（后更名为"中华人民共和国文化和旅游部"）、国家文物局命名的"中国历史文化名街"，人流如潮。

步行街东关街，青瓦、灰墙、平房、石板路，亦兮、晗生淋着雨，打着伞，排着队，在网红店"粗茶淡饭"小食铺，听80岁的扬州老叟推荐，买了一份"四喜圆子"、一份"皮包水"和一碗"阳春面"解了馋。

东关街热闹非凡，不仅有全国重点文物保护单位"个园"，还有武当行宫、财神庙、广陵书院、安定书院、仪董学堂和名人故居"江上青"等。

走进全国四大名园之一——个园。

个园为全国重点文物保护单位，是清嘉庆二十三年（1818）由两淮盐业商总黄至筠于明代寿芝园的旧址上扩建而成。依苏东坡"宁可食无肉，不可居无竹"之意，园内遍植翠竹，因竹叶形状似"个"字，故名"个园"。个园是扬州城规模最大、保存最完整的盐商住宅园林。

在其"名人名园"中，喜见蜀人、中国文物学会会长罗哲文题字"中国四大名园之一"，竹语堂仰江泽民题字、习近平总书记参观时留影。

进竹语堂，观"抱山楼""清颂堂"。

汉学堂对联，别有意趣：

> 咬定几句有用书，可忘饮食，养成数竿新生竹，直似儿孙。

中堂悬挂清代著名书画家、"扬州八怪"之一郑板桥的《墨竹图》，图中题字：

> 春风昨夜入山来，吹得芳兰处处开。
> 唯有竹为君子伴，更无他卉可同栽。

在东关城楼外，观古运河码头"东关古渡"。

悠悠古运河，千年碧波荡漾，无数文人墨客曾乘船在河上来往。

举世闻名的京杭大运河是世界上最长的一条人工河道，肇始于春秋吴王夫差首次在扬州开挖邗沟，至隋代完成了以洛阳为中心的大运河。唐宋时极为繁盛，元代截弯取直，形成了贯通南北的京杭大运河。作为中国一条搏动不息的大动脉，大运河一直沟通着中国南北方经济文化，维护着国家统一和社会进步。

站在"东关古渡"大运河边，面对前人付出的智慧和奇迹，亦兮、晗生肃然起敬。

题外之音：

下扬州，蜀人多有贡献。

古有蜀人欧阳修、苏轼任扬州太守的德政，千古传颂；今有20世纪90年代末，成都文化名人，著名科普、科幻作家吴显奎挂职扬州市市长助理，为招商引资做出贡献。江泽民两次回故乡，吴显奎负责接待陪同。亦兮时任四川省科普作家协会常务副秘书长，在吴显奎挂职扬州时，亦兮主持协会日常工作，也算支持了他在扬州的工作。东关街"粗茶淡饭"门店前，亦兮在雨中排队候餐时，吴显奎（吴归蜀后，任资阳市副市长，四川省招商局常务副局长，省政府副秘书长，省文史馆党组书记、常务副馆长，省参事室主任，省科普作家协会理事长，省政协常委兼文史学习委主任）来电话，告知："四川省科普作家协会重新登记、改选，你被推选为四川省科普作家协会监事会监事长。"

亦兮在扬州小住时，四川人、文友、资深媒体人、知名作家曾颖（教育部特聘写作课题专家、冰心儿童图书奖获得者）在《扬子晚报》《美文拔萃》栏目撰写《我也害怕饭菜凉了》，为扬州留下美文。

拜谒金陵夫子庙

"江南佳丽地，金陵帝王州。"有着6000多年文明史和2400多年建城史的南京，与北京、西安、洛阳并称为"中国四大古都"。

南京文化古迹遍布，从中可以探寻历史的源头。中山陵结构严整，"天下为公"；革命纪念地雨花台庄严肃穆，观之而产生一股浩然之气；中华门气势雄伟，瓮城设计巧妙，面对它们，不由得生出金戈铁马之意；此外还有灵谷寺、石象路神道、三国东吴所筑石头城遗址、明代朱元璋的陵墓（明孝陵）等，引人遐想无限。

古老悠久的文化遗产，现代文明的经济都市，与蔚为壮观的自然景观构成了南京独特的城市风貌。

13年前，曾参加旅游团，拜谒了中山陵。

亦兮、晗生乃读书人，理当再拜夫子庙孔圣人。

南京夫子庙位于秦淮河畔，是祭祀中国古代著名的思想家、教育家孔子的庙宇。走进棂星门，在大成殿前，塑立着中国最大的孔子行教青铜像，两侧则立着石刻的南宋理学家、思想家、哲学家、教育家、诗人朱熹墨宝碑文：

　　学而不厌，诲人不倦。

殿内还有30幅反映孔子圣迹的彩石镶嵌壁画，供游人赏鉴。

南京是六朝古都，免不了有许多美食和美食店，好吃的亦兮、晗生也未能免俗，慕名寻觅到乌衣巷。

1901年，夫子庙江南贡院旁乌衣巷口，雪园茶点社创立。

1923年夏，朱自清、俞平伯同游秦淮河，慕名寻味雪园茶点社。在灯月交辉的笙歌画舫间纵情挥笔，成就了中国文坛史上同名异文佳作——《桨声灯影里的秦淮河》。

文中，俞平伯云："在茶店里吃了一盘豆腐干丝，两个烧饼之后，以歪歪的脚步踅上夫子庙前停泊着的画舫……"朱自清曰："我倒是觉得芝麻烧饼好，一种长圆的，刚出炉，既香，且酥，又白……"

1939年，雪园更名为永和园，享"秦淮第一楼"之誉。其"鸡汁干丝""蟹壳黄烧饼"乃两道脍炙人口的江南细点，承蒙文坛泰斗推崇，伴着汩汩荡漾的六朝烟水，载入佳篇而名噪天下，百年来成为永和园的镇店之宝，被列入非物质文化遗产名录，傲立"秦淮八绝小吃"之首。

亦兮、晗生在这家百年老店点了烧饼、豆腐干丝等，烧饼真的如著名散文家朱自清所言，既香，且酥，又白。

说来也有缘，21世纪初，全彩色图书《与朱自清游欧洲》（朱自清原著，张寄波编）由四川美术出版社出版。朱自清旅欧期间，俯察世相，考证历史，扎实缜密，写就了这些优美篇章。亦兮在欧洲拍摄的30幅照片，被该书策划人、已故著名出版家吴鸿（四川文艺出版社原社长）来寒舍"一览斋"造访时选中，配朱自清原文出版，真乃三生有幸。

亦兮也写散文，很喜欢读朱自清的名作《荷塘月色》和《春》，其文字唯美精致，让人爱不释手。

托朱自清之福，其后，在茶叙中，吴鸿建言："何老师，你也写散文，要不，你也出一册全彩色图书？"2007年，亦兮撰写、摄影的旅游散文集《行走欧洲》由贵州人民出版社出版，全彩色图书。至今，该书已经在全世界数十个国家以电子书为载体播出，受到读者青睐。

入夜，在彩灯人流中，亦兮、晗生畅游秦淮河，不亦乐乎……

烟花三月下扬州，历时近一个月的逍遥行终于结束。

亦兮、晗生回归长江、岷江源头杨柳河畔，江南房子"一览斋"书屋读书，在书斋中，在字里行间，识字觉悟：

> 读书之意不在书，在乎生活之中也。

江南行，饱览江南风情，欣赏江南文化，体验江南生活，在行脚中感悟觉知，在觉知中感悟生活，爽快自在……

注：该文连载于《大洋文艺》"大好河山"2021年10月；《再访上海滩》（《重游上海滩》）刊载于《华西都市报》A14版"宽窄巷"和《温江文联》，入选《鱼凫文脉：温江文学作品选2021》。

走进鸡冠山

千遍问道鸡冠山，百回拜水大木川。

世外桃源何处寻，隐藏丛林深谷间。

鸡冠山，慕名已久，皆因山势磅礴巍峨，水流迂回湍急，盘山路曲折坎坷，未能成行。

农历壬寅虎年盛夏，为纳凉、康养、健身，禅舞导师悠悠组织了一次修心活动，地点正是龙门山深处鸡冠山"大木云川"，于是乎，亦兮、晗生伉俪多年夙愿终于实现。

说起龙门山，还有一段有趣的民间故事传说……

鸡冠山最高峰火烧营，海拔3868米，是崇州市的最高峰。火烧营一带酷似一个沉思的女人头像，翻开鸡冠山乡地图，顺时针旋转90度，以东为下，以西为上，这个"女人头像"便依稀可见。崇州县志说她是"蜀中之蜀"传说中的"江源女子""农耕女神"朱利。无独有偶，在火烧营一带也有一个传说中的"女子"，只不过她叫"杜鹃"，是嫁给当地的龙女。她已化成杜鹃花海，装点着苟家山山水水；她已化成布谷鸟，日夜啼鸣，劝农励耕，造福一方。

7月1日是中国共产党的生日，一行来自北京、山西、洛阳、乌鲁木齐、重庆、成都、广元的大妈级"仙女们"，在新建的成蒲邛高铁崇州站集合，乘"大木云川"专车，出发前往龙门山深处。

汽车顺川西旅游环线，经元通、怀远古镇，过青峰岭、李家岩水库（成都市第二大饮用水水源地），沿着弯弯曲曲的盘山公路上行，再过文井江、苟家沟，行车一个多小时，终于安全到达目的地——位于鸡冠山海拔1450米高度的"大木云川"民宿。

鸡冠山原名苟家山，因近人发现火烧营（八卦顶）有山状似鸡冠，遂得名。

鸡冠山地处龙门山南段，内含鞍子河自然保护区、鸡冠山国家森林公园，这里植被丰厚，日照较少，云雾众多，气温较低，湿度较大，属典型的高山地区。

从成都出发时气温34摄氏度，到达"大木云川"气温25摄氏度，真是纳凉的好去处。

走进"大木云川"国财集团·国财书院大木分院，幽雅舒适的大厅书架上，陈列着众多亦兮熟悉的成都文化人、文友们的书籍：伍立杨著《烽火智囊——民国幕僚传奇》、蒋蓝著《成都笔记》、李霁宇著《青瓦——一个家族的密码》、田闻一著《大西皇帝张献忠》、聂作平著《光阴纪：成都小镇书》、蒲秀政著《走近老成都：讲述老照片里的成都故事》、冯晖著《成都街道漫步手记》、朱晓剑著《书香漫成都》……作为首届全国"书香之家"获得者的亦兮，有书读了，甚喜。书架上还有世界科幻大奖雨果奖获得者刘慈欣著《三体》，亦兮荣幸之至，十多年前，作为世界华人科普作家协会秘书长，曾为当年刘慈欣作品获"全球华语科幻星云奖"颁过奖；30年前，作为《生活科学报》副总编兼《百花潭》副刊主编，编发连载田闻一所著的历史长篇《成都残梦》，十分欣慰。

清晨6时许，"仙女"们在悠悠导师率领下，步出"大木云川"，在鞍子河支流小河大木坪三棵核桃树下的草坪上，背靠海拔2565米的牛池山，面向东方，远眺海拔2563米的六顶山站桩，深呼吸，吐故纳新，迎接冉冉升起的一轮红日，闻鸡起舞，爽身修心，与大自然和谐地融为一体，美哉乐土。

鸡冠山域崇山峻岭，逶迤跌宕，林木苍苍，绿海茫茫，动植物资源非常丰富，竹类资源茂盛，海拔1500～2500米的山区布满箭竹林，是大熊猫栖息之地，森林覆盖率达95%以上，空气中每立方厘米负氧离子含量高达20000个，有"天然氧吧"之美誉，实乃人间乐园。

都市人度假赶来"换肺"，戏言"一呼一吸就两万（负氧离子）"，住一个星期就成了"亿万富翁"啦！

在大自然中，众"仙女们"在典雅的民乐声中，静坐，如意坐、金刚坐，随心而意动，翩翩起舞，尽情享受放松和宠爱自己的每一瞬间，感受越来越自在的自我，奢享健康养生的旅居体验，重获身、心、灵的平衡喜悦，寻找心灵的栖息之地，归还体态的曼妙轻盈，祛除杂念，静下心来慢慢感悟疗愈的过程，回归自我最好的状态，赏味人间的清欢。闻乐起舞，安住而舞，禅舞一味，身心自在。在"大木云川"的健身房内，在舞蹈中觉知，在觉知中舞蹈，在觉知中感悟生活，在生活中感悟觉知，还在不知不觉中成了

"亿万富翁"。

立夏那天，阳光暖暖的，午睡起来，舒适地坐在"大木云川"书院大厅的茶座上，喝下午茶。小酌一口馥郁清香的枇杷茶、白茶，瞬间全身心是那么自在通透，精气神十足，脑海里便情不自禁想起了许多茶的美好和难忘的回忆……

大山云生处，千年古树茶。唯崇州独有高山珍稀乔木大叶茶树，自宋代已盛名天下，进贡宫廷，故称"龙门贡茶"。

古茶树深藏于鸡冠山海拔1200米左右的大山中，每年春季，当地山民往返日余，选百年山上野生的大茶树采摘鲜叶，沿用传承古法，细致苛求每一道工艺，一棵古树采下的鲜叶所制茶十分稀少，只为做出不愧于古树历史的香茗，其路坎坷，值得珍惜。

在这里，阳光、森林、云雾、溪水、青瓦、白墙……所有的东西呈现自然生态，本真的色彩，遇见理想的净地，感悟生活的自然之美。

岁月静好，人生如茶，沧海桑田，尝遍世间甘苦，终究成为那杯丰富而有风度的香茶……

习练禅舞的"仙女们"，与鸡冠山的清风、龙女、杜鹃亲密相拥，与蓝天、白云对视，入夜，在皓月下数星星，让自然贯穿其中，享受觉知的乐趣，体念静思的宁静，情归"大木云川"，生活与大自然从此相遇……

正是：

鸡冠连山峰外峰，为避尘世雾霾浓。
指望泉流云低处，大木云川越酷暑。
依然苍茫鸡冠山，触目万仞接青天。
松涛声中听古韵，扯片白云当诗笺。

亦云：

静思莫等闲，移步紫霄间。俯首云如海，抬头峰似冠。
晨曦迎朝晖，静思中觉知。一览群山小，心胸比海宽。

注：该文刊载于《天府锦水》"天府散文"2022年7月，入选《鱼凫文脉：温江文学作品选2022》。

武当神韵

文化是精神文明情操，文化是民族的灵魂，太极文化则是中国传统文化的瑰宝。鲁迅先生云："中国文化的根柢在道教。"老子《道德经》所述大道之理为太极拳所遵循，是太极拳的理论渊源之一。拳以合道，是太极拳追求的最高境界。成都市崇尚太极文化，全民推广普及有氧运动太极拳，温江区在成都市率先启动全民健身运动太极拳，打造"太极之乡""武术之乡"。

10年前的仲秋，赏红最佳时节，第四届世界太极拳健康大会暨第六届武当太极拳国际联谊大会在湖北省十堰市武当特区武当国际武术交流中心隆重举行，笔者出身武术世家，忝列成都市武术队领队，荣幸参会，坐着"咣当、咣当"的火车向武当山出发，拜谒太极拳的祖师爷张三丰，追寻太极文化，武当论道。

明代地理学家徐霞客盛赞武当山：

山花夹道，幽艳异常。

2012年10月30日，有24个国家和境外地区，中国20个省市代表队参赛的第四届世界太极拳健康大会上，成都市队和温江队代表中国队自豪地举起了中国国旗，并在高手林立、强强过招中，取得优异成绩。笔者的夫人江登霓（中国武术协会会员、国家二级体育指导员）获得42式太极拳、剑两枚金牌，为成都争了光，国家体委武术研究院教学研究部主任，中国十大武术教练之一，国际武术、亚洲武术联合会技术委员会主任吴彬（李连杰、吴京的师父）亲自为她颁奖。会后，在当地热情好客的导游带领下，警车开道，豪华大巴专车接送，我们坐缆车、登金顶，乘兴观赏、畅游了武当山。

太极拳的起源、发展、演变、脉流，世人众说纷纭，有宋代张三峰、元末明初张三丰、河南陈家沟陈氏之说，莫衷一是。据传，张三丰好道善剑，曾与明太祖为友，在成都崇州鹤鸣山创立了太极拳，又在都江堰青城山将太极拳发扬光大，继后又在湖北武当山玉虚宫修炼10年，将太极拳这个中华文化的瑰宝在中华武林中广为传承，开创了武当道教武术流派，被誉为武当道教之祖师。现在太极拳这项健康的有氧运动已风靡全世界，在武当国际太极文化高峰论坛上，受到联合国环保人员的高度评价和美国新闻视频集团总裁乔纳森米勒的颂扬，中国功夫代表人物李连杰、中国著名企业家马云鼎力支持，中国武术九段曾乃梁教授传授了太极拳的精髓，让人受益匪浅，振奋不已。

武当武术，道法自然，出神入化，张三丰是武当武术的创始人，他"仰观浮云，俯视流水"，创造出以柔克刚的武当拳法、剑法、阵法，以天、地、人为师，得其大道。武当派功夫自古就被尊为武林界的"泰山北斗"，素有"南尊武当，北崇少林"之誉，使武当山顶松柏常青。

早起看山色，烟光荡晓亚。

霞明千嶂丽，天纵一峰尊。

突兀黄金殿，峥嵘黑帝阁。

列风如可御，何处是昆仑。

这是今人对武当山秀色的美誉。

武当山位于湖北省西北部十堰市境内，是中国著名的道教圣地之一，北靠南水北调的起点——丹江水库，南邻神秘的神农架原始森林。武当山不仅拥有奇特绚丽的自然景观，而且拥有丰富的人文景观。可以说，武当山无与伦比的美，是自然与人文高度和谐的统一，被誉为"亘古无双胜境，天下第一仙山"。其物华天宝又兼具人杰地灵的特质给世人留下极大的想象空间。作为中华民族大好河山的一块瑰宝，令世人神往。10年前，笔者有幸第一次走进这钟灵毓秀、自然天成的武当山，感悟它的玄妙、空灵和神韵……

巍巍武当山，高耸入云天，群峰屹立，山势雄伟，四处奇峰矗立，悬崖峭壁众多，终日烟云缭绕，花香扑鼻。其建筑宏伟，林木森翠，山川秀丽，景色宜人。有箭镞林立的72峰、绝壁深悬的36岩、激湍飞流的24涧、云腾雾蒸的11洞和玄妙奇特的10石9台。主峰天柱山被誉为"一柱擎天"，四周群峰向主峰倾斜，形成"万山来潮"的奇观。武当山古建筑群规模宏大，气势雄伟。历代皇帝都把武当山道场作为皇室家庙来修建，有"北建故宫，南建武当"之说。

武当文化，华夏魂灵。道教是中国土生土长的宗教，是中国文化的"根"，华夏文明的"魂灵"。武当山作为中国最大的道教活动场所，继承了道教众多优秀文化，形成了系统的武当文化。其宏伟的宗教建筑群、珍贵的道教文物、灵验的道教医药、独特的道教音乐以及玄妙的武当武术、深奥的道教哲理，吸引了海内外众多游客来武当山寻根问祖，探寻华夏子孙的根。

武当山"灵"，通灵天下，给世人留下许多想象空间，去感悟武当山的物华天宝、人杰地灵。武当易学讲究阴阳相应、刚柔相济，提倡自强不息、厚德载物。易学起源最少有七八千年的历史，被誉为中华民族文化的源头和精髓、群经之首。

武当山玉虚宫是武当山规模最大的一宫，曾为张三丰修炼之地。

玉虚宫位于武当山镇，众山周护，剑河环绕，地势开阔，气势雄伟。张三丰曾说："武当异日必大兴。"果然，明永乐十一年（1413），成祖皇帝敕建玉虚宫，宫殿宏大，飞金流碧，富丽堂皇，宫墙环护，营造出帝宫威武、庄严、肃穆的气势。

明代文学家王世贞诗云：

太和绝顶化城似，玉虚仿佛秦阿房。

玉虚宫现为全国重点文物保护单位，为五进三路院落。一进宫门，2.5万平方米的开阔院落尽显皇家气派。过玉带桥，进龙虎殿、朝拜殿、正殿，正殿上方书"清虚至德"，后面是父母殿，对联有趣：母生地地久天长，父生天天地长久。

宫内有4座碑亭，亭内4个巨型赑屃驮御碑，造型优美，雕刻精细，神态逼真，是国内外罕见的石雕艺术精品，极为珍贵。

上武当山，植被葱郁，山外有山，满山红橘，层林尽染，让人心旷神怡。

对话太子坡，读懂武当山。太子坡又名复真观，背依狮子山，面对千丈幽壑，右为天池，雨时飞瀑千丈。左为十八盘，环境清幽，景色秀丽。太子坡是八百里武当最负盛名的景点之一。一里四道门，九曲黄河墙；一柱十二梁，十里桂花香。在这里感受建筑与自然的和谐，探导问道堂里智慧人生，老子有言："上士闻道，勤而行之；中士闻道，若存若亡；下士闻道，大笑之。"

历练之程，祈愿福禄寿，圆满人生。在这里游人才搞懂何为"老天爷"。"老天爷"是总管三界、十方、四生、六道之神；还是四御之首，众生之尊，主宰宇宙万物，呵护国泰民安，掌管风调雨顺的天神。

紫霄宫是全国重点文物保护单位，是武当山现存最完善的宫殿之一，有"云外清都"之誉。过金水桥，进龙虎殿、十方堂至紫霄大殿。大殿内供奉着一尊明末清初纸糊贴金真武神像，这是中国迄今发现最早、保存最完好的"纸糊神像"。时至今日，这尊像不仅表面没有脱落，且内部也没有丝毫损伤和虫蛀，它集聚了中国古代纸糊、雕塑、贴金、彩绘、防腐等工艺的精髓，对研究中国古代纸糊工艺有很高的价值。

大殿后为父母殿，其右侧门上书"红三军司令部"。1931年5月，贺龙率红三军转战武当山，创建鄂西北根据地，把武当山紫霄宫作为后方医院和红三军司令部。贺龙和柳直荀临别时赠送徐本善对联：

伟人东来气尽紫，樵歌西去云腾霄。

乘缆车上金顶，可凌空览视千峰争奇、万景献秀的景象。回望外朝山、金童峰、玉女峰，远眺天柱峰，仰望金顶。缆车至古铜殿祈福转运，随着人流，排着单行队侧身移步进夹墙，仿佛进入另一个世界，什么也看不见，身体只能慢慢移动，人在黑暗中祈祷，10分钟左右，终于重见光明。再经皇经堂、南天门入金顶紫金城，过灵官殿登上海拔1612米的天柱峰金殿。在金殿抽签、消灾神印、挂平安锁，一览众山小，心胸格外开朗。

巍然屹立于天柱峰巅的金殿是武当山的精华。金殿的全部构件铸造都由明成祖亲自安排，工匠在北京铸造后，由运河船只送至南京，再溯长江、汉江上行，一直送到武当山金顶，然后插榫、焊接安装而成。其工艺之精湛，达到了明代铜铸艺术的最高境界。

金庸先生虽未曾亲临武当，却凭着他对中国传统文化的精通和一支生花妙笔，在小说《书剑恩仇录》《笑傲江湖》《倚天屠龙记》中用英雄传奇这一文学艺术再现了武当的风采和神韵。

明代帝王把武当山视为"皇室家庙",并把真武神作为"护国家神"来祭祀,加封武当山为"大岳太和山",位尊"五岳"之上。如今,武当山以其宏伟的古建筑群、珍贵的道教文物、神奇的道教医药、独特的道教音乐及玄妙的武当武术、深奥的道教哲理成为世人心中的道教文化圣山。

注:该文刊载于《天府锦水》"天府散文"2022年10月30日。

彩云之南

——新"南行记"

　　云南因云岭之南得名（云岭亦称大雪山，主峰玉龙山海拔5596米），有着千姿百态的自然风光，是一个去了还想去的地方。它不仅是古老的南丝绸之路、茶马古道，还是三国蜀汉丞相诸葛亮"七擒孟获"，明代状元杨慎（杨升庵）替主充军的地方。中国现代著名作家艾芜三次南行，撰写出不朽名篇《南行记》《南行记续篇》《南行新篇》，读之令人神往。

　　艾芜原名汤道耕，成都市新都区人，与杨慎是同乡。艾芜当年不满现状，为反抗封建包办婚姻，追求劳工神圣的理想，毅然辍学离家，作为流浪汉漂泊南行，呕心沥血创作的《南行记》是真正成功的"行走文学"。他将墨水瓶悬在脖子上，一路走一路写，终于写出名震中外的长篇小说《南行记》。它是中国现代小说中唯一一部流浪汉小说，也是一部"南游记"，切切实实地书写了人间烟火生活。

　　400多年前，杨慎作为明代四川地区唯一的状元，与皇帝较劲的诤臣，直言抗争，得罪朝廷，被发配充军到中国瘴雨蛮烟的西南边陲——云南保山。杨慎在云南待了35年，与妻黄峨传书言情，直到老死他乡，才叶落归根。杨慎博学多闻，著述达400部，有文学、史学、哲学、天文、地理、金石、书画、音乐、戏剧、宗教、民俗。作为边陲播种文明的戍客，杨慎为西南边陲地区文化发展做出突出贡献，不愧为伟大的文化哲人。

　　老伯（亦兮）作为老成都文化人，小时候也做过流浪儿，也是三次南行。第一次是在20世纪90年代初，老伯作为在中共中央党校（国家行政学院）举办的首届中国报纸副刊研修班班长，应邀参加由云南日报社承办的中国报纸副刊研讨会，由成都、昆明、大理游历至瑞丽，然后，第一次走出国门到缅甸；第二次偕夫人经昆明、大理神游丽江；第三次将沿着文学巨匠艾芜的《南行记》足迹，由川南入昭通、昆明、大理、保山、德宏，再南行走缅甸。

云南是一个旅游的绝佳胜地，昆明的滇池、大观楼和香格里拉、怒江大峡谷、丽江玉龙雪山、大理古城、苍山洱海、西双版纳热带雨林、瑞丽边贸，其独有的多民族文化风格，亚热带高原季风气候，秀丽山川，人文遗产，让人流连忘返。再南行，还可以通过瑞丽市姐告边境贸易区，去缅甸木姐、南坎领略异国的民俗风情。

正值暑假期间，家人提议自驾游出行，三代"八老"一致赞同去云南，于是，一辆微型小巴驰往"彩云之南"，"八千里路云和月"成为现实。

走上红土高原

7月末，清晨，一行人从成都诸葛亮当年修筑的九里堤出发，上成雅高速，经乐山、宜宾，穿越美丽富饶的川西坝子、四川盆地、川南，一路顺畅，进入云南水富，中午时分至昭通，终于见到了蔚为壮观的云南红土高原。

历史上的云南始终被称为"红土高原"，这是由于其境内广布红土。这片红土地世世代代养育了各族儿女，云南东川的红土地被专家认为是全世界除巴西里约热内卢外最有气势的红土地，其景象比巴西红土地更为壮美。翻山越岭，沿途观赏层层叠叠的梯田，火红的土地上，稻谷飘香，三角梅斑斓炫目，鲜艳浓烈的色块一直铺向高原、天的尽头，让人赏心悦目。

昭通位于云南东北部，战国时，云南东北部为滇国，云南因此得名"滇"。昭通地处著名的乌蒙山区，1935年中国工农红军长征经过此地，伟人毛泽东咏叹出"乌蒙磅礴走泥丸"的雄伟诗篇，让人振奋。

昭通汉时置朱提县，唐初置安上县，清置恩安县，1913年改为昭通县，曾是古蜀杜宇王的故乡。

时值中午，进入昭通市区怀古，却令人失望，城区虽有不少新建筑，然卫生状况堪忧，餐馆更是让人望而生畏，无奈匆匆填饱肚皮，驱车前往会泽。

弃昭通去往会泽，实为聪明之举。

小小古城会泽位于金沙江东岸以礼河畔，旧城与现代相融，偌大的钱币广场，天桥从钱币中心的方孔穿过，让游人钻进钱眼，实为难得的市场经济创意。会泽有世界上最重的古铜钱，为明代嘉靖年间铸造，重达41.47公斤，直径为58厘米，具有较高的保存和研究价值。碧水幽幽的毛家湾水库滋润了整个古城，会泽古城的会馆文化享誉滇东，其会馆寺庙祠堂遗址多达108座，让人眼花缭乱，目不暇接。

入夜，那繁华都市的情景又使人惊讶，仿佛又回到内地的大都市。

会泽的黑颈鹤自然保护区的高原草甸，水草茂盛，环境优美；会泽大地缝的幽谷、栈道、一线天，作为新开发的喀斯特地貌自然保护区，值得一游。

小巴离开高速公路，进入弯弯曲曲的公路，路况太差，尽管身为校长的老爸亲自掌方向盘，全神贯注，小心翼翼，然不停地颠簸，仍让坐后排的老妈、老姨、老姐叫苦不已，"哎哟"之声不绝于耳。好在红土高原丹霞地貌，鲜艳夺目，风光秀美，加之云南高原气候宜人，缓解了路况不佳带来的不适感。临近傍晚，汽车终于又驶上了高速公路，距昆明不远了。

晚8时许，离昆明收费站3公里处，小巴"嘎"的一声刹住了。"怎么回事？""前方堵车了。"这一停就是2个小时，运气太差了。几年前，老伯来昆明离开时，昆明二环路高架桥抢修，短短3公里，也是堵了2个小时，这昆明进城交通口岸为何如此不畅？临时的突然停车，急坏了车上的"八老"，更急坏了在昆明居住数十载的二爸一家子——原准备为我们接风，隆重招待的丰盛晚餐凉了！

路好不容易畅通了。原来是出了车祸，一辆满载货物的货车侧翻，压扁了一辆小汽车，挡住了高速路面。

晚上11点，到达目的地云南省级机关宿舍，已过八旬的二爸夫妇早已回家了，留下来的老大夫妇在宽大漂亮的中式客厅，热情款待来自家乡的亲友。明日还要去澄江，晚上12点，众人安寝。出身武术世家的老伯和老姨（曾获世界太极拳健康大会冠军）却无睡意，与健康与习武多年的老大在宽大的客厅切磋习练太极拳。年过五旬的老大是云南武林高手，曾获香港国际武术大会通背拳、太极拳金奖，身手非凡。于是，三老切磋武艺至深夜，意犹未尽。

澄江抚仙湖荡舟

也许是日行920公里的旅途劳累，第二天一行人睡了懒觉，上午10时才启程去澄江。昆明最有名的湖泊是滇池，它是云南面积最大的高原湖泊，有

"高原明珠"的美誉，因去过多次，这次决定去澄江。澄江位于云南中部，距昆明1小时车程。澄江市南有中国第二深湖——"抚仙湖"，又称"澄江海"。这里生态环境优越，山清水秀，湖面开阔平静，是新开发的度假旅游区，不收门票。沿湖设有各式游船，花50元租了一条4人脚踏驱动的游船，穿上橙色的救生衣，"八老"雀跃登舟，齐心合力，驰向湖心。

抚仙湖晴空万里，碧波荡漾，波涛涌处白浪如银链滚动，浪静时则湖面一片澄清。偌大的湖面仅有几条小舟，开阔极了，一行人顿时忘却了旅途的疲惫，沉醉这山清水秀之间。老妈、老姨、老姐三个"仙姑"竞展风姿，留下倩影，尽情享受这山高水绿的宁静。此刻，人的心灵被抚仙湖的静穆净化了，握着相机的老伯顿悟：这不正是人们梦寐以求的"忘忧湖"吗？

游抚仙湖也有遗憾，专门在成都网购的泳衣，因行程匆匆落在昆明亲戚家，畅游抚仙湖的计划泡汤了。好在返程另有收获，驰名中外的进贡珍品、云南特产美食——"仙湖"牌澄江红枣藕粉遇上了"仙姑"们的钱包，她们各取所需，采购了几大包。

晚上，二爸一家再次设宴盛情款待，众人一醉方休。

酒过三巡，老伯告辞，去香榭里咖啡屋赴约，见了久违的几个老同学，特别是在昆明生活、工作数十年的云南老年网络大学校长周孜仁。孜仁与老伯从成都解放初即开始在成都商业场小学同班，列五中学同校，又同喜绘画、文学，相交近70年，是难得的挚友知己。改革开放后，他被任命为著名的赛格科技集团自动化公司总经理，去深圳经济特区下海、经商，而后返回云南从文，任云南老年网络大学校长、云南远程教育培训中心主任，现为云南才子、著名作家，其获奖代表作品短篇小说《自动线的梦》《三重奏》和长篇小说《流浪特区》《省委书记秘书自述》等享誉海内外。

正像他50多年前来信言："海阔凭鱼跃，天高任鸟飞。"

信步"彝人古镇"

走高速公路去大理古城，途经金沙江支流龙川江上游的楚雄。楚雄汉时属益州（成都），滇缅公路横贯，是彝、汉等多民族聚居区。游新建的"彝人古镇"，仿古的彝人古建筑群落，店铺林立，民族服饰、工艺用品琳琅满目，小桥流水，杨柳轻扬，好个古朴的彝人街市、古风驿站，游人如织。正街上有"土司府"衙门，门联：

> 文明久汇三江生民无异岂可分汉制彝制，
> 教化早归一统得保境有责不论流官土官。

土司府堂上，红布包官印，"锦节安边"高悬，两旁兵器陈列，威风凛凛。

彝族村落，民风淳朴。石山上雄鹰展翅，木栏桥，茅草屋，垂柳下水车射猎，呈现农耕文化。常青藤、图腾长廊下，众多彝族青年男女手弹月琴吟唱，悠扬的歌声在村落回荡：

> 人说马缨花最美丽，
> 人说荞子烤酒最香甜，
> 弹起悦耳的月琴，
> 赞美那领头的大雁，
> 飞得高，看得远……

歌声让人仿佛回到古老的彝寨，让人领略彝家古朴的民俗风情。彝族村落水池中，荷花盛开，艳丽袭人。荷花争艳出于池，水底浊泥更护花，不正是彝族同胞纯朴真诚的心灵写照吗？

茶马古道上，有一组群雕——一队彝族马帮在山间坡地休憩，尽显彝族同胞的民风民俗。

赶路：

> 头上追着辣太阳，岩边长着马蹄香，
> 挨近黄昏奔马店，盐水烫脚喝米汤。

推坡：

> 头顶红彩飘洒洒，赶马先赶带头马，
> 路烂坡滑盐已重，风里雨里推一把。

岁月融融 ——何定镛作品选

古朴的彝人古镇让人迷恋，依依不舍，在这南方丝绸之路的茶马古道上寻幽，留下一个个倩影，回头再回头。

大理"风花雪月"

如果说要用什么文字来形容文献名邦大理，"风花雪月"四字再恰当不过了。"上关花、下关风、苍山雪、洱海月"就是大理古城千百年来留给人们的深刻印象。尚未到大理古城，沿途苍翠的高山坡上已立有许多风力发电的大型风车，增添了一道新的风景线。"下关风"已造福于当代。

提到大理，人们总会想起苍山洱海、蝴蝶泉以及"五朵金花"，还有如画的田园风光，洱海畔的渔家情调……绮丽的自然风光是大理丰富的旅游资源。

自远古以来，大理一直是滇池文明的中心，在新石器时代这里就有人类活动，它不仅是茶马古道的重地，也是云南设置最早的地区，公元前2世纪，汉武帝在这里设置了叶榆县。唐代的南诏国和宋代的大理国都在这里建都，先后长达500余年，使大理一度成为云南政治、经济、文化的中心。清康熙年间，云南提督深感大理的人文兴盛，向清王朝申请了"文献名邦"的匾额，保存至今。

穿过文献楼进入大理古城，保存完整、古色古香的白族民居，纵横交错的石板路，分散的寺庙、书院和教堂……众多元素汇集成这座历史悠久，兼收并蓄，而又保持自己民族特色的瑰丽古城。从苍山引入清冽的泉水，穿街绕巷，来到每户人家，一派"家家流水声，户户养花忙"的和谐美景。放眼望去，三角梅伸出墙外，香气弥漫，伴着泉水叮咚，怎能不叫人沉醉于这花海之乡？

多次来大理古城，"八老"一行轻车熟路，穿小街来到玉洱路白族民居"青石居"客栈。青瓦披顶的房屋，三坊一照壁，四合天井小庭院，幽静典雅。住进干净清洁的客房，小楼廊、红灯笼相映成趣。忘却旅途的疲惫，"八老"兴奋地在楼廊以照壁为背景合影，那份开心、爽朗和笑意是按捺不住的。老娘干脆将藏起来的酒瓶递到已"醉了"的老头嘴上说道："再饮一口！"这合家欢景象一派其乐融融。

顺着棋盘式的街巷，曾在云南生活过的老姨裹着花头巾，着红灯笼裤、民族花鞋，蹲在石梯上，坐在土墙、木门的老屋前怀旧，思索那远古的白族民风民俗，神态专注、优雅，好似一幅写真的油画；身为优秀教师、学科带头人的老妈着一身民族装也来作秀，倚在门框上，活像刚走出木楼的白族女子，那甜甜的笑意爽呆了。

门楼有石刻：

作本色人说根心话干近情事。

横额：

归至如宾。

门联：

燕语莺歌时清年瑞，居安客好近悦远来。

套上了孔夫子的话语："近者悦，远者来"，有些诗意了。
入季羡林题字的"玉洱园"，小巧玲珑，如是：

清风明月本无价，近水楼台先得月。

大理确是赏月的绝佳之地。
玉华楼、洋人街，游人如潮。
正是：

大理好风光，全民共分享。

入夜，"唐朝酒吧""樱花屋"等酒肆，会聚四面八方的神州食客，用啤酒瓶吹喇叭，笑语欢歌。不同的民族，不同的语言，汇成一首交响曲。沿街而坐的帅哥抬头望明月，靓女们欲伸手摘星星。
老妈、老姨、老姐、老妹四个"仙姑"却不凑这个热闹，专选僻静街巷，寻扎染、淘珠宝，品味饵块、米线、烤鱼等云南特色小吃，大饱口福；

老伯、老爸则陪老头在四川人开的"一品川味"啖回锅肉、麻婆豆腐，喝梅子酒思乡。

大理城外，蝴蝶泉最负盛名。小小一方水池虽无法呈现《徐霞客游记》当年所见的绚烂蝶舞，但却承载了大理文化的灵魂。

30年前，老伯第一次游洱海，好客的《云南日报》副刊同行，租船带老伯遍游洱海。参加白族婚礼，喝七杯茶，登苍山览洱海全貌，观崇圣寺三塔，传递着浓浓的历史沧桑感，散发出震撼人心的神奇魅力，记忆犹新。今昔，漫步洱海畔，深感景美、水美，人更美。

洱海畔的苍山又名点苍山，因山色苍翠而得名，山景以雪、云、溪著称。苍山由19座海拔在3500米以上的山峰组成。峰顶上终年积雪，银装素裹，景色壮丽。"苍山雪"是大理风花雪月四景之一。

站在大理古城洱海边，抬头远望，高高山上，云层中投射出一缕缕阳光，洒在苍山山顶的皑皑白雪之上，照射出洱海的万亩粼粼波光，在明暗的变幻中，增添了神秘莫测的气息。

苍洱大观，正是：

> 巍巍十九峰前，蒙颠段蹶，依旧河山，最难忘郑回残碑，阿南烈炬，状元写韵，侍御游踪，世变几兴亡，往事都随流水去；
>
> 遥遥百二里内，关锁塔标，无边风月，况更有苍山积雪，洱海奔涛，玉带晴云，金梭烟岛，楼高一眺览，此身疑在画图中。

难忘高黎贡山

穿越奔流不息的澜沧江，入保山，进入怒江大峡谷的高黎贡山。

怒江大峡谷的两岸山岭海拔均在3000米以上，因落差大，水急浪高，十分壮观。两岸多危崖，又有"水无不怒石，山有俗飞峰"之称。怒江每年平均以1.6倍于黄河的水量像骏马般奔腾向南，撞击出一条山高、谷深、奇峰峻岭的东方大峡谷。怒江一泻千里，宛如一条玉带，汹涌澎湃，奔流直下。

说起云南，人们常常会用"一山分四季，十里不同天"来形容气候的立体分布，其实，这句话最初指的就是高黎贡山。

高黎贡山这条跨越5个纬度带、巨龙一般的横断山脉，是地球上现今唯一保存有大片由湿润热带雨林到温带森林过渡的地区，是世界上生物多样性十分突出的地区之一，拥有众多珍稀物种。高黎贡山国家级自然保护区被接纳为世界生物圈保护区网络成员，被世界野生生物基金会列为A级（全球最重要）自然保护区。这个世界"动物王国"有孟加拉虎、羚羊、白眉长臂猿、白尾梢虹雉、小熊猫等兽类154种，鸟类419种，两栖动物21种，爬行类动物56种，鱼类49种，昆虫1690种。"植物王国"乐园有高等植物4600多种，是"云南八大名花"——山茶、木兰、兰花、龙胆、报春、绿绒蒿、百合、杜鹃的故乡。老伯当年曾在农林科研单位供职20年，在峨眉山、龙门山山脉做过生物群种的调查和猕猴桃野生资源调查，对这绝妙的动植物王国自然情有独钟。

然而，这极其珍贵的多样性物种，"八老"一行却无法深入观赏，因为在大峡谷侧的高黎贡山上行走，山路弯弯，悬崖绝壁，又下雨了，路湿滑难行。偏偏此时，老姨、老妹突发急症，因在大理贪嘴，吃多了饵块、烧烤，加之她俩本身脾胃虚弱，病情严重，一个高烧呕吐，一个胃疼腹泻。汽车走走停停，老姨已虚脱，甚至言："我快不行了。"在这人烟稀少的高山之上，上不沾天，下不着地，离最近的腾冲县（今腾冲市）医院，尚有100多公里的山路，真是求医无门，急煞人也。无奈，只有坚持挺住，又经过2个多小时折腾赶路，晚上8点，汽车终于驰进腾冲县（今腾冲市）医院。

急诊室就医，两位均是急性肠胃炎，于是打针、输液、吃药，又折腾几个小时，病情才慢慢缓和，病人也慢慢安定下来，一行人长长吁了一口气，算是有惊无险。

"八老"未能进入热带雨林深处去亲身体验，终归是一个遗憾！

难忘的高黎贡山之行……

茶马古道的余香——和顺

清晨，雨渐渐停了，两个病号也好转了，于是决定按计划去腾冲和顺古镇。

行程不到半个小时，汽车驶入和顺古镇。"八老"眼睛一亮，昨天的阴霾一扫而光，古老的石牌坊、双虹桥，涓涓细流，荷花绽放，好美的和顺古镇啊！

在这遥远的西南边陲，在这火山和热海之间，居然还隐藏着一个如诗如画的和谐小镇——有着600年历史的和顺侨乡。作为"中国第一魅力名镇"的和顺，名称源于"云涌吉祥，风吹和顺"的诗句，以华侨出国历史长、侨属多而成为著名的侨乡。

茶马古道，叮当铃声，别样的景色，让人迷恋。汽车在红土高原上穿行，看久了人都有审美疲劳。突然，别样的景致呈现在众人面前——没有顶峰，覆着翠绿像小丘样的火山，流水越过碧绿的田野，远远看到古镇，坐南朝北排在小山坡上，高低有致的房屋，充满了祥和的生活气息，漫步于此，别有情趣。仿佛又到了江南水乡"江南忆，最忆是杭州"，小桥流水，碧水环绕，一排排执着的石屋，用高黎贡山上最坚硬的石头建造，赭黑色的石板路与柔弱的涓涓流水相映，别有一番韵味。

双虹桥石牌坊上篆刻着"和谐安宁""文澜壮阔""冰清玉洁""文人启佑"的字样，让人铭记。坐在"雨州亭"浮想联翩：

> 亭中闲坐，谈农聊商，仁里和顺，俗美风淳，土美民良。
> 栏外远望，绿柳飞燕，红莲青牛，凤山白鹭，景美如画。

拱桥牌坊"和声鸣盛"，正是：

> 半亭晚月，一弯碧水，近看神龟，左抱黑龙，右旋高岗，岚干日寿，燕语和顺，德称古镇。
> 千寻古街，万仞瑞丽，受儒学南，承文采北，经边部化，被仁里风，言锐志勇，行济大同。

野鸭湖畔，荷池垂钓，白鹭点水，野鸭戏水，江山如此多娇。

晚上客居"月明轩"客栈，小巧玲珑的四合院，幽雅古朴。透过木窗，远眺火山，窗前荷塘月色。

正是：

> 举手推出窗前月，迎面扑来莲子香。

和顺的月夜好静，这里正是一个读书的好地方，不由得让人想起家乡四川邛崃白鹤山上魏了翁的读书台。而整个和顺就是一个大的读书台，信步近邻的和顺图书馆，让人惊讶！这个中外闻名的创立最早、规模最大的中国乡镇图书馆，此刻读书人已稀少，沿石梯而上，门额上悬有五四新文化运动先驱、著名学者胡适亲笔的题字"和顺图书馆"，藏书楼有北京大学、北京师范大学原校长李石曾的题字"文化三津"，中国人民政治协商会议全国委员会原副主席钱伟长题词"腾越文化先声"，著名作家艾芜题词"到过外国的人总是更加热爱我们的祖国"。

正是：

一楼经典常开卷，万里云山画入怀。
书自云边通邦阔，报来海外起群黎。

文明的色彩，在这远离腹地的边陲之乡，熠熠生辉。
文昌宫就在隔壁，题有门联：

高必自卑合德智体而并育，小能见大通天地人者为儒。

沥沥细雨飘洒在赭黑色的石路上，独看河边杨柳轻扬，岸边芳草萋萋。碧波荡漾的池塘，含苞的荷花在雨中格外妩媚动人，徐徐的微风送来荷香。此情，此景，老伯轻舒猿臂，打一套太极拳，心情明净极了，惬意得飘飘然，不知所以。此地，是否就是人们理想的人居天堂？

龙潭池畔的艾思奇故居纪念馆和顺河边的抗战远征军纪念馆，供游人缅怀哲学和抗战历史的风雨岁月。

和顺的夜色迷人、宁静。然而，河边珠宝一条街一排排红灯笼高挂，游人不绝。老娘、老姨、老妈、老姐沉湎于此，尽情选购，称心如意的"黄龙玉"小饰品，黄澄澄、晶莹剔透的精美挂件，让"仙姑们"选花了眼，钱包被掏空了，还欢天喜地，乐此不疲。

腾冲热海探秘

去腾冲热海，沿途欣赏浓郁的民族风情和盈江风光，腾冲的特点是火山和地热景色，腾冲是火山地热的天然地质博物馆。

腾冲地热是腾冲火山地热国家地质公园的重要组成部分。腾冲是中国三大地热区之一，热海风景区位于腾冲县（今腾冲市）西南约20公里处。高温热泉与新生代火山同处一地，为全国第一，有97座火山，124处温热泉群，到处可见各样的汽泉、温泉，有澡塘河瀑布、蛤蟆嘴喷泉、狮子头、美女地、大滚锅等。

大滚锅位于翠绿披被的山群、热气腾腾的山谷间，其直径6.12米，水深1.5米，内有3个喷水孔，锅底水温高达102摄氏度。来自各地的游人在小滚锅里煮鸡蛋品尝，这种地热水煮出来的蛋特别香。

奇特的"怀胎井"取名源于一个美丽的传说，水温88摄氏度，含有丰富的微量元素及水氢，对调节人体内分泌有显著效果。老伯尝了一口，水还真香，不知男儿是否也能怀胎？

"鼓鸣泉"是典型的沸喷泉，沸水发出"咚咚"的击鼓声，从裂缝的岩石中喷出。

"珍珠泉"是由众多喷气孔形成的凝结水坑，喷射出像珍珠似的泉水，蔚为壮观。

腾冲的火山与地热相伴而生，有数处温泉沸泉群，在这里游人可以畅游"天然氧吧"，亲身体验"泡金汤"的快感。"八老"一行驰车数公里，在地热公园侧的"黄瓜箐"温泉，一人花20元实现了SPA健康旅游新概念。"黄瓜箐"的温泉水温太高，烫得人受不了，毛巾、拖鞋需自备。普通男浴池约20平方米，浴池不到10平方米，仅能容下数人。泡澡设施简陋，不到半小时，大家就和它说拜拜了。好在沐浴之后，浑身爽快，也算不虚此行。

边贸重镇——瑞丽

入德宏州境内，景色焕然一新。龙川江涓涓溪流汇成开阔的江面，成片的甘蔗林织成浓密的青纱帐，宽大的芭蕉叶间缀着沉甸甸的芭蕉，三五成片的竹林与阔叶树相映成趣，一派典型的亚热带南国风光。瑞丽市隶属德宏，与缅甸毗邻，地处瑞丽江畔，因江得名，含吉祥美丽之意。

30年前，承蒙《云南日报》美意，首次到瑞丽，从姐告口岸过瑞丽江出国，感受了缅甸木姐、南坎的异国风情，记忆犹新。而今瑞丽面目一新，认不出来了，完全是一个现代化的新兴城市。那时的中缅贸易一条街像个赶节的集市，简易的棚架摊位排列两旁，和成都当年的青年路一样，人流涌动，热闹非凡，只是经营的商品不一样。

一别30年，依然留恋当年原生态的瑞丽江和傣家寨的民族风情。

瑞丽江是滇西一条重要河流，属伊洛瓦底江水系。上游河床坡度大，水流湍急，西岸高山耸立，常绿阔叶林、针叶林茂密；中下游江面宽阔，野鸭、白鹭群起群落，中缅两国船只往来穿梭，江畔傣家建筑，颇富诗情画意。

"八老"一行车停瑞丽方圆宾馆，一打听居然没有了房间，看不出来这里旅游还这么火。出宾馆大门，一小车下来一人和我们打招呼，是八达旅行社的任先生。早在我们行进于盈江芒章，在独木成林的农贸集市小憩时，他主动来搭讪：去瑞丽可找八达旅行社游缅甸。没有想到他居然一直跟着我们，我们有些愕然与警觉。他讲可帮忙联系住处，我们去了两家不满意，再回方圆宾馆，他去服务台一讲，居然又有了房间，还可打折。看来他们是串通好了的。好在方圆宾馆条件尚可，老姨曾在此住过，于是订下来，并与八达旅行社谈妥，明日随他们旅行社去缅甸，先交200元订金，明日返回再交全款。任先生爽快地同意了。时间尚早，我们决定去"一寨两国"游玩。

"一寨两国"位于瑞丽南11公里处，中缅两国的71号界桩立于此。一人花20元门票进入风景区，国境线将整个村寨一分为二，中国一侧叫"银井"，缅方一侧称"芒秀"，形成了"一个寨子分属两个国家"的独特景观。寨中的国境线以竹篱、村道、水沟、土埂为界，两国人民共饮一井水，同走一条路，同赶一条街，通婚互访，习俗相同。

闻名的"缅甸的母鸡到中国来下蛋，中国的瓜藤爬到缅甸去结果"的特别景观就在这里。观生态、访民居，欣赏"一寨两国"的民族歌舞表演，去71号界桩留影。

离晚餐还有一段时间，先睹为快，离开"一寨两国"，汽车直达姐告边贸口岸。参观国门，不知道是不是因缅甸是佛教国家，我们的姐告口岸国门大牌楼也弄得像寺庙般金碧辉煌。游中缅一条街、免税店，在"天涯地角"留影。

"姐告"是傣语，意为"旧城"，为云南最大的边贸口岸，对面就是缅甸的木姐市。姐告与30年前完全不一样，"旧城"已变新城，是一个现代化的城市，特别是免税店的档次、装修、买卖，几乎和成都的高档百货店"仁和春天"一模一样。逛完有些失望，原来的原生态、集市印象，荡然无存。当然，这也是市场经济发展的必然，无可非议。

晚上逛瑞丽华丰市场，市场面积很大，经营品种繁多，服装、珠宝、生活用品一应俱全，特别是美食广场，非常大，饮食种类五花八门，食客也很多，座无虚席。"八老"在泰国人开的饮食店用餐，烤鱼、炒田螺配泰国啤酒、鲜榨果汁，风味独特，鲜美可口。不喜欢吃烤鱼的老伯，品尝之后，也赞不绝口："香，真香！"泰国人也喜辣，对了四川人的胃口。

缅甸边境一日游

早上7点半，八达旅行社的导游就带我们出发，说通过"绿色通道"直接出境。没有走国门安检，汽车来到姐告边境一绿色围墙处，有一个不引人注意的缺口，无人守卫。导游讲从这里去缅甸，我们一行与其他国内旅客都惊呆了："这样行吗？"导游不断地解释："我们一直这样，安全的。"此刻，参加八达旅行社出国游的中国游人都在犹豫，老伯的脑海里出现昨日的一幕——在姐告口岸"天涯地角"边境不到100米处，3个缅甸青年公然翻过边境铁栏墙旁若无人地走进了中缅一条街，没有人过问。

此时，众多游人已通过这个缺口进入缅甸，事已至此，只好从众了。顺边境铁栏墙小道行10米远，边境小河沟上有一便桥，过桥进入缅甸人家后门，出大门已是缅甸木姐的公路了。随导游走数10米，到了缅甸黄金珠宝旅游公司，这里已有挂云南车牌的汽车若干和众多游客，有的还在大餐厅用早餐。中国导游讲："现在起由缅方导游带你们游木姐、南坎，中午在此用餐，看人妖表演，我在这里等候，下午带你们回国。"此时，我们一行人才稍稍放下心来，几分钟前心还是悬着的，"回不去中国怎么办？"这个问题一直在困扰着我们。本来出国游就是想散散心，放松心情，不想反而更揪心了。是福是祸不得而知。

站在缅甸国土，不过几分钟，举目四望，已感受到中缅两国的差异。木姐的城镇有点像20世纪60、70年代前中国的小城镇，贫富差距十分明显。我们上了4号车。"这也是旅游车？"与国内带空调的高档旅游中巴相比，真是一个天上，一个地下——二手车破烂不堪，司机台连车门也没有，驾驶员从窗口爬进来，汽车没有前挡风玻璃，这样的老古董或许早就该进博物馆了，而现在却坐满几十名游客。

汽车发动了，速度超快，像坐蹦蹦车，顺着坑坑洼洼的著名的滇缅土公路驰向木姐寺庙。缅甸全民信佛，无论多么偏僻的城市或乡村都有寺庙。尽管缅甸人的房屋很破旧，木板房、茅草屋处处可见，但他们的寺庙修建得金碧辉煌。

游人遵照当地习俗脱鞋进入寺庙，并虔诚地拜起佛来。接着逛木姐市区，木姐也有许多做商品买卖的店铺，大多经营来自中国的商品。一群缅甸小孩围着游人行乞，给了钱，还继续伸手，让人生厌。

缅甸街上的女人脸上都涂着黄色的粉末，这种粉末可是缅甸一宝，叫特纳卡，是一种树枝研磨出来的纯天然美容产品，能起到很好防晒作用。没有涂特纳卡的缅甸男人，在强烈的阳光下都晒得黑黝黝的。

中午回到缅甸黄金珠宝旅游公司用餐，偌大的餐厅有几百名中国游人，看来这里的旅游业经营得不错，生意红火。"八老"对人妖表演没兴趣，于是换乘5号车去南坎。这次运气不错，是黄金珠宝旅游公司新购的高档空调车，缅甸太热了，这下终于可感受到一丝丝凉意了。

空调车沿着滇缅公路过畹町桥，桥边有持枪的缅甸边防军守卫。顺着这条公路行走，游人可想象，那时国际反法西斯阵营援助中国远征军的战略物资，就是通过这条路运输，畹町也成了中、英、美三国盟军的大本营。那时的畹町硝烟弥漫，可不像今天这样，田园风光，一派祥和宁静。

南坎的寺庙更为壮观，彩塑的佛像群、大型卧佛，金碧辉煌的宝塔，隐于阔叶树林间的佛像故事群雕，蔚为壮观、感人。

下午4点，中国游客顺利回到木姐缅甸黄金珠宝旅游公司，向中国导游补交了一日游的全款，再从让人心虚的"绿色通道"返回中国姐告。终于又踏在了祖国的土地上，有了回家的感觉，游人们的心才算完全放下来。

余音缭绕

不用再翻越那云雾环绕的高黎贡山，高速公路直达大理。依恋大理的四个"仙姑"再次尽情淘宝，物美价廉的扎染灯笼裤都采购了几条，连从不被商品诱惑的年过七旬的老头，也在老伯的陪同下，为他名下的"仙姑们"买了几条红豆手链，亲情感人。晚间时分，一行人顺利返回昆明。

第二天上午，"七老"上昆明市区逛街、观景、购物，不亦乐乎。昆明是一座有着浪漫情怀的城市，鲜花常年不断，草木四季常青，头上笼罩着"春城""东方日内瓦"的耀眼光环，是世界上少有的全天候旅游城市。这里不仅有天下第一奇观——"路南石林"，有《阿诗玛》的美丽动人的传说，还有撒尼人多彩的民族风情，大观楼的长联吊足了文人墨客的胃口，而中国第六大淡水湖——滇池，成群的海鸥在湖面翱翔，有着"高原明珠"之美誉，国歌作曲者聂耳的塑像任人瞻仰。当然，还有火腿、普洱茶、鲜花饼、过桥米线等云南特产，让人嘴馋。

老伯则独自一人去昆明理工学院了却多年的心愿，拜会成都列五中学的老校友车仲英教授夫妇。车仲英教授是革命先烈车耀先（成都抗日救亡运动领导人、大声周刊社社长）的长子，当年老伯父亲何镜波与车耀先为友，在成都少城公园射德会和卧龙桥川北会馆"新社会"共商抗战大计，友谊长存。抗战期间，车耀先曾在成都列五中学任教。列五中学为中国民主革命先驱、巴蜀辛亥革命元勋张培爵烈士创办，教育家叶圣陶、厚黑学鼻祖李宗吾、世界和平理事会主席文幼章均在该校任教。成都列五中学为巴蜀名校。老伯与车教授通信、通电多年，从未谋面，相互敬仰，今日了却夙愿，交谈甚欢。老伯也向车教授赠送了自己撰写的长篇小说《影子的诱惑》（四川省作家协会、成都市作家协会联合召开作品研讨会），彩色图文游记《行走欧洲》（全世界数十个国家电子书刊出）和做编委并撰写其中"生活卷"的国家重点图书《新世纪老年百科全书》，只是交谈时间太短了，真是相见时难别亦难，只好合影留念，互祝健康。

中午离开昆明返程，夜宿古城会泽，第二天平安回到阔别半个月的成都。

山水有情，心中有根。后辈学前辈徐霞客、艾芜，行万里路，将功业建于山水之间，不亦乐乎！

彩云之南，八千里路云和月，"八老"行走，以此铭记。

借用文坛巨匠艾芜的座右铭搁笔：

> 人应像一条河一样，流着、流着，不住地向前流着；像河一样，歌着、唱着，欢乐着，勇敢地走在这条坎坷不平、充满荆棘的路上。

仲秋于锦城西
杨柳河畔"一览斋"书屋

注：该文刊载于《天府锦水》"天府散文"2021年9月12日，《今日温江》连载。

激情燃烧的沃土

——魅力温江咏叹调

上善若水，锦城西，上风上水，鱼凫灵地。林下是土，水边是岸，靠水而居，一览情结。

水是人类生存不可或缺的，自古如此。"天府之国"四川，三江汇合，金沙江、岷江、嘉陵江；鱼凫灵地金温江，三水并流，金马河、江安河、杨柳河。温江在水一方，古为大江，鱼凫王国，四千年悠久文化，辉煌灿烂。

看今朝，魅力温江，斗转星移，演绎着先辈的辉煌，五彩斑斓。这片激情燃烧的沃土，勇于开拓，锐意进取，奋进拼搏，和谐吉祥。

光华大道情结

今非昔比，一条通衢的生态大道光华大道，作为成青旅游快速通道的首段，经过苏坡河，直抵江安河畔，将锦城与柳城相连。可以毫不夸张地说，光华大道是成都中心城区辐射区县迄今为止最漂亮、最宽敞、最快速的一条交通大道。昔日并非如此，20世纪80年代初，笔者和温江区原区长何礼同在浣花溪畔成都市农科所工作，到温江支农，从青年宫车站乘车，沿一条弯弯曲曲的马路过苏坡桥，有时一辆大卡车就会堵住狭窄的马路，行路难。若遇逢场天，更是堵得慌。

旧貌换新颜，从锦城二环路西行，走上跨越三环路、铁路、苏坡河、武青路长达数里的高架公路桥，清风徐徐拂面，柳城的绿茵已近在眼前。下高架桥即8通道光华大道，大道两旁20米宽阔的绿化带上，有供旅游者步行的绿道，建有风格各异、别有情趣的风景点18个，亭园、假山、喷泉和小憩的长廊，给人无限遐想的空间。

在春光明媚、生机盎然的春天，绿化带上星星点点的黄色迎春花、粉嘟嘟的红梅花、大红的茶花、洁白的玉兰花和紫玉兰竞相绽放，露出笑脸，仿佛在放歌——西部花城温江欢迎您。光华大道温江段全长5100米，在红日高照的暑夏，郁郁葱葱的榕树、小叶榕、冬青、香樟树，挺拔的千丈树，"活化石"银杏，阔叶的梧桐、栾树，浓郁的翠竹，给行人带来了一丝丝凉意；成片的草坪上点缀着白色的小花葱兰和五彩缤纷的凤尾花、月季花，以及紫荆花。秋季，五颜六色的芙蓉花绽放，金黄色的槐花盛开，千姿百态的秋菊，桂蕊飘香让人驻足流连。冬日，蜡梅幽香沁人心脾，温室培养的各色花卉——向日葵、金杯菊、雏菊、瓜叶菊、夏瑾、蝴蝶花、白头翁、一串红、一品红、杜鹃、郁金香，拼成各种图形，一年四季竞相开放，撩人心扉，不似春光，胜似春光。

光华大道上的美景数不胜数，更诱人的是镶嵌在这条彩带上的盛况空前的中国花博会场景——碧落湖和绿茵柳翠的温江公园，像两颗晶莹的翡翠，那么耀眼夺目，陶冶情操。

亲水江安河

"关关雎鸠，在河之洲"，江安河，早于李冰所开之成都水道，为大禹、开明帝所凿"江沱"。从万春镇开始，江安河流域上楼盘林立，踏寻着古蜀人生活演化的足迹，充满了文明与历史的崇拜。昔日笔者作为一个农科人员，走田坎，足迹遍布江安河畔，江安河以清澈的河水浇灌着两岸良田，润泽着竹林农家袅袅炊烟，春色被成片成片的金灿灿的油菜花尽染，秋收沉浸在汪洋般的稻谷香里，农家菜园与温室大棚各领风骚，为"菜篮子"工程做贡献。

而今，笔者由成都市农科所转战新闻媒体《成都商报》，又从商报解甲归田，从千古绝唱的人文圣地杜甫草堂浣花溪移居温江，再到江安河踏青，一切都变了，变得使人难以置信，是自己走错了地方，还是……

漫步江安河，亲水江安，沿河而居是住在温江4500年来的魂魄。从万春镇令人眼花缭乱、目不暇接的国色天乡主题公园鹭湖宫，到江安河畔的置信香颐丽都、蓝光紫檀山、边城水恋、繁华时代、香颂岛、归墅、花博园景观带、七彩花都、森宇音乐花园、奥林匹克花园、锦绣森邻、仁和春天大道、金河谷，江安河生态居住带已初具规模。江安河绿波荡漾，枝繁叶茂的自然生态活水系已成形，城在绿色中，绿色在城中，花团锦簇。辛劳地耕种，收获丰硕的果实——"全球生态恢复和环境保护杰出成就奖""国家级生态示范区""中国人居环境金牌建设试点区""中国人居范例奖""四川省首个环境保护模范城市"展现眼前。专注一览，心境至此，欣赏浮华背后的深邃，呈现了一个新的"浣花溪"，此情此景，不由得让人忆起杜老夫子的诗句："安得广厦千万间，大庇天下寒士俱欢颜。"让人醉心于内心的静穆和淡远中，联想人与大自然的诗情画意："两个黄鹂鸣翠柳，一行白鹭上青天。"江安河传承历史，迎接着未来。

金马河的回忆

杜甫诗云"日落青龙见水中"，金马河（古皂江）是温江最大的一条水系，也是成都西边最大的分洪水道，在温江由北向南，直抵岷江。宽阔的河床，滚滚流水，见证着笔者生命的一段华章乃至生命的源头（母亲长眠于金马河畔的大朗陵园）。

改革开放的春风催生了金马河畔海峡两岸科技开发区，带来了温江经济的快速发展，金马旅游休闲区也应运而生。昔日的金马，笔者作为记者随成都市委原副书记王少雄、原副市长吴平国采访，见证了盛况空前的赛马活动。轻松欢快的小提琴协奏曲《山村变了样》，在面积达数百亩的宽阔的金马赛马场上空回荡，上万人的看台人头攒动，奔驰的骏马如离弦的箭，场景精彩激烈。赛马场周围的水上游乐中心、赛车场、射击场等活动，也吸引了来自四面八方的游客，金马旅游区人流如潮。然而好景不长，金马河渐渐衰落了，几乎成为一片废墟。10年前，笔者在这片废弃土地的一农家乐"国香园"苗圃中的一间几平方米破屋里，与花工原村支书相处数月，早上荷包蛋，中午一碗面，晚上红苕稀饭。在漫天大雪的寒冬里，笔者奋笔直书改革开放带来的房地产第一波浪潮，潮起潮落，撰写了长篇小说《影子的诱惑》。兴许是金马河的滔滔流水，西部开发的执着追求，或者是安息在金马河畔，作为教师的母亲点化，说真话，做好人，读好书，著好书，成就了我人生的一段华章。

寒冬过去了，万物春风吹又生，金马河新的建设开发蓝图已展现，科技开发园区迅速拓展，大学城初具规模，中国体育产业器材基地奠基，从和盛鲁家滩、三渡水、金马到刘家濠的数千亩湿地休闲旅游开发带拉开了一期工程的序幕，一个崭新的金马河即将呈现在眼前……

安居杨柳河

高歌余韵咏温江，"眼中景物幻沧桑"（清·杨毓春）。杨柳河古为大江，温江因此而得名。2006年，"霜叶红于二月花"（唐·杜牧），层林尽染的枫叶醉了，笔者离开前后居住20年之久的人文圣地杜甫草堂浣花溪，迎着夕阳的红云西移温江，定居杨柳河畔江南房子，与勤劳朴实的温江人相融，享受晚霞的平和。

清晨，东方尚未发白，春日在雾里像一幅古山水画中褪了色的羞月，不愿亮出她的光环。笔者从梦里醒来，听到的第一个声音，即窗外银杏树林中小鸟的欢叫。叫不出名的各种小鸟在绿树间跳来飞去，悠然自得。当艳阳高照时，九鼎广场的一湾碧水中，一群群锦鲤正自由自在地遨游，鱼尾摇动荡微波。傍晚，信步杨柳河畔，河岸的彩灯闪烁，游人在春花似锦、风物瑰丽中享受生活。夕阳西沉，华灯齐放，春燕与蝙蝠共舞，当美梦还未成真，窗外已蛙声一片。这蛙声催人入梦，也扰民，于是乎，面对这额外平添的花絮，清风廉政文化示范小区下令，夜里值班巡逻的保安除保一方平安外，还兼捉拿叫声太欢的扰民大青蛙。呜呼！美好的生态环境也给人们在安居工程的发展建设中带来了新的思考……

在杨柳河畔江南房子叠翠楼"一览斋"，笔者面对四壁的书橱，闻书香而静思：生门无所营，闭户闲不得，一笔用终生，消磨几斗墨。继长篇小说《影子的诱惑》之后，构思的纪实文学《成都文化人散记——我与成都文化名人的零距离接触》，温江应该是其中浓墨重彩的一笔。

放歌金温江

温江——这片激情燃烧的沃土，海纳百川，智慧诚信，追求卓越。

温江——这片激情燃烧的沃土，勇于开拓，锐意进取，奋进拼搏，和谐吉祥。

温江——这片激情燃烧的沃土，升起缤纷的礼花，绚丽繁荣，盛世辉煌。

温江——这片激情燃烧的沃土，城乡一体化的春雨，浇出了红嫩绿娇和百姓的希望。

温江——这片激情燃烧的沃土，快速发展：海峡科技园、大学城、生态园林、现代农业、人居环境、旅游文化、体育产业蒸蒸日上。

温江——这片激情燃烧的沃土，"成都后花园""国际花园城市""金温江"的美誉，已在海内外唱响。

正是：

九天开出一成都，后花园里绘彩图，

城乡统筹一体化，魅力温江安居乐。

2008年仲春于温江杨柳河畔江南房子叠翠楼"一览斋"

注：该文刊载于《新温江》2008年第4期。

清韵温江　花语廉心

也许一朵花，

改变人生；

兴许一棵树，

转换思维；

或许一句话，

受益终身。

腐败是罪恶之源，

廉洁是为官之本；

反腐倡廉，

社会和谐；

清韵温江，

花语廉心。

"廉洁"最早出自伟大诗人屈原《楚辞·招魂》："朕幼清以廉洁兮，身服义而未沫。"东汉著名学者王逸在《楚辞·章句》中注释云："不受曰廉，不污曰洁。"也就是说不接受他人馈赠的钱财礼物，不让自己清白的人品受到玷污，就是廉洁。

清韵，清雅和谐的声音或韵味。曹植《白鹤赋》曰："聆雅琴之清韵，记六翮之末流。"白居易《官舍小亭闲望》诗云："风竹散清韵，烟槐凝绿姿。"清韵喻指铿锵优美的诗文。韦庄《李氏小池亭》曰："家藏何所宝，清韵满琅函。"

温江是川西平原上一颗璀璨的生态明珠。"书香满柳城，温江气自华。"亲水花香的生态环境，精致博雅的文化氛围，走进金温江，天更蓝，水更绿。在奇花异草丛中，在清澈的流水相伴的绿道漫步，聆听鸟语，品味花香、韵味，放飞理想的心扉。

"细雨微风润花语，高天明月思廉心。""花语廉心"中国·成都廉洁文化教育基地坐落于温江区生态优美、风景秀丽的15万亩花木种植产业中心区和盛绿道起点"友庆驿站"，以"清风送爽、花语廉心"为主题，以花咏志，以花喻廉，创新建立了以暖色调、温情化为主线的心理体验式廉政教育模式，具有浓厚地域特点和时代特征。

花，以它的绚丽多姿、蓬勃生机，令人身心愉悦，增添生活情趣。人们爱花，不仅欣赏花外在的优美形态，缤纷色彩，馥郁馨香，还能引人遐思，陶冶情操。古往今来，文人墨客以花喻意，留下诸多韵味无穷的名篇佳作。以花为题，将花喻人，含义隽永，耐人寻味。人们用花比喻赞美高尚情操，借花以表达真挚感情，就花抒发美好憧憬，而以花喻廉，更是体现出对公职人员洁身自好、两袖清风的一种期待和自勉。润物细无声，受生态廉政文化熏陶浸润，净化心灵，感悟人生，让人从赏花韵物中，在从政、从文、心态、修为中引起共鸣，营造风清气正、崇尚廉洁之情操，奉公守法，全心全意为人民服务。

温江区倾力打造的本土特色的廉洁文化品牌——"花语廉心"中国·成都廉洁文化教育基地，始于2014年年初。中共温江区原区委常委、纪委书记王琰在温江柳城镇、万春镇下基层的调研中，发现其文化长廊宣传花木、药材廉政文化、警示结合好，根据温江区生态花木优势，"花语廉心"这个点子好。于是，温江区纪委邀请温江区政协原副主席、温江书院院长甄先尧（温江区区委原常委、宣传部部长）做"花语廉心"廉洁文化教育总体策划，笔者也忝列顾问，并于2014年3月13日召开首次"生态廉洁文化调研座谈会"，经半年多时间精心构思谋划，征集文稿，筹建展位，准备课程，2014年11月中旬"花语廉心"中国·成都廉洁文化教育基地初步打造完成，并开始试运行。

"花语廉心"中国·成都廉洁文化教育基地由中共温江区纪委牵头，温江区党校负责培训，温江科蓉公司运作管理。在成都市纪委统筹的五大廉洁文化教育基地（都江堰市"浩气李冰"、温江区"花语廉心"、青羊区"廉洁动漫"、锦江区"廉洁微电影"、金堂县"廉洁书画"）中，温江区"花语廉心"中国·成都廉洁文化教育基地集思广益，先行先试，运行良好，广受好评。

在党中央、中央纪委的正确精神指导下，中共温江区纪委在反腐倡廉文化教育工作中，打造了一个有本土特色、有起色、基层性的"花语廉心"运作模式。在教育干部当中，拓宽新思路，让干部不敢腐、不能腐、不想腐，在不愿腐中做好"花语廉心"这个教育模式。人们要走进美好生活，走进幸福生活，在当前的国情、政治环境下，创新建立了以暖色调、温情化为主线的心理体验式廉政教育模式，是教育干部的一个很好、有效的形式，超出总体策划的初衷，超出人们的想象，是一个成功的教育模式。让参观者、学习者从内心受到一次潜移默化的心理熏陶，浸润和净化了心灵。

汲取天地正气，铸造辉煌人生。让人们真正清楚、明白人生的意义，通过"花语廉心"启迪人、教育人。我们过去认为人类主宰一切，其实人在宇宙中是非常渺小的，大自然才主宰一切，人是适者生存，掌握好度才是最好的。

温江区花木产业闻名全国，是全国四大花木主产地之一，先后被确定为全国花木示范基地和四川省重点花卉生产示范基地。"花语廉心"中国·成都廉洁文化教育基地正是利用这得天独厚的优势，从花草树木的习性、文化入手，深入挖掘其中的廉洁文化内涵，用文字、艺术、景观等多种表现方式予以展示，让我们在欣赏生态园林纯美风光的同时，受到廉洁文化的熏陶和浸润。"花语廉心"中国·成都廉洁文化教育基地在此基础上更为独特地引入了廉洁心理调适体验课程，加强了与学习、参与者的互动交流，使接受心理调试培训的党员、干部从心理学角度科学认识人民赋予的手中权力，不断提高公职人员拒腐防变能力。

"花语廉心"基地布局为"一点两线多片"。"一点"指温江区和盛绿道起点——友庆驿站，是"花语廉心"基地的核心展示区；"两线"指和盛绿道、万春绿道两条参观线路；"多片"指绿道沿线各具特色的花木园子。从"一点"出发，通过"两线"将全区最美丽的花木园林串联起来，融廉于景，借花喻廉，将知识性、趣味性、审美性融为一体，使党员、干部骑游绿道、穿院过林，在健身休闲之余，不知不觉地接受廉洁文化熏陶。

"花语廉心"体验式廉洁教育模式的主要特色有三点：

第一，立足原创，形成一批独具匠心的"花语廉心"文学艺术作品，由温江区内文化名人组成的专家组，广泛邀请省、市内知名的文学、历史、廉政建设方面的学者和专家，共同围绕花的廉洁语言开展创作，找准"花"与

"廉"之间的钥匙。同时，面向社会广泛征集"花语廉心"作品，截至目前，共收到全国范围内诗歌、赋文、对联、故事等共计700余篇，征集摄影、书画等廉洁文化作品1200余件。

第二，校地合作，打造特色鲜明的"花语廉心"基地核心展示区。利用校地合作模式，与温江区内高校如四川农业大学风景园林艺术学院、成都师范学院美术学院的专业团队深入对接，邀请专家、教授参与策划设计，将和盛绿道"友庆驿站"定位为基地核心点位，作为基地活动开展、作品展示、互动交流的主要场所。

第三，汇聚资源，开发独树一帜的廉洁心理体验课程。依托基地优美环境，温江区积极探索心理体验式廉洁教育模式，开辟"廉洁从政心理互动体验课堂"，打造心理互动体验室，用艺术和温馨的布置营造一个舒适宽松的教育环境。

笔者和市、区接受廉洁文化教育的学习、参与者一道，走进鱼凫金温江，走进"花语廉心"中国·成都廉洁文化教育基地。杨柳河畔绿树成荫，学习、参与者在讲解员的引导下，信步"友庆驿站"绿道欣赏生态园林外景观。在《花语廉心》之歌的优雅音乐声中，人们迎面观赏的是五色花瓣的鲜花簇拥的"花语廉心"中国·成都廉洁文化教育基地展示屏。随着讲解员抑扬顿挫的解说，在蓝天白云、清爽空气中赏鉴了不同文化寓意的"悠悠荷韵""玉洁人生""鱼水情深""富贵有道""青竹丹枫""岁寒三友""宁静致远""琴鹤人生"8个廉洁画卷组团，提升了核心展示区外景的美感和廉洁文化环境层次。

"花语廉心"展示厅门前，吕骑铧（著名书法家、四川省文化馆馆长）书写的一副高洁的隶书对联"细雨微风润花语，高天明月思廉心"点了题。

展厅内展示屏正面是何开四（四川省文艺评论家协会名誉主席、四川省作家协会原副主席）撰写的《"花语廉心"赋》：

天地有正气，花语赋其形。姚黄魏紫，百花争艳，大地生机勃勃；莲洁梅香，松高竹直，四季清风盈盈。为声则八音和谐，为情则思绪清澄。可以驱邪气，可以涤浊尘，可以去病害，可以降甘霖。花语为德亦大矣，天文地文通人文。

人世何所贵，花语共廉心。夫花语廉心者，乃花之人格化，以花喻志，高洁其心，升华人之境界也。菊花缤纷照清水，杨柳春风拂心旌。
畅通经络，滋润肺腑，身体为之康健；澡雪精神，祛除私欲，心灵澹然
以纯。躬行则宁静致远，运思则天下风云。可以除腐败，可以倡廉政，
可以谋发展，可以兴国运。

美哉，鱼凫王国金温江，蔚然国际花园城。花语廉心山河壮，九州
烂漫气象新！

《"花语廉心"赋》大气磅礴，广征博引，让人肃穆静思。

展厅内展示屏右侧是"花语廉心"沙画视频。

生动流畅、画感优美、引人注目的沙画，由全国知名沙画公司创作，分
梅、兰、竹、菊、荷5个篇章，体现出纪检监察干部对廉洁文化事业的真诚与
热情。

展厅内展示屏左侧是《"花语廉心"之歌》，由李永康（小说家、成都
微型小说学会常务副会长、成都市作家协会副秘书长、温江区作家协会主
席）作词，卫升作曲，四川青年歌手演唱。旋律优美动听的歌曲，让"花语
廉心"精神在悦耳的音乐声中，得以升华，益于传播。

展厅内展示的"花语廉心"作品，用5个"花语HUI"即花语汇（书
画）、花语绘（手绘）、花语荟（摄影）、花语慧（LED动态）、花语惠
（蔬菜、瓜果、药材）将150余件艺术作品进行展示，让学习、参观者在信步
欣赏时，感受廉洁文化的熏陶，浸润心灵。

在独树一帜的"廉洁从政心理互动体验课堂"内，墙壁上挂着6幅彩
画——"什么才是有尊严的生活？""是什么让内心充满宁静？""幸福在
哪里？""生活不可以简单一点吗？""怎样活得阳光？""不忘初心"，
浸润心灵，让人静思。

学习、参观者在课堂上接受省市预防腐败专家领导、高校心理学专家教
授和知名律师，以小课堂互动式体验教育形式授课。西南财经大学心理专
家，联合市区党校、市区检察院、区司法局等部门，制作了"科学认知贿赂
罪""中国反腐败的现状与未来""汲取天地正气，铸造辉煌人生""廉政
心理探析""一日三省，解语廉心""让权力在阳光下运行"6套课程，供
不同类型的培训对象选用。课堂上，学员与老师互动交流、释疑解惑；学员
与学员之间分享感悟，共同进步。

在中国·成都廉洁文化教育基地内，中共温江区纪委努力以这种温情式和暖色调的心理体验式廉政教育模式，引导广大干部形成积极向上的精神追求和健康文明的生活方式，真正实现"养德""固本"的教育熏陶功能。

"花语廉心"中国·成都廉洁文化教育基地，截至目前，已接待省内外、市区各单位团体124批次，开展党员干部培训35期，总人数达6400余人次，参观及培训人员普遍反响热烈。

正是：

清风送爽，正气乾坤。清者为水之洁，上善若水；廉者物棱，行为方正。故清廉者，乃清道直行、奉公守法之谓也。盛世警钟鸣，激浊扬清。两袖清风，清风正气，不愧天，不愧地，不愧民心。公心乃正气，公生廉，廉生威，廉政惠民，彰显无私奉献精神，为实现中国梦奋斗终身。

清韵温江，花语廉心；
清风送爽，浸润心灵。

注：该文刊载于《西部散文选刊》2020年2月11日；另缩写初版《心生"廉"花静静开》刊载于《温江文史》2015年总第25期、《微篇文学》2014年第2期。

幸福和谐家园

美丽的温江，和谐幸福的美好家园。

春夏时节，花天使、绿精灵用奇花异草、青葱苔藓、嫩绿细芽把温江精心装扮，呈现百花争艳、娇俏妩媚的景象。

一条条颇具个性的绿道，一个个身姿婀娜的花园，一条条绕过城镇村落的河流，一片片充满生机活力的田野，所有这一切浑然天成。可以毫不夸张地说，在温江的每个角落，你都可享受亲近大自然的舒心惬意，享受春天的繁盛、夏日的葱茏。

绿意融融的广场，婀娜多姿的翠杨细柳，雀跃林间的莺燕，一飞长天的白鹭，融合城市乡村的缤纷花海，蜿蜒穿绕的清澈溪流，秀水灵动，欢快如童。天地万物各安其位，和谐统一，融于自然。空中看温江，城在田中，园也在城中。

秋冬之际，温江城乡满目是灿烂金黄的银杏，空气里弥漫着桂花清新的甜香，沁人心脾。"一年好景君须记，最是橙黄橘绿时。"金秋的温江，美丽迷人、五彩斑斓，让你收获秋日的金黄和灿烂，任意品味大自然赐予的宁静和高远。晚风拂来，清新凉爽，随着暮色浸染，更显独特的秀逸，那份洒脱，那份不在意俗世繁华的孤傲，令邂逅这个城市的人沉醉于此，心旷神怡，陶然自得，流连忘返。

在公园的林间小道上，年轻人张开双臂，拥抱绿色；在广场的喷水池旁，老人们踏着音乐的节拍，翩翩起舞；在环境幽雅的居住小区，孩子们互相追逐，嬉戏玩耍。幸福无以言表，幸福满溢欢欣愉悦的脸庞，欢声笑语在幸福的家园萦绕回荡……

"春眠不觉晓，处处闻啼鸟。夜来风雨声，花落知多少。"在这片洁净的沃土上，五颜六色的各种小花摇晃着脑袋，伴着和风细雨的歌声，拭净了睫毛。花是自然生命的一种形态，在四季花团锦簇的金温江这座现代国际生态花园城市里，汇集了花的语言、花的心事以及花的神韵、花语廉心。

在这片希望的田野上，温馨温江，天府天堂。生活在温江，幸福像花儿一样。

注：该文刊载于《鱼凫文艺》2016年第2期"卷首美文"，原载成都市温江区地方志编纂委员会办公室编《走进鱼凫金温江》"生态温江"段落。

小说篇章

盎盎绿意

盛夏的峨眉山，黑白两江汇合处，溪水清澈见底，诱人的水底石子令人心醉神迷。

"太美了！"一个胖乎乎的红衣女子说。

另一个着果绿色连衣裙、身材高挑的姑娘一声不吭，仿佛已钟情于绿海，但表情又如此淡漠。发呆的目光瞧着漂浮在水上的一片落叶，盯着它随涓涓长流水，一沉一浮伸向远方，融入绿云中。

群山环抱的清音阁，青翠欲滴，碧水悠悠，幽静秀雅。盎然的绿意感染了众多游客，而她却不尽然。清瘦苍白的面容，眉头紧锁，心事重重，情调忧伤。

第一次出远门的她俩，很自然与我们结伴了。都是成都人，胖女子似乎很乐意我这个可充"导游"的男子汉领着她们观山景，逛名刹……

夜幕慢慢降临，旅途的疲劳使我们很快进入梦乡。半夜里，客房门"砰"的一声被撞开。

"导游！她不见了。我到处找，都没有找到，急死人了。"胖女子心急如焚地说。

"别急，别急。我们再去找找。"已是后半夜，浓雾罩满了山林，几步之外，什么也看不清楚。

"咋个办嘛？"胖女子哭了，"春兰受了一个男人的骗，那男人又把她甩了，我见她心情不好，无心摆那个服装摊，就拉她出来散心，谁晓得她……"

"不会出事的，再找找，再找找看。"我宽慰她讲，其实此刻我心里也十分着急。拨开藤刺，撩开茅草，穿过老林，东方已快露白。我们惆怅无限地坐在舍身崖边，眺望着绿意盎然的大地。

透过晨曦的微光，突然在黑黝黝的松林旁，一个身影依稀可见。

"春兰姐！"早已失望了的胖女子哭喊着欲向晨雾奔去，我忙伸手拦住她。

"让她静一静吧！"天边地平线上，一个椭圆的火球跳了出来，夺目、柔和、灿烂。瑰丽的朝霞映红了她的脸庞，这是我们出游第一次见到日出。

春兰姑娘是个摆服装摊的个体户，天真可爱，一天到晚哼哼唱唱，走路都是一蹦三跳的，曲线惹眼的身段罩上一件时兴的连衣裙，其美艳着实令许多小伙儿垂青。

终于有一个男子闯进她纯真的生活。他是一个商行的副经理，英俊高大，精明强干，待她特别殷勤热心。狂热的追求，甜言蜜语的轰炸，敲开了姑娘紧闭的心扉。

当她发现自己怀孕的时候，他却不再露面了。这是怎么回事？小生命在孕育，她心烦极了。胖女子邀她到"黑咖啡音乐厅"谈心。绵绵的歌声，强烈的节奏，暗淡的灯光，欣赏着流行歌曲《爱的背叛》，她心更寒。

"他！"她突然发现一个着迷你裙的浓妆"红嘴玉"正被他搂住旋转。"你？！哎呀！怎么跑到这儿来了？"

"她是谁？""红嘴玉"娇媚地说。

"她？张老板的婆娘。老张做生意亏了本，要我帮助借几个钱周转。好，这样吧！明天我送1万块现金来。"

"讨厌！""红嘴玉"说道。

什么都明白了，她转身冲出舞厅，泪水随毛毛雨往下滴。她恨他，但更恨自己当初为啥被虚情假意迷惑，瞎了眼。

怀着难言的苦衷和悔恨，她被胖女子带到了峨眉山。处在生活十字路上的她，三言两语实难驱散其心中的阴霾，旅途话别时，她的脸上仍不见一丝笑意。只有那双明亮的眼睛仿佛在说我没事。

光阴似箭，一晃又是一载。绿衣女春兰而今如何？我不时在思索。有天纳凉时，收到胖女子来信。信中讲："她有所爱了，在商业场夜市里，有空你去看看。"

古老的商业场焕发了青春，仿古建筑豪华的装饰，琳琅满目的商品，熙熙攘攘的人流，你拥我挤，摩肩接踵，人声喧哗。好热闹的夜市！

"你把那件给我看一下。"一个穿紧身动感裙的窈窕少女说。

"不是这件，是那件。对！果绿色的，就是你身上穿的那种。"

"你人白，穿上这流行的红色，更适合。"出售时装的姑娘，着果绿色柔姿纱新潮衫，胸部贴着两个红苹果装饰绒布，格外引人注目。墨绿色的浪摆长裙随着她不停地招呼顾客而飘舞，齐肩的秀发向内卷，使整个头型大方饱满，甜蜜的微笑使最挑剔的顾客也满意。

三根竹竿，一张钢丝床，堆挂着各种应时夏装。新款式、流行色、时髦的抢手货，加之价格比别的摊位低，生意特别火爆。

薄利多销，她也十分欣赏自己的经营之道。瞧瞧她那副替顾客着想的得意劲。说真的，当我分开人流，好不容易挤到摊位前，她那待人接物的欢悦，眉飞色舞的神采，简直让我大吃一惊。

"导游，你来了。"她的声音如此柔美，一双闪光的大眼瞧着我。我微微点了点头，我们都会心地笑了。当然，笑得最甜、最开心的，自然是殷勤待客的春兰姑娘。

瞧！一片充满活力的绿叶，不娇、不俗，正衬托着盛开的夜市之花。

注：该文刊载于《成都晚报》《锦水》副刊1987年；录入《初撩雾纱》（新疆大学出版社1994年10月出版），入选《四川三十年小小说选》（内蒙古出版社2010年11月出版）。

沫水新秀

太阳从山垭上升起，照在山脊上，那特别耀眼的光点，仿佛是画笔着意涂抹的重彩，整个大地，崎岖的山谷，野花树丛，笼罩在斑斓的金黄色中。一辆草绿色的"北京"牌越野汽车在盘山的乡间公路上飞驰。

视线不时被无情的石头挡住，横七竖八的顽石你挤我推拥抱在一起，重重叠叠。奔腾的沫水如脱缰的野马在两山之间咆哮，横冲直撞。飞溅的浪花拍打着纵横的巨石，气势磅礴，汹涌向前。

汽车在高低不平的碎石路上摇摇晃晃，催人入眠。

一个紧急刹车，将她从朦胧的睡意中惊醒。"怎么回事？"她睁眼问。

"倒霉！又堵车了。"司机讲。

"这两年汽车、拖拉机多了，公路变窄了。堵车是常事，今天又不知要堵多久。"司机嘟囔着。

"下去看看。"她说。

前面施工，加宽路面，看来短时间通不了车。反正离家不远了，于是安步当车。

翻过一道坡，眼前豁然开阔，坡前坡后，沟边路旁，果树成林，黄澄澄的果实挂满树梢，在艳阳下，分外惹人喜爱。

浓郁的树荫，掩映古朴的山寨——大坪到了。一阵叮咚的月琴声和轻快的歌声飘然而来。

这是她大喜的日子。

在这彝族聚居的腹心地带，传统的婚礼奇异独特，别具风采。婚礼要经过提亲、迎亲、抢亲等礼节程序，十分浪漫。这不，抢亲队伍来了。

听，对歌了：

山上有云要下雨，

院坝有花迎蜂来。

石上有露水，总会晒干；

树上有果子，总会落地。

激动的她不由自主地离开公路，攀上斜坡，向树丛中笑语欢歌的众多彝族男女奔去。

硕果累累的树旁蹲着一个身穿中山装的却波（彝语"同志"）。

她上前招呼："你好，却波！"

"你好！"却波忙着写什么，来不及抬头，应了一声。

"却波，听口音，我想你是从农科院来的李老师吧！刚才我在想，这次你一定来。"

李老师一惊，抬起了头，想这个阿咪子真够厉害的。

眼前这个阿咪子，端庄的苹果脸胖乎乎的，红光满面，笑眯眯的脸颊上有一对惹人喜爱的酒窝。描花的头帕上，插着一朵红花，乌黑的辫子上吊着红色珊瑚珠。

感到疑惑的李老师抬了抬眼镜："你是？"

"哈哈哈……"

在一串银铃般的笑声中，她说："还要自我介绍一下吗？"

"哦！"那双水灵灵的眼睛是多么熟悉，怎么会这么巧？她哼起了《快乐的哆嗦》。

"难怪你刚才说话那么自信，你是副县长阿鸽同志。"李老师恍然大悟。

"欢迎你，李老师！"两双手紧紧地握在一起。

"李老师！今年这个林场能有这么好的收成，全靠你的矮化密植和修剪技术。据我统计，仅梨子老树更新扶壮一项，今年就增收十几万斤，加上其他的农林收入，人均超千元，也就是全县第一啦！""去年我上省城找过老师，可惜没见到，你出国考察去了。我带回一份资料和大家摸索着干。如你讲：'满树花，半树果，半树花，满树果。'一经实践，果然大见成效。""这是我整理的一份材料，您老给把一下技术关。"说着，她将材料递了过去。

叮咚的月琴又响了：

> 人说马缨花最美丽,
>
> 人说荞子烤酒最香甜,
>
> 弹起悦耳的月琴,
>
> 赞美那领头的大雁,
>
> 飞得高,看得远……

绿树丛中,这个健美的阿咪子阿鸽那自豪而坚毅的目光,闪烁发亮的大眼睛,使李老师回忆起过去的日子……

那是一个初夏的日子,沫水河畔。

采药人带路,野生植物猕猴桃资源调查组一行穿竹海林莽,跋山涉水,攀登在荒谷间。

为了寻找理想的大果型优良猕猴桃标本,返回时天已断黑。浓浓的云雾滚滚涌来,顷刻间罩满了起伏的山峦,伸手不见五指,四周一片昏黑。起风了,又偏偏下起了雨。山路崎岖,茂密的原始森林里,人在藤刺与杂草丛中艰难地摸索爬行。皮肉被倒钩刺划破了,血和泥混在一起,调查组迷路了。

在这茫茫深山老林里,向导也无能为力,怎么办? 没有夜宿的设备,如果窜出一只花豹子,又没有防身的武器,怎么办? 已是晚上10点过,人们紧紧地靠在一棵大树下。

突然,风雨中传来轻快的口哨声——《快乐的哆嗦》。"彝族同胞!"大家齐声喊道。

为了给果树治虫,这个彝族同胞只身翻山越岭去县城求救,农牧局、供销社、书店,整整忙碌了一天,摸黑抄近路返回山寨。

"有路吗?"

"有! 从这里下去。"

"什么?"人们吃惊地望着脚下的深渊。断崖刀削似的,黑洞洞的,什么也看不见。

"跟我走,却波!"抓住树枝、草蔸,身子紧紧贴在湿漉漉的岩石上,一步接一步,几十米的悬崖绝壁终于被征服了。

恼人的雨还在哗哗下个不停,夜晚是多么宁静而深沉,山寨里,木屋内,围着火堆,拿着木铲、木勺(彝族特制的餐具),啃着烧玉米,身体暖洋洋的。随着炭火散发出的红光，这时才看清楚，这位勇敢无畏的彝族同胞，头发上垂着雨水打湿的镶花边的黑布头巾，竟是一位满脸稚气的阿咪子。她一双水汪汪的大眼睛是那么明亮，充满了力量。她火一般的求知欲深深地感染了调查组一行。尽管明天还得赶路，尽管疲惫不堪，却波们还是尽其所知满足了她的提问。

也许是绝处逢生，兴许是给予的太少，归途中，一行人都很激动，久久不能自已。

夏日，春熙路夜市好热闹，熙熙攘攘，人群如潮。

漫步中，见街檐上围了一堆人。没有摆货的摊摊，没有半点喧哗声，悠闲的我，出于好奇，不由得踮起脚伸起脑壳向里瞧，心想："这是什么买卖？"一看愣住了。

"哦！"两个漂亮的彝族阿咪子，褶裙着地，相对而坐。特大号的两个人造革旅行包胀鼓鼓的，全装的书。对面一个在清理书籍，另一个背向着街在翻一本《果树栽培学》。

顿时，一股热流传遍了我的身体，多么动人的求知"镜头"。

"阿爸来了！"清理书籍的彝族小姑娘喊道。背向我的姑娘应声转过头来，一双水汪汪的大眼睛是那样有神。"噢！是她？！""就是她！"

记忆把我拖回到也是盛夏的一个蒙蒙细雨的清晨，为查资料，我赶早来到图书馆。

莫道君行早，一条长龙早已排在馆前。

啊！长龙的鳞片是如此斑斓——晴雨衣、尼龙伞、草帽和顶在头上的书包。安静的长龙在雨中待命，仿佛就要跃入"知识的龙潭"，去遨游，去探索科学的迷宫。

雨住了，太阳露了脸，宽敞的阅览厅，座无虚席。霞光透过玻璃窗，辉映着求索者的脸。充满朝气的脸，是那么稚嫩严肃。不惑之年的我无意间发现，自己竟然是这"知识摇篮"里的"老年"。

时间默默地过去，年龄不饶人，困倦不已的我伸了个懒腰。

"呵！呵！"猛地，我用手捂着嘴，歉然地抬头瞧瞧对座的青年。

这是一个着紧身果绿色运动衫的健美女性，胸前别着一枚"××大学"的校章，饭盒搁在书前。她全神贯注地看着书，黑里透红的脸蛋上有一双水汪汪的大眼睛。

"是她!"寻求未知,忘却了身外的一切。

一个声音将回忆中断:"阿达!"

肩披"察尔瓦"、头缠大黑布的阿达,脸庞赤黑,浓眉大眼,雪白的牙齿,笑眯眯匆匆而来:"阿鸽!你总算回来了,可把我们急坏了。还不赶快回闺房去,男方的'抢亲队'已经要冲破防线了。"

阿鸽羞赧地笑了,脸唰地变得绯红,像一朵盛开的山茶花。

注:该文刊载于《西南军事文学》杂志,录入《初撩雾纱》(新疆大学出版社1994年10月出版)。

日月湾

小溪盘曲，古树盘根，野藤蜿蜒，枝叶婆娑，清奇雄美的翠屏山真不愧为西蜀甲秀。过翠屏桥，穿过一片阔叶林，下坡，溪水留驻成一潭。前面是一个很大的落差，哗哗的瀑布声如雷鸣。青山成倒影，绿水荡悠悠，夕阳与刚升起的月亮，同映碧水，蔚为奇观。

站在潭边的方秀芝，浅黄的秀发上压着一根枣红色的绸带，蛾眉凤眼，略翘的鼻尖，樱桃小嘴，嫩红的脸蛋上有一对迷人的酒窝。身着粉红色的柔姿纱紧身外摆长连衣裙，脚踏一双枣红色的半高跟皮鞋，亭亭玉立，宛如东方维纳斯，美极了。

苏昶简直不敢相信自己的眼睛，用手按了按眉间，这和往日穿白大褂、庄重淡雅的大夫完全两样。

"苏昶，今天是五一节，过节你可得办招待。"方秀芝喜滋滋地说。

"为什么过节就应该我办招待，再说我一无所有，一日三餐都靠你这个大夫施舍，不要勉强我了。"

"你看看这个。"方秀芝说着递过一张报纸。这是一张昨天的省报，头版套红字，五一前夕，省委、省政府表彰的优秀科技工作者，苏昶榜上有名。

"怎么样，该办招待吧？"方秀芝一笑。

"这……可我是在住院，眼下一无所有呵！"穿蓝白相间病号服的苏昶十分尴尬。

"研究员同志，一切都给你准备好了。"方秀芝说着从乳白色的挎包里取出"乐口福"、苹果、不锈钢饭盒……拧开微型收录机的开关，一曲轻快优美的华尔兹舞曲飘荡在幽谷中。

"来尝尝我拌的麻辣鸡块，这可是专门慰劳您这位专家的。"

"让你……怎么好意思。"苏昶的眼眶湿润了。

方秀芝说着用小勺舀起了一个放在苏昶嘴里。

"怎样？"

"好吃！好吃！"实际上苏昶已被辣得眼泪汪汪。

微风荡漾，一丝薄云从脚下升起，人如在雾中，真有飘飘然如临仙境之感。潭水畔槐树、七里香，盛开相映成趣，香气袭人。他俩席地而坐，填饱了肚子，相对而视，想说点什么，却默然无语。

"一个多么难得的贤淑多情的美女子！可惜，我没有这份艳福哦！"他感到一股温馨浸透肺腑，长久压抑的情欲仿佛已复苏。

"为什么命运不将这样好的男人赐予我为夫？"

"玫瑰奉献给爱情……"收录机里放出的歌声使方秀芝心率加快，春心激荡，羞红了脸，低下了头。

他俩都不约而同地回想起初识的日子。

翠屏山峰峦挺秀，陡峭矗立，松柏常青，长途班车在云烟缭绕的山间盘旋，穿过刀劈似的峡谷，在幽幽妙境般的小溪旁刹车，再启动，顷刻间消失在烟雾弥漫的绿云中，翠屏桥上留下一男一女。

"同志，请问翠屏山疗养院怎么走？"中年男子发话。

昏昏然的方秀芝从阵痛中惊醒："你说什么？"

"请问……"中年男子略皱眉头，盯着面前这位近乎麻木状态，脸色憔悴，然而身段十分引人注目的女性，重复说了一遍。

"你是来疗养的？"方秀芝望着眼前这位清瘦、斯文，戴着一副眼镜，手提大皮箱，颇有学者风度的男子。

"对！"男子答。

"我是疗养院的，跟我走吧！"

茂密葱翠的林木簇拥谷地，溪水涓涓，山上铺满火红的杜鹃，春意盎然。

乘车途中饱览春色，被大自然绚丽多姿的景色所感染的男子，面对这叠嶂如画，青青绿草，一片连一片挺拔、青翠欲滴的松柏，不由得感慨："翠屏山真不愧为西蜀胜地，若不亲往领略，岂知其趣，美哉！美哉！"

"嗯！"方秀芝哼了一声。

被绮丽风光陶醉的男子，极目远眺，驱忧逐愁，胸宽襟爽，又想赞点什么。但面前这位面色严峻、神态恍惚的女性用冷漠镇住了他，使他欲言又止，只得默默地随她而行。

远处瀑布声似雷鸣。

四疗区值班室，方秀芝推门而入，边穿白大褂边问："有情况吗？"

"昨天新来一个，院长收的，听说是个科学家。"护士小王递过病历记录单讲。

"哦！"副主任医师方秀芝应一声，随之眼神停留在病历本上。

44号床苏昶，男，44岁，汉族。职业：副研究员。4月4日入院。主要诊断：心神经官能症。

"这个疗养员真有意思，一来就是一连串的4，更巧的是还带来一个很沉的皮箱。我开始认为，他一定是要住很久，大概冬装也带上了。谁知里面几乎全是书，我帮他放在柜子里，你说奇不奇怪，不多不少，也正好44本，太玄了。"护士小王唠叨个没完。

"哦！是有一点特别，去看看。"方秀芝接着说。

这是一人一套的高干疗养房，设备讲究，空调、卫生间、彩电、冰箱齐全。抻背式的宽大阳台，墨绿色的地毯，乳白色的四壁，描金的茶色壁灯，西班牙式的沙发，雪白的纯棉床罩套着席梦思，一盏可调豪华台灯放在书桌上。书桌上零星地堆放着书籍，一方小砚，一支笔。一张宣纸上写着"春华秋实"四个大字。瞧那笔醮墨饱、雄劲浑厚的笔锋，习过书法的方秀芝，一看便知是颇有功底的颜体。

"这个人一来，不是看书就是写字。"护士小王边说边将书码好放整齐。

疗养院走廊外的活动室人声喧哗，几副麻将搓得正欢。屋顶花园平台上养生师正领着一批疗养员打太极拳，呼气吸气，唯独没有44号床。

"这个44号床，才来就不安分守己。"小王说。

"呀！在那儿。"小王又兴奋地说。

花坛中，一个男子弓着身，正用放大镜观察一片蜷缩的嫩叶，与园丁交谈着。

"对不起，苏昶同志，打扰你了。"方秀芝上前和蔼地说。

苏昶闻声转过身来，一愣："你？！"

"欢迎你来这里疗养，我是你的主管医生方秀芝，请回疗养室，让我给你检查一下好吗？"方秀芝也是一呆，随后微笑着讲。

"谢谢你昨天带路。"苏昶在病床上言。

"没有什么，这是应该的，请你解开上衣。"方秀芝戴上听诊器，将听头放在苏昶胸部，一边翻看体检报告单。

作为一个有责任心，有十多年临床医龄、经验丰富的副主任主管医生，方秀芝清楚心神经官能症的主要症状是失眠、多梦、健忘、记忆力下降、头晕、心慌、心率增快、心前区不适。这无疑对一位有献身精神的科学家来说是巨大的打击，特别是正当壮年。

方秀芝心里对诊治苏昶的病况已有一个大概，即以精神治疗为主，用谈心、聊天等法解除患者的精神负担，使其树立战胜疾病的信念，同时辅助药物。

频繁的接触使医患双方自然产生敬意，只有一点苏昶感到异样，为什么第一次在公路上见到方秀芝时，她的心情那么忧郁，这与病房的她判若两人，她一定有难言的苦衷。

有意地观察，苏昶发现方秀芝不但对工作一丝不苟、认真负责，而且心地特别善良，经常做一些分外的护理清洁工作。

苏昶有一个习惯——晚上看书，而且要泡一杯浓茶，又不知休息。这对方秀芝的处方——冬眠灵、眠尔通等养心安神药十分不利。对此，方秀芝并没有说一句话，只悄悄地拿走了茶叶。每天晚上9点半，她准时来给苏昶放洗澡水，10点整一定来关灯请他睡觉。方秀芝的真诚，使苏昶十分感动。

更使苏昶敬佩的是，护士小王告诉他，方秀芝是个不幸的女人，一个在大城市工作的无情男子抛弃了她。但她从未在疗养院表露自己的悲痛，以坚强的毅力压抑心灵的创伤，一个人带孩子生活。

五一前的疗养院之夜，格外宁静。绝大多数的疗养员都被亲友接走了，为了团聚，也为医务工作者好好休息两日。

不值班的方秀芝晚饭后安顿好孩子，从宿舍区来到四疗区，手里提了一篮水果。

值班室电视屏幕上正在播放精彩的文艺节目，护士小王的男朋友——一个实习医生紧紧地拥偎着她，两人窃窃私语。

方秀芝一笑，未进值班室门，即在疗养区巡视。只有一间房子亮着灯——44床。

"苏昶为什么没回家？"她在想，随即轻轻地步入室内。柔和的灯光下，苏昶挥毫运笔。

"不是说好的，注意休息，这个苏昶。"

但她又不忍心打扰他，刚要转身。

"方医生吗？请坐。"待方秀芝在沙发上落座，苏昶约有几分钟没说话，她正在纳闷时，苏昶看着她开口了，"方医生，我来这里疗养虽时间不长，但我感到你是一个受人尊敬、可信赖而又善良温和的女性，给我留下了深刻印象。为了配合你治疗，我有责任讲出引起我心神经官能症的最主要原因，并不是工作与社会活动的压力，而是私生活所致。"方秀芝听愣了。

"你一定怀疑，像我这样心胸开阔、天生乐观的人，会生活不幸福？是的，我很不幸，一时也讲不完我的苦衷，我写了一些，你看看吧！兴许对你治疗有所帮助，不过请你保密，我是出于对你充分的信任才决定让你看的。"方秀芝有些不相信自己的耳朵，一个男人向一个陌生女人全盘托出自己的隐私，这是真的？

"这……行吗？"她迟疑地喃喃道。

苏昶那双仿佛会说话的眼睛，终于说服了她。

"吃点苹果！这是一个休养员悄悄放在我家门前的，我吃不完。"她微笑着说。

"你早点休息，我给你放热水，洗个澡就睡。"说着她跨进卫生间。

"哎呀！谢谢你！"苏昶来不及阻挡，只好连声称谢。

"早睡早起，明天我陪你转日月潭。"临出门时，方秀芝讲。

她失眠了。

她读到的几乎是苏昶的整个全貌。读着读着，她仿佛读到了自己的梦幻。读着它，她浮想联翩，这样的白马王子，不正是自己梦寐以求的吗？然而又却是个"有妻之夫"。

这是为了预防不测，苏昶留给女儿寒梅的一封长信。

亲爱的女儿：

你还小，不懂事。但爸爸还是应该告诉你，告诉你过去不知道的事，告诉你一切，告诉你爸爸的成功和辛酸，告诉你爸爸为什么倒下……

苏昶是一个典型的具有拼搏精神的知识分子。

20世纪60年代，苏昶研究生毕业，从南方分配到渤海湾。作为中国著名昆虫学家的助手，参与飞蝗防治，消灭蝗虫繁殖场所，并最终获奖。之后，蹲点许各庄防治"棉花真菌病虫"，使低产变高产，出席了国务院在怀仁堂主持的棉花工作会议，受到总理等中央首长接见。之后当了一名守林人兼羊倌。

恢复工作后，在一缺设备、二没资金、三无资料的情况下，苏昶为防治农药的公害，埋头研究生物防治，连续获得菜青虫、茶毛虫、草原毛虫等生物防治的省部级重大科技成果奖。其中，茶毛虫防治推广面积为中华人民共和国成立以来最大亩次，引起国内外专家高度重视。

苏昶一时间成为新闻人物，省政协委员、省科技顾问团顾问、联合国粮农组织专家的头衔接踵而来，知名度倍增。参加社会活动，培养青年科技人才，几乎占用了他全部的工余时间，但他心胸开阔，克服困难，知难而进，是个胜利者。

然而，鲜为人知的是，他又是一个非常不幸的男人，在私生活上，他是一个失败者。

报国之心未了的苏昶，尽管已人到中年，却仍然是个童子身。助手李仲君的到来，对他这个从未曾感觉女性温馨的男人来说，无疑刺激太大了。他脸红心跳，左也不是，右也不是，很有规律的生活被打乱了。

被发配来此地的李仲君，比他年长几岁，尽管人不漂亮，然作为演员，身段还是很美，十分惹眼。

朝夕相处，同病相怜，自然互相同情。老实巴交的苏昶，草动一下都怕蛇，当然不敢有非分之想，更不敢有任何动作了。有过几次恋爱史的李仲君却沉不住气，开始主动进攻了。她对着镜子瞧瞧那未生育过孩子、馒头小山样的乳房，以及眼角边开始出现的鱼尾纹……终于，在一个黑灯瞎火的春夜，她勇敢地闯进他的茅屋，扑倒在他的身上……

生米煮成熟饭，他才知道了真相——她不能生育，先天性……

落实政策后，他又重新回到研究所，她被分配到闹市的文艺演出团体。

生活的现实证实，同情绝非爱情，只是责任感使他支撑着这个家。为了给家庭带来一丝生气，他征得她的同意，收养了一个被抛弃的女婴。然而，李仲君早出晚归，一点也不承担作为妻子的义务。一日三餐、大事小事，全落在苏昶头上，他又当爹又当妈。更使他难受的是，她不喜欢孩子，公开说："我讨厌孩子。"这使无辜的孩子更加可怜。更难堪的是，他是个男人，女儿一天天长大，洗头尚可，洗澡就不方便了。李仲君生性好玩，换下的衣服、被罩之类，只有苏昶当洗衣机了。工作的劳累，超量的家务，生活的不和谐，让苏昶很压抑。他想过与李仲君离婚，即使以后再不与任何女人结合，也心之坦然。但时逢党组织发展他入党。他老老实实地向组织谈了他的离婚念头，得到的回答是否定的："要入党，离婚就绝对不容许，现组织上正在考验你，不能凭一时冲动闹到法院去，人们会说我们这个党组织是干什么的，人们又会怎样议论你，你难道不考虑自己的前程……"

后来，李仲君公开声明："我看不起你，要想我做家务事，可以，你得找大把大把的钱来把我养起。"天哪！在知识进入低谷期的情况下，靠工资维持生活的苏昶，哪里有大把大把的钱？何况为了不断更新知识，他得补充。他不抽烟、不喝酒，唯一的消费是买书。在攀比心、虚荣心的驱使下，她开始经常夜不归宿。开始搞第二职业挣现钱——接商业演出了。

他能反对吗？她做的是视频广告，收入十分可观。可奇怪的是，她从不哼一声，一个人享受。

爱情、义务、孩子的抚养、经济共同开支都不存在，这还能称为一个家吗？

他取得的每一个成果，每一篇论文的发表，她从来不闻不问，甚至还哼哼，多大点儿事儿，不值钱。

他就是在这样使人疲惫不堪的家庭生活条件下取得的成就，而且是惊人的、令人敬佩的成就。为此，他付出了多少心血和代价，也患上了心神经官能症。

他再次找到党组织，谈到他决心解脱。此时，研究所开始所长负责制了，所长语重心长地讲："一个好汉三个帮，你所承担的课题是所里的重点项目，我正需要你给我撑起，你可不能撤台哦！再说我们正在报批、提升你为研究员，你可不能因小失大啊！"

他只得认命，重新担起这苦涩而沉重的家庭重任。

为了使苏昶的病情、心情有所好转，党组织安排去他疗养院短期疗养。

已经干枯的心，受到春雨的滋润，何况是这样一个多情的女子，苏昶开始想入非非。

他独自一人遨游，面对天蓝色的荧荧夏夜。陷入纷繁复杂的境地，梦牵魂萦。往事袭来脑际，一个一本正经的人缺乏情趣，而今却有惦念、牵挂、碍事的情窦初开。他渴望解脱，从现在起会左右逢源，一帆风顺，如有谁能帮他摆脱困境，那一定是……

苏昶在认真思索、琢磨，要是把可能发生的各种问题加以系统归纳，是否有助于解决人与人之间的关系，特别是那早已死亡的婚姻关系。

一天中午，他在病房收到一封女儿的来信。不看则罢，一看立即身体不适：

爸爸，您在那里疗养，身体好些了吗？您总算暂时得到了清闲。我讨厌这个家，我决定走了！

我最爱您，最可怜您，也最讨厌妈妈。为了不连累爸爸，我决定离开这个家。

我始终弄不明白，我是不是您的亲生女儿，因为您说是，而妈妈又说不是。你们俩老为我斗气，现在可以不必为我操心了。

您10岁的女儿

于盛夏之夜

孩子……

失去唯一的爱，苏昶终于垮了。

一片流霞抹在山垭上，即将沉没，他的心里难受极了，仿佛已油尽灯枯。他的心在缓慢地颤动，他竭尽全力，才将手伸到床头的应急提示按钮上。

"嘟！嘟！嘟！"值班室的红灯亮了，"有情况，44号床。"

苏昶倒在病床上，脸色忧郁、阴沉、呆滞，手脚麻木，心跳、呼吸极微弱，处于半休克状态。

医护人员立即对其进行抢救，强心针、氧气袋……

在医护人员的精心护理下，一个月后，苏昶终于完全康复了。

顶着绵绵的秋雨，苏昶出院了。

翠屏桥上，方秀芝打着伞，他提着大皮箱，两人相视无语。长途班车终于来了，刹车，再启动，顷刻又消失在雨中。

方秀芝打着伞，他还在原地提着大皮箱。

雨越下越大，两人仿佛焊在那里，朦胧的雨中……

不知过了多长时间，长途班车又来了，刹车，再启动。

雨已停了，翠屏桥上站着方秀芝一人，远处的日月潭传来阵阵雷鸣声。

注：该文刊载于《生活科学报》《百花潭》副刊，录入《初撩雾纱》（新疆大学出版社1994年10月出版）。

莫三娃进城

兴冲冲赶到戏院，离戏开场尚早，徘徊几步，猛一抬头，"花生酒"店招三个大字闯入眼帘。

"对，晕一杯。"

"一两曲酒，一碟毛豆！"老贺呼喊幺师。

半杯酒下肚，品评着墙上的书法，"安逸"二字脱口而出。

"安！毛豆安逸？"坐在对面的戴摩托车变色眼镜的小伙儿看着自己面前的烧鸭子、熏排骨，迟疑地搭话。

趁着酒兴，老贺略一思索，摆开了龙门阵："小伙子，你知道五谷是啥子？"

"嗯……"阔小伙明知，却笑而不语。

"五谷，指稻、黍、稷、麦、菽。这菽就是大豆，毛豆是大豆豆荚饱满绿色时，供作蔬菜的名称，因豆荚外面有茸毛，故而称之为毛豆。这下酒的毛豆嘛，是选用地方良种白水豆，加盐、香料，煮熟而成。"说完，老贺得意地剥了一荚丢在嘴里。

"说得对头。老哥子，你喝酒，让我也来凑个热闹，俗话说龙门阵打伙摆嘛！"

"你……"老贺抬了抬下滑到鼻尖的墨镜，很怀疑地望着眼前这个乳臭未干的年轻人。

"大豆又叫黄豆，是地道的中国货，古《周书》云'菽居北方'，后传到南方，文字最早记载于712年，曰'其荚柔软时可食'，是一种营养价值极高的蔬菜。"阔小伙不假思索地讲。

自认城府很深的老贺岂能败在年轻人面前，于是借酒力言："岂止这些，毛豆有'植物肉'之美称，吃肉还不安逸？"

"安逸！安逸！"阔小伙连声应道，随即转身，大声喊"幺师，给我也来碟毛豆。"同时摘下摩托车变色眼镜，将面前的烧鸭子向前一推，客气地说，"老哥子，吃点，还软和。"

老贺也取下墨镜大声说："再来一两曲酒。"

老小目光相碰，一时间都呆住了。

"贺同志！""莫三娃！""我是说有些面熟。""哈哈哈……"

世上无巧不成书。

说起这个莫三娃，那是在前年年三十的午夜。

辞旧迎新，当夜幕拉开的时候，蓉城闹市，灯火格外辉煌，一条彩虹横跨东西干道，华灯五彩缤纷。圆球形状如颗颗放大的珍珠，玉兰花蕊含苞待放，汞灯、钠灯远远近近、璀璨灿灿，似一条银河，银河两岸繁星闪烁。

夜深了，灯光渐渐稀疏。几个人影前前后后，溜进一个院落。

"干什么的？站住！"

"不准跑！"

年年过节都值班的民警老贺擒住了一个没有跑、手里提了个口袋的"收荒匠"。

"叫什么名字？好多岁？哪里人？做啥子的？"辖区派出所内，老贺厉声问道。

"我姓莫，大家都叫我莫三娃，川北人，拾破烂的。"

"好久上的省城？"

"我……"

偏僻的山区小镇，石头砌的房子，石板路，除了逢场天，街上行人寥寥无几。从镇上肥猪市穿过，再翻过一个山垭，顺沟十来里，背靠青山，小溪边，几间石屋，这就是莫三娃的家。

莫三娃的父亲是地地道道的农民，祖辈传下来的开山锄、柏木扁担。小春种麦子，大春点玉米，逢场天挑一担自己磨的豆腐沿街叫卖，油、盐、酱、醋就都有了着落，日子尚过得去。

兄弟三人，老大、老二跟父亲种庄稼，唯独三娃例外，他聪明绝顶，在这方圆几十里山沟里居然第一个读完了县上的高中。高考落榜后，父亲没叫他干地里的活儿，只让他承担了做豆腐的事。

莫三娃做豆腐比他父亲强，不久居然小有名气，镇上的人唤之为"莫豆腐"。逢场天一抢而空，换回钱来，同时带回山外的新鲜事摆给大家听，十分得意。

对此，莫三娃并不怎么看重，但他有两件事离不得，一是啃书；二是下棋。他特别爱啃棋书，着迷时，一个人都要背着棋盘默着棋谱走。

"这个劳什子，吃又吃不得，用又用不上，简直是鬼迷心窍。"父亲深恶痛绝，责之为不务正业。

父亲越制止，莫三娃的脾气越犟。

一天点豆腐，他研究残局，不慎将一锅豆腐烧坏了。父亲大怒之下，烧了他的棋谱，毁了他的棋子，将他一顿暴打。

莫三娃咽不下这口气，离家出走了。

在省城里，举目无亲的莫三娃只好拾破烂混日子。一次，两天没吃东西，饿得头晕眼花。几个夜摸子"收荒匠"看在眼里，丢了几个包子给他，待其吃饱后说："今天晚上，收过年礼，跟我们去，保证你有好吃的。你人生地不熟，就跟在我们后面，我们拾到放在你的口袋里，你只管拿好口袋就行了，其他不要过问。"

莫三娃就这样糊里糊涂地被抓进了辖区派出所。

天未见亮，他获释了。

隆冬的清晨，天寒地冻，衣衫单薄的莫三娃在严酷的事实面前清醒了。

老民警贺同志说得对："你这么年轻，又读过书，找个正经的事干，坚持下去终有所获。"

城郊接合部，一辆载满豆腐的三轮车陷入泥坑，蹬三轮车的姑娘，尽管脱掉羽绒服，累得浑身是汗，它还是一动不动。

见到此情的莫三娃，不哼一声，跪在地上，一边用肩头扛车身，一边叫姑娘用石头来填坑，三轮车终于启动了。

前面一段上坡路，莫三娃索性又帮着推了一阵。

铃声响，一辆自行车横在三轮车前。

"爸！你咋个来了？"

"蓉蓉，看你慌啥子哟！给你煮的鸡蛋都忘了，早晨你吃壳子呀！"

"爸！这是莫哥，刚才他……"

曾大伯听了莫三娃的叙述，特别是知道他推得一手好豆腐之后，就暗暗打定了主意："莫三娃，我看你人还老实，又无亲可投，不如就在我这里帮我磨豆腐。你喜欢下棋，叫蓉蓉陪你去买一副，再去棋园见识见识。蓉蓉你看这样行不行？"说完一笑。

蓉蓉羞赧地低下头，手也不知放何处好。

蓉蓉是曾大伯唯一的亲人，18年来相依为命。随着蓉蓉长大，他心里开始犯嘀咕："女大要嫁人，最后我还落得个无依无靠，不如找个'倒插门'。"但这年月，各家都是独生子女，上门女婿难找哟！曾大伯一筹莫展。

莫三娃的出现，使曾大伯眉开眼笑。一是豆腐可以不用再去买来卖，自己磨，收入大大增加；二是只要待他好，人心都是肉长的，何况蓉蓉这女子，特别是那双水灵灵的眼睛，像会说话似的，招惹不少小伙子眼馋。朝夕相处，莫三娃自然会动心。

此后逢空闲，这少男少女双双进省城。繁华的都市，现代的科学，打开了莫三娃的眼界。他将曾大伯给他的零花钱都用来买了书，曾大伯看在眼里，心想：这娃娃有心数，我后半辈子有依靠了。

可是好景不长，莫三娃的犟脾气又冒出来了，凡事都不合曾大伯的老规矩。

曾大伯只想过安稳日子，早点抱孙子。而莫三娃的想法，曾大伯是不赞成的。

"大伯，你对我的恩情，我是感恩戴德的，一辈子也报答不完。我不想推豆腐了，我想办个小工厂，不知大伯积有多少钱？"

"莫三娃，你心好大呀！要办工厂？工厂都是你娃娃能办成的。我把你当亲儿子对待，你却在打我的钱的主意。你想搞到手就跑了呀！休想，早点死了心，安安稳稳地磨豆腐，过两年等蓉蓉结婚年龄到了，我把钱全部用来给你们办喜事，办40桌，来个四季发财，修4间大瓦房。"

"爸，你啷个死脑筋哟！"蓉蓉显然已和莫三娃商量好了。

"大伯你放心，我和蓉蓉早已交了心。我们计划先办个豆制品加工厂，根据信息报道，目前大豆制品已为世界所广泛重视，成为90年代食品改革的重点对象。除了豆腐、豆浆、豆腐干等，豆制炼乳、鸡蛋豆腐、咖啡豆腐、粉末豆油、大豆冰淇淋等新产品层出不穷，大有成为'食品宠儿'之势，大豆食品已风行世界。有些营养学家预言，即使到21世纪，大豆食品仍将雄踞'热门食品'宝座。"

"爸，莫哥说得对头，我们不能老推豆腐。"

……

"哦！那是我错怪你了！孩子，我是不放心。"曾大伯显然也开始动摇了。

一个豆制品加工车间建成了，这在"豆腐村"成了头号新闻。

莫三娃的确脾气犟，他不听曾大伯的话，不用电磨，而进了一台超微磨的胶体磨，每小时可磨豆子4吨，而电磨不过400公斤，并且豆子利用率提高30%，豆渣少，成本大大降低，利润成倍增长。紧接着，豆腐干、麻辣干、素火腿等产品相继上市，生意做得十分红火，甚至食品公司也主动来挂了钩，保证原料货源，负责食品脱销。

"豆腐村"里的人都夸曾大伯有眼力，找了一个好的上门女婿，曾大伯笑得合不拢嘴。

"莫三娃，这样说来，你硬是时来运转，办起了工厂。"

"那当然，不过形势的发展，我读了函授大学食品加工、市场营销专业，使我更上了一层楼。"说着，莫三娃从西服口袋里抽出一张名片，递给了老贺，"民警贺同志，请多多关照。"

带着香气的缎面名片上，印着几行烫金字：

春蓉食品公司
经理：莫亦飞
地址：蓉城杨柳溪
电话：028-20000

"噢！恭喜你，莫经理。结婚了吗？"

"还没有，不过已盖起了两层楼的小楼房，准备明年春节结婚，届时一定请贺同志光临。"

"哈哈哈……看来你这步棋硬是走对了。"

"哪里，如果不是当初贺同志点醒，我……"

注：该文刊载于《生活科学报》《百花潭》副刊，录入《初撩雾纱》（新疆大学出版社1994年10月出版）。

科学文艺
岁月融融

亦兮买菜记

清晨，天放晴了。

早餐后，领导老伴晗生在家做家务和养生，给老叟亦兮一个任务："上菜市场买菜去！"

奔八的老叟亦兮，欢天喜地地得令，开开心心地出了门。

其实买菜是奔八老叟亦兮的特长，老伴不下令，他都要主动请令。

60多年前，为填饱肚皮，亦兮中学毕业，被列五中学保送至成都市农业学校读书。在那困难年间，城市学生学农为的是不挨饿，学的专业正好是果树蔬菜栽培，对菜蔬情有独钟。

再往后，"文化大革命"前，亦兮在林场做生产队副队长兼伙食团团长，隔三岔五推着鸡公车去天回镇赶场，采购菜蔬十分在行。

又过了十多年，亦兮在成都市农业科学研究所做试验队队长，从事农业科研工作，对大白菜、西红柿、辣椒、黄瓜研究试验亦有所长，为丰富市民"菜篮子"工程有所贡献。

20世纪80年代末，亦兮改行从事新闻、科普、文学写作，其间在《成都晚报》《锦水》副刊发表了一篇文章——《蔡妈交班记——蔬菜随笔》，短短800多字的小文章，讲述老人婆带儿媳上街买菜，现场知识交班。不想得了三个奖——一个文学奖、一个科学文艺奖、一个科普作品奖，让老叟亦兮兴奋开心了好长时间。

上街买菜，老叟亦兮巴心不得，既行走养生，又可观察民情，体验市民生活，还可操练买菜的学问，不亦乐乎！

上得街来多快活，云凤路桂花幽香，飘散在空气中，沁人心脾；杨柳河畔，芙蓉花绽放，粉嘟嘟的，吸人眼球，赏心悦目。

进入沿街为市的万盛农贸市场，汇入人流，面对青翠水灵、五光十色、丰富多彩的时令蔬菜，老叟亦兮脱口赞叹："太巴适了！"

对奔八的老叟亦兮而言，健康是第一位的。俗话说，三天不吃青，心头冒火星。蔬菜一天都少不得。你看它，红、黄、绿、白、紫五色俱全，酸、甜、苦、辣、咸五味皆备，营养丰富，既降"三高"，又养生益气，名堂多着呢！

面对斑斓多姿的时令蔬菜，老叟亦兮朗朗上口，如数家珍：韭黄、蒜薹、黄瓜、丝瓜、苦瓜、墨茄、竹丝茄、西红柿、豇豆、菠菜、大白菜、灯笼海椒、二荆条海椒……各领风姿，看花了老叟亦兮的眼，也让亦兮十分欣慰，这些可爱、喜人、水灵灵的蔬菜，有当年亦兮辛勤的付出。

其实成都的蔬菜在全国是老大，品种最多。不同的季节，不同的品种，在菜农辛勤的栽培下，交替应市，光是成都应市的蔬菜就有叶菜类、根茎类、瓜茄类、鲜豆类、菌类等13类88种346个品种，这还是20世纪80年代的数据。随着农业科研发展进步，无公害蔬菜、生态蔬菜等新的蔬菜品种不断上市，加之现代交通飞速发展，物流业四通八达，现代成都人可以说想吃什么蔬菜都有，不然成都咋个叫"天府之国"呢？

早在2000多年前，我们的祖先就指出合理的膳食结构，即"五谷为养，五果为助，五畜为益，五菜为充，气味合而服之，以补精益气"。"五菜"泛指所有蔬菜。

蔬菜含有丰富的维生素和矿物质，维生素是维持生命活动的重要物质。蔬菜中纤维素的含量比较多，被人们誉为"第七营养素"。蔬菜中含有丰富的钾，钾是维持心脏正常功能的必需元素之一。在膳食中保证足够的蔬菜，对预防癌症具有重要的意义。蔬菜还能减肥助颜。

不过，成都的蔬菜品种虽多且齐全，但买菜时却很有讲究，且听老叟亦兮慢慢道来。

买蔬菜并不是价钱贵的细菜，营养价值就高，而恰恰是颜色越深的蔬菜，营养价值越高。其规律是绿色—黄色—无色。

在成都丰富的"菜篮子"中，价廉物美的绿色蔬菜有菠菜、青菜、小白菜、油菜、芹菜、苋菜、冬苋菜、软浆叶等。

有人会说："都是些毛毛菜得吗？吃多了刮油噻！"

亦兮讲："不要小看毛毛菜，此类所谓粗菜，其实营养甚丰，若能和'细菜''肉食'调剂食用，对健康十分有益。"

有人问："黄色蔬菜又有哪些呢？"

亦兮讲："黄色蔬菜主要有西红柿、萝卜、红苕、南瓜、大白菜等。虽营养价值不如绿叶类，却是胡萝卜素的很好来源。各种萝卜、西红柿又可生吃，维生素损失小，而红苕、南瓜供给热量高，又软和，老少皆宜。而竹笋、高笋、甜瓜之类无色蔬菜，营养价值相对低些。"

有人问："蔬菜营养价值的高低如何衡量呢？"

亦兮讲："这取决于蔬菜本身含铁、钙、无机盐、维生素和纤维素的多少。据农科专家研究，绿、黄蔬菜具有预防癌症作用，因含有维生素A，而来源又主要是胡萝卜素。经测定，根菜类的红萝卜、红心红苕含量最高；绿叶类的冬苋菜第一，其次为菠菜、芹菜叶、蕹菜、蒿笋叶等。平常一些人吃芹菜、蒿笋，习惯去叶吃茎，实在太可惜了，实际上其叶用来做汤或凉拌是很可口的，且营养价值高。在茄果类蔬菜中，每100克普通辣椒含维生素C 185毫克，排第一位；每100克红灯笼辣椒含维生素C 159毫克，排第二位。"

亦兮这里还要唠叨一句："那些准备当妈妈的，现在大都只重视蛋、奶、肉、鱼，而忽视蔬菜的作用。不少孕妇、儿童普遍存在偏食、挑食和瞧不起蔬菜的毛病，这对儿童的发育和孕妇的健康大大不利。"

"在菜市场买菜时，买什么菜应根据各人的口味、喜好和身体的营养需求而定，最好选择当季当地生产的新鲜蔬菜。"

老叟亦兮说的话太多了，就此打住，还是赶紧去买菜，完成领导老伴晗生下达的任务，不然回家交不了差，嘻嘻……

老叟亦兮不慌不忙，沿着万盛农贸市场转了一圈，货比三家，买了5样菜——2个红苕、2个西红柿、3个土豆、1斤小白菜和半斤辣椒，一共才花了9.5元，你说便不便宜？

注：原文刊载于《成都晚报》《锦水》副刊1987年，本文刊载于"行脚成都"2021年10月15日。

原文《蔡妈交班记》获首届"芙蓉科学文艺征文"二等奖（《成都晚报》《青年晨报》《家庭与生活报》《信息报》《大众健康报》《成都科技报》《西南电力报》《西南物资商业报》，1987年）、"第五届优秀科普作品奖"二等奖（《成都晚报》、成都市科学技术协会，1988年）、"金牛区文学奖"，本文有所润色。

美哉，空中果园

仲春，应朋友之约"踏青"。高楼新居，品美酒佳肴之后，却全无出游之意。我正在纳闷，朋友却邀我登上了屋顶。

一上屋顶，眼界豁然开阔。那灼灼其华的桃花缥缈如红云，高雅的梨花洁白烂漫，红白相间、粉嘟嘟的苹果花蕾含苞欲放，葡萄、猕猴桃缠绕争春，碧绿的柑橘叶嫩枝柔；不同层次的绿色幕帐，掩映屋脊。青青翠翠，繁花似锦，人如饮玉液琼浆，如入蓬莱仙境。

"空中桃园何处寻，屋顶佳处此间得。"陶醉的我，脱口而出。

朋友见我得意忘形，笑着说："这还不算什么，若夏爽冬晴时再来，那白嫩汁浓的蜜桃，香脆惹人的苹果，酸甜适口的雪梨，珍珠般的串串葡萄，红得透明的草莓，吉祥喜庆的柑橘，垂金满树，信手拈来，那才绝呢！"

这令人痴迷的胜景即现代城市立体绿化的新秀——空中果园，实实在在的科学技术结晶"盆栽果树"。

近代，由于果树矮化砧木，矮生性品种的相继发现和广泛使用，果树人工致矮、早花早果技术的日益完善，使许多果树的盆栽成为可能，当今世界果树栽培的特点即矮化密植。

中国盆栽果树历史悠久，又是和古典盆景艺术联系在一起的。早在唐代即有"盆栽石榴"，近年来由于"盆栽果树"相继取得成功，给城市立体绿化带来了福音。有18种果树，119个品种可以盆栽。常绿优者当推柑橘、枇杷、荔枝、葡萄、猕猴桃等，藤本稍次。其中，石榴花红而艳，枣花虽小，却有桂蕊香气，花期长，都有很高的美化环境的价值。

"盆栽果树"不受土地限制，将果树加以矮化，植于盆中，放在屋顶或阳台，建成"空中果园"，既可观赏，又可得美食，有较大的经济效益。特别是在城市建设飞速发展，城市绿地越来越少，人类的生态环境面临严重威胁的时刻，"盆栽果树"给城市空间披上了绿装，对环境起到了增氧、消毒、净化、隔热等多种作用。

五彩缤纷、欣欣向荣的"空中果园"，四时如春，花期不断，终年生机盎然，人们漫步其中，陶醉在美的享受之中，心旷神怡。"空中果园"这一艺苑奇葩新技术崭露头角，给城市绿化、美化、香化带来了新的希望！

注：该文刊载于《成都晚报》副刊《锦水》1987年4月28日，获"绿化成都"征文一等奖，录入《初撩雾纱》（新疆大学出版社1994年10月出版）。

啊，金色的菜花

孟春，正是鱼虾欲上时，我远足垂钓。

月黑头，细雨蒙蒙，闲潭而坐。全神贯注的我，目不转睛地盯住正在下沉的浮漂，心里一阵欢喜……

突然，一个声音惊动了鱼儿，一切又依然如故。

我气愤，也很奇怪。在这万籁俱寂的旷野之地，除了四周的菜花和潭边含笑的桃花之外，还有谁呢？警觉的我侧耳细听，呀！果真有"人"在窃窃私语。

"小妹，你是才来的吧，怪不得这么眼生！" "大姐，小妹初来乍到，有不当之处，还请大姐多多包涵。" "好说，好说。我们都是十字花科，芸薹属的油菜姊妹，一家人嘛！不必客气。"

"嗯，敢问大姐芳名是……"

"我嘛，嘻嘻，不是自夸的，'甘蓝杂交油菜'，是全国油菜佼佼者。" "甘蓝杂交油菜"昂头挺胸，拉开了架势，伸出了大拇指，讲道，"我们油菜的资格可老哦！东汉时期已种植，唐代用其籽榨油，宋朝正式命名油菜，还是中国目前种植面积最大的一种油料作物。我'甘蓝杂交油菜'推广面积最大，产量全国第一。怎么样，名不虚传吧！" "甘蓝杂交油菜"说话间自豪地摇动丰满的身段，舞着盛开的花朵，那美滋滋的劲头，真叫人眼热。

"小妹你呢？"

"我叫'低芥酸油菜'。"

"哦！时髦的新品种，欢迎你。"

"不过我说，小妹，瞧你那架势并不怎样，花也不多，在这农业飞速发展的年代，上不了阵的话，立足可难呀！"

"大姐，你可不要以貌取人哟！就开花而言，你是花期集中，我是花期长，各有千秋嘛！再说，芥酸不易被人体吸收，营养价值差。我含芥酸低，而且含量稳定，同时油酸、亚油酸含量高，恶心的菜油味已明显消除，可食性好，对人体健康有益成分多，内销、出口均受欢迎。""低芥酸油菜"低头不语，良久，才又悄悄害羞地说，"现在人们可爱我啦！"

"是吗？那太好了，恭喜你。"

话匣子打开了，"低芥酸油菜"也大方多了："我说，大姐，菜籽油含有丰富的脂肪酸和多种维生素，营养丰富，易消化。既是水稻、棉花、麦类的良好前作，又是良好的蜜源作物。我们姐妹可要争气哟！目前专家正在进一步研究将菜籽进行综合利用，提取菜油中的芥酸，一方面解决菜油的质量问题，同时又解决紧缺的基本化工原料——芥酸的供应问题。"

"说得好，巴适！低芥酸小妹，看不出来你锋芒不露，螺蛳有肉在肚子嘞！不过万变不离其宗，不管低芥酸、高芥酸都是效力于人类。"

"不愧是大姐，你这一归纳就更全面了。不过我们千万不能沾沾自喜。"

"为什么？"

"因为当前国际国内油菜科研、生产已发展到'双低'油菜，即低芥酸、低硫代葡萄糖甙油菜，其油分、蛋白质含量高，营养成分全，备受国际市场欢迎，潜在优势无可比拟。"

"哦！……"

我听出神了！不知不觉，雨早停了，东方欲晓。旭日东升，万道霞光普照在银闪闪的水珠上。一夜之间，潭边的桃李竞相绽放，露出了笑脸，仿佛要与千万朵金色的菜花媲美。

春暖日融，花迎朝霞，芳菲烂漫，蜜蜂在花丛中伴舞。

啊！交相辉映的金色菜花，是多么迷人，叫人眷恋。

注：该文刊载于《生活科学报》，录入《初撩雾纱》，入选《四川科普作品选》，1999年荣获成都市优秀科普作品一等奖（中共成都市委宣传部、市科委、市科协、市广播电视局、市新闻出版局）。

家乡的柑橘

冬天的北京，冰天雪地，我裹着羊皮大褂穿街过市。

琳琅满目的店铺、橱窗使人目不暇接。突然，一处货讯撞入眼底："大量供应川橘、广柑。"它就像一股热流涌来，顿时驱散了我的寒意。"家乡的……"我不由得喃喃自语。

亲切感促使我集中了注意力，哦！在这熙熙攘攘的人流中，有不少手拎着黄澄澄柑橘的人呢！随着步伐的加快，遗憾也油然而生——千里赴京，为何不给朋友捎点家乡的柑橘呢？我暗暗责备自己。

迈进客室，刚一落座，主人就递上广柑："来，吃一个家乡的柑橘。"

说来也巧，主人正好是个农艺师，话匣子打开，自然又扯到上口之物。

"老同学，你说，为什么在新春之际人们在选样礼品时往往偏爱柑橘？"

"你看，它那金黄的色彩，象征着吉祥和富贵。且味甜果香，汁多爽口，营养物质丰富，又便于存放。再者，节日期间，家家户户都吃精米精面，鸡、鱼、肉等高糖、高蛋白、高脂肪、低纤维，以及缺乏维生素的食品，登门送上含丰富维生素的柑橘，促使营养平衡，弥补偏食过精食品导致的缺陷，何乐而不为？"

"有道理，听说现在世界上柑橘栽培面积与产量总数第一的要算美国，是真的吗？"

"嗯！"同窗有些内疚地点点头。

"但美国并不是柑橘的原产地，柑橘的故乡是中国。"

"在我国，柑橘的历史渊源可上溯到四五千年前的新石器时期，四川柑橘栽培史夏代已可查。"

"成都呢？"我迫不及待地问。

"看你！还是那个急性子。慌啥子嘛！"同窗品口茶，慢条斯理地讲。

"成都柑橘栽培历史也很悠久，在汉代已有记载。西汉著名文学家、成都郫县（今郫都区）人扬雄《蜀都赋》说：'蜀都之地，古曰梁州……沃野千里……西有盐泉、铁冶、橘林、铜陵……尔乃其裸，罗诸圃畡，绿畛黄甘，诸柘柿柑，杏李枇杷，杜楢栗柰，常黎离支，杂目梃橙……'东汉左思《蜀都赋》讲：'家有盐泉之井，户有橘柚之园，其园则有林檎、枇杷、橙、柿……'又有《博物志》说：'成都、广都、郫、繁、江源、临邛六县生金橙，似桔而非，若柚而芳香，夏秋冬或华或实，大如樱桃，小如弹丸，可存年，春秋冬夏，华实竞岁。'《广志》也云：'甘有二十一核，有成都平蒂甘，大如升，色苍黄。'晋张载《登成都白菟楼诗》云：'披林采秋橘，临江钓春鱼。'这些古代书籍的记载，说明成都柑橘栽培在汉代以来已渐盛行。明末，张献忠役川后，南方居民移蜀，携来柑橘栽培，20世纪30年代，广东和欧美名种相继被引入。"

"现在呢？"

"现在成都柑橘主要产地为金堂、蒲江等地，近郊也有柑橘园分布，种类以甜橙、红橘、柚为主，柠檬次之。其中，甜橙类的无核和少核的脐橙，果肉呈血红色的血橙和柔嫩化渣、酸甜适度的锦橙（鹅蛋橙）最受欢迎，为上等佳品。你看我，话匣子打开就收不住了。"

注：该文刊载于《成都晚报》副刊《锦水》，录入《初撩雾纱》（新疆大学出版社1994年10月出版）。

蜡梅幽香

又到了赏梅的时节，黄昏时分，走下杨柳河畔叠翠楼，信步小区庭园，空气中时不时随风飘来阵阵沁人心脾的蜡梅幽香，让人心醉。

古人在赏梅时，十分注重梅的"韵"和"格"，"以横斜疏瘦与老枝奇怪者为贵"。

宋代诗人林逋《山园小梅》咏叹：

> 众芳摇落独暄妍，占尽风情向小园。
> 疏影横斜水清浅，暗香浮动月黄昏。

在愚寒舍"一览斋"书房，收藏着一幅墨梅图，这是20世纪60年代，已故著名画家、拳友刘怀泉先生绘赠，画中题跋正是林和靖的咏梅绝句《山园小梅》。

20世纪90年代中期，以笔锋犀利、敢讲真话著称的，年仅53岁的著名诗人、作家、文友、四川省小说创作促进会会长贺星寒英年早逝，著有《至圣先师孔子》（获冰心文学奖），散文集《贺星寒随笔》，长篇小说《浪土》和杂文集《方脑壳外传》等，文学圈内不少人嘘唏不已，生活规律、作风严谨的他，知天知地却不能知命……

为此，著名诗人、文字学者流沙河撰联：

> 地厚天高笔雄命短，星寒月冷魂归夜长。

著名作家高缨撰联：

> 厄运下死不低头，稿笺上从不媚俗。

友朋间绝不虚假，人民前誓不背叛。

巴蜀鬼才魏明伦盛赞：

诗才文笔皆潇洒，不愧川西派风骨。

笔者吊唁：

星寒入梦，蜡梅幽香。

蜡梅又名黄梅花、香梅、蜡木，属蜡梅科蜡梅属的植物，为落叶灌木，原产于中国中部，分布于湖南、福建、山东、江苏、安徽、云南、河南、湖北、浙江、四川、贵州、陕西、江西等地区，以及朝鲜、日本、欧洲、美洲，生长于海拔300～700米的地区，常生于山地林中。12月至次年1月开花，先花后叶，花单生于叶腋，黄色。"因其与梅同时，香又相近，色似蜜蜡，故得此名。"北美洲有几种美国蜡梅，花朵比中国的大一倍，生于枝顶，呈黄褐色、绿紫色甚至褐紫色。

蜡梅是中国特产的传统名贵观赏花木，有着悠久的栽培历史和丰富的文化内涵。

唐代诗人李商隐称蜡梅为寒梅，有"知访寒梅过野塘"诗句。

蜡梅是深受中国人民喜爱的传统名花。初冬时节，当人们还在留恋和回味傲霜挺立、千姿百态的秋菊的时候，树树蜡梅又迎着凛冽的寒风轻轻地绽放了，淡黄色的花朵在深褐色枝干的映衬下显得越发清新、雅洁，那浮动的暗香更使人心旷神怡。"金蓓锁春寒，恼人香未展。虽无桃李颜，风味极不浅。"（宋 黄庭坚语）

《姚氏残语》又称梅为寒客。蜡梅也因为在冬天开放而被称作冬梅；蜡梅花开春前，为百花之先，特别是虎蹄梅，农历十月即放花，故人称早梅；蜡梅先花后叶，花与叶不相见，蜡梅花开之时枝干枯瘦，故又名干枝梅；蜡梅花开之日多是瑞雪飞扬，欲赏蜡梅，待雪后，踏雪而至，故又名雪梅。

蜡梅于万花凋谢之时吐英，在秋菊与红梅之际飘香，花期长达一两个月，为冬季园景重要观赏花木，配植在公园、绿地、路旁、庭院、宅前、窗处、墙边等处，别有雅趣。

中国蜡梅栽培利用历史悠久，有160多个品种，栽培遍及华中、华东及四川、重庆等地。常见的有素心蜡梅，花瓣呈长椭圆形，向后反卷，花色淡黄，心洁白，花香馥郁，因其花朵较大，又称"荷花梅"；磬口蜡梅，花瓣较圆，色深黄，心紫色，香气浓，因其花心紫色，又称"檀香梅"；金钟蜡梅，花大黄色，形似金钟，重瓣，香气亦浓；狗牙蜡梅，花瓣尖而窄长，外轮花瓣淡黄色，内轮花瓣紫条纹最深，香气淡，因其花有9片花瓣，又称"九英梅"，属原始品种，能结果；小花蜡梅，较上述品种小，外轮花瓣黄白色，内轮花瓣紫条纹较狗牙蜡梅浅，香气浓。上述品种中，以素心蜡梅和磬口蜡梅最为珍贵，色香俱佳，最具观赏及利用价值。

唐代杜牧《正初奉酬歙州刺史邢群》云：

> 翠岩千尺倚溪斜，曾得严光作钓家。
> 越嶂远分丁字水，腊梅迟见二年花。
> 明时刀尺君须用，幽处田园我有涯。
> 一壑风烟阳羡里，解龟休去路非赊。

宋代苏轼《蜡梅一首赠赵景贶》云：

> 天工点酥作梅花，此有蜡梅禅老家。
> 蜜蜂采花作黄蜡，取蜡为花亦其物。
> 天工变化谁得知，我亦儿嬉作小诗。
> 君不见万松岭上黄千叶，玉蕊檀心两奇绝。

宋代陆游《荀秀才送蜡梅十枝奇甚为赋此诗》云：

> 与梅同谱又同时，我为评香似更奇。
> 痛饮便判千日醉，清狂顿减十年衰。
> 色疑初割蜂脾蜜，影欲平欺鹤膝枝。
> 插向宝壶犹未称，合将金屋贮幽姿。

陆游首句说蜡梅与梅花同列一谱，又同时开放，但二者有相异之处。于是诗人两相比较，为之评判，认为蜡梅香气浓郁，似乎更超过梅花，可见诗人爱梅成癖，强烈表现诗人对蜡梅的喜爱之情。

梅花是中国十大名花之首，与兰花、竹子、菊花一起被列为"四君子"，与松、竹并称为"岁寒三友"。在中国优秀传统文化中，梅花以它高洁、坚强、谦虚的品格，给人以立志奋发的激励。在严寒中，梅开百花之先，独天下而春。

冬至已过，迎来小寒，北风呼啸，霜雪漫天。那枝枝衔霜映雪、斗寒吐艳的梅花，春意盎然，给人们送来了春天的信息，向人们预示着春光明媚、妍丽动人的前景。古往今来，它一直受到人们的高度赞赏。

梅花充当着二十四番花信之首，花开最早，具有不同于繁花的品格和气质。在百花凋零的隆冬时节，梅花不畏霜雪，力斡春回，凛然绽放，芬芳愈妍。梅的这种崇高品格和坚贞操守，自古以来，受到人们的推崇，被看作是中华民族伟大精神的象征，一直鼓舞着人们积极向上、坚持操守、自强不息。历代诗人咏梅，画家画梅，园艺家种梅，相沿成习，成为中国的优良传统风尚。

历代文人墨客咏梅诗词佳作：

元代诗人杨维帧《道梅之气节》云：

> 万花敢向雪中出，一树独先天下春。

元代画家、诗人王冕既爱梅花，又善于画梅花。他单用墨色画了一幅《墨梅》，并题诗曰：

> 吾家洗砚池头树，朵朵开花淡墨痕。
> 不要人夸好颜色，只留清气满乾坤。

宋代诗人陆游《落梅》曰：

> 雪虐风饕愈凛然，花中气节最高坚。

陆游还动情地歌咏了当年走马成都西郊，一路清香隽永、瑰丽如妆的梅花盛景：

> 当年走马锦城西，曾为梅花醉似泥。
> 二十里中香不断，青羊宫到浣花溪。

宋代王安石《梅花》曰：

> 墙角数枝梅，凌寒独自开。
> 遥知不是雪，为有暗香来。

梅花系蔷薇科李属，是蜡梅科蜡梅属的植物，落叶丛生灌木，树形优美，枝干苍劲，高可达4～10米。树皮呈古铜色或灰褐色，叶广卵形至卵形，边缘有细锐锯齿。暮冬、早春叶前先花；花形文雅，花瓣有单瓣复瓣或重瓣之分，婀娜多姿；花色有红、粉、白、紫，丰富多彩。

梅花是中国特产的名贵花木，有着悠久的栽培历史，大约起于商代，距今已有近4000年的历史了。

中国梅花有200多个品种，汉初已出现宫粉重瓣梅花，唐时有了大红及朱砂品种，宋代又增加了玉蝶、绿萼、杏梅、黄香等类，清代有了照水、台阁类型，近代始出现洒金型的品种。

最初植梅不为观花，却为采果作为调味品使用。那时的梅花几乎与食盐同样重要，为日常生活所不可缺少之物，常在酒席祭礼上，当作礼物馈赠亲友。梅花作为观赏栽培，大致起于汉朝初年，当时不仅有食用的梅花，还有供观赏的重瓣梅花。

河南殷墟出土的3000年前铜鼎内就残存梅核。

《尚书》记载："若作和羹，尔惟盐梅。"《周礼》《诗经》亦有记载。

南北朝时，扬州和南京都是植梅盛地。杭州西湖孤山的梅花，在唐代即已驰名，为诗家和画家所鉴赏。诗人白居易云：

> 三年闲闷在余杭，曾为梅花醉几场。

至今，杭州有800年古梅生长，山西五台山也存有隋唐时期的梅树。

宋代是中国历史上植梅的繁盛时期，当时苏州邓尉梅花特盛，被称为"香雪海"。诗人范成大不单咏梅、种梅，还编写了一部《梅谱》。这是中国最早的一部梅花专著，也是世界上最早的一部梅花专著。

四川是中国梅花的起源中心。成都又是目前国内梅花的栽培中心之一，具有悠久的栽培历史。据史籍载，五代王建据蜀称王时，曾于成都专辟梅苑。孟知祥称王成都时，别苑中植有古梅，称为"梅龙"。

宋代诗人陆游的《梅花绝句》云：

蜀王小苑旧池台，江北江南万树梅。
只怪朝来歌吹闹，园官已报五分开。

毛泽东读陆游《卜算子·咏梅》，"反其意而用之"，写下一首著名的《卜算子·咏梅》：

风雨送春归，飞雪迎春到。已是悬崖百丈冰，犹有花枝俏。
俏也不争春，只把春来报。待到山花烂漫时，她在丛中笑。

这首咏梅词赞赏了梅花具有革命者的高尚品格，表达了毛泽东的革命英雄气概和乐观主义精神。

如今，成都近郊的温江、崇州、郫都区等地，植梅甚多。市内浣花溪畔的杜甫草堂的梅花更是享誉全国。每当梅花盛开时节，奇怪老枝，红芳簇簇，香韵醇浓，吸引着万千中外赏花人。

今天，人们对梅花的欣赏标准，则以贵稀不贵密，贵老不贵嫩，贵瘦不贵肥，贵含不贵开，称为梅之"四贵"。在盆景和盆梅的制作上，则多选取古、怪、奇、枯的树桩，并从长短、粗细、明暗、曲直、厚薄、疏密、老嫩等方面严格挑选，讲究谋篇布局和章法结构，极其注重创造诗情画意，必达"入画"方休。

梅的用途颇多。食用梅的果实是制梅干、盐梅、梅醋、梅精、梅酒的原料，有名的"陈皮话梅"是开胃的食品，"酸梅汤"是暑天的清凉饮料。梅的果实经烟熏制成的"乌梅"，是有名的中药，具有敛肺、涩肠、生津、安蛔的功效。煎汁内服，有和胃安蛔的作用，适用于蛔虫为患所致的呕吐症。对于久咳不止，慢性腹泻、痢疾、血痢等，乌梅也有一定的疗效。另外，在炖鸡、烧肉时，如投入数枚青梅，可使肉类易烂而味美。梅的枝干木质坚韧而富有弹性，是制作手杖和雕刻名贵工艺品的上乘原料。

梅对环境中二氧化硫、氟化氢、硫化氢、二氧化氮、乙烯、氨、苯、醛等的污染具有监测能力。据研究，梅对硫化物、氟化物的污染特别敏感，一旦环境中出现硫化物或氟化物，梅的叶片上立即显示斑纹，甚至枯黄脱落。值得一提的是，有时梅对环境中有毒气体的污染有一个适应过程，开始几天之内，叶片可能全部枯焦脱落，但是不用多久，梅又重吐新芽，始展新叶，正常生长。

梅花的祖辈生活在长江以南的四川、湖北等地，对土壤并不苛求，耐瘠薄。但以湿润而不积水、疏松透气而又保湿的土壤最为合适，喜欢温暖湿润的气候。

中国绘画大家齐白石、张大千、潘天寿、刘海粟、徐悲鸿、吴昌硕、关山月等喜画梅，均有画梅精品。

吴昌硕画梅题跋：

> 道心冰皎洁，
> 傲骨山嶙峋。
> 一点罗浮雪，
> 化为天下春。
> 梅花小寿一千年，
> 赢得神仙对绮筵。

冬至已过，有趣的是，人们为了数九"熬冬"，以梅为介，创造了一种风雅的休闲娱乐方式——填《九九消寒图》。一幅梅花，从冬至开始描绘，每天一笔，九九八十一天画完，已然冬尽春来，生活的美感跃然纸上，岂不美哉！

注：该文刊载于"行脚成都"2021年12月27日。原文刊出后，著名小小说家李永康先生友善指出，蜡梅与梅花所述有误，本文已作更正润色。

秋末晚菘大白菜

大白菜是一种再普通不过的蔬菜，也是一种老百姓喜食的蔬中美品，却又是中国北方的一大宗蔬菜。时值冬季，北方许多人家都有储存大白菜过冬，以备食用的习惯。

大白菜在中国栽培历史悠久，古籍中名为"菘"。

三国时期《吴录》中有"陆逊催人种豆、菘"句，"菘"就是大白菜。

南北朝后魏人贾思勰著《齐民要术》，在"蔓菁第十八"中记述了种菘法。明代王象晋在《群芳谱》中说："白菜一名菘，诸菜中最堪常食。"《随息居饮食谱》讲："甘平养胃，解渴生津，荤素皆宜，蔬中美品。种类不一，冬末最佳。"

大白菜为十字花科植物，也叫结球白菜。不过最初的大白菜并不像现在这样菜叶紧紧抱在一起呈球状，而是散叶状态。正像田园诗人范成大在诗中咏叹的"拨雪挑来踏地菘"。叶片松散塌地，顶芽不发达，不能形成球状，后来经过长期人工培育成为现在栽培的大白菜。

大白菜水分多，脆嫩爽口，历来为人们所喜爱。相传，在1500多年前，南齐文惠太子一次问周围的人："菜食何味最佳？"名士周颙回答："春初早韭，秋末晚菘。"把白菜与鹅黄黛绿的春韭相提并论，认为是蔬中最美者，足见古人对大白菜的高度评价。

蜀人苏轼对大白菜更是颇加赞美，认为"白菘类羔豚，冒土出蹯掌"。在诗人眼里，大白菜可与山珍海味相媲美。

元代许有壬《上京十咏》白菜诗云："清风牙颊响，真味士夫知。"把大白菜的特点写得惟妙惟肖。

1978年，首届全国科学大会在北京隆重召开，一代伟人邓小平在会上重申："科学技术是第一生产力。"成都市园艺学会会长、成都市农业科学研究所所长、高级农艺师、蔬菜研究室主任黄裕蜀（笔者读成都农校时教蔬菜栽培的老师）主持的农业科研项目"大白菜雄性不育"荣获全国科学大会奖。笔者作为市农科所试验队队长，参与大白菜科研，深感荣幸。再后，笔者与恩师黄裕蜀一道走进四川人民广播电台直播间《对农村广播》节目……

在中国，大白菜的类型、品种极为丰富。按其结球特点可分为四种：散叶变种，不能形成叶球；半结球变种，能结球，但不实；结球变种，形成坚实的叶球；花心变种，顶生叶褶抱成球状，但先端叶向外翻卷。

结球大白菜按形态分为卵圆形、平头形和直筒形。主要品种有北京小白心、小青口，天津大青麻叶，石家庄石特一号，郑州早黑叶，山东福东一号、城阳青、福山包头，杭州黄芽菜和广东皇京白等。

成都的大白菜品种有竹筒白、福山白、小白口、二平桩（二马桩）、永丰土白菜、高桩白菜、青麻叶、大青口、倒扣白等。

大白菜含有较多钙质和维生素C，每100克含维生素C 20毫克，钙61毫克，磷37毫克，以及铁、胡萝卜素、维生素B，粗纤维的含量更为突出。多吃些大白菜能疏通肠道，消除肠淤血，防止便秘和痔疮。近年来，人们对纤维素的保健作用给予了高度的评价，认为食物中的纤维素有抵御结肠癌的作用。中国有句有趣的谚语："鱼生火，肉生痰，白菜、豆腐保平安。"当然，"白菜、豆腐保平安"并非排除动物性食品，而是说多吃些蔬菜对健康是有益的。"食不厌精"的饮食原则，并非养生之道。饮食粗放一些，适当吃些粗粮粗菜，不仅能从中获得身体所需的营养素，而且有益于防病保健。

大白菜本身也是一味中药。李时珍《本草纲目》说，大白菜"通利肠胃，除胸中烦，解酒渴，消食下气，治瘴气，止热气嗽。冬季尤佳，利火小便"。

《滇南本草》云："主消痰，止咳嗽，利小便，清肺热。"大白菜用于食疗，可煮食，也可捣汁内服，或捣烂外敷。

《伤寒类要》讲，患发背时，"地菘汁一升，日再服"。患有漆疮时，也可将大白菜捣烂敷在患处。大白菜还有止咳、镇喘、清肺化痰的作用。

《圣惠方》云："酒醉不醒，菘菜子二合，细研，以井水一盏调之，分为三服。"

中国的大白菜，19世纪输往日本。日本的"爱知白菜""松岛白菜"都是中国结球大白菜传入后形成的，现已是日本主要蔬菜。

1920年，中国的大白菜又传入法国，后来在欧洲、美洲进一步得到了推广。

大白菜吃法很多，除了熬、炒、烩，做馅儿外，还可与冬菇、火腿、奶油等一起烧出许多美味佳肴。大白菜集中上市时，还可做些酸菜、冬菜、梅干菜等。用梅干菜、冬菜焖肉、烧鱼、做馅儿，具有特殊香味。

成都很多人家喜食醋溜、糖醋、麻辣白菜，爽口下饭，还有海会寺的白菜豆腐乳，下稀饭、馒头，更是不摆了。

历代文人墨客咏叹大白菜：

宋代朱敦儒《朝中措》：

> 先生馋病老难医。赤米厌晨炊。
> 自种畦中白菜，腌成瓮里黄齑。
> 肥葱细点，香油慢熘，汤饼如丝。
> 早晚一杯无害，神仙九转休痴。

赵朴初"置白菜心一枚于碗中盛水养之，渐舒展转绿，挺生茎秆高尺余，着叶开花，有轩昂之态"：

> 所遇虽万殊，自足初无两。
> 静观悟物理，更生得善养。
> 永怀欣欣意，寒暑任来往。
> 呼吸通寥廓，随心斗室广。

有趣的是白菜谓"百财""清白"，中国国画大师张大千、齐白石、吴昌硕、孙其峰、王雪涛、陈半丁、李苦禅等均钟情于大白菜，并泼墨写意大白菜系列画幅。大俗大雅，萝卜白菜，各有所爱，闲情雅趣。

蜀人张大千写意大白菜题字：

> 冷淡生涯本业儒，家贫休厌食无鱼。菜根切莫多油煮，留点青灯教子书。旧石涛上人有此，疑其诗非此公口吻也。
> 闭门学种菜，识得菜根香。撇却荤膻物，淡中滋味长。

吴昌硕拔墨大白菜题跋：

　　花猪肉瘦每登盘，自叹酸寒不耐食。可惜芜园残雪里，一畦肥菜野风干。

87岁的陈半丁着墨大白菜咏叹：

　　雨送寒声满背蓬，如今真是荷锄翁。可怜遇事常迟钝，九月区区种晚菘。

李苦禅画大白菜有感：

　　一日聚集友人乐，闻相间即寻答着墨之法，写菜得天然之道乎，可答此也。

录齐白石国画大白菜、蝈蝈题意：

　　天地万物，为我所用，非我所有。舍，并非失去，而是布施；忍，即受侮辱亦不嗔，保持欢喜心。
　　牡丹为花之王，荔枝为果之先，独不论白菜为菜之王，何也？

　　在国画大师齐白石众多绘画题材中，大白菜作品最能触及老人思乡情结。他将这些日常所见之物，寄予深层精神内涵，超越绘画的内容和形式。白石老人生于"糠菜半年粮"的穷人世家，独以白菜为菜之王，念念不忘"先人三代咬其根"，认为"菜根香处最相思"。

　　注：该文刊载于"行脚成都"2021年12月17日。

猕猴桃情结

秋冬季节，猕猴桃上市了。

在成都各超市、农贸市场、公路边、街边地摊，摆满了大小均匀的"红心猕猴桃""黄心猕猴桃""海沃德猕猴桃"，在中国各地超市、世界超级市场，它也是畅销水果。甚至中央电视台也播出老果农在田间的笑语："如今交通畅通了！有拼多多了，猕猴桃不愁卖了！"

猕猴桃原产中国，是一种营养价值十分丰富的水果，号称"水果之王"，特别是富含维生素C，具有生津止渴、促进消化、缓解便秘、美容养颜等功效，深受广大消费者青睐。

说起猕猴桃，笔者与其有一段令人无法忘却的情结，让笔者格外兴奋、自豪、欣慰。笔者一生对民生价值最大的贡献就是猕猴桃了。

这是一段真实的故事，发生在40多年前，20世纪70年代末。

中国政府代表团出访新西兰，在新西兰政府有关人士陪同下，参观了该国猕猴桃人工繁殖场。太平洋上的岛国新西兰盛产在国际上享有"水果之王"美誉的猕猴桃。新西兰的这种高级水果猕猴桃及加工产品，在欧洲市场上独霸一方，年创外汇收入达10亿美元以上。新西兰方面介绍，这年创收10亿美元以上的猕猴桃，是1904年新西兰女教师伊莎贝尔从中国西部返国时，将种子带回新西兰，经过长期精心栽培繁殖成功，发展到今天的规模的。

中国政府代表团一回国，有关负责人立即指示在四川开展野生猕猴桃的资源调查工作。在摸清家底后，搞人工栽培，再搞深加工增值形成规模型商品生产，充分利用其自然资源优势，开发四川生态农林经济，造福于民。

野生猕猴桃资源调查的任务，很快落实到成都市农业科学研究所。市农科所果树研究室主任、高级农艺师张思学（笔者读中专时成都农校教果树栽培的老师）任调查组组长，率两位农艺师和时任试验队队长的笔者，历时数月时间奔赴四川阿坝、甘孜州和秦岭山脉、龙门山、峨眉山海拔1000～2000

米的崇山峻岭、高山荒野进行资源调查。标本架（用木条、草纸制成，约20斤）由身强力壮、出身武术世家、常年习武的笔者背在背上。

初夏多雨的季节，川西边沿地区峨边沫水河畔，峨眉后山二峨山茫茫的原始森林中，由采药老人、老猎人带路，野生猕猴桃资源调查组一行穿过成片的浩瀚竹海，踏进藤蔓缠绕的林莽，跋山涉水，攀越在深山幽谷的无人区。背着标本架负重的笔者，虽然汗水湿透了衣衫，但仍然精神抖擞，大步向前。

为了寻找到理想的超大果型的野生猕猴桃标本，调查组一行奋不顾身，跳过山间深谷木板空缺的吊桥，忘却天黑了下山的危险，继续在密密的深山树丛中攀越搜索前进。

皇天不负有心人，调查组终于在天断黑前，在峨眉后山荒无人烟的密林深处一悬崖旁，找到了川西地区第一大果型的野生猕猴桃。此时，浓浓云雾也铺天盖地地滚滚涌来，顷刻间罩满了起伏险峻的山峦，峡谷里伸手不见五指，四周一片昏黑。

起风了，又偏偏下起了雨。山路崎岖，茂密的原始森林里，调查组一行人在藤刺与杂草丛中根本无法直立行走，只能艰难地摸索着爬行。笔者在采摘猕猴桃标本时手臂受了伤，现在大腿又被藤蔓的倒钩刺划破了，鲜血和泥水混在一起。在这茫茫的深山老林的山巅，爬过去是悬崖，爬过来是深渊，调查组一行人迷路了，采药老人、老猎人也很无奈。

怎么办？没有夜宿的装备，笔者的背上还背着被雨水打湿了的数十斤重的标本架，如果此刻猛然间窜出一只花豹子，又没防身武器，已经是晚上10点过，一行人浑身湿透，紧紧地靠在一棵大树下，一筹莫展，又冷又饿，焦头烂额。

突然，风雨中传来轻快的口哨声——《快乐的哆嗦》。"彝族同胞！"有人喊道。

"察尔瓦"裹住了整个身躯。为了给果树治病虫，这个彝族同胞只身翻山越岭去峨边县城求援，农牧局、供销社、新华书店，整整忙碌了一天，摸黑抄近路返回山寨。

"有路吗？"

"有！从这里下去。"

"什么？"调查组一行吃惊地望着脚下的深渊。断崖刀削似的，黑洞洞的，什么也看不见。

"跟我走，却波（同志）！"

调查组一行人抓住树枝、草蔸，身子紧紧贴在湿漉漉的岩石上，一步接一步，几十米高的悬崖绝壁终于被征服了。

调查组一行最高兴的是终于找到了川西地区最大的野生猕猴桃果实，也许是绝处逢生，兴许是给予太少，归途中，调查组一行人都很激动，久久不能自已。

成都市农业科学研究所野生猕猴桃资源调查获得圆满成功，经过有关地区农林科研人员的精心科学研究试验，人工栽培猕猴桃获得了极大成功，加工产品也试制成功。人工栽培猕猴桃像"蝴蝶效应"一样，迅速在中国广袤的农村推广繁殖，致富了农村千家万户，投入市场后，广大市民又多了一种营养丰富的水果及其加工产品，饱了口福，利国利民，皆大欢喜。

再后来，猕猴桃盆栽，屋顶绿化又获得成功。为此，笔者的形象也登上了四川电视台、中央电视台。笔者撰写的文章《美哉，空中果园》又获"绿化成都"征文一等奖。

向北京中南海汇报后，成都市农科所获得了表彰，笔者也被记三等功一次。

这段难以忘却的真实历史，笔者曾将其写进20世纪90年代出版的长篇小说《影子的诱惑》里，该作品由四川省作家协会和成都市作家协会联合召开研讨会，著名文艺评论家何开四、李明泉、吴野，著名作家陈之光、傅恒等给予高度评价。再后来又撰写成小小说《沫水新秀》刊载于20世纪90年代初《西南军事文学》杂志。

猕猴桃属于藤本落叶果树。其果实形、色均如桃，外表绒毛丛生，剥去外皮后，清香诱人，果肉似翡翠，酸甜爽口。猕猴桃具有极高的营养价值，尤以维生素C含量最为突出。每100克鲜果中含维生素C 100~420毫克（约为柑橘的51倍，蜜桃的70倍，梨的100倍，苹果的200倍以上），糖为12~18克（主要为果糖的葡萄糖），还含有蛋白质、脂肪、钙、钾、硒、锌、锗、磷、铁、镁等微量元素，胡萝卜素、维生素B_1、猕猴桃碱、蛋白水解酶，以及葡萄酸、柠檬酸、苹果酸、氨基酸和单宁果胶等营养成分。此外，猕猴桃根、茎、叶、花、果均可入药，有清热利水、生津润燥的功效。宋代《开宝本草》的作者认为，它有"止暴渴，解烦热"等作用。

近代药理研究表明，猕猴桃可防止致癌物质亚硝胺在人体内生成，还可降低血胆固醇及甘油三酯水平，对治疗高血压、心血管疾病、麻风病、坏血症、过敏性紫癜、感冒及脾脏肿大、骨节风痛、热毒、咽喉痛等有很好的作用。因此，猕猴桃被推崇为"世界水果之王"，并有"水果金矿"的美称。

中国是猕猴桃的故乡，其栽培历史悠久。《诗经·国风·桧风》云："隰有苌楚，猗傩其枝，夭之沃沃，乐子之无知。""苌楚"就是猕猴桃；"隰有苌楚"，意指在潮湿的地方生长着猕猴桃，它的枝蔓轻柔摇曳，它的花和果实婀娜美丽。东晋著名博物学家郭璞把它注作"羊桃"，直至唐代，猕猴桃这个名称才出现。现在川西北、川东南和湖北老百姓仍管它叫羊桃。它有很多别名，如毛桃、毛梨子、猕猴梨、毛木果、马屎坨、奇异果、仙果等。

唐代医学家陈藏器在《本草拾遗》中对猕猴桃的药用功效作了说明："猕猴桃甘酸无毒，可供药用。"宋代名医刘翰和道士马志著《开宝重定之本草》再次谈道："猕猴桃味酸、甘、寒、无毒……"明代著名医学家李时珍《本草纲目》讲，猕猴桃"其形如梨，其色如桃，而猕猴喜食，故有诸名"。

唐代诗人岑参在《太白东溪传张老舍即事，寄舍弟侄等》云："渭上秋雨过，北风何骚骚。天晴诸山出，太白峰最高。……中庭井阑上，一架猕猴桃。"说明在1200多年前，陕西即有庭院栽培猕猴桃作为观赏植物。

中国猕猴桃主要分布在陕西、四川、河南、贵州、浙江、湖北、广西、江西和云南等省份。

1972年，中国科学院南京古生物研究所在广西田东县发现了约2000万年前中新世地质年代的猕猴桃叶片化石，它是一种进化程度较高的树种。

2003年，西安考古研究所在挖掘西汉早期的贵族积炭墓时，出土了2000多年前的西汉美酒。据初步鉴定，该酒由猕猴桃酿成。

成都青城山"青城八洞天"乳酒乃"青城四绝"之首，有1200年历史，以"果王"猕猴桃为主要原料，配以青城山特有矿泉水，根据道家传统方略精制酿造，色如碧玉，浓似乳汁，果香浓郁，酒香优雅，鲜美醇和，五味（果、酸、甜、酒、香）俱佳，富含丰富的营养成分，医食同疗，味宿安宁。

诗圣杜甫颂："山瓶乳酒下青云，气味浓香幸见分。鸣鞭走送怜渔父，洗盏开尝对马军。"

从中国历史记载可见，猕猴桃在中国历史悠久，源远流长，但主要还是野生植物，作为庭院观赏和药用较多，一直没有被人工驯化作为果树大面积栽培，直到20世纪70年代末才开始资源调查，其后人工驯化栽培，逐步推广，造福于民。

注：该文刊载于"行脚成都"2021年12月12日。

秋色芙蓉

天凉好个秋，芙蓉秋色。

时逢仲秋，蓉城的锦江、百花潭、天府芙蓉园、成都植物园、锦城西杨柳河畔，芙蓉花竞相绽放。芙蓉花是成都市市花，每年重阳节即农历九月初九为市花日。

成都别号"芙蓉城"，人们习惯简称"蓉城"。早在五代，距今1000多年前，后蜀皇帝孟昶就曾倡导种植芙蓉花。据《成都记》载："孟后主在成都城上遍种芙蓉，每至秋，四十里如锦绣，高下相照，因名锦城。"成都因此而得名"芙蓉城"。有一则民间故事，传说芙蓉花是古代锦江边一位奋战恶龙、保卫成都的芙蓉姑娘的化身。这更给芙蓉城添上了迷人的光彩。

芙蓉花的姿容是美丽的，芙蓉花花型大方，花色美丽，粉嘟嘟的，且花开时逐渐变色，从浅到深，十分讨人喜欢，其花大而艳，雅质多姿，潇洒不俗。特别是在秋风瑟瑟，"千林扫作一番黄"的季节里，傲寒拒霜，独伴秋菊，深受人们的喜爱。

芙蓉树又叫木芙蓉，俗称拒霜花、木莲等，在中国栽培甚古。芙蓉树在植物中属锦葵科，落叶灌木，高两三丈，多分枝。叶似梧桐而小，上多茸毛。花顶生为总状花序。品种有红芙蓉，色大红；白芙蓉，色白；五色芙蓉，色红白相间；有一种醉芙蓉，花早上白色，午变浅红，晚变深红；还有一种黄芙蓉，《松科植物名录》称为黄槿，叶心脏形，花冠大，钟状，中心暗紫色，瓣黄色，产于广东，为观赏佳品。

芙蓉花历来备受人们的推崇与赞赏，不仅因为它花色妍丽、妩媚动人，而且有一定的实用价值。在四川民间，早把木芙蓉的花、叶作为治疗疮疡的要药，每遇恶疮肿毒，将新鲜木芙蓉花、叶捣绒，敷于患处，消炎解毒，颇有神效。外科医生将此称为"清凉膏"或"铁箍散"。正好与李时珍《本草纲目》记载的功效相印证：木芙蓉的叶和花，性味苦微辛平，无毒，"清肺凉血，散热解毒，治一切大小痈疽肿毒恶疮，消肿排脓止痛"。《天工开物》记载，"四川薛涛笺，亦芙蓉皮为料煮糜，入芙蓉花末汁"所制成。《花镜》则称，芙蓉"其皮可沤麻作线，织为网衣，暑月衣之最凉，且无汗气"。此外，古书还载："种木芙蓉有三利：其一皮可制麻，干为薪料；其二山麓堤旁栽之，可以固基，使沙砾不得直冲溪间，河床即无虑淤塞；其三庭园中栽植，为时令之名花，怡情悦目，破我寂寞。"

芙蓉花，古今文人墨客多有咏叹：

大诗人屈原作《九歌》，在《湘君》歌中云："采薜荔兮水中，搴芙蓉兮木末。"即指采摘木芙蓉。

北齐诗《秋思》曰："芙蓉露下落，杨柳月中疏。"

蜀人欧阳修诗《芙蓉花》云："溪边野芙蓉，花木相媚好。半看池莲尽，独伴霜菊槁。"

诗神苏轼咏叹《和陈述古拒霜花》云："千林扫作一番黄，只有芙蓉独自芳。唤作拒霜知未称，细思却是最宜霜。"

白居易诗云："花房腻似红莲朵，艳色鲜如紫牡丹。"

《群芳谱》记有木芙蓉，《图经本草》记有地芙蓉。

《花镜》著称此花："乃秋色中最佳者。"

在全国戏剧剧曲中，川剧以曲牌众多而著称，其中即有"秋色芙蓉"这个曲牌，煞是好听，且听："啦啦嗦咪，啦啦嗦唻哆咪，啦嗦咪，唻哆嗦，哆啦哆唻咪，啦嗦咪……"旋律优雅舒缓，富有韵味，让人沉醉。

民间流传芙蓉花仙的故事，川剧将民间故事演绎成舞台艺术，排练出大型川剧剧目《芙蓉花仙》：天上王母圣寿，百花圣母令芙蓉、秋菊采百花酿祝寿。王母蟠桃盛会，众仙齐聚瑶池正殿，百花圣母令芙蓉献百花酿，被值日官麻姑仙子阻拦。芙蓉不满，反讥麻姑一身俗气。一番话触怒王母，芙蓉受罚送蓬莱仙山管教。仙童仗义，请求王母宽恕，却被贬下凡尘，仙童发誓终身做护花人……再后来又拍摄成戏曲电影川剧《芙蓉花仙》，深受广大观众喜爱。

秋风吹黄叶，残荷逐寥落。古往今来，在秋花之中，人们吟诵木芙蓉"翠幄临流结绛囊，多情长伴菊花芳""晓吐芳心零宿露，晚摇娇影媚清风"。

木芙蓉在霜降时节开花最盛，尤能"素抱拒霜质"，灼灼有芳艳，聊自舞秋风。无怪乎古人称木芙蓉"冷艳"，洵不谬也。

"群芳摇落后，秋色在林塘。艳态偏临水，幽姿独拒霜。"芙蓉花性本喜水，宜植江边、河岸、林塘。袅袅纤枝，绿裳丹脸，花光波影，绝艳秋江，醉人心目。蓉城的锦江、百花潭、成都植物园、杨柳河畔、天府芙蓉园那片片木芙蓉，红艳色丽，绰约临水，将河岸、园林点染得多么灿烂，有如烂漫火烧，好似春回大地，分外妖娆。木芙蓉"唤回春色秋光里"，实堪为秋日花主也！无怪乎诗人吟叹："若遇春时占春榜，牡丹未必作花魁。"

蓉城有一巷子，叫芙蓉巷，位于光荣小区北路南侧，至今仍有一棵大芙蓉树。蓉城历史上曾有过芙蓉街，陕西街在明代和清初都叫芙蓉街。帝官公所也曾经叫芙蓉街，清嘉庆年间，募资建了芙蓉书院，街名就叫芙蓉街。咸丰年间，芙蓉书院迁到青龙街，后并入墨池书院，再后来改建为成都县立中学。

现金沙遗址新建有芙蓉北路、芙蓉南路，温江区新建有长8.5公里的芙蓉大道。在温江区永宁建成明清时代建筑的外观风貌，以成都传统名楼"皇城""明远楼""至公堂"等仿真复现的国家AAA级旅游景区——芙蓉古城。

艳丽芙蓉花，名显锦江城。

穿越历史，老叟亦兮仿佛聆听到青龙街与墨池书院仅一墙之隔的芙蓉书院内的琅琅读书声……

正是：

露凉风冷见温柔，谁挽春还九月秋。
午醉未醒全带艳，晨妆初罢尚含羞。

未甘白纻居寒素，也着绯衣入品流。
若信牡丹南面贵，此花应是合封侯。

注：该文刊载于"行脚成都"2021年10月11日。

萝卜上了街

立冬了，萝卜上了街。

记得小的时候，妈妈做的连锅汤好好吃哦！特别是其中的萝卜蘸豆瓣酱，安逸惨了！又香又爽口，还软和。

到了萝卜大上市时，买回许多萝卜，切片开丝，晒成萝卜干。早餐凉拌萝卜干，麻辣爽口，又脆又香，下稀饭硬是不摆了。

不过，最好玩的是小时候打萝卜枪。过年了，1角钱买支萝卜枪，将青头萝卜切成厚片，即子弹夹，按一下打一颗，打在别个娃儿脸上，人家哭了，顽皮娃儿笑惨了！

古话说得好："萝卜上了街，药铺都不开。"萝卜是土洋参，补气壮阳，冬季多吃，开胃健脾，有益健康。

元代许有壬《芦菔》云：

性质宜沙地，栽培属夏畦。
熟登甘似芋，生荐脆如梨。
老病消凝滞，奇功直品题。
故园长尺许，生叶更堪齑。

萝卜是中国最早栽培的蔬菜之一，分布广泛，品种良多，是利用充分的一种蔬菜，又是谚语最丰富的一种蔬菜。

萝卜谚："萝卜快了不洗泥""烂泥萝卜，揩一段吃一段"。

《诗经·国风·邶风·谷风》云："采葑采菲，无以下体。""菲"即萝卜，也说明西周时已有了萝卜。

《信南山》中云："中田有庐，疆场有瓜。是剥是菹。献之皇祖。"郭沫若《奴隶制时代·蜥蜴的残梦》讲："我觉得解'庐'为芦菔，恐怕还是要妥当一些。"倘果真如此,则周代已经用萝卜做腌菜了。

成书于汉初的《尔雅》三处提到萝卜,且东晋郭璞有注:"葖,芦萉。〔注〕萉,宜为菔。芦萉,芜菁属,紫华大根,俗呼雹葖。"

西汉扬雄在《方言》中云:"(芜菁)其紫华者谓之芦菔,东鲁谓之菈蓬。"

萝卜的名称最早出现在北魏贾思勰《齐民要术》中:"种菘萝卜法"和"菘根萝卜菹法"。唐代《食疗本草》也有"萝卜"之称。

《尔雅翼》说:"葖,芦菔。"《尔雅》释曰紫花菘也。俗称温菘,似芜菁,大根。一名葖,俗称雹葖,一名芦菔,今谓之萝卜。"

后蜀《蜀本草》也说:"莱菔,俗名萝卜。"

《红楼梦》第101回上,贾琏说:"是了,知道了,大萝卜还用屎浇?"意思是聪明人用不着别人教(浇)。但真种萝卜,贾琏这句话全错了。

农谚说:"萝卜一生肥。""萝卜肥里生,肥里长,肥里熟。""萝卜不用问,满月三次粪。""要想萝卜大,多把粪来下。""粪大萝卜粗。"

说到萝卜,还有一个故事——"张知县菜"。《梦溪笔谈》云:"忠定张尚书曾令鄂州崇阳县。……(农)民有入市买菜者,公召谕之曰:'邑居之民,无地种植,且有他业,买菜可也。汝村民,皆有土田,何不自种而费钱买菜?'答而遣之。自后人家皆置圃,至今谓芦菔为'张知县菜'。"

萝卜的品种,恐怕是蔬菜中最多的一个。按季节分,有春萝卜、冬萝卜、水萝卜、四季萝卜等;按用途分,有菜用、果用、腌制用等;还有按形状、产地、色泽分的。

从颜色看,清代孙樗《余墨偶谈》记:"扬州土人谓萝卜红而小者为女儿红,自初冬卖至晚春,其色娇艳可爱。"

《滇海虞衡志》记云南红萝卜:"颇奇,通体玲珑如胭脂,最可爱玩,至其内外通红,片开如红玉板,以水浸之,水即深红。"

《宁州志》云:"萝卜红者名透心红。"

天津有"紫水萝卜""青萝卜"。

论个头,有西北的"红蛋蛋""白蛋蛋";论形状,有浑圆的、扁圆的、长圆的、纺锤形、爆竹筒状、耙齿样的。

而地方名种就更多了——北京"心里美"、安徽"枞阳大萝卜"、广州"耙齿萝卜"、广东新会"甜水萝卜"、江西南昌"涂州萝卜"、山东潍县

"高脚青萝卜"、南京"杨花萝卜"、湖南益阳"黄泥萝卜"、浏阳"砂罐萝卜"、青岛"大青皮"、浙江萧山"青头鸭蛋"、镇江"埋头白"、广东台山"潮境萝卜"，还有什么"穿心红""透顶白""蜡烛红""天鹅蛋""紫芽青""大红袍"……

成都的萝卜则有"枇杷樱萝卜""圆根萝卜""半头红萝卜""青头萝卜""巨马桩萝卜""红皮萝卜""粉皮萝卜""苔田萝卜"等。

萝卜于人的用途很多，实际生活中，过去穷苦人家常在它身上雕刻几刀，作为灯台或烛墩，有的家庭养花，将其作为扦插基础。

《农政全书》云："春花已半开者摘下，即插之萝卜上，实土花盆内种之，灌溉以时，花过则根生矣。既不伤生，又可得种，亦奇法也。"

萝卜还可去油迹或血迹。

萝卜又是一种优良饲料。

李时珍《本草纲目》说："（萝卜）可生可熟，可菹可酱，可豉可醋，可糖可腊可饭，乃蔬菜中之最有利益者。"实际尚可补充："可干可渍，可糟可熏，可蔬可果可药也！"

"离了萝卜摆不了席。""萝卜当作人参卖。"

"冒充"燕窝的"洛阳燕菜"，据说是已有1000多年历史的中州名菜，是洛阳"水席"24道名菜中的头一碗，也叫"牡丹燕菜"，得名于"洛阳牡丹甲天下"。这个菜，传说武则天执政时，御厨用农民贡献的特大萝卜烹制，配以不少山珍海味，女皇帝吃了觉得像燕窝，赐名"假燕菜"，流传下来。萝卜煮熟后有饱吸配料鲜味的特点，加之入口嫩而柔滑，真是像燕窝。

另一女皇慈禧，则有一段关于萝卜的记述，见于《御香缥缈录》："萝卜这样东西，原是没有资格可以混入御膳中来的，因为宫里面的人向来对它非常轻视，以为只是平民的食品，或竟是喂养牲畜用的，绝对不能用来亵渎太后；后来不知怎样，竟为太后自己所想起来，她就吩咐监管御膳房的太监去弄来尝新。也亏了那些厨夫真聪明，好容易竟把萝卜原有的那股气味，一齐都榨去了；再把它配在火腿汤或鸡鸭的浓汤里，那滋味便当然不会差了！"

萝卜配海鲜，二者相得益彰，且自古有之，《随园食单》"鱼翅二法"云："这里，萝卜起着肥肉作用，以缓和鸡肉均瘦的缺陷。"

唐代《食疗本草》记："淡菜，常烧食即苦不宜人。与少米先煮熟，后除去毛，再入萝卜或紫苏或冬瓜同煮即更妙。"当今菜谱上，萝卜配海鲜的菜也不少，如"干贝萝卜球"（苏州菜），"蛏干萝卜""海米烧萝卜"（甘肃菜），"蛏干橄榄萝卜"（湖南菜），等等，这些都利用了萝卜吸味的特点。

萝卜烧肉更是如此，"萝卜烧肉，肉不走味，萝卜也香"，萝卜炖羊肉能去除羊肉的膻味。

淮扬菜"萝卜丝鲫鱼汤"，宁吃萝卜不吃鱼。云南剑川县东山产富含铁质的红土地的"东山萝卜"，细腻脆嫩，其县内西湖产美味的"西湖鱼"，二者合煮，为特色地方风味名菜，有"东山萝卜西湖鱼"之美誉。而川菜中的"萝卜连锅汤"，其乳白色的汤，软烂的萝卜，配以肥而不腻、瘦而不柴的五花肉，的确是"有汤有菜，四季皆宜，老少喜欢"的当家菜。成都及邻县区有不少打着"连锅汤"旗号的川菜馆，如"兄弟连锅汤""二哥连锅汤""幺师连锅汤"，生意红火。

"青菜烧萝卜，一清二白""萝卜烧青菜，各有心中爱"，反映了人们对这种极平凡的家常菜的喜爱。《山家清供》记下这种菜极高评价的故事："曩客于骊塘书院，每食后，必出菜汤，清白极可爱，饭后得之，醍醐未易及此。询庖者，只用菜与莱菔，细切，以井水煮之，烂为度，初无他法。后读东坡诗，亦只用蔓菁、莱菔而已。诗云：'谁知南岳老，解作东坡羹。中有芦菔根，尚含晓露清。勿语贵公子，从渠醉膻腥。'……今江西多用此法。"

其实江浙一带也有这么吃的。文章的最后两句挺调皮："这么美妙的蔬菜羹，千万不要告诉那些高贵的公子哥儿们，让他们去腻烦那些荤腥鱼肉吧！"这真像蜀人苏东坡的为人和口气。

美国作家马克·吐温是讽刺幽默大师。他在一篇小说中曾用"萝卜长在树上"来挖苦一位农业编辑。他和华尔纳合著的长篇小说《镀金时代》中述萝卜预防鼠疫的议论："告诉你吧，孩子，多吃萝卜多喝水，保管你染不上瘟疫……""……不过，你要知道，这种病（指鼠疫）虽然没法儿治，可倒有法儿预防呢！吃萝卜哟！对啦，吃萝卜，喝水！"

本以为是调侃，不想却是真的。《中医验方汇编》上就有萝卜预防鼠疫的方子。"萝卜上了街，药铺都不开。"蜀人杨慎著《丹铅总录》云："枇杷黄，医者忙；橘子黄，医者藏；萝卜上场，医者还乡。"民间还有"春吃萝卜夏吃瓜""常吃萝卜常喝茶，不用把大夫请来家""萝卜赛过梨"等谚语。

　　萝卜含糖分（葡萄糖、果糖、蔗糖）、多缩戊糖、氢化果胶、胆碱、葫芦巴碱、莱菔甙、淀粉酶、氧化酶、催化酶、香豆酸、咖啡酸、阿魏酸、精氨酸、组氨酸、芥子油以及碘、溴、锰、硼等，其防治疾病的作用，是梨所不具备的。

　　萝卜能预防感冒，治感冒、咳嗽、咽喉肿痛诸病，尚可治疗硅肺、肺出血、咯血，常吃萝卜又能降血压，治偏头痛，还能使头发有光泽，防头屑过多，头皮发痒。

　　萝卜已不仅仅是蔬菜了，它还能治疗疾病，保护人们的健康。

　　冬吃萝卜，于人有益。

　　注：该文原刊载于《成都晚报》《锦水》副刊、"行脚成都"2021年11月10日。本文有所润色。

"活化石" 银杏

昨夜秋风逐起，一场秋雨消退了空气中的热度。

清晨，步出叠翠楼单元门，中庭雨后落地的乳黄色果子，吸引了亦兮的眼球——一年一度的白果成熟了。此刻，蓉城赏银杏的打卡地——玉林小区、平安桥白果园、沙河堡省林科所、锦城西温江公园白果林、电子科技大学成华校区银杏林、大邑县白岩寺内古银杏树下，一定有不少与亦兮一样的拾白果的人……

银杏又称白果、公孙树，是原产于中国的一种古老植物，树干高大挺拔，多栽培于庭院、寺庙内和作为行道树，现在世界各国已广为引种栽培，被誉为"东方圣者"。银杏是成都市市树，每年重阳节，农历九月初九为市树日。

银杏被称为"活化石"，是地球上真正的"老寿星"，是世界稀有的最古树种之一。中国民间传说中最早的"轩辕黄帝"，复姓公孙，而人们也称银杏为公孙树。

世界学者都认为银杏是植物界的奇观，人们赞赏它，不仅因它是世界上最古老的一种高等植物，还因它形态古雅，具有原始性状：叶形别致，叶似扇形，叶脉辐射状，呈簇状着生于短枝上；种子（白果）附生短枝顶端，具一长柄，其生殖过程依靠了花粉粒释放鞭毛状游动精子与卵细胞结合。银杏树多耸秀，形质优美，属乔木，雌雄异株。枝有长、短两种。花小无被，花期五月，花粉借风远扬。由于夜开速落，人们罕见，假果大如李，秋熟金黄，内有种子一枚。这些是现代高等植物极为罕见的特征，在今日的千万种植物中，再也找不到银杏的"胞兄"和"孪姊"。

据古植物学家研究，在晚石炭纪（距今3亿年左右）出现的二歧叶是银杏的远祖；至晚三叠纪（距今2亿年左右）时，已出现与银杏相当近似的种类；距今1亿多年的侏罗纪时期，银杏已是地球上主要的植物类群，种属繁多，遍布全球；而现在的银杏曾是那时残留下的唯一成员，它是最宝贵的"孑遗植物"和"活化石"树之一，是研究植物演化和发展的一份珍贵科学材料。把"活化石"银杏作为历史文化名城成都市的市树，真是倍感荣幸！

古老银杏，高大挺拔，苍翠碧绿，为锦城增辉添誉。古老的公孙树，千载之寿，记录蜀都兴衰史。

都江堰青城山天师洞内有株古老银杏，相传为汉代所植，树龄达2000年左右。此树是雄株，其树及其下部大枝上乳根（白果笋）特多，其状酷似钟乳石笋，蔚为奇观，名扬四海。

都江堰离堆公园内有株形态特异的银杏，称"张松银杏"，据传为三国时蜀汉张松手植。有一传说称，此树历经千年，能化鹤飞翔。一日变鹤外出觅食，被猎人打伤一脚。猎人追至树下，不见白鹤，竟发现树笋处有红水如柱流出，猎人即认为白鹤是银杏所变。从此，人们便奉"张松银杏"为"白鹤仙"了。此树原植于张松故里彭州丰乐乡三圣寺内，中华人民共和国成立后移植离堆公园。1958年3月21日，毛泽东主席视察都江堰，在此留影。

成都市百花潭公园北大门内，有一大银杏盆景，系1981年11月从汶川胜因寺遗址移栽的古银杏。据县志记载，其系唐代古木，树龄千年以上，为成都市区内移栽成活的最古老的银杏树。这株古银杏明清时曾遭雷击火焚，残留的下部树干大部分空朽，但仍生机勃勃，参观者无不称奇。

成都市都江堰青城山上清宫、龙泉驿区长松寺、文化公园、望江公园及一些郊县均有数百上千年古银杏树，均长势良好，硕果累累。成都市区内最高的银杏有30多米，共两株，均在浣花溪畔杜甫草堂内。

银杏树全身是宝：

银杏树适应性强，形态优美，树干通直，高大挺拔，冠大荫浓，是优良的庭园树种和行道树种。

银杏叶有小毒，含莽草酸、谷甾醇等，具有杀虫功效，可防治害虫。鲜叶捣烂，加水煮熬，可防治蚜虫、菜青虫、稻螟等。

银杏果实外皮含有白果醇、白果酚、白果酸等，也具杀虫作用。

银杏种子（白果）含有淀粉、脂肪和蛋白质，是木本粮食植物。食谱中名品白果炖鸡，味香可口，养生宜人，久负盛名。

银杏种子可入药，在古代医学文献上早有记载。《本草纲目》《广群芳谱》记，熟食有温肺益气、定喘平嗽，止遗精、白带等功效；生食则消痰、杀虫、消毒、祛风；如嚼涂鼻、面、手脚等，可治酒糟鼻、雀斑、皮肤裂口等。白果还有利小便的作用。

银杏既是优良树种，又是药用植物；既是木本粮食植物，又是可用于保护植物的杀生植物。银杏全身是宝，当之无愧。

作为读书人，用金黄色的银杏叶做书签，更是别有情趣。

历代文人称颂银杏，当代诗人郭沫若云：

> 熏风会媚妩你，群鸟时来为你欢歌；上帝百神——假如是有上帝百神，我相信每当皓月流空，他们会在你脚下来聚会。秋天到来，蝴蝶已经死了的时候，你的碧叶要翻成金黄，而且又会飞出满园的蝴蝶。

民国陶世杰在《银杏》诗言：

> 曾阅朱明与满清，龙争虎斗不关情。昂霄银杏如双阙，镇尔城南老树精。

清代李善济《银杏歌》：

> 天师洞前有银杏，罗列青城百八景。玲珑高出白云溪，苍翠横铺孤鹤顶。

宋代李清照《瑞鹧鸪·双银杏》：

> 风韵雍容未甚都，尊前甘橘可为奴。谁怜流落江湖上，玉骨冰肌未肯枯。

唐代王维咏叹：

> 文杏裁为梁，香茅结为宇。不知栋里云，去作人间雨。

注：该文刊载于"行脚成都"2021年10月15日。

诗歌咏叹

人生如梦

人生如梦
睡着了
从兴奋转入抑制
脑干的脑桥发射信号
入梦了

梦醒了
梦又再现
梦如此鲜丽，使人眷恋
梦又这般神秘，让人迷幻

从来就有梦
莫名其妙的梦
白日做梦
异想天开的梦
作弄人的梦

无所畏好梦、噩梦
恐怖的梦也仅仅是梦
甜蜜的梦还是梦
恍恍惚惚的梦
阴差阳错的梦
抑制过程消失才明白是梦中之梦

幻觉中陶醉人的朦胧梦

灵魂开窍再现梦

痛楚使人期待梦

永驻人间热土的梦

欲望贪婪的梦

深刻缠绵的梦

空泛缥缈的梦

现实生活之梦

从人世间走来的梦

无法抗拒勾魂的梦

说不清道不明的梦

激情燃烧的梦

梦就是梦

梦才是梦

梦醒时分

梦境才会实现

人生如梦

注：该诗刊载于世界华人科普通讯、《微篇文学》2009年第1期、《今日温江》副刊2009年2月。

旅　程
——善待自己

又走了一年的旅程
我依然惦记着一个人
人生是一条莫测的旅程
有许多坎坷，也有许多纷争
你是不是还在苦苦地盘算
苦苦地等
要知道
想得太多太多会伤身

又走了一年的旅程
我依然惦记着一个人
人生是一条不归的旅程
有鲜花烂漫，就有落英缤纷
你是不是还在苦苦地奢望
苦苦地等
松一松绑吧
顺其自然才会心理平衡

善待自己
保留真诚
每天拥有一份好心情
笑看红尘

善待自己
多些爱，少些恨
每天拥有一份好心情
享受人生

注：该诗入选《四川爱情友情精短诗选》（四川省作家协会创联部编
选，中国文联出版社2011年9月出版）；《今日温江》副刊刊出。

枫叶醉了

一片枫叶
从浣花溪畔
飞向西岭雪
醉了

枫叶落在雪山之巅
如饮玉液琼浆
如品美酒佳酿
醉了

晚霞映红云
日月撩人
漫天大雪飘午夜
醉了

金灿灿的阳光
穿越时空
洒在阴阳境
醉了

看今朝窗含盛世
一览千万广厦

江河尽欢颜

醉了，醉了

注：该诗刊载于《锦西文化》2003年第1期、《今日温江》副刊2007年12月11日、《鱼凫文艺》2008年春、《鱼凫》诗刊2008年12月。

花语廉心

也许一朵花
改变人生
兴许一棵树
转换思维
或许一句话
浸润心灵
受益终身

腐败是罪恶之源
廉洁是为官之本
反腐倡廉
社会和谐
清风送爽
清韵温江
花语廉心

注：该诗刊载于《温江纵横》《今日温江》副刊2014年5月23日、《微篇文学》2014年第2期。

纪实文学

岁月融融

周太玄咏叹《过印度洋》

周太玄（1895—1968），原名周焯，号朗宣，后名周无，号太玄。四川成都新都区人，生物学家、化学家、教育家、翻译家、政论家、社会活动家和诗人。获得法国国家理学博士后回国，曾任国立四川大学教授、四川大学校务委员会主任委员（校长）、中国科学院编译局局长、国家科学出版社社长兼总编辑等职。周太玄填补了国内水母研究的空白，被称为中国研究腔肠动物的鼻祖。著有《Chrysaora生活史之研究》《法国教育概览》《动物心理学》《生物学与长寿》《地球》《脑》《生物学浅说》《地质学浅说》8部专著，译著《细胞与生命之起源》《何伯尔氏动物学》《古动物学》《生物学纲要》《达尔文以后生物学上诸大问题》《人的研究》《人的科学》《植物世界》《物种》《物质进化论》《动物地理分布》《动物世界》《人类本性的研究》13部。主编《世界科学译丛》《中国动物图谱》等图书。周太玄一生勤于写诗填词，在1964年至1968年的日记上，共有诗1300余首、词420余首。此外，他还留下许多有关教育、妇女、哲学等方面的论述，被誉为学贯中西、博古通今的一代通才。

蒙彼利埃，地中海边，湛蓝的天空，阳光灿烂；碧绿的大海，浪静波平。

立志科学救国留居法国南方城市蒙彼利埃的周太玄和王耀群（巴黎大学药学博士，四川第一个女博士）伉俪牵着手在海边的金色海滩上漫步。他们两人刚刚聊到故乡成都，都不禁停了下来，思绪的翅膀飞过阿尔卑斯山、印度洋、珠穆朗玛峰，飞到川西坝，想着家庭的未来、科学的未来、祖国的未来、家乡四川成都的未来……

在暖洋洋的海风中，周太玄看着在海边戏水的孩子玉璘、孟璞（中国科普学奠基人，主编《科普学》）、仲壁天真的笑脸，忘情地朗诵自己的一首诗《过印度洋》（用周无的名字，发表在《少年中国》第一卷第二期，被著名作曲家赵元任谱曲，刊登在《新诗新歌集》，成为当时脍炙人口、老幼传咏的歌曲，收录在朱自清主编的《中国新文学大系·诗集》）。今天，这首诗歌仍以它持久的生命力被收录在教育部统编教材初中一年级语文下册的开篇中：

圆天盖着大海，黑水托着孤舟。

远看不见山，那天边只有云头。

也看不见树，那水上只有海鸥。

那里是非洲，那里是欧洲！

我美丽亲爱的故乡，却在脑后！

怕回头，怕回头，

一阵大风，雪浪上船头。

飓飓，吹散一天云雾一天愁。

这首诗不仅令胡适发出感慨，魏巍在回忆中也谈到他老师教授这首诗歌时的情景。

周太玄何许人也？

他是中国新文化的传播者之一，是五四运动的火炬手之一，是中国民主革命的先驱之一；他还是中国杰出的科学家，著名诗词家、翻译家，精通英语、法语、德语和俄语；他更是一位让成都文化历史熠熠生辉的成都文化精英。

光绪三十二年（1906），位于"天府之国"的成都中学堂（今石室中学，中国最古老的学堂文翁石室），聚集了一批优秀的学子——郭沫若、李劼人、王光祈、魏时珍、蒙文通等，真可谓人才济济，群星璀璨！周太玄是其中的佼佼者，诚如郭老所说："周太玄是一位才华出众、深受人们喜爱的俊友。"他在《反正前后》中回忆："太玄在诸人之中最年轻，他低我们一班，他是翩翩出世的一位佳公子……他会作诗，会填词，会弹七弦琴，会画画，笔下也能写一手的好字。"魏时珍讲："太玄的诗词写得低回婉转，一往情深，如他旧作《蝶恋花》。"周太玄的七弦琴，那余音绕梁的《醉花阴》，也像他的诗词一样使人着迷。

1918年，北京顺治门（今宣武门）外岳云别墅，阳光从茂密的槐树叶间洒下斑驳的光影，挺拔的白杨飒飒地发出欢快细语，一群走在时代前列的青年，在这里召开少年中国学会的发起人会议，参加者有李大钊、王光祈、周无（周太玄）、陈淯、张尚龄、曾琦、雷宝菁。王光祈任书记，李大钊任编辑，周太玄任文牍。

一年后，少年中国学会正式成立了。李大钊在大会上提议把学会宗旨改为"本科学的精神，为社会的活动，以创造少年中国"，从而把学会向前推动了一大步。周太玄与李大钊、王光祈共同发起组织少年中国学会，以著名社会活动家而载入史册。

著名教育家蔡元培讲："现在各种集会中，我觉得最有希望的是少年中国学会。"学会以网罗天下人才著称，早期的马克思主义者，后来的共产党人张闻天、毛泽东、邓中夏、沈泽民、黄日葵、恽代英、高君宇、赵世炎、杨贤江、侯绍裘都是这个学会的重要成员。此外，还有不少著名文学家和科学家出自少年中国学会，如文学家朱自清、李劼人、田汉，古生物学家杨钟健等。

在吴玉章、张澜的帮助下，周太玄在少年中国学会创办初期，加入"勤工俭学会"，并到法国读书，以实践其科学救国的志向。他以惊人的意志和过人的精力为这个学会做了许多工作。1921年3月27日，周太玄当选新成立的少年中国学会巴黎分会书记，分会也成为留居各国学生的中心。周太玄创办"巴黎通信社"和《华工旬刊》，主编《旅欧周刊》。周太玄纯朴、坚韧，富有进取心，善于团结人，在国外会员中是一位深孚众望和起着重要作用的人物，他身边聚集了一批优秀的留学生，如王光祈、徐特立、蔡和森、蔡畅、向警予、李维汉、李富春、李石曾、李璜、李劼人、林如稷、李碧云、胡蜀英等，灿若群星。

周太玄讲："在人类历史中，中国历史有其独特的发展经过，从而构成其民族性。在这种性质中最重要的是人生态度，对于大自然偏于求适合而不取对立；对于生命潜力偏于克制和控制而不让其纵情消散。这当是中国历史久长而民族至今未见衰老之一重要原因。"

梁漱溟赞叹："多么精辟独到的见解！"

1951年，生物学教授、腔肠生物研究鼻祖的周太玄出任四川大学校务委员会主任委员（校长）。

1968年，周太玄在北京病逝。在北京八宝山革命公墓举行骨灰安放仪式。

1979年，次子周孟璞依照父亲周太玄生前所嘱，牵头发起成立了四川省科普作家协会，并创立了"科普学"。

2019年，《周孟璞科普文集》出版，由四川省科普作家协会第三任理事长吴显奎作序，序言题目为《薪尽火传》（周太玄语）。

注：该文入选《四川历史文化名人百人画传》（四川省政协文化文史和学习委员会编，主编吴显奎，四川辞书出版社2020年12月出版）。本文有所润色。

缅怀文化大家流沙河

题记： 我新近出版的非虚构传记文学《成都文化人散记——我与成都文化名人的零距离接触》，原拟记录18人，沙河老师首列其中，文稿写成呈沙河老师审阅，不想，他太过自谦，太低调，强调他不是名人，不同意入选。恭敬不如从命，只好遗憾作罢。不想3个月后，书出版了，沙河老师竟驾鹤西去，呜呼！值沙河老师仙逝2周年之际，仅以此文缅怀我心中敬佩的成都文化大家、文坛雅士、文字学者、著名诗人流沙河先生。

流沙河老师是我认识交往的成都文化名流中的学者型诗人、作家，也是值得我敬佩的成都文化大家、文坛雅士、文字学者。

流沙河原名余勋坦，1931年生于成都，四川大学农化系毕业，曾任《川西农民报》副刊编辑、四川省文学艺术界联合会创作员和《四川群众》《星星》诗刊编辑。1978年摘右派帽子，任金堂县文化馆馆员。1979年调回《星星》诗刊任编辑。1985年起专职写作，65岁退休。退休后著书、立学，后当选为四川省作家协会副主席，晚年致力于中华传统文化的传承。

知道流沙河老师已60多年了，1957年流沙河因《草木篇》划成右派。1958年，我找来流沙河写的《草木篇》，看了半天也搞不懂。我的同事龙凤来因同情流沙河打成右派。30多年后，我带他去红星中路87号省文联宿舍5楼见流沙河。沙河老师赠送给龙凤来《庄子·现代版》一书，并在扉页上题字："接舆称孔子为凤，孔子称老子为龙，君乃兼而有之。为龙凤来先生留墨。"嵌姓名题字，且不假思索，一蹴而就，沙河老师的文思就是如此敏捷，令人钦佩。

沙河老师在其自传体散文《锯齿啮痕录》中讲：

咏物有诗，其来久矣。周公作《鸱鸮》，屈原颂桔，荀况赋针，杜甫吟枯棕，白居易咏凌霄花，姜夔唱蟋蟀，于谦赞石灰。历代骚人墨客，滥写松竹梅菊，叫人都听厌了。本是一碗陈饭，我又去炒，得出什么好吃的来！然而有感于情，有结于心，不能不发，不敢不抒，顾不上得罪某些人了，就糊糊涂涂地写下了《草木篇》。

《草木篇》是流沙河去北京参加中国作家协会文学讲习所第3期结业后，在回蓉的火车上撰写的，发表在《星星》诗刊（中华人民共和国第一个官办诗刊）创刊号上。

附组诗《草木篇》：

> 寄言立身者，勿学柔弱苗。——唐·白居易

白杨

她，一柄绿光闪闪的长剑，孤零零地立在平原，高指蓝天。也许，一场暴风会把她连根拔去。但，纵然死了吧，她的腰也不肯向谁弯一弯！

藤

他纠缠着丁香，往上爬，爬，爬……终于把花挂上树梢。丁香被缠死了，砍作柴烧了。他倒在地上喘着气，窥视着另一株树……

仙人掌

她不想用鲜花向主人献媚，遍身披上刺刀。主人把她逐出花园，也不给水喝。在野地里，在沙漠中，她活着，繁殖儿女……

梅

在姐姐妹妹里，她的爱情来得最迟。春天，百花用媚笑引诱蝴蝶的时候，她却把自己悄悄地许给了冬天的白雪。轻佻的蝴蝶是不配吻她的，正如别的花不配被白雪抚爱一样。在姐姐妹妹里，她笑得最晚，笑得最美丽。

毒菌

在阳光照不到的河岸，他出现了。白天，用美丽的彩衣，黑夜，用暗绿的磷火，诱惑人类。然而，连三岁的孩子也不会去理睬。因为，妈妈说过，那是毒蛇吐的唾液……

后来流沙河遇到了一个名叫何洁的美貌女子，二人结为夫妻，并育有一儿一女：鲲鲲和蝉女。何洁也非寻常女子，系成都市川剧艺术研究所副研究员。我与何洁同姓，且又同时入选《锦艺群芳》1989年12月、《蜀都文苑》1990年8月（中共成都市委宣传部编）。

这里摘录《锦艺群芳》（1989年12月）118页介绍：

何洁，女，44岁，成都市川剧艺术研究所副研究员。中篇小说《落花时节》发表在《十月》1988年第1期，获1988年《十月》优秀中篇小说奖。1988年9月获中共成都市委、市人民政府颁发的成都市首届"金芙蓉文学奖"。

据我所知，何洁女士还著有《山里山外》《空门不空》《山月寮记事》等佳作。

流沙河与何洁夫妻的恩爱，用沙河老师著的一首《妻颂》可佐证。以下为该诗节选：

> 爱我那招人嫉恨的诗句，爱我这引人怜悯的书生，爱我苍白的清瘦的面容，爱我忧郁的迷蒙的眼睛，爱我头发浅黄柔软，爱我的鼻梁挺直端正，爱我惹人笑话的口吃，爱我爱花如酒徒爱酒，爱我爱书如财迷爱黄金，爱我从来不阿谀逢迎说假话，爱我从来不落井下石昧良心……

> 爱你当年到处寻访我的下落，爱你街头遇我顿时又喜又惊，爱你如晚上笼雾的眉毛，爱你如明湖映月的眼睛，爱你歌喉婉转，爱你舞态轻盈，爱你胸中藏着清醒的逻辑，爱你额上刻着思索的皱纹，爱你热情的红唇透露出纯真，爱你高兴时随心，爱你生气时杏眼圆睁……

人们都说患难夫妻得长久，也不尽然。

20世纪90年代，因对社会的认知出现偏差，流沙河与何洁分手。

后何洁与周继尧结婚。周继尧也从文，为20世纪90年代四川省科普作家协会副主席，笔者时任四川省科普作家协会常务副秘书长，同是科普界文友。周、何婚姻较短暂。

再后，何洁潜心研究道学、佛学。

在那个动荡年代，我一直未曾与沙河老师谋面。

真正与流沙河老师认识，是30年后的20世纪80年代末，我圆了"记者梦"，成了编辑，通过文友周克芹、贺星寒与流沙河老师交往。在近郊春游中，在每月十五大慈寺的茶话会中，周克芹、贺星寒沉稳少言，而沙河老师则幽默风趣，成为茶话会的中心人物。一接触沙河老师，我立即被其渊博学识、人格魅力所吸引，开始认真选读其文章。

要了解沙河老师，介绍沙河老师，我想最聪明的方法就是直接阅读他的自我介绍。沙河老师的自我介绍有3个不同版本，《流沙河自传》很详细，文章也长，我就不做文抄工了。这里向读者推出简短精彩的流沙河《自述》供大家欣赏：

自　述

瘦如猴，直似葱。细颈项，响喉咙。

眼虽瞀，耳尚聪。能游水，怕吹风。

浅含笑，深鞠躬。性情怪，世故通。

植过棉，做过工。未享福，总招凶。

不务实，老谈空。改恶行，求善终。

沙河老师撰写的作品，我的陋室"一览斋"书屋收藏有12种，另外还收藏流沙河与林文询、江沙合著的《三鬼图》之《尴尬篇》（四川文艺出版社1994年出版）。

流沙河老师至今撰写的著作计有40多种，且不同版本并未计入。

我收集的沙河老师著作有《岁月回响》（合著，2007年出版）、《庄子闲吹》（2010年出版）、《流沙河认字》（2010年出版）、《文字侦探》（2011年出版）、《宋朝官员不受杖》（2011年出版）、《画火御寒》（2012年出版）、《老成都·芙蓉秋梦》（2014年出版）、《解字一百》（2015年出版）、《诗经现场》（2016年出版）、《正字回家》（2016年出版）、《流沙河讲诗经》（2017年出版）、《字看我一生》（2017年出版）。

流沙河老师后被选为四川省作家协会副主席、中国作家协会理事，其后创作长诗《理想》，享誉全国，《理想》也被选入国内初中语文课本。

沙河老师是中国当代一位颇有思想的、学者型的独特诗人，擅长写作抒情诗歌，他咏叹的《理想》也是一篇构思独特、朗朗上口、富有激情和气势的优秀诗篇。这里让我们一道共同欣赏这篇激励人心的优秀诗篇。

理　想

理想是石，敲出星星之火；
理想是火，点燃熄灭的灯；
理想是灯，照亮夜行的路；
理想是路，引你走到黎明。

饥寒的年代里，理想是温饱；
温饱的年代里，理想是文明。
离乱的年代里，理想是安定；
安定的年代里，理想是繁荣。

理想是珍珠，一颗缀连着一颗，
贯古今，串未来，莹莹光无尽。
美丽的珍珠链，历史的脊梁骨，
古照今，今照来，先辈照子孙。

理想是罗盘，给船舶导引方向；
理想是船舶，载着你出海远行。
但理想有时候又是海天相吻的弧线，
可望不可即，折磨着你那进取的心。

理想使你微笑地观察着生活，
理想使你倔强地反抗命运。
理想使你忘记鬓发早白，
理想使你头白仍然天真。

理想是闹钟，敲碎你的黄金梦；
理想是肥皂，洗濯你的自私心。
理想既是一种获得，
理想又是一种牺牲。

理想如果给你带来荣誉，
那只不过是它的副产品，
而更多的是带来误解的寂寥，
寂寥里的欢笑，欢笑里的酸辛。

理想使忠厚者常遭不幸；
理想使不幸者绝处逢生。
平凡的人因有理想而伟大；
有理想者就是一个"大写的人"。

世界上总有人抛弃了理想，
理想却从来不抛弃任何人。
给罪人新生，理想是还魂的仙草；
唤浪子回头，理想是慈爱的母亲。

理想被玷污了，不必怨恨，
那是在考验你的坚贞；
理想被扒窃了，不必哭泣，
快去找回来，以后要当心！

英雄失去理想，蜕作庸人，
可厌地夸耀着当年的功勋；
庸人失去理想，碌碌终生，
可笑地诅咒着眼前的环境。

理想开花，桃李要结甜果；
理想抽芽，榆杨会有浓荫。
请乘理想之马，挥鞭从此起程；
路上春色正好，天上太阳正晴。

　　1992年新年伊始，《生活科学报》（后更名为《成都商报》）筹办《百花潭》副刊。作为《生活科学报》副总编兼副刊部主任，我受命主编《百花潭》副刊。为提升副刊知名度，我怀着崇敬和期望的心情，去红星中路87号省文联宿舍拜访流沙河老师，请他为《百花潭》副刊题字，没想到他爽快地应承了。隔天我去取字，更没想到沙河老师为此特别细心用心，用他擅长的瘦金体写了两幅，一横一竖，便于报社版面选用，且分文不取。

　　1992年1月11日，《生活科学报》副刊《百花潭》终于与读者、作者见面了。《百花潭》副刊刊头由流沙河题字，配图白描"梅"。一时间，《百花潭》副刊成为继《四川日报》副刊《原上草》《成都晚报》副刊《锦水》、《四川工人报》副刊、《成都工人报》副刊、《四川经济日报》副刊、《四川政协报》副刊、《四川青年报》副刊之后，成都地区又一个受读者、作者喜爱的传承成都文化的文学园地。成都文化名流周克芹、流沙河、何开四等著名作家、诗人关心、支持、厚爱它。著名诗人、作家流沙河、贺星寒（四川省小说创作促进会会长）、林文询（《成都人》作者）、吴鸿（后任四川文艺出版社社长）、黄剑华（三星堆考古专家）、贾万超（《生命呼啸》作者）、唐宋元（《峨眉》杂志主编）、杨景民（《西南军事文学》主编）、王跃（《老茶客》作者）、曾智中（李劼人研究专家）、周钰樵（《成都工人报》副刊部主任）、傅吉石（《四川工人报》副刊部主任），著名作家栈桥、刘秀品、张家禄、陈洁（尘洁）、嘉嘉等热情惠稿，女诗人杨光和积极投稿，女诗人张凤霞在这里发表处女作，著名科普、科幻作家刘兴诗、董仁威、王晓达、魏知常、林绍韩、杨再华等友情赐稿。

　　1993年1月2日，《百花潭》第50期，我编发了周钰樵的文章《流沙河与人与书》：

流沙河与周克芹（节录）

　　流沙河精瘦，周克芹壮实。

　　流沙河幽默天成，周克芹短于表达。流沙河因诗蜚声文坛，周克芹的小说享誉中外。

　　……

　　流沙河住5楼，周克芹住6楼。数年前的一天，周克芹拿着一沓印有英文的表格请教流沙河："这是什么啊？"流沙河向他祝贺："你被收进《世界名人录》了！叫你填表。"周克芹不懂英文，请流沙河代填。填到"爱好"这一栏，周克芹很干脆："没有。"流沙河用英文填上"无"字。

第二年，周克芹又被收入《世界名人录》——他共七次被收入。流沙河先生也多次名列《世界名人录》。周克芹的表格均由流沙河代填，所不同的是在"爱好"这一栏，不便均以"无"字搪塞，两人商商量量，于是填上"散步"或"看电视"。

实际情况是，周克芹家仅有一台12英寸的黑白电视机，影像经常不清晰，周克芹极少耐心在电视机前坐一两个小时。至于"散步"嘛，周克芹"头衔"太多，因而太忙，即使有雅兴也办不到。

……

有一天，克芹来了个"老夫聊发少年狂"，宣布挪床——理由是"流沙河之所以诗文越写越好，大概是床的方位既对门又向阳，我也像他那么安放，我住六楼，他住五楼，哈哈，我正'压'着他……"

挪床数日后，我去克芹家请他给电大学生讲课，闲谈时提到挪床一事，克芹笑道："我怎么能压得到他，他是流沙河啊！"随即又很正经地说，"沙河是真正的'杂家'，他读的书太多了，又消化得那么好，真令人羡慕！"下楼后再去沙河先生家，提及克芹，沙河说："他的'公务'太多了，这会影响创作的。"沙河先生多次提醒克芹，不要太累，要注意保重身体。克芹先生积劳成疾，年仅53岁就英年早逝。克芹墓碑的挽联系沙河撰写："重大题材只好带回天上，纯真理想依然留在人间。"克芹先生，1993年清明时节，沙河先生将与一批文友来简阳为你扫墓，预先告诉你吧……

1995年3月下旬，河南《漯河内陆特区报》副刊主编夏春海来蓉看望我这个老班长。1991年，首届全国报纸副刊编辑研修班在中共中央党校（国家行政学院）举行，我作为成都媒体唯一学员荣任班长。这位主编讲："班长，12年前，著名诗人流沙河来河南洛阳参加牡丹笔会，其间举行全国诗歌笔会，受到读者追捧，把沙河老师围个水泄不通，纷纷举着本本求签名，沙河老师签名签到跪在地上写，连我都没轮上签名，能否引见，让我去采访并实现获流沙河老师签名的夙愿。"3月23日，我们在书店买了沙河老师的新著

《庄子·现代版》并去拜访他。走上文联宿舍5楼时，门正好开了。"沙河老师，我看您来了，我还给您带来两位河南的客人。"沙河老师出门，由于走廊里灯光较暗，他端详了一下，马上说："哦，是定镛啊，快，屋里坐，屋里坐。"我们鱼贯而入。"定镛，你脸色怎么这样黑？要注意身体哦。""我这人曾在农林单位工作20多年，日晒雨淋，黑不溜秋，一贯如此，没事。"厨房的开水煮沸了，沙河老师忙着给我们沏茶。"小保姆呢？"我问。沙河老师讲："小保姆也需要一个家，她走了。"

河南新闻界的同行夏春海得到流沙河老师签名的《庄子·现代版》，扉页上写道："中原古朴的哲理与南楚诡异的想象结合，孕育出一个庄周，只此一个，为夏春海先生题。"然后是落款钤印，十分认真。他还为《漯河内陆特区报》副刊"风帆"题了字。夏春海主编千恩万谢，开心极了。沙河老师说："定镛，谢谢你经常来看望我，我也给你题一句。"沙河老师在给我的《庄子·现代版》扉页上，用他擅长的瘦金体题词："常留有余地步，常养无为精神。为定镛君题辞九五年三月二十三日流沙河。"

对于为何著书《庄子·现代版》，沙河老师讲："庄子原书成书距今已2000余年，当时写书都是刻竹简，非常费事，所以文字要求自然越少越好，文字少而意味长，很难读，到了现在就愈觉难读，鉴于此，我才写了这部书，算是为读书人尽一点力。"

《庄子·现代版》从动笔到脱稿，历时一年半。沙河老师在该书的前言中说脱稿："近视爬到五百五。虽曰服务读者，苦不宜诉，但亦娱悦自己，乐不可支。书成蝶梦醒，恍惚若亡失。"一曰很苦，一曰很快乐，看似很矛盾，其实质是一回事，正如庄子的"无为"一样，无为而无不为，谁曰不宜耶？这种苦乐自如的恬淡心境，和庄子无为而无不为超然物外的洒脱，不也是一种人生的力量吗？

1994年12月17日，我在《生活科学报》副刊《百花潭》上编发了沙河老师的文章《学用习文记》。他在文中精辟指出："文学创作就是做文。做文之道，首在勤读，次在敏悟。文要做好，还得知人解事，自家要有见识。"

也是这年春天，沙河老师托人带来赠我的他的近照。照片上，沙河老师面带微笑，头戴一顶咖啡色贝雷帽，着冬装，桌上放一大南瓜，南瓜上，沙河老师仍用他擅长的瘦金体书写了8个大字："瓜说，瓜娃子，笑我瓜。"照片后落款7个字："定镛先生，流沙河。"

同时，他还赠送我他手书的最后一首诗《了啊歌》。

　　　　了啊歌

　　大街更宽了啊

　　小车更闹了啊

　　宾馆愈修愈高了啊

　　筵席愈吃愈妙了啊

　　家猫更懒了啊

　　钟馗更醉了啊

　　武松愈打愈小了啊

　　时迁愈偷愈贵了啊

　　赌钱更猛了啊

　　扭喝更疯了啊

　　读书愈读愈穷了啊

　　写诗愈写愈空了啊

　　礼品更厚了啊

　　风俗更薄了啊

　　故人愈死愈少了啊

　　白发愈生愈多了啊

　　这时候才看清我是一支铅笔

　　歪歪斜斜刚写了几个字

　　却被小孩削着好玩

　　愈削愈短了啊

　　短得只剩橡皮擦子了啊

　　　　　　　　　　　　　　　一九九五春抄　　流沙河

　　这之后，我回访沙河老师，感谢他托人送来的近照和书赠的《了啊歌》。沙河老师又赠我他的新著《流沙河随笔》（四川文艺出版社出版），并在扉页上谦逊地题写"定镛先生涵正　流沙河　一九九五年七月二十二日"。

　　2008年新春初始，我去拜访迁居东风路省文联新楼的沙河老师，送上我去年的著作——全彩色图文旅游散文集《行走欧洲》（贵州人民出版社出版，今已在全世界20多个国家以电子书为载体播出）。这时的沙河老师脸色红润，谈笑风生，啊！身边多了一位佳人——吴茂华女士，这是上天对晚年流沙河的馈赠。吴茂华女士也非寻常人，原系杂志社编辑，她把沙河老师生活照顾得巴巴适适。她更是一个才女，著有散文集《明窗亮话》（凤凰出版社出版），编有《流沙河短文》（四川文艺出版社出版）。

沙河老师回赠了他新著的《流沙河近作》（安徽教育出版社出版），也在扉页题字："定镛先生惠览流沙河零八年元月十四日面赠。"

沙河夫人吴茂华女士为该书写了编后。

1989年春，沙河老师咏叹了最后一首诗《了啊歌》后，即对诗歌封笔，潜心研究古典诗词和古文字解释，卓有成效，撰写多部散文、杂文著作奉献给读者，深受广大读者喜欢。

1992年夏，古文字研究学者钱玉趾寄来他的稿件《流沙河的学问》。其稿件有部分文字有待商榷，为严谨准确，我带上稿件去拜访沙河老师。沙河老师对此文做了审核和润色，也尊重我的意见，对一个关键字做了慎重的修改。此后，我将该文编发于《生活科学》副刊《百花潭》。之后，钱玉趾的著作《探古今诗文》由四川民族出版社出版，又将《流沙河的学问》一文列入其中，并更名为《流沙河的学问与我的名字》，且做了补记：

> 本文原题《流沙河的学问》，刊于1992年8月22日《生活科学报》。……在写此文时已记不清时间，只好写"若干年前"。发表后，已修正成"十二年前"。一次，我遇到责任编辑何定镛老师讯问，他告诉我，当时将稿件交沙河老师审核，是他亲自改的。沙河老师的惊人记忆力，实在令我佩服。

2016年4月25日晚8时半，国务院总理李克强走访成都宽窄巷子，零距离体验老成都文化，在"散花书屋"里买了一本写老成都的书，即流沙河著《老成都·芙蓉秋梦》。

2017年7月，"亚洲书店论坛"在成都举行，沙河老师的《老成都·芙蓉秋梦》成为推荐指数最高的一本书。沙河老师在该书再版序中梳理了他与成都血浓于水的情感，他讲："我本旧时代最后一批成都少年郎。我爱成都，爱成都的历史。我有幸生于斯，读于斯，笑于斯，哭于斯，劳于斯，老于斯。所以，结合着我的祖先、我的父母以及我自身，写了这本'老成都'。"

沙河老师的文字，往往从那些碎得捡不起的小事写起，读的时候，也觉得那事儿是你不曾在意的。但恍然间意识到，他写的其实并不是小事。

沙河老师……他所反思的，不是个人的苦难，而是民族的兴亡。

沙河老师虽经多年磨难，却不以物喜，不以己悲。他甚至将名片上的"诗人"二字剪去，并自嘲："短短长长，写些凑凑拼拼句；多多少少，挣点零零碎碎钱。"

沙河老师生性幽默，自称姓流，并解说是"流汤滴水"的流。

同李敖见面，李敖就摆下擂台，撰一联云："骑青牛，过函谷，老子姓李。"

沙河老师也不示弱，当下就对了下联："斩白蛇，起沛县，高祖姓刘。"

沙河老师的诗歌感情充沛、质朴自然、深入浅出、意蕴深沉，具有强烈的感人魅力；其诗歌论独具慧眼，既有人生历练，又有艺术浸染，在海内外诗坛广有影响。

中国当今文坛巨匠巴金先生说得好："说真话，做好人，做好事。"我想沙河老师正是这样一位正人君子。沙河老师待人接物极其认真，每次我去拜访或有所求，他都热情接待，且以极其真诚的微笑面对我，直视我的眼神，不管我述说得对与否，他都如此，以示尊重，且助人为乐，让我每次造访都倍感亲切温暖。

2017年，沙河老师的作品《字看我一生》由中华书局出版。这部书的正文部分，是耄耋之年的沙河老师用他擅长的瘦金体一笔一画用繁体书法写出来的，全部以手稿影印的稿本形式呈现。全书共109篇，每篇标题4个字——阴阳精卵、胚胎腜孕、妊娠胞包、生育字娩、牾疾病弃、奶乳孔母等，初阅目录，如读《千字文》。在这部著作中，沙河老师借主人公"李三三"一生的经历，以"摆龙门阵"讲故事的形式，来解读中国文字里包罗的博大精深的智慧。这是一部传承中华文化文脉和探寻汉字起源奥秘的倾力之作。

沙河老师已88岁高龄，仍坚持每月在成都市图书馆开展一次古典诗词《诗经》的公益讲座，弘扬国学，作为实现中华民族伟大复兴，中国梦的践行者，奉献自己的大爱，让人敬佩不已。

沙河老师作为成都文化大家、文坛雅士、文字学者，孜孜不倦读书学习，潜心研究古诗词、古文，且有所获即与人分享，是我辈读书人学习效仿的楷模。

2018年1月，由成都商报策划推出的"天府成都·十大文化名人"评选揭晓，沙河老师榜上有名。让我和读者一道欣赏评委授予沙河老师的颁奖词：

> 他的一生都浓缩在汉字中。他的诗歌作品影响了几代人的成长。晚年致力于中国传统诗歌与文字学的研究。擅长于破译文字密码，对文字解释独具慧眼，他是名副其实的"文字侦探"。他心系四川文化，魂绕《老成都·芙蓉秋梦》，他从来只说四川方言，这方言就像扎起的篱笆，虽然他的成就早已远播四方，但是篱笆内才是他的归属。他坚持公益讲座，从《庄子》《诗经》到六朝诗歌，从唐诗到宋词，多年坚守讲坛，传播经典。在家中，他则专注训诂，说文解字，虽耄耋之年，却笔耕不辍，创作《白鱼解字》《文字侦探》等专业著作。只要能推广文字常识、传播古诗词、传承本民族文化，他便不遗余力，乐此不疲。

成都文化大家流沙河是成都的文化"活化石"，成都这座城市正是因为有沙河老师这样的文化名人，才彰显出独有的文化色彩和底蕴。

注：该文刊载于"行脚成都"2020年11月23日亚旅卫视、《四川群文》2021年、《鱼凫文艺》压缩版。本文有所润色。

听政协老甄讲课
——政协人甄先尧素描

今天的中国正处于社会转型时期，各种矛盾汇聚，用教化、沟通、说服、布道的方式去化解各种矛盾和困惑，演讲精神文明意义重大，政协老甄执着于此。甄先尧于2006年年底到政协，人们都亲切地称呼他为"政协老甄"。6年时间，政协老甄经常应邀到四川各地去演讲，内容涉及时事政治、传统文化、形象策划、创新思维等。不尽长江滚滚来，他的布道思想来自读书——有了感悟，就要与人分享。

读书是件乐事，所谓"书山有路"。然而要持之以恒也非易事，不入读书境界也难自成高格，自有名句。唯有多读、泛读方能达精读深究之地步。政协人、温江书院院长甄先尧酷爱读书，且精读善读，觉悟儒道文化，觉悟人生，乐于与人分享，自成高远。

政协老甄讲，承前才能启后。一部人类文明史，就是一部阅读史。南宋思想家朱熹认为："为学之道，莫先于穷理；穷理之要，必在于读书。"读书本是一种乐趣、一种享受、一种责任、一种境界，一种净化灵魂、浸润思想、启迪心智的雅好。从社会层面上说，读书的风气浓郁与否，读书的水平深浅与否，又是整个社会文明程度和发展潜力的表现。多读书、读好书，应是精神文明建设的重要内容。

将好书推荐于人，将悟道分享于人，何乐而不为？布道精神文明，是甄先尧之所好、所长。

就世界而论，最具说服力的演讲家当数弗拉基米尔·伊里奇·列宁。他用高昂的，极具惊人感染力、说服力的演讲，在工厂里号召俄国人民起来革命，攻打冬宫，推翻了沙皇俄国的封建统治，改变了整个世界的格局。

就中国而言，著名演讲家李燕杰教授经常出入中南海为国家高层领导集体演讲，可谓当代为数不多，集哲学、经济学、文学艺术、教育心理学于一身的知名学者。笔者曾有幸目睹其风采。

就四川成都来说，笔者20多年的挚友、文友、成都理工大学文法学院院长陈俊明教授，被媒体、网络宣传为"最牛"的大学院长，他也是著名演讲家。他"以说套话为耻"，一个毕业个性致辞，让大学生们泪奔。

当年，《演讲与口才》副总编东方牧撰文讲："作为宣传部部长，甄先尧的演讲可谓场场都精彩。"从2006年至今，6年来政协老甄的演讲更是场场有新意，一场比一场精彩，让人难以忘怀。

于是乎，笔者捉笔素描甄先尧。用研究人文精神世界的慧眼识真经，折射出其背后的高尚品格和优雅、生动、风趣、幽默的格调。

笔者曾在成都市党校、中共中央党校（国家行政学院）学习过，对演讲并不陌生，当年也曾作为"成都市讲师团"的成员，在成都锦江大礼堂或下到基层宣讲"马列主义""经济危机"，甚至讲军事题材——毛泽东的"战略战术"。

近日，笔者在成都市党校、龙泉驿区党校目睹了政协老甄的演讲风采，对成都市局、处干部"领导力提升班"和龙泉驿区科以上干部学员讲"领导艺术"，其精湛的演讲让笔者为之震撼，勾起了笔者用素描的手法描绘被媒体誉为"中国农家乐之父"，大手笔策划"住在温江"，获"中国优秀策划人"称号，被笔者称为"现代田园城市的探索者"，一个爱读书、常悟道、乐分享的政协老甄的浓烈兴趣。

在近3个小时优雅、生动、风趣、幽默的侃侃而谈中，甄先尧演讲语言艺术的魅力得到充分演绎。甄先尧博闻强记，知识渊博，将丰富的文史哲、天文地理、社会心理、领导艺术等用生动的文学语言表达出来，在演讲时旁征博引，深入浅出，鞭辟入里，使之凿凿，听之跃跃，掌声不断，笑声不止，让人感叹不已。会后，一领导干部兴奋地讲："我觉得3个小时的演讲没听够，太精彩了，太受用了，太巴适了！""演讲妙语连珠，来到他身边，如沐春风，每个人都能喝到一碗适合自己的心灵鸡汤。"

政协老甄作为一个有思想的人，淡泊明志，宁静致远，不精于自谋，却长于策划、演讲，对中国古代哲学精髓《道德经》《易经》《论语》有着浓郁的研究情结，结合当今物质文明、精神文明，著有《家住锦城西》《宣传絮语》《儒道文化资本》《说道做到——我在宣传部24年》等专著，可谓学者型的文化人、演讲家。

素描勾勒政协老甄的演讲风范，其演讲题材紧扣时代脉搏，突出重大主题，深入浅出，风趣幽默，听后让人振奋不已。

试论《君子不器，圣贤气象》，甄先尧讲"政协人要有君子之风"，旁征博引，借古论今。何谓"君子"？王安石《君子斋记》："故天下之有德，通谓之君子。"由此可知，"君子"指有学问、有修养，才德出众的人。何又为君子？以子路向孔子求教，孔夫子曰："修己以敬""修己以安人""修己以安百姓"。指扮演好自己政协的角色，终身学习，审视所思所想，滋养心灵。

论《企业家的三重境界》，讲"沟通的境界"，沟通就是讲政治。毛泽东讲："政治就是把拥护你的人搞得多多的，把反对你的人搞得少少的。"讲"文化的境界"，"文化"是意识形态、生活方式和精神的物化产品，是一种精神情操。"企业文化"即一个团体因其成员多年相处而形成的共同审美观、价值观。要见贤思齐，培育企业文化基因，始终保持积极思维。讲"关爱的境界"，"独乐乐，不如众乐乐"。有钱的时候，一个共同的思想，做人不是为生存而生存，而是为了寻求意义而生活。

论《弘扬优秀传统文化》，学而不厌，以毛泽东为楷模，熟读中华传统文化典籍《论语》《老子》《庄子》《孟子》《离骚》《九歌》《左传》《史记》《礼记》《红楼梦》《唐诗别裁》，甚至《黄帝内经》等，纵论古今，引经据典，妙语连珠。恪尽职守，出自《孙子兵法》，天下事，只有三件，即自己的事、别人的事、老天爷的事，要打理好"自己的事"。心有定力，定力为佛教用语，是一种修为。中庸思想即儒家思想，"中"是智慧，"庸"是勇气，"中庸"之人乃智勇双全之士。道法自然即老子的思想，《道德经》，道是天道，道要顺之；德，是仁德，要用文化来克服自己的贪婪、恐惧和自私。"天人合一"，敬畏自然。依乎天理，因其固然。

论《领导艺术》，何谓"领导艺术"，一言以蔽之，指在领导的方式方法上表现出的创造性和有效性。古今中外，当官亦无定法，贵在得法。政治艺术的精髓：仰望天空，脚踏实地。工作艺术引用庄子《庖丁解牛》，启示：工作是美丽的；干事，要"游刃有余"；顺其自然是最佳选择；临大事有静气。处世艺术：为人不奸，为官不滑；冷庙烧香，用时不慌；为而不有，功成不居；恩威并施，刚柔相济；仁者无敌，心平气和。说话的艺术，古语曰"一言可以兴邦，一言也可误国"，道出了说话举足轻重之功。说话的艺术：要声音美化，抑扬顿挫，无比自信，具煽动性和感召力；要多听少说，《名贤集》言"水深流去慢，贵人语话迟"；要幽默有趣，幽默是一种引发喜悦，以愉快方式娱人的才华和力量，说理而不专横，优雅而不粗俗，得体而不放肆，轻松而不做作，幽默而不油滑；要言简意赅，有话则讲，必说则短，无话则免。修养的艺术：修养即修身、养心，谋求身心健全发展，保持心态平衡，回归平静，专心做事，放下自在。

政协老甄尚有许多激励人心的演讲——《树立政协意识，共谋发展大业》《以科学发展观破解前进中的难题》《与复杂共舞》《重温入党誓词》《建设田园城市的理论与实践》《农家乐，诗意的生活》《城市，让生活更美好》《书中自有人生乐》《儒家思想与当代大学生》《教育是一种大智慧》《孝道，让生活更美好》《在成长中成功》《好好生活，天天向上》。

政协老甄给中国科学院成都分院的研究生讲《种德者必养其心》，给四川沐川县委中心组讲《从都市想象到乡村》，给国际非遗产文化博览园讲《文化让生活更美好》。他到机关、企业、学校、乡镇、社区，市级党校、地市县委中心组演讲，听众少则数十人，多则千余人，场场生动精彩，三五个小时的演讲在不知不觉中过去了，听众反响热烈。有时喝茶聊天，甚至电话咨询，他都乐于与人分享，且乐此不疲。解难释疑，正面能量，正气浩然。他的身上有一个看不见的法宝，即积极心态。讲话恰到好处，敢讲真话、实话。讲话讲究修饰，讲妥当的话，追求直白。

大文学家郭沫若诗云："一自高丘传号角，万紫千红进军来。"无异于嘹亮的号角，为广大群众指出明确的进军方向。

政协老甄喜爱阅读与思考，书中自有人生乐，诵读经典文献滋养自身，读书，翻开书页就有一种充实、满足、愉快的感觉。他经常向优秀的人学习，演讲时受斯坦尼的影响融入角色，神采飞扬，充满自信，言之有物，言之有理，言之有据，言之有理，铿锵有力，语不惊人死不休，有一种让听众莫名其妙跟随他赴汤蹈火的号召力。

政协老甄为了演讲，翻看查阅文章无数，记录的卡片无数，更重要的是，向他心中的学习对象——列宁、毛泽东、奥巴马、乔布斯学习演讲技巧和风范。

以列宁为楷模，抬起头，用眼睛和脸上丰富的表情同听众交流，让语言像水一样流出来，像火焰一样喷出来，让语言的内在逻辑力量像万能的触角把听众牢牢钳住。

以毛泽东为楷模，学习《湖南农民运动考察报告》做深入实地的调查研究，像《延安文艺座谈会上的讲话》那样，做深入细致的分析、阐述、论证。

以奥巴马为楷模，在演讲中跌宕起伏，让听众跟着他沉静、激动、微笑，让无数人泪流满面。

以乔布斯为楷模，让听众如痴如醉，从乔布斯的"嘴"里，学到如何看得清楚，想得明白，做得到位，说得精彩。

政协老甄的演讲有三大特色：其一，说事理，求真求是。他讲得深入浅出，切中要害，深刻辩证。其二，谈情感，真挚诚恳。他的演讲感情真挚，以诚感人，没有空话、大话、套话和官腔，用平实的话语、故事和真情实感，与听众"心有灵犀一点通"。其三，用语言，鲜活风趣。他的演讲语言有两个特点：一是语言规范。多多音节词、短句、散句，明白晓畅、铿锵悦耳、朗朗上口，设问、反问、排比、比喻、类比、夸张等修辞手法巧妙运用，使演讲生动活泼。二是群众语言鲜活。较多俗语、谚语、流行语，恰当运用寓言、故事、典型事例和文学艺术手法，使演讲妙趣横生。

政协老甄的演讲风范在四川各地、在成都地区、在温江，有口皆碑。凡是听过其演讲的干部、群众，都交口称赞其演讲"呱呱叫""如沐春风""硬是把话讲到我们心里去了，越听越爱听"。

政协老甄读书、悟道，乐与人分享，练就了"舌尖"上的过硬功夫，其高雅风趣、生动幽默的口才，让人景仰。政协老甄尽心尽职履行政协职责，一路走来，为新世纪的政协讲坛增光添彩。

在政协有充裕时间更好地学习，潜心思考。做一点有益于社会的工作、演讲，在赢得美名的同时，也得到了自身心灵的满足和熏陶。政协老甄保持平和心态，只问耕耘，不问收获，读书、演讲两风流。他讲："演讲就是说话的艺术，没有最好，但有更好。愉悦他人，用语言打动人心，妙趣横生，意味深长，韵味无穷，听者轻松。"

笔者衷心地祝愿政协人、思想者甄先尧，继续孜孜不倦地从古今中外博大精深的文化中汲取营养，不间断地进行着自我完善的精神旅程，百尺竿头，更进一步，越走越好，演讲越来越精彩。弘扬社会主义主旋律，唱响新时代的新生活，为和谐社会、人类文明做出自己的贡献。

注：该文刊载于2012年《温江文史》《鱼凫文艺》。

润物细无声

——述说"李永康现象"

你听过花开的声音吗？

天寒地冻时，意味着春天即将来临。

春天来了，万物复苏，百花盛开，万紫千红，绚丽的花朵露出春天的笑脸，大地一派春意盎然。其实花儿一年四季都在绽放，隆冬季节，天空飘洒着小小的雪花，却是蜡梅盛开时"暗香浮动月黄昏"浸润肺腑，可谓"国色天香"。然而，有人问："你听过花开的声音吗？"众人茫然，摇头，笔者的一位忘年之交、作家朋友对花儿情有独钟，不仅闻其香，观其形，还能超人般听到花的声音，生命的精彩就是在这花开花谢的过程中。他观察人世间的生活百态，润物细无声，以小小说的体裁，书写人生的道理，曾经在光明日报出版社出版了《花开的声音》。

成都有本在全国知名度很高的杂志——《科幻世界》（原《科学文艺》，20世纪80年代为四川省科普作家协会会刊），20年前，随着科幻大家杨潇、谭楷相继退休，《科幻世界》总编由著名作家阿来（茅盾文学奖、鲁迅文学奖获得者，后任四川省作家协会主席、中国作家协会副主席）继任，作为最年轻的茅盾文学奖获得者（著长篇小说《尘埃落定》），他雄心勃勃加大了对《科幻世界》在郫都区清水河畔"听江浦创作中心"的建设，并撰写《听江浦赋》铭刻在墙上，以壮声势。2002年，还邀请了一位管理者来担任"听江浦创作中心"主任，并获得年度管理大奖。这个主任即写《花开的声音》的知名小说家李永康。

近些年，中国小小说界，四川、成都文学圈都有人在议论一个令人炫目的小小说现象，即"李永康现象"。在中国小小说界，李永康是个两栖作家，一手写小小说，一手写评论，还是四川、成都小小说界的领军人物之一。其作品《红樱桃》《生命是美丽的》入选中小学教材，滋润千千万万中小学生健康成长，多篇作品成为初中、高中语文试题，大学教学材料，促进了千千万万大中学生成材。而李永康其人却极其低调，对社会百态有一定的洞察力，其创作力远远在一般小说家之上。而他仅仅是一个区级文化馆的普通文学辅导员、编辑，在社会最基层的文化岗位上无私奉献18年之久，这与一个作家对社会做出的贡献是完全不对称的，形成了强烈反差，这也是我关注的"李永康现象"之一。

李永康何许人也？

在笔者"一览斋"书房的书桌上，放了这样几本书籍，他签赠的"中国小小说典藏品"《生命是美丽的》（河南文艺出版社）、"最具中学生人气的微型小说名作选"《红樱桃》（东方出版社）、"李永康小小说选"《花开的声音》（光明日报出版社）、"第六届小小说金麻雀奖获奖作家自选集"《中国传奇》（河南文艺出版社）、"百年百部微型小说经典"《失乐园》（四川文艺出版社）、《对话与探讨——关于微小说》（重庆出版社）和《微篇》"在地生长——李永康作品评论与鉴赏""《生命是美丽的》传播资料汇编"，以及他任主编的《四川三十年小小说选》（内蒙古人民出版社出版）、"温江历史文化丛书"《人文温江》12册（大众文艺出版社、中国文史出版社），还有他编辑的《鱼凫文艺》杂志（2006—2022年）和《温江文史》（2007—2023年）。如此多的创作和海量的编辑工作，真实展现了他对文学创作的执着、深爱、痴情和对地方文化事业的高度责任感，让人油然而生敬意。

1994年，李永康的第一部小说集《梦中的橄榄树》由成都出版社出版，随后陆续在《诗刊》《北京文学》《中华诗词》《中华辞赋》《四川文学》《青年作家》《南方周末》，新加坡作家协会主办的《华文微型小说季刊》等海内外报纸杂志发表作品。多篇作品被《小说选刊》《作家文摘》《语文报》等转载并收入《中国新文学大系1976—2000微型小说卷》《微型小说鉴赏辞典》和《世界华文微型小说精选（汉英对照版）》《中国小小说精选（英文版）》等近270种选本。《红樱桃》曾选入教科版《语文》五年级下册。19篇作品被列入小学、初中、高中语文试题、辅导教材，7篇作品被翻译为英文、日文、俄文等。其作品曾获《小小说选刊》全国小小说优秀作品奖、佳作奖和第五届金芙蓉文学奖、第六届小小说金麻雀奖、四川省报纸副刊作品一等奖、四川省第二届童谣征集评选一等奖、首届全国文化杯群文期刊优秀编辑奖等，当选2003年度中国小小说十大新闻人物，《文艺报》《作家文汇报》《成都大学报》《湖南工业大学报》《四川日报》和新华网、中国作家网、中国社会科学网等媒体发表转载过对他作品的研究评论等。他还被中共成都市温江区委、区人民政府授予"成都市温江鱼凫英才""进取温江人·百佳群英谱"先进人物荣誉称号，入选由中共成都市温江区委党史研究室、成都市温江区地方志编纂委员会办公室编选的《温江人物》（1949—2013年）。

李永康是一位极其低调的小小说文体的实验者，他并不十分讲究故事结局的意外，也无意于营造小说情节的突变，而是执着地追求，创作意图不动声色地隐藏于审美空白和表层叙述中，他用文学性较强的艺术笔墨，从容细致地描述原生态的生活，描画那接地气的真实感很强的普通人物，他基本上不用一般的小小说技巧来剪裁生活，而是大胆放开艺术想象，构建小小说现代寓言文本，展示了小小说文体创新发展的多种可能性。

且看，文学界的精英们对他是这样评介的：

阿来（中国作家协会副主席、四川省作家协会主席，茅盾文学奖、鲁迅文学奖获得者）：

> 面前的这种小说，又完全是见微知著，精于剪裁的另一种路数。
> 这是一个一开始便着迷于小说的人，而且一直不曾倦怠与敷衍的人所写的小说。
> 这是一种出于灵魂深处、性情深处的真诚的写作，是一种除了表达的愿望之外，没有第二种愿望的写作。

杨晓敏（金麻雀网刊总编辑、中国作家协会会员、河南省作家协会原副主席、河南省小小说学会会长，编纂《中国当代小小说大系》《中国年度小小说选》系列图书400余卷）：

> 提起小小说领域的李永康先生，或许成为一个颇为复杂的话题：永康是作家、编辑家，当然还是批评家和文学活动组织者。他以这种身兼数职复合型的业界角色，多年来活跃在作者和读者的视野里，自然惹人注目。

作家李永康的小小说创作，其成就有目共睹，三部作品集便是明证。《修壶记》《十二岁出远门》《生命是美丽的》《红樱桃》《酒干倘卖呒》等佳作，多被选入各种典藏精华本、小学语文教材和中、高考模拟试卷及考试用书。他的小小说文体意识极强，作品结构完整，叙述节奏好，语言有自己的风格。作品的基调是柔美的、抒情的，注重笔下的感情律动。所选取的题材广泛，能把生活中有触动的物事信手拈来，思索成篇。

向荣（四川省社会科学院文学与艺术研究所研究员、原副所长、教授，成都市作家协会原副主席兼文学理论批评委员会主任）：

对于李永康来说，他的文学梦就是将小小说的写作进行到底。他不仅自己痴情于小小说的写作，还寻找一切可能的机会宣传小小说，想着法子不知疲劳地提升小小说的文化软实力。我就是在他的鼓动下走近小小说这种其实很古老的文体的。一旦走近后，我就意识到小小说的艺术魅力是非常奇特的。

李永康表达了他对世界的认知和对人类的思考，也表达了他的现实关怀和人文情怀，以及骨子里那种温和而又犀利的批判精神。更深入地说，我认为李永康小小说最大的美学成就，在于他拓展了小小说在叙事艺术上的广阔疆域。小小说天生就是一种很有局限的小说文体，但李永康的写作实践却在小小说的叙事形式做出了多元化的探索和追求，从而使小小说叙事方式获得了极大的表达自由和书写空间。

罗伟章（中国作家协会会员、四川省作家协会副主席、《四川文学》主编）：

永康是一个自律的人，他惯于把自己放在低处，用敏感的神经去搜集信息，看看有哪些信息能与自己的心灵达成感应。

他从来没有乱写过。我在他的作品中，没有读到过取巧的、厌世的、油滑的、拿腔作调的文字。他尊重自己内心的呼唤。他说，他写小说，首先必须是有什么东西撞击了他的心灵。

他早已将自己的创作升华为一种自觉。性格上的自律和写作上的自觉追求，使他总是收缩自我，眼光向外，致力去"发掘生活中那些严峻的方面，那些苦涩的地方，那些困惑人的领域"（《百花园》副主编冯辉语）。

刘连青（成都大学教授，成都市微型小说学会顾问、原秘书长）：

李永康人到中年，头脑敏捷，善思考，他的微型小说主题思想有深度，而且文字叙述颇多幽默感，给读者的感觉是老实人说老实话，虽有一点俏皮，但不妨碍它是实在的、真正的"实话实说"，这是作家的本分。

李永康是平民作家，既不在商界赚钱又不居官位用权，跻身于平民之间，看平民的事，听平民中所言，想平民之所想，说平民想说的话，所以他的作品老少咸宜，有多篇作品获中国微型小说学会全国微型小说年度评选奖；部分作品已被译成英文、俄文，代表中国优秀微型小说走出了国门。喜登"新世纪小小说风云人物榜"，微型小说集《红樱桃》被列入"最具中学生人气的微型小说名作选"。

雪弟（惠州学院二级作家）：

从艺术技巧上讲，李永康的小小说多采取写实的笔法，经由线性叙述，使得故事清晰，有始有终，人物鲜明，阅读起来十分流畅。当然，也有一些作品例外，如《失乐园》。这是一个存有多义性主题的小小说文本。它蕴含着禁锢与反抗，也蕴含着城市对乡村的侵蚀，当然更蕴含着作者对生态破坏的忧虑。在写法上，它看似写实——精细入微地描写蚂蚁的日常生活，其实，这是一篇虚写的作品。它是借写蚂蚁来写人，借蚂蚁生态环境的破坏来写人类的生态环境的破坏，借蚂蚁失去了欢乐园来写人类失去了欢乐园，通篇充满着隐喻。由此篇作品再联系《中国传奇》等，我隐隐地感觉到李永康的创作进入了一种崭新的状态：由写实到虚幻，由刻意到自然。这种状态是一个作家不断前进的标志。

张春（湖南工业大学教授、文学博士）：

纵观李永康的小小说作品，会清晰地发现其呈现出三个突出的特征：巧妙的诗化结构、浓郁的娱乐趣味和深厚的哲理意蕴。这些特征不仅使李永康在当代小小说作家群中成为一个独特的存在，同时也为当代小小说进一步实现繁荣发展，提供了某些思考和路径选择。因此，我们研读李永康的小小说，应当如著名作家阿来所言的读李永康的小小说那样，"要特别心无旁骛，而不能因其篇幅的精短而带上吃快餐的心态"。

笔者早在20世纪90年代末即认识李永康，那时成都市作家协会刚成立，笔者忝列理事，他也是参会者之一，但不熟悉。

21世纪初，笔者已从《成都商报》副总编调研员岗位退休，在四川省科普作家协会任常务副秘书长主持日常工作（吴显奎副理事长兼秘书长挂职扬州市市长助理、资阳市副市长期间），虽然《科幻世界》原社长杨潇、总编辑谭楷和继任总编辑阿来都是四川省科普作家协会常委，李永康又在四川省科协大楼《科幻世界》工作过，同在一大楼，机缘不巧，也没有交流。

2002年，笔者和李永康同为成都市作家代表团成员在白芙蓉宾馆参加四川省作家协会第六届代表大会，仍没有机缘交流。

直至2006年，笔者退休后定居温江，也成为新温江人，彼此才逐渐熟悉。

2007年，笔者受邀参加温江区作家协会换届改选，李永康当选主席，笔者荣幸受聘为顾问。再后来，李永康当选成都市微型小说学会会长，笔者又荣幸忝列为顾问，由于同喜文学，相互欣赏，切磋文字，兴趣使然，笔者又年长20岁，久而久之遂成忘年之交。

2007年，温江区评选"王光祈文艺奖"，笔者（时为世界华人科普图书奖评委、四川省优秀科普作品奖评委、成都市"五个一工程"奖评委）忝列文学组评委，并代表评委们作"王光祈文艺奖"评奖综述（刊载于《作家文汇》《鱼凫文艺》），这才认认真真地读了李永康的作品，受益匪浅。

其中，《生命是美丽的》文风朴实无华，充满激情和理想，极其成功地再现了原生态生活中和普通民众的真善美，并透出智慧和哲理，有很强的感染力，是一部用灵魂深处的真诚创作的佳作，让人爱不释手。《生命是美丽的》有着极高的文学价值，特别适合中小学生阅读以及读写训练。2002年5月15日，在《宜春日报》副刊发表后，迅速被《小小说选刊》《小说精选》《读者》和《中学生阅读》（高中版）等30家公开发行的报刊发表或转载，数量庞大的中国中小学生使得这篇作品被加速传播开来。2007年，入选陕西省中小学教材《成功阅读拓展与提高》（高中一年级语文），连续20年入选全国各地学校语文阅读试卷、试题。2015年，被《连环画报》改编成连环画刊出，至今仅作者有样书的就达到133种选本。

《红樱桃》以小见大，着力提倡社会的诚信，讴歌人情美，探索爱与迷惘，展示了生活的丰厚和机趣，有很强的艺术张力、审美意蕴和感染力，发人深思，引人入胜。值得一提的是，《红樱桃》这篇作品入选教育科学出版社编辑出版的小学五年级《语文》课本下册使用多年，他的小小说入选《新中国六十年文学大系——小小说精选》《一世珍藏的微型小说130篇》《中国当代小小说大系》等，是温江精神文明建设中具有代表性的佳作。

李永康以平民作家的深刻洞察力，扎根底层平民生活中，用自己独特的文笔，讴歌了人情之美和人性之美，为大写的人立言，为底层的人代言，探索是大爱与迷惘，展示了生活的丰厚和机趣，呼唤人与动物和谐相处，追问人该如何生存及面临的困境和多种可能性。

正如广东湛江师范学院副院长、著名微型小说理论家刘海涛言：

> 李永康的小说常常是用一些经典的或者新潮的小小说构思方法，来处理那些童年、少年以及成年后的独特生活真善美的体验，造成了李永康的小小说在"文体形式"上有许多聚焦性凝练和创新性呈现，在表现少年体验上有许多一以贯之，并能形成自己突出的小小说的个性和风格。

作为忘年之交，同为读书人，又同执笔疾书，多年来，常在温江区文化馆文学辅导办公室和邻近的"问道"茶楼里，一起探讨人生，切磋文学，笔者一直在思考：李永康文学创作源泉的能量来自哪里？

其一，李永康原籍邛崃回龙镇，邛崃历史文化的先辈，中国汉代大赋第一人、中国文化史文学史上杰出的代表、伟大的文学家、杰出的政治家、

"赋圣""辞宗"司马相如的伟大文学成就，始终滋养着他这个邛崃文化后生的创作，语不惊人死不休。

其二，数千年古蜀鱼凫灿烂的农耕文化的精髓，孕育出一代又一代有思想、有文化的前辈精英：清末，四川国学院院长曾学传；民国初，民主革命先驱王光祈等。李永康移居温江30年，作为定居的新温江人，接受数千年古蜀鱼凫文化的洗礼，用数千年农耕文化的生活积淀，鞭策着他的文学创作激情。

其三，李永康常年居住在金温江旧城区古城墙根下，一平民小院的简陋住房里，认认真真地读书，读"诗圣"杜甫忧国忧民的诗文，读"诗仙"李白浪漫主义的诗歌，读"诗神"苏东坡豪放的情怀。更为重要的是读现实社会这部书，读底层平民生活这部书，观察生活，洞察人情，捕捉社会生活中的人和事，激励、丰富着他的心灵，潜心文学创作。

其四，李永康出身于平民家庭，自己也一直以平民作家自居。他又是一个共产党员，不忘初心，坚持信仰，诚实做人，弘扬正能量，奉献出自己的心扉。他的心是炙热的，但内心又极其冷静，面对物欲横流的现实社会，坚守做人的底线，用他那双极具透视的慧眼，去观察生活中的细微之处，用他那支力透纸背的笔，去剖析社会的假、丑、恶，颂扬生活中的真、善、美，特别是注重人物形象的内心刻画和感人场景细微的闪光点，用简短、纯朴、说大实话的平民语言，用自己潜心创作的作品，去感化人、启迪人、激励人、成就人，特别是青少年。用这支分量特别重的笔，传承中华传统精神文明的情怀、情操、灵魂，做出自己倾力的贡献。

其五，执着文学的他，幸遇贵人相助。邛崃人李永康来温江居住已30年，2005年前在《科幻世界》做管理和编辑，其后一直在最基层的温江区文化馆做文学编辑，得到中共成都市温江区委宣传部五任部长的厚爱，用李永康的话来讲："甄先尧部长发现了我，方正行部长成全了我，万雪梅部长奖励了我，幸晓斌部长助力了我，李梅部长启发了我。"

1999年，通过召开微篇文学研究会成立1周年座谈会以及2005年协助编纂《成都文化》"中国农家乐"研究专辑，中国农家乐创始人甄先尧发现了时任《科幻世界》编辑的李永康这个人才。2005年11月，李永康被作为特殊文学人才引进，担任区文化馆文学辅导员（至今）。其后，在甄先尧的指导下，李永康协助区新闻中心编辑出版了《温江是个好地方》一书，受到好评。李永康任

《鱼凫文艺》主要编辑工作，促进了温江文学艺术的繁荣，深受读者青睐。后甄先尧任区政协副主席，又推荐李永康任区政协委员（至今），协助编辑《温江文史》（至今）。同时，李永康还在甄先尧的带领下，协助区纪委建立"花语廉心廉政文化教育基地"，并创作了主题歌《花语廉心》在基地播放至今。再后来，甄先尧任区关工委副主任，成立成都市温江区委老干部局社会治理综合研究会，聘李永康为研究员。李永康深入温江各地走访，撰写诗歌刊登在国家级刊物《中华诗词》《中华辞赋》等，宣传了温江，也抒发了他对温江的热爱。

方正行任中共温江区委常委、宣传部部长兼温江区文学艺术界联合会主席时，李永康作为温江区文学艺术界联合会副主席提议并促成了"王光祈文艺奖"的设立（至今已评选八届），由中共成都市温江区人民政府进行表彰，引起了较大的社会反响。王光祈文艺奖的设立，繁荣了温江区文艺创作，重视了文艺人才的培育，加速了温江文艺队伍的发展和壮大。在此期间，由方正行、吕骑铧作序，李永康任执行主编，具体组稿、校稿，编辑出版了《温江历史文化丛书》系列12部。其间，李永康还加入了中国作家协会。

万雪梅任中共温江区委常委、宣传部部长期间，非常关心温江文艺人才队伍的建设和发展，鼓励创作，李永康、邹廷清（长篇小说《金马河》获四川省文学奖）、阿依林芳（舞蹈家）被授予"成都市温江鱼凫英才"称号。其间，李永康签约"大地民生写作"和成都文学院，写出中篇报告文学《寻找幸福田园》，出版微型小说集《失乐园》和评论集《对话与探讨》，先后获第六届小小说金麻雀奖和全国优秀小小说奖、佳作奖等。小说集《红樱桃》《中国传奇》先后由四川省作家协会推荐，申报参与第五届、第六届鲁迅文学奖评选。

幸晓斌任中共温江区委常委、宣传部部长后，支持李永康的提议，由区人民政府与中国小说学会共同举办"首届鱼凫杯全国微小说奖评选"，新闻发布会在北京中国现代文学馆召开。至今，由中国小说学会、温江区文学艺术界联合会共同编选的《首届鱼凫杯全国微小说奖获奖作品选》还在当当、京东、淘宝网等热售。幸晓斌部长还扶持设立了《鱼凫文艺》年度文学奖的评选，阿来、流沙河、张新泉、谭楷、梁平、孙建军、蒋蓝、刘庆霖、石厉等名家大家均获得过该奖，使温江城市文化的影响力、魅力得到了进一步的彰显。其间，中共成都市温江区委、温江区人民政府授予李永康"进取温江人·百佳群英谱"先进人物荣誉称号。他还获得《中国文化报》颁发的首届全国"文化杯"群文期刊优秀编辑奖。

李梅任中共温江区委常委、宣传部部长后，提出了文学创作的精品意识。李永康等人精心编选了《文人笔下的温江——与李白同游鱼凫》（李梅部长任编委会主任），四川人民出版社2023年1月出版，该书在当当、京东、淘宝等有售。该书精选了当下中国文坛叫得响的众多文化名人描写温江的诗歌和散文，如阿来、熊召政、叶延滨、张新泉、晓雪、龚学敏、石厉、蒋蓝、达真、孙建军等的作品，笔者的文章也荣幸忝列其间。可以说没有李梅部长的精品意识的启发，就没有这部书编选的成功。该书是改革开放以来，温江第一部多位文化名人的文学作品综合文集，也是温江多年文化积累的重要文学成果之一，是认识温江、了解温江的一扇窗口。

李永康不光写小小说，而且潜心探讨小小说的价值，就更不容易了。

他说："微小说就是流水潺潺的小溪。"他非常喜欢著名作家冯骥才对微小说的一个论述——"它是独立有尊严的存在"。他开启了与著名小小说家对话与探讨的先河。

世界华文微型小说研究会顾问顾建新评介：

> 他在极艰苦的情况下，惨淡经营着一方沃土《微篇文学》，对建立与初学写作者的联系，对促进微型小说事业的发展，称得上是功不可没。但是，更值得赞扬的是，他不是简单地选择刊载稿件，单纯地完成一个工作流程，而是着眼于微型小说的发展，他的眼光是宏大的。他在《微篇文学》上不仅用大量篇幅刊登微型小说理论研讨文章，还策划连载了多期的"访谈录"，形成了一部小书《为了一种新文体——作家访谈》。
>
> 永康所致力的，是不断地、辛勤地探索微型小说的艺术特质，对这种文体进行美学的思考。他从理论研究的高度，从促进中国微型小说走向世界前列的远大目标出发，来从事自己的工作，这使他与一般的编辑人就有了高下、文野之分。

尽管李永康也在《鹿鸣》《贡嘎山》杂志等发表过短篇小说，但他还是以小小说见长。近年来他也写诗歌，其创作的传统诗在中国作家协会主管的《诗刊》，中国作家协会主管、中华诗词学会主办的《中华诗词》，以及诗刊社出版的《中华辞赋》"诗词方阵"上发表，着实让笔者吃了一惊，不得不认真慎重地咏叹、朗诵。

"温江作家"微信公众号近期以"诗词刊物里的温江"为题推出了李永康在国家级、省级刊物发表的写温江的11首绝句、律诗、古体诗，真是非常难得。让我们读一首他写的《温江岷江村》（选自《中华诗词》2023年4期）：

岷江风物古，倩影计流年。
朝露湿花瓣，民居生井沿。
观光知稼穑，携手共怡然。
别后怀书院，听蝉拨小弦。

短短一首五言律诗，写出来的亲身感受，既有古典韵味，也有时代特色。笔者特别欣赏最后一句——"别后怀书院，听蝉拨小弦"。张问陶绝句论诗："天籁自鸣天趣足，好诗不过近人情。"至理名言，往往是回到常识。

用李永康自己的话来讲："试写旧体诗可以锤炼语言，没有厚重的文字知识积累，是写不出好的文学作品来的。"好作品，滋润人心，从来就不是以长短论英雄。

鲁迅先生说："凡成大事者必须懂得隐忍，忍得住寂寞，忍得住屈辱，忍得住苦难，还要忍得住自己的欲望。"20多年来，李永康甘当平民作家，其隐忍和低调超乎常人。腾出时间做别人不愿多做，自己又心甘情愿去做的，更有价值的事。

他在区文化馆文学辅导岗位做文学编辑，一待就是20年。也多次邀请文化名家阿来、傅恒、高旭帆等友情参加温江举办的文化活动，如《微篇文学》温江笔会暨微篇文学研究会成立10周年座谈会、长篇小说《金马河》研讨会等。他主编了《四川三十年小小说选》（四川省作协创研室编选，内蒙古人民出版社出版），却婉言推脱了协助组建的四川省小小说学会的任职。成都市微型小说学会换届改选，他借故放弃了担任多年的会长职务，甘居常务副会长一职，全力编好《微篇文学》和做好对微型小说的深入探讨。被本土读者看好的《鱼凫文艺》，他干脆去掉"执行主编"的名字，做个默默无闻的编辑，为他人做嫁衣。他写的多篇作品却自动走进了校园，获得了众多青年读者的青睐，这才是他最大的满足。

迄今为止，李永康还被小小说业界评为"改革开放四十年，小小说四十人业界人物"之一，《生命是美丽的》被列入"改革开放四十年，中国小小说百篇经典"之一，业绩被列入国家级社科基金重点课题"世界华文微型小说（小小说）百家创作年谱"。

最近，李永康的小小说《奔生》被编为2023届高三5月联考测评语文试题，在较短的时间内，已在湖北、吉林、海南、四川等多地课堂发挥着"润物细无声"的作用。

李永康说，他在小小说创作中的最大收获是正确地认识人生，正确地认识自己，文学是一种修炼，内心平和，意志坚定，不要冲动，静下心来，客观地认识世界，校正自己，升华人格。他还说，他写小小说，一不靠它挣钱养家糊口；二不靠它提干、涨工资。因为爱，所以读；因为喜欢，所以写。这就是我所谓的"李永康现象"。

李永康的人生历程中有着许多精彩的故事，他渴望竭尽全力去创作，谋篇布局，构思完成策划多年的一部新作。

近日，习近平总书记在文化传承发展座谈会上强调："担负起新的文化使命，努力建设中华民族现代文明。"

笔者也期待李永康在新的文学艺术创作征途中，继续推动文学艺术的繁荣，撰写出贴近平民生活的文学精品，笔耕不辍，为人民再立新功。

2023年初夏搁笔于锦城西杨柳河畔叠翠楼"一览斋"书屋

注：该文刊载于"评论四川"文艺评论微信公众号、《鱼凫文艺》2023年11月、《微篇》2023年12月。

忆温江文化人郑华钰

人生苦短，逝者为大。

在笔者陋室"一览斋"书房的书桌上放着3枚印章和10余册沉甸甸的书籍，缅怀已故文友郑华钰。

作为文友，笔者认识华钰老弟已30多年，笔者比华钰虚长3岁。

华钰老弟在金石篆刻、诗词书法、戏曲艺术、文史研究、民间歌谣、科普创作上均有收获，是温江本土文化人中一位不可多得的多才多艺之人。

20世纪90年代初，成都市科普创作协会更名为成都市科普作家协会并进行换届改选，原主席、科普学奠基人、四川科学技术出版社社长周孟璞任四川省科普作家协会主席，成都市科普作家协会理事长由著名科普作家、四川大学博物馆馆长童恩正教授担任，笔者任副理事长兼秘书长，副秘书长要选一位区县的科普作家担任。温江县（今温江区）科普创作成绩突出，1980年即成立温江县（今温江区）科普创作协会，有郑华钰、刘伯高、周又郎、艾秋、谭齐力、季文博、田友桂、游复明等科普创作骨干，温江县（今温江区）委副书记李建明兼任温江县（今温江区）科普创作协会会长，于是，郑华钰荣幸当选为成都市科普作家协会副秘书长。

为此，笔者（时任《成都商报》前身《生活科学报》副总编兼《百花潭》副刊主编）到温江文庙文化馆拜访郑华钰，看望温江县（今温江区）科普作家，并向他们约稿，郑华钰时任温江县（今温江区）文化馆副馆长，专职从事曲艺、科普创作。他送我一枚他雕刻的印章，这样我就有了3枚印章：成都解放前，成都市篆刻协会会长雕刻的篆体印章；去孔子大庙时留念雕刻有孔子头像的印章；郑华钰用隶书给我雕刻了一枚印章，不想成了珍贵的纪念品。

郑华钰（1947—2016），男，温江人，中国曲艺家协会会员、四川省曲艺家协会理事、四川省文艺家协会会员、四川省楹联学会会员、四川省科普作家协会会员、成都市科普作家协会副秘书长、成都市民间文艺家协会理事。1971年以来，发表各种文体作品400余篇。传略被辑入《中国当代文艺家名人录》《科学中国人·中国专家人才库》《中华人物辞海》。

郑华钰毕业于温江中学，现温江区关工委副主任冯永超（时任温江中学校长）说，那时的郑华钰是温江中学品学兼优的学生。

1970年3月至1973年2月，温江县（今温江区）三圣公社知青。

1973年2月至1975年7月，温江县（今温江区）天府中学任教。

1975年7月至1978年6月，温江县（今温江区）文化馆工作。

1978年6月至1980年4月，温江地区师范专科学校（现西华大学）语文专业在职学习。

1980年4月至1985年9月，温江县（今温江区）文化馆工作。1980年创作曲艺作品金钱板《闯三关》，获四川省第一届优秀文艺作品三等奖。1982年创作科普演词《玉米的自述》，刊载于《科普创作》1982年第6期。1983年，牵头创办温江县（今温江区）科普创作协会会刊《科普演唱》。

1984年创作曲艺演词《考试》《死芽的教训》，获成都市群众文艺优秀作品奖。

1985年9月至1988年12月，任温江县（今温江区）文化馆副馆长。1987年1月，任温江县（今温江区）政协常委、《温江县志》编辑，参加编纂并出版《温江县志》，获成都市地方志优秀成果一等奖。创作四川金钱板说唱《画魂》（与黄伯亨合作，黄为著名曲艺家、四川人民广播电台主任编辑，曾创作清音《布谷鸟儿咕咕叫》，著名清音艺术家李月秋演唱，获莫斯科"世界青年艺术节"金奖），获四川省第一届曲艺创作三等奖。

1988年12月至1993年3月，任温江县（今温江区）县志办编辑、副主任，温江县（今温江区）政协常委。1989年3月，牵头创办《柳河》杂志，以登载曲艺作品为主。1989年5月，《温江报》正式出刊，兼任"柳苑"文艺副刊编辑，编辑诗歌、散文、小说、随笔等文艺作品，以及介绍实用科学知识的《科学与生活》副刊。

1990年创作20万字的长篇竹琴说唱《华子良传奇》（与黄伯亨合作，各写一半），获"长冶杯"全国曲艺大赛纪念奖，在中央人民广播电台连播1个月，在四川人民广播电台连播3个月。被中共温江（今温江区）县委、县政府授予"温江科技工作标兵"称号。

1992年创作四川清音《特殊的信》（与黄伯亨合作），获四川省繁荣曲艺优秀成果一等奖。

1993年3月至1998年4月，任温江县（今温江区）政协常委、副秘书长、社会发展办公室主任。

1998年4月至2001年12月，任温江县（今温江区）政协常委、副秘书长、文史资料委员会主任。至2003年，任温江区政协常委。主编《温江文史》第三辑至第八辑，获成都市政协文史资料优秀成果奖。

1998年5月，经四川省优秀科普作家评审委员会评审，被评为四川省90年代优秀科普作家。2005年1月，《玉米的自述》入选《四川科普作品选》（四川科学技术出版社出版，四川省科普作家协会选编，四川省科普作家协会主席周孟璞主编，中国科普作家协会理事长、中国科学院院士张景中代序）。

1999年4月，创作四川车灯《书记送金匾》，获中国曲艺家协会与四川省曲艺家协会联合举办的曲艺作品征文一等奖。

2001年12月至2007年6月，任温江区政协办公室调研员。2001年10月，选注《历代诗人咏温江》（温江县（今温江区）政协文史资料委员会编）。

2006年，总纂32万字的《温江政协志》（温江区政协《温江政协志》编纂委员会编）。

2006年秋，笔者退休后定居温江杨柳河畔，去会文友华钰老弟，他在柳城大道东段区政协办公室等我。时值中午休息时间，办公室只有他一人，走进办公室就听见电脑视频在播川剧折子戏《别洞观景》。"夏禹王疏通九河，斩了九妖一十八怪，内有我父在内"，这正是著名小生筱挺扮演配角夒龙的一段开场念白，主角白鳝仙姑由著名小旦筱舫担当。华钰还喜欢川剧呢！看来我们话更投机了。20世纪50年代，笔者住川剧窝子成都"锦江剧场"华兴正街25号川剧团宿舍，母亲做过川剧团副团长，笔者耳濡目染，也会哼上几句。不过与华钰老弟一交流，才知他对川剧的热爱、执着，近乎痴迷，在今电子交流时代，川剧网上，他被川剧迷网友称为"九五先生"，为非物质文化遗产"川剧"的继承发展，川剧曲牌、段子资料的收集整理，做了不小的贡献。

华钰老弟过世，川剧网野笋作文追忆："老先生是我们川剧论坛的骨干网友，热心传播川剧、收集川剧资料，为川剧的传承、振兴做出了巨大贡献。"

温江文化历史深远，丰富多彩，让人赞叹，有悠久的鱼凫文化，享有"曲艺之乡""微篇文学之乡"盛誉，其"川剧之乡"美誉更是历史久远。川剧名家、原西南川剧院院长贾培之即温江人，温江被四川省文化厅命名为"川剧艺术之乡"名副其实。

2007年6月退休。

2008年2月至12月，任《成都市温江区志（1986—2005）》（160.7万字，方志出版社出版）副主编。

2009年12月，选注《人文温江——历代诗人咏温江》（15万字，温江区文化馆编，大众文艺出版社出版）。

2011年3月，编注《人文温江——温江民间歌谣》（11.2万字，温江区文化馆编，大众文艺出版社出版）。2011年12月，任《温江区地名通览》（57.5万字，温江区地名委员会主编，成都时代出版社出版）副主编。笔者忝列《温江区地名通览》编审小组副编审，与华钰同行甚慰。

2013年12月，郑华钰、付小林编著《人文温江——温江人的衣食住行》（10万字，温江历史文化丛书，中国文史出版社出版）。

在温江风景秀丽的江安河畔，温江公园"迎晖桥"上，刻有许多历代著名诗人咏诵温江的诗篇，供游人驻足赏鉴，其中有郑华钰的诗词：

斐竹亭

绿竹猗猗水汤汤，而今飞韵倍幽长。

武公美德精魂永，贵在虚心不骄狂。

衔江桥

一桥拱月衔半江，春水连天碧茫茫。

乘兴欲作登岛客，坐看轻舟送夕阳。

天牙石

莫道常多古雨风，天牙处奇涌池中。

迹存千古今朝盛，大笔如椽鹰化工。

现代化的国际花园城金温江，至今仍保留一段古城墙，在"城南古郭"

处有一"翼然亭",亭上刻有郑华钰题联:"乘南熏以鼓飞翼,思古郭而听悠然。"

古风雅韵,格律诗词,让人流连,感叹不已。

2014年,温江电视台邀请笔者做《读书》栏目主持人,与温江人民同享读书的收获快乐;郑华钰也同期应邀做"鱼凫讲坛"主持人,与温江人民重温文史掌故、民风民俗,传承历史优秀传统文化,不亦乐乎。两文友同台论道,也算是一段佳话。

2015年,《温江县志》(乾隆版)在上海图书馆收获,温江区委党史研究室、区地方志办公室整理重印,郑华钰点校,功德无量。

温江区政协对郑华钰做了极高的评价:

　　郑华钰同志一生忠诚于党的事业,认真学习马克思列宁主义、毛泽东思想、邓小平理论、"三个代表"重要思想和科学发展观,坚决拥护党的领导,具有较强的革命事业心和工作责任感。

　　郑华钰同志工作兢兢业业、认真负责,为人谦虚谨慎、平易近人,深受单位和干部职工的好评。

笔者与华钰老弟系30年文友,也斗胆点评:

　　有道是,
　　修志文史,
　　化十(谐音"石")金玉,
　　科普自述颂玉米,
　　曲艺传奇华子良。

注:该文刊载于《温江文史》2016年总第26期;2019年10月22日、25日,"悦读温江70声"温江直播间播出。

评论文章

董仁威的全景式长篇小说《花朝门》

董仁威的长篇小说《花朝门》终于出版了，我饶有兴致地阅读了此书。

笔者同董仁威认识多年，从20世纪80年代至90年代初，笔者在《成都商报》的前身《生活科学报》主编《百花潭》副刊（流沙河题字）。《百花潭》副刊作为继《四川日报》副刊《原上草》、《成都晚报》副刊《锦水》之后，成都报纸的又一个文学园地，深受作家和读者的厚爱。该副刊受到校友、著名作家周克芹和文学评论家何开四的关注，流沙河、贺星寒、林文询、黄剑华、唐宋元、贾万超、王跃、曾智中、刘秀品、刘兴诗、王晓达、曾小嘉、陈洁等诸多本土知名作家热情惠稿，董仁威也在其中。

作为文友，笔者曾以他的事迹写过获得"中国世纪大采风"金奖的报告文学作品《"拼命三郎"董仁威》，故而有些话要说。

1995年秋，在幽静的望江公园竹林中，笔者和作家贾万超用4个小时翻读他10多万字的长篇小说《狂人情书》初稿。用书信体写长篇，世所罕见，也给董仁威在创作中增添了难度。我和老贾在感动之时，也对这56篇情书提出了数十条修改意见。

1995年冬，作为董仁威长篇小说《狂人情书》的策划人，我代表董仁威在四川文艺出版社林文询的办公室签了约。1996年1月，《狂人情书》成功出版，接着在北京开研讨会，进行媒体宣传。

但此后，董仁威如"昙花一现"，除了偶尔有短文外，十多年间，他几乎从文坛上消失了。

2008年，董仁威突然又出现在文坛，先是媒体报道他获得第三届海内外华语文学创作、书稿交易会最佳小说一等奖，后见他35万字的长篇小说《花朝门》在《长篇小说》杂志海外版2008年第3期上刊出。

董仁威的这部反映中华民族百年复兴史的全景式长篇《花朝门》，可以说是呕心沥血之作。

这部作品初定名《白猫黑猫》，在其创作过程中，受到许多文学评论家和作家关注，后更名《清与浊》，最后定稿《花朝门》。

这部作品，作者的视野从20世纪到21世纪初，整整100年，既有历史小说的影子，也有写实主义的因素，还有反思小说的影子，同时注意从现代主义、反现代主义文学中汲取营养，借鉴"意识流""魔幻现实主义""象征主义"等表现手法。

写一部史诗式的长篇，谈何容易。董仁威写《狂人情书》，只用了3个月时间，而写《花朝门》，则前后用了10年，发表的过程也极为曲折，可以说是十年磨一剑。

《花朝门》写写停停，初稿多次向各出版社投稿，多次收到退稿函。笔者也曾抱着董仁威的《花朝门》稿件，往返四川文艺出版社、贵州人民出版社、四川新华出版公司等，都投稿无门。不少退稿函写得很长，编辑在对他的作品充分肯定的同时，也指出作品的问题。他没有被退稿函吓退，而是退稿一次大改一次。不少编辑被他坚韧的精神所感动，说："现在大家都很浮躁，很少有人肯这样认真地写小说了。"

董仁威的执着终于有了回报。《花朝门》在出版前已在心路中文网上连载，点击量近2万次。

《花朝门》的写作特点是采用了"一个人物，一段故事，一段历史"的创作方法，写出了中华民族为摆脱"积贫积弱"的状态，几代人前仆后继，探索奋斗，复兴中华的现当代80年历史。

《花朝门》分三卷。

第一卷"祸与福"描绘从孙中山创办黄埔军校的1924年，到中华人民共和国成立的1949年。第一卷讲述黄开泰、左斯年、夏泽西3个黄埔军校同学，在南昌起义失败后走上了不同的人生道路。

第二卷"情与缘"描绘3个黄埔军校同学的后代——南开中学同学黄家宝、黄家虹、左一曼、左兴国、夏古杰、夏世雄以及相关女性蒲香豆、丁雪华、李白雪的故事，反映了从1950年抗美援朝战争，直至1976年四五运动26年的历史。

第三卷"清与浊"则通过南开同学及相关女性及他们的下一代黄睿、夏兴妮、左卓舒的故事，反映从1976年粉碎"四人帮"至2006年30年改革开放的历程。

这些故事与《大宅门》《乔家大院》等几个家族世代恩怨情仇为背景编织的故事不同。《花朝门》中的黄埔3个同学、南开6个同学80年来一直保持通家之好，并未斗来斗去。董仁威追求纯文学理想，他以其丰富的人生阅历和生活体验，来写有厚重历史感的小说，记录下中华民族复兴的这段历史。他用自己生活的亲身经历和身边亲朋好友亲历的故事作了自然主义的笔录，用于小说创作，使作品每一个情节、细节描述都有生活的依据。

他说："小说没有义务，也没有为社会作政治设计的职责。毕竟我们也是人，自觉地肩负着'天下兴亡，匹夫有责'的重任。"他在小说中展开了人的自然属性与社会属性的矛盾冲突，本我、自我、超我之间的搏斗，从禁欲到纵欲再到"适度的快乐原则"的人性复苏。

小说并非历史教科书，董仁威明白这一点。一部长篇能否成功，取决于人物形象塑造的结果。《花朝门》塑造了几十个人物形象，夏古杰是其中的主要人物。

夏古杰在南开中学毕业后参加了中国人民志愿军赴朝，成为以写罗盛教、黄继光等英雄人物而著名的战地记者，但是，他在经济腾飞后"享乐主义"的大潮中迷失了自己，蜕化变质，豪赌，非法集资使他走上毁灭的道路，以自杀的悲剧结束了一生。夏古杰是个性突出的悲剧人物。

《花朝门》是在现实主义手法基础上，借鉴多种文学形式写作的一部新历史小说。董仁威受他的文学老师艾芜的影响，借鉴《南行记》中开创的小说抒情化、散文化的写作技巧，在创作中注意编织故事，注意趣味性，注重雅俗共赏，从而"形而上"到"形而下"都来，雅得上去，俗得下来。

他还十分欣赏陈忠实的《白鹿原》，借鉴了其写新历史小说的视角。他钦佩王蒙的中国式"意识流小说"，在创作梦境时多有借鉴。

董仁威注意从"弗洛伊德主义"中汲取营养，应用了弗洛伊德"人格升华"论，从人性可分裂为本我、自我、超我三重人格的理论出发，分析了小说中人物日本兵和夏古杰从"人"逆转为"兽"的过程，展示了只重物质文明建设、不重精神文明建设的可怕后果，给大家提了个醒。

《花朝门》在叙事手法上，采用了时空颠倒、追忆、讲述、倒叙等多种手法，文字简洁，引人入胜。

董仁威作为一位退休的企业家、技术专家，5次病危，活着干，死了算，九死南荒而不悔，十年磨一剑，终于创作出他的第二部长篇小说《花朝门》，难能可贵。

一部作品的问世都有它的成功和不足之处，概莫能外。董仁威的《花朝门》，我比较喜欢第三卷"清与浊"，它体现了作者的生活功力与思想情操。其次为第二卷"情与缘"，这一卷包括改革开放之前的历次政治事件和风云，时间跨度太大，很难操作，董仁威也不例外。第一卷"祸与福"包含的历史政治人物分量更难把握，我想，如能再版，可否再用心修改。

注：该文刊载于四川科普网"文艺评论"2009年，《长篇小说》安徽文学"评论"（中国影视小说第一刊，安徽文学杂志社出版）2009年第1期。本文有所润色。

董仁威，现为世界华人科幻协会监事长、世界华人科普作家协会名誉理事长。2019年11月，笔者撰写《成都文化人散记——我与成都文化名人的零距离接触》（团结出版社出版2019年11月出版），文中专稿《"拼命三郎"——科普作家、世界科幻协会监事长董仁威》。

探索在文学与科普之间

——读两栖作家雄鹰的长篇小说《杏烧红》

松鹰与我是同行，相交相知多年，属于难得的挚友。

说老实话，松鹰给我留下的第一印象是在20多年前。他在全国首张《电子报》任总编辑，该报当时发行量近百万份，这在当时可是一个天文数字，是四川报业的第一。我时任《成都商报》的前身《生活科学报》副总编，深感松鹰是一个了不起的人物。而今他的科普作品《电子英雄》荣获第一届中国科普作家协会优秀科普作品奖，这是他理应收获的荣誉，也是四川科普作家的骄傲。松鹰的作品获得过很多大奖，如"中国青年优秀图书奖""冰心儿童图书奖""中国图书奖"等国家级奖。松鹰当之无愧是中国优秀的科普作家中，继川军代表人物周孟璞、童恩正、刘兴诗、董仁威、王晓达之后，冉冉升起的领军人物，是中国不可多得的文学、科普两栖优秀作家，让人敬佩。

在我的陋室"一览斋"书屋案桌上，放着松鹰的文学作品：中篇小说集《泸沽湖的诱惑》和长篇小说《杏烧红》《白色迷雾》《白色巨塔》；科普作品：《原子风云》《四巨匠》；科普理论著作：《科普学》（同周孟璞合作，任主编）、《科普创作通论》（主编董仁威，副主编松鹰）。这些洋洋洒洒的鸿篇巨著，仅仅是松鹰众多作品的一部分，其创作的勤奋，文思的敏捷，艺术风格的独特，作品创作的深度、广度，可读性、趣味性、知识性和取得的非凡成就，让人赞叹不已。其中，《科普学》堪称中国科普界划时代的首创理论专著，贡献特别重大；科普专记《电子英雄》获中国科普作家协会优秀科普作品奖，成就斐然；系列推理长篇小说《杏烧红》《白色迷雾》《白色巨塔》的创作成功，又使松鹰成为中国社会派推理小说的领军人物。

读着这些作品，不得不感叹松鹰的渊博学识、丰富多彩的阅历和优美的文笔及其在文学和科普两栖创作中所展现的非凡才华。他的作品受到文学、科普界专家及评论家的高度赞赏与好评，也赢得了广大读者的喜爱。

松鹰被誉为"中国的松本清张"，这里我仅就松鹰创作的中国第一部社会推理长篇小说《杏烧红》阐述己见。

《杏烧红》是一部让人爱不释手的社会推理小说，该书由花城出版社出版，并在《成都商报》《成都晚报》连载，成都人民广播电台制成广播剧热播，深得读者、听众喜爱，网上点击量也很高。

《杏烧红》这部长篇社会推理小说的题名十分抢眼，又有些诡秘，让人不由自主地遐想"杏烧红"是什么？

文章一开头，短短的一页引子，直指现实社会——中国改革开放的第一块试验田深圳，地豪置业董事长胡国豪在大海中挣扎，在火焰中似影似幻，终于沉没。

深圳房地产风云人物突然暴毙海滩，拉开了中国第一部社会推理小说的序幕，也展开了《西部阳光》记者与警方联手破案的神秘色彩和悬念。海滩、溺水者、房地产大腕，场景丝丝入扣，引人入胜。特别是小说名《杏烧红》典出无名氏的《喜春来·四季》"海棠过雨红初淡，杨柳无风睡正酣。杏烧红，桃剪锦，草拖蓝"，其沧桑意境，更是着实吊住了读者的阅读胃口。

一石激起千层浪，房地产大腕暴毙引起了众多媒体的关注，他们蜂拥而至。作家松鹰成功地塑造和驾驭了《西部阳光》记者聂凤，跟踪而至，展开职业敏感的探秘全过程。作家松鹰娴熟地运用悬疑推理的手法从当代溯源将深圳、四川、云南三地的地理时空与虚拟的个性人物栩栩如生地展现在读者面前。

小梅沙的迷雾，地豪大厦内疑窦重重，一张A4纸的奇怪数字和图形贯穿整个系列复仇案的始终。三个受益人又都是杀人案的三个嫌疑人。

第四个嫌疑人——儒雅干练的融资高手与颇具现代知识分子形象的地豪总裁助理钟涛又不在现场，增添了这宗案中案的侦破难度。第五个嫌疑人因敲诈现身，使整个系列复仇案花影朦胧、扑朔迷离，难以侦破。

作家松鹰以自身丰富多彩的阅历，优美的文笔，娴熟地运用自身掌握的社会学、法医学、心理学、语言学、当代侦查学，以及深厚的高新科技知识，使这部悬念迭起的社会推理小说侦破充满智慧和启迪，让读者在信服中享受文学艺术的韵味与美感。

让笔者更为看重的是，作家松鹰在撰写铺陈悬念纷繁的这部社会推理小说的各类人物，没有脸谱化，没有确然划分的坏人、好人，而是还原生活的真实，以立体的人物形象展现了小说中不同历史时期，不同环境、地位、身份，错综复杂的心态与肢体语言和扭曲的人性。

笔者饶有兴趣地阅读到，在作家松鹰的生花妙笔下，一个《西部阳光》的记者，一个高级警官大学校长、著名刑侦专家的儿子，在配合警方侦破中超水平的发挥，将总裁助理钟涛从众多的嫌疑人中剥离出来，在吊足了读者阅读胃口之后，才真相大白地告诉大家，真正的杀人凶手是钟涛。

一个现代的知识分子、成功人士，何以置法律不顾，犯下弥天大罪？只为一个28年前的复仇誓言：走遍天涯海角，也要找到昔日"土皇帝"，为魂断蓝雀岭，被烈火烧死的10位青春少女招魂，为妹妹杏儿和初恋情人夏雨虹雪耻，亲手执法，让该死的罪恶为沉痛的历史祭奠。

两个"土皇帝"都相继暴毙，其实笑面酋胡国豪并不是单纯的流氓，他也曾辉煌过，他在蓝雀岭的邪恶是个人兽性的暴发，也是"史无前例"时期特殊环境和历史背景提供机会，使其扭曲的人性丑恶一面得到疯狂的膨胀，悲剧的双方都是受害者。悲剧的根源都是那个扭曲的时代。谁为那个扭曲的时代的罪孽买单呢？这正是作家松鹰的作品《杏烧红》演绎给读者的疑团所在。

作家松鹰奉献给读者的中国第一部社会推理小说《杏烧红》的悲剧审美境界，可以说是匠心独具，煞费苦心。全书玄机密布，暗潮涌动，悬念迭起，丝丝入扣。它触及社会的方方面面，其纵深和广度已牵连到让人无法忘却的"史无前例"的时代，超越了一般悬疑及刑侦小说的范畴，让人闭卷长思，无法释怀。这正是《杏烧红》作者的高明之处。

笔者看过日本作家森村诚一的《人证》，也看过松本清张的《砂器》，但笔者更看好中国作家松鹰的佳作《杏烧红》。后者展现了物欲横流的当今社会对历史的牵连人才的惋惜和人性的扭曲，以及更加深沉的社会背景和悲剧内涵。

继《杏烧红》之后，松鹰又接连创作出推理巨献长篇小说《白色巨塔》和《白色迷雾》，内容直击中国高校的学术腐败及医院的黑幕，读后让人更为之震撼、反思。

注：该文刊载于世界华人科普通讯"SHKP"第6期2011年11月1日、《科普作家》2011年第4期总第37期，多家网站转载。

2019年11月，笔者撰写《成都文化人散记——我与成都文化名人的零距离接触》（团结出版社2019年11月出版），文中专稿《两栖作家——世界华人科普作家协会理事长松鹰》。

行走在科学与文学之间

——话说《魏知常科学诗选》

1978年3月，科学的春风沐浴了整个中华大地，全国科学大会在北京胜利召开。

1979年春天，魏知常的第一首科学诗《元素之歌》在《科学文艺》上刊出。摘取其中《氮》赏鉴：

> 氮——生命的基础
> 永远朝气勃勃
> 你居住在哪里
> 哪里就有沸腾的生活
>
> 你化着化肥厂飞洒的雪沫
> 你化着田野的红花绿叶硕果
> 花布绚丽
> 是你的色彩点染
> 炸药轰鸣
> 是你高唱的战歌

出手不凡。

作为两栖作家，魏知常对诗歌情有独钟，独爱缪斯。他也写科普文章，在科学与文学之间的小径上行走了30余年。作为年过七旬的老人，用他的话讲："还将休闲地行走下去，因为，行走是人类最原始的本能。"

继诗集《科学抒情诗》《床的独唱》、散文小品集《另一类乡情》后，魏知常的科学诗精选本《魏知常科学诗选》于2010年9月由大众文艺出版社出版发行。笔者作为魏知常50多年的老校友、30多年的科普创作文友，对他的科学诗，斗胆作一些点评。

魏知常，中国成都温江人氏，高级农艺师。笔者从《成都商报》退休后也定居温江，温江上善若水，4000多年古老的鱼凫文化滋润了魏知常的心灵。20世纪50年代，他到成都东郊狮子山山麓成都高农读书，也许是著名文学家李劼人的"菱窠"的熏陶和老校友、已故著名作家周克芹创立的校园"蜜源"文学社，激发了少年郎的诗兴，他从此爱上了诗歌，而且一发不可收，直到痴迷的地步。

《魏知常科学诗选》洋洋洒洒，文采纷呈，笔触浪漫而又富于理性。魏知常的科学诗"诗心如火"，彰显着对大自然和人类生存环境强烈关注与褒贬分明的鲜明态度，对美的挚爱，对丑的鞭挞以及对万千事物间复杂联系不懈探求的科学精神。

在四川，有几个写科学诗的高手——刘兴诗、谭楷、肖岩，魏知常是其中的佼佼者。

《魏知常科学诗选》分天篇、地篇、人篇、物篇和境篇，魏知常被誉为"中国四大科学诗人"之一，四川大学教授、评论家曾绍义说："魏知常的科学诗在意境创造中正确传播科学知识，在朴实无华的优美语言中酿造出诗意的美酒和创造了形象、理想与哲理高度融合的诗的意境。"

魏知常早期的科学诗以土壤和农业化学为题材，其代表作有《生命的土壤》《患病的土壤妈妈》《元素之歌》《不翼而飞的姑娘》《黄土地》，这一时期魏知常的诗观是"有人读我的诗是幸福的"。

诗的本质是抒情，科学诗既然是诗，那就要抒科学之道。魏知常的科学诗标榜为"科学抒情诗"。其实，"科学诗"这个词和注释，在《大英百科全书》和《辞海》中都没有。高士其说："科学诗就是把科学和诗结合起来，把一般人认为枯燥无味的科学，变成生动活泼富有诗意的东西。"作为独特文学样式的科学诗，在魏知常的笔下却长得枝繁叶茂。由高士其作序的《中国科学诗人作品选》，将魏知常的诗作介绍给读者，确立了魏知常在中国科学诗坛的地位。

其后，魏知常的科学诗拓宽了视野，增加了植物学的题材，其代表作有《草木诗情》《我是一棵树》《自然界的绿宝石》《智慧树》《街树礼赞》，其中科学诗《绿云》与叶永烈、童恩正的作品一起获"科学文艺征文"一等奖，取得了更大的收获。录《绿云》一段品鉴：

> 一朵飘不去的绿云
> 飞洒潇潇细雨
> 为植树者的小屋
> 洗涤灰黑的烟尘

20世纪末，魏知常确立了"在休闲中创作，在创作中休闲"的自勉铭。其创作题材扩展到人类共同生态环境、人类生存状况方面的重要命题思考。其代表作有《给我一个平台》《黄雨》《带刺的雨》《泥石流与山》《湿地》《尾气》《森林梦幻曲》《阳台》《沙尘暴》，以及《经历地震》《堰塞湖：地球的眼泪》《映秀印象》《生命的河流》等。用科学普及和文学点染的方法，抒写着跨疆土、跨学科的两栖嫁接作品，用形象化的诗歌，阐释解读融合科学理念精神的内涵。

人与自然的主题，在科技高度发达的今天，已经越来越多地引起科普作家们的高度关注。魏知常以一个中国科学诗人的良知和责任感，关注生命，关注未来，关注人类可持续发展的高宏观视角。在科学诗的创作中执着地跋涉，站在现代科学的前沿，痛切地关心人类命运，在科学与文学的旷野中咏叹，追寻他生命中的缪斯。

魏知常在科学与文学之间行走、吟唱，用他的诗魂独语科学的灵息。

借用魏知常在科学诗《黄雨》中，发自肺腑的声音搁笔：

> 我是一名业余科学诗人
> 尊重科学
> 尊重自己的歌喉

注：该文刊载于世界华人科普通讯"SHKP"2011年4月1日。

科普中的"成都元素"

——从"甘本祓现象"说起

近期成都科普圈、中国科普界、世界华人科普群都在议论、研讨一个炫目的科普现象——"甘本祓现象"。

甘本祓何许人也?

翻开笔者"一览斋"书屋案桌上甘本祓先生签名赠的大作——《茫茫宇宙觅知音》和中美联手抗日纪实《航母来了:从珍珠港到东京湾》《B-29来了:从波音到东瀛》,在作者简介中写道:"甘本祓,1937年生于四川成都,微波技术专家,教授,高级工程师。"

甘本祓是成都人,在笔者探讨的科普中的"成都元素",又多了一个重量级的精英人物。

中国科普界的精英们对他是这样评介的:

> 甘本祓是一位资深科技专家型科普作家,并擅长于散文、诗歌。读他的作品常常会引起心灵的共振与激荡,甚至热泪盈眶。因为他是用"心"在写文章,正如他所说:"人在文中,文在心中,以理常笔,以情感人。"
>
> ——中国科普作家协会《科普创意文论》专家评审组

> 甘本祓始终有一颗与时代脉搏一起跳动的年轻的心。他用心写作,用心与读者交流,也用心打动着每一个人。他是率先垂范科学与人文交融的作者之一。
>
> ——中国科普作家协会前副理事长陈芳烈

科学与文学相结合，这是甘本祓的科普创作观。他是用文学艺术的心与笔来释读科学，目的是传播智慧。

——中国科普作家协会前副理事长汤寿根

他用真挚的人文情怀，让读者心扉开放；再以科学的理性光芒，把人们心田照亮。

——中国科普作家协会前副理事长王直华

甘本祓先生以其亲历的军旅生涯和在美国20年调研所积累的丰富史料，重塑了既能"听见"又能"看见"的中美联手抗日的历史。

——中国科学院院士、中国科普作家协会理事长刘嘉麒

《航母来了》，说的是历史，却紧扣当今热点，是以史鉴今的好书。

——著名作家、世界华人科普作家协会顾问叶永烈

甘本祓先生的科普作品代表作有《生活在电波之中》《茫茫宇宙觅知音》《"超级间谍"之谜》《今天的科学》《信息社会向你招手》《给地球照相》《先进的电子对抗系统》《航母来了：从珍珠港到东京湾》《B-29来了：从波音到东瀛》《硅谷启示录1：惊世狂潮》《硅谷启示录2：怦然心动》等，以及专著《微波传输线设计手册》《现代微波滤波器的结构及设计》《电磁场与微波传输线》《微波网络元件与天线》，创作量已超过1000万字，有若干作品获国家图书奖、中国科普作品奖、世界华人科普奖等。

前不久，中国科普作家协会、中国科普研究所、科学普及出版社在北京科技会堂联合召开了甘本祓科普作品座谈会，与会的中国科普精英一起研讨"甘本祓现象"，吹响了科普创作集结号。

近日，世界华人科普作家协会在甘本祓家乡中国成都的"百花潭"兰园，举行了甘本祓先生科普作品座谈会。欢迎甘本祓夫妇重归故里，畅叙故乡情，热议"甘本祓现象"，科普创作集结号回声嘹亮。甘本祓的父亲和笔者的父亲同属抗日将领，对纪念抗战胜利70周年有同感。有意思的是，甘夫人的母亲是成都一小学校长，笔者的母亲也是成都一小学教师、校董理事；

更有趣的是，甘本祓夫人与抗日期间任四川省主席的张群有亲戚关系，笔者父亲与张群是结拜弟兄，张群系兄长。世界居然这么小哦！甘本祓夫妇与笔者故乡相聚，倍感亲切。去年11月，甘本祓夫妇归国探亲，笔者与著名科普作家方守默女士代表世界华人科普作家协会赴成都西御街皇城饭店拜访与其相会，笔者赠拙著《行走欧洲》《智慧的光芒》《影子的诱惑》，甘本祓回赠《茫茫宇宙觅知音》《航母来了：从珍珠港到东京湾》，相谈甚欢。今年11月，甘本祓夫妇重归故里，世界华人科普作家协会在蓉科普作家精英——92岁的周孟璞主席和松鹰理事长、赵健副理事长、张昌余监事长、笔者（秘书长），以及副秘书长方守默、宫健、贾英杰、阮鹏等，与其在"百花潭"兰园叙故乡情，切磋科普创作，畅所欲言，收获甚丰。笔者赠其新书《巴蜀武林英豪》，甘本祓回赠新作《B-29来了：从波音到东瀛》，皆大欢喜。

作为一个合格的优秀科普作家，既要求有深厚的科学功底、外文修养，又要有很高的文学修养、哲学修养，必须是一个高尚的、有无私奉献精神的复合型人才。甘本祓先生是一个典型的有很深科学功底和修养、有奉献精神的复合型人才，多才多艺。在美国硅谷20年潜心微波技术的科学研究，数十年执着用一颗赤诚的"心"进行科普创作，传播科学理念的热忱始终不渝。他在科普创作中所取得令人赞叹的成就，得益于他优良的遗传基因、优良的DNA组合，渊博学识，勤奋创作，严谨的调研，高超的写作技巧，扎实的国学功底，美国硅谷高科技环境研究积累，也离不开故乡成都，这座历史文化名城对他儿时、青春时成长的滋润、熏陶、哺育。甘本祓先生应是科普中"成都元素"里，海外归来的重量级人物，一个爱国的优秀科普作家。

30年前，笔者在成都市农科所综合研究室工作，作为《成都日报》《成都科技报》和多家媒体通讯员，也写科普作品，拜读过甘本祓的著作《茫茫宇宙觅知音》，印象很深，记忆犹新。

中美联手抗日纪实《航母来了：从珍珠港到东京湾》，笔者几乎是一口气读完，被甘本祓的作品深深感染，得承认甘本祓先生是讲历史故事的好手，那严密的结构，高科技丰富的史料，一环扣一环，煽情的文学语言，生动撩人的描述，珍贵丰富精彩的图片，让人爱不释手，先睹为快，感慨不已。

读《B-29来了：从波音到东瀛》，笔者更是在亢奋中得到震撼的快感，也刚刚为四川省政协、成都市政协纪念抗日战争胜利70周年征文撰稿《投身抗日洪流》。笔者父亲为抗日战争时期四川省防空司令部中心区临空少将副指挥，日寇飞机轰炸成都，一颗炸弹落在他身边两米处未炸，亲历抗战大难不死，笔者尚停留在创作的亢奋中。B-29轰炸机将炸弹丢在日本本土，将战火烧到日本，改变了历史，把抗日战争推至终点。我们不能忘记侵略战争给人们留下的创伤，不能忘记历史，我们更祈望和平。《B-29来了：从波音到东瀛》是一部恢宏的历史军事画卷，记录了一段让人不能忘却的历史篇章。

探讨科普中的"成都元素"，不得不提及成都。北京、上海、成都被中国科普界公认为中国三大科普创作基地。

面对悠悠岁月，纵观茫茫天地，成都是一座矗立于"天府之国"的名都。

而今的成都被人们誉为"来了就不想离开的城市"，是一座具有"和谐包容、智慧诚信、务实创新"精神的城市，近期又被媒体赞誉为"中国最具幸福感的城市"。

成都是四川省省会，自古以来就是巴蜀政治、经济、文化的中心。

成都有3000多年的历史，有相当悠久的文明。以成都为中心的蜀，既是一个特定的历史地理概念，同时又是一个内涵丰富的人文心理概念。从古至今，无数的文人墨客、英雄才子穿梭于这片神奇的区域，成都这个特定的历史地理名词也因此被灌注了太多的人文内涵。人们说，成都是四川盆地的腹心地带，一切外来的或本地的人都被它的舒适安逸所感染；也有人说，成都这个地方人杰地灵，是才子佳人涌现的地方，但盆地自身又限制了他们的发展，当这些人跨越夔门，走出盆地，漂洋过海，他们的才气便像日月一样照亮整个中国的天宇。

成都做出了许多照亮整个中国天宇的事迹：

成都城——中国唯一2000多年城名、城址不变的特大型城市。

世界上最早的年号钱——汉兴钱。

世界上最早的纸币和官府设立的银行——交子和交子务。

世界上最早的无坝自流灌溉水利工程——都江堰。

蜀地多才俊，这是古人的共识。翻开尘封的典籍，一连串闪光的名字便进入我们视野：

中国最早的方言词典编撰者——"西道孔子"扬雄。

中国汉代大赋第一人——司马相如。

中国明代著述最丰的思想家、文学家和诗人——杨慎。

"中国的左拉"、著名作家——李劼人。

中国当代的文学巨匠、著名作家——巴金。

一方水土养一方人，"成都元素"造就、滋养出一批成都精英人才。

"海阔凭鱼跃，天高任鸟飞。"甘本被无疑是海归的科普作家之佼佼者，是科普中"成都元素"里一位重量级的人物，是成都人的骄傲。

"成都元素"如此迷人，成都科普创作的良好环境，成都科普作家群体通过不同的科普创作组合，变成照亮中国科普界、世界华人科普群的突出成功表率，让笔者对其探讨更为关注。

现代献身科普事业有许多优秀人物，科普中的"成都元素"里有许多重量级人物，他们的才气得到中国科普界和世界华人科普群的公认与赞扬。

中国科普名家、科普界前辈周太玄（1895—1968），成都人，教授、博士、科学家、教育家、社会活动家。

周太玄早年与李大钊、王光祈等共同发起组织少年中国学会，传播唯物思想、马克思主义，后来毛泽东、张闻天、邓中夏、恽代英、赵世炎等参加了这个学会，并成为其中的活跃分子。周太玄以著名社会活动家而载入史册。20世纪20年代开始从事科普创作，1922年在上海中华书局出版第一部科普译著《古动物学》，主要科普作品有《动物心理学》《生物学与长寿》《地球》《脑》《生物学浅说》《地质学浅说》，译著有《细胞与生命之起源》《人的研究》《人的科学》《植物世界》《古动物学》《生物学纲要》《物种》《物质进化论》《动物地理分布》《动物世界》《人类本性的研究》等。

周太玄于1919年赴法国勤工俭学，1930年回国，曾任四川大学理学院院长、生物系主任，1948年任《大公报》顾问，1950年任四川大学校务委员会主任，1953年起任重庆大学校长，而后调往北京任中国科学院常务委员、编译局局长，首任科学出版社社长兼总编辑。

著名文化人张友渔先生评介："周太玄是一位我国著名科普作家、翻译家和社会活动家，不仅科学上造诣很深，还具有深厚的国学基础，早年写过很有影响的新诗，还是一位诗人。……他那真挚的爱国热忱贯穿于一生，他那热爱科学的精神和渊博的学识很受人敬仰，他热爱共产党，热爱社会主义，堪称一位进步文化人。他品德高尚，对人诚恳，严于律己，确是中国知识分子中的佼佼者。"

笔者在少年时拜读过周太玄的著作《生物学浅说》，他在其绪论中讲："生物学者，研究有生命界一切现象的科学也。"笔者曾背诵过他的诗《过印度洋》。《过印度洋》由著名作曲家赵元任谱曲，广为传唱，家喻户晓。

科普学的主要奠基人、中国科普作家协会"荣誉理事"（终身）、世界华人科普作家协会大会主席周孟璞（1923—2016），成都人，高级工程师、编审，入选《中国科普名家名作》。周孟璞老先生更是科普中"成都元素"里的重量级人物，德高望重，薪尽火传。

中国科普作家协会第四届理事长张景中说："孟璞先生献身科普事业，数十年如一日。他不但有丰富的科普作品，而且很早就提出科普是一门学问，着手进行科普学的理论探讨。……联手松鹰先生，更推出了中国第一部结构完整内容丰富的《科普学》，可谓宝刀不老。""这本《科普学》，从科普的历史谈到今天和未来，从世界的科普名著谈到中国的创作，讲作品分类，说创作方法，叙经验教训，谈政策方针，有丰富的事例，有独到见解，言之成理，持之有据，全方位地向读者展现出一本具有中国特色的科普学专著。……是我国科普理论探讨的一个新的起点，一个里程碑式的工作。"

中国科普作家协会名誉理事长章道义说："科普是门学问，周孟璞同志是最早付诸实践的一位老同志……孟璞学长和松鹰先生主编的这部《科普学》可以说是一个突破。"

周孟璞从事科普组织工作、科普理论研究和科普创作几十年，曾担任四川省科普作家协会主席、四川科学技术出版社首任社长、四川省科技顾问团第一届顾问、《科普创作与研究》主编、中国科普作家协会顾问。编著和主编科普图书14部（23册），科普代表作有《人造地球卫星》《光之骄子——激光》《崭新的能源——受控核聚变》（合著）、《了解固体》（合著）、《漫谈信息和控制》（合著）、《科学技术基础》（主编）、《现代科学知识小百科》《科普学》（主编之一）、《明天的世界丛书》（执行主编）、《科普学初探》《耗散结构的科普系统》等，作品获世界华人科普奖、中国科普作品奖和四川省图书奖。获"建国以来成绩突出的科普作家"称号，被批准为"中国科普作家协会编创学科带头人"，被授予"共和国六十年建设突出贡献人物"荣誉称号。

笔者为中国科普作家协会成立30周年纪念征文，撰稿《薪尽火传——记科普学主要奠基人周孟璞》，文中讲："周孟璞献身科普70年，达人达观，行高于抒，行高于言，平凡中见伟大，平和中见真诚。他是官不做'官'，朴实无华，品格高尚。他待人总是那么厚道、慈祥、平易近人，知人善任。特别是对中青年，他推荐、起用、信任、培养，造就了一代又一代的科普作家、科普理论家、科普工作者。正如他说自己是'三乐人生'：助人为乐、知足常乐、奉献之乐。"

重文学科幻大师——童恩正（1935—1997），著名科幻作家、考古学家，曾任四川大学历史系教授、博士生导师，四川大学博物馆馆长、中国古代铜鼓研究学会理事长，中国科普作家协会常务理事、科学文艺委员会主任委员，中国西南民族研究学会副理事长，四川省政协、四川省科协常务委员，四川省科普创作协会副理事长兼成都市科普创作协会理事长，美国洛杉矶加州大学、哈佛大学、密歇根大学、匹兹堡大学、卡内基·梅隆大学、西弗吉尼亚大学访问学者、教授，德国科学院考古研究所通讯院士。

童恩正主要作品有《珊瑚岛上的死光》《在时间的铅幕后面》《雪山魔笛》《遥远的爱》《古峡迷雾》《追踪恐龙的人》《西游新记》《石笋行》《失去的记忆》《五万年以前的客人》《世界上第一个机器人之死》《古泪今痕》，被科普界誉为中国科幻小说"四大金刚"之一。

世界华人科幻协会监事会主席、世界华人科普作家协会名誉会长董仁威评介：

> 童恩正被公认为是中国重文学流派的代表作家，他在《创作科幻小说的体会》一文中说："科学幻想小说这个名词，包括'科学''幻想'和'小说'三个部分。作为'科学'，它要求绝对的准确，不能抑扬，不能夸大；不过作为'小说'，它又必然要求艺术的概括和夸张。"
>
> 童恩正虽然是科幻小说重文学派的代表作家，但他主张和实践写作的科幻小说既是文学作品，也是科普作品。他在科幻小说的创作中，虽

不主张以传播具体的科学知识为主要目的，但却主张宣传科学的世界观，弘扬科学精神，传播科学思想和科学方法，描绘科学发展与社会发展的关系。

世界华人科普作家协会顾问刘兴诗教授评介：

吾友恩正，以大智大慧、先知先觉学者身份涉足文艺，其文恰如其人。依据严谨，观点精辟，处处洋溢对美好人生之眷恋，科学真知的追求，焕发出真挚浓郁的民族精神，无一不真、不善、不美。

注重科学性的重文学流派代表人物，恩正的作品以思想犀利、哲理深沉、故事生动、文采丰富而著称。其代表作《珊瑚岛上的死光》，被评论家认为是中国科幻小说重文学流派作品，他是该流派的当然代表人物。

童恩正为中国科幻小说争取了三个第一：

《古峡迷雾》，中国第一部文情并茂，真正的科幻"小说"。

《珊瑚岛上的死光》，荣获1978年第一届全国优秀短篇小说奖。

拍摄了中国第一部科幻电影《珊瑚岛上的死光》。

这不仅是恩正的殊荣，也是把中国科幻小说推向更加广阔领域的里程碑。

童恩正——一代旷世学人，一代科幻大师。

中国科幻小说鼻祖之一、科普老"顽童"、著作等身的科幻大家刘兴诗（1931— ），地质学教授、史前考古学研究员、果树古生态环境学研究员、著名科幻作家、科普作家、儿童文学作家，入选《中国科普名家名作》。

作为世界华人科普作家协会顾问、世界华人科幻协会顾问、中国科普作家协会荣誉理事（终身），刘兴诗的科普、科幻、儿童文学作品的创作量是惊人的，成就是巨大的。

刘兴诗从1946年开始发表第一篇作品，1952年开始科普创作，1960年开始儿童文学创作，1961年开始科幻小说创作，截至2013年7月，在境内外出版图书232本，获奖144次。其中，美术片《我的朋友小海豚》获1982年意大利第12届吉福尼国际儿童电影节最佳荣誉奖、意大利共和国总统银质奖章；童话《偷梦的小妖精》获1989年海峡第一届中华儿童文学创作奖；《讲给孩子的中国大自然》系列获得国家科学进步奖二等奖，科普著作只有4个名额，最高只能是二等奖，受到胡锦涛总书记、温家宝总理接见。在人民大会堂合影时，刘兴诗被安排在前排一号座位，与胡锦涛总书记和温家宝总理坐在第一排，何等的荣誉。

刘兴诗的代表作有《美洲来的哥伦布》《星孩子》《蛇宝石》《虎孩》《辛伯达太空浪游记》《偷梦的妖精》《与狼相处的日子》《祖母绿女神》《祖母绿宝石》《西天游记》《修改历史的孩子》《象童》《考古之谜博览》《中国上下五千年》《世界上下五千年》《讲给孩子的中国大自然》系列丛书等。

2000年，刘兴诗作品研讨会在蓉举行，笔者在《科普创作与研究》撰文评介："他有3本书获全国推荐书，童话《星孩子》、小说《虎孩》为全国红领巾读书推荐书；科普读物《考古之谜博览》列入'让精神世界更美好'推荐书。《美洲来的哥伦布》被评为中国科幻小说重科学流派代表作。他的一些作品被译为日、朝、英、法、荷、匈、世界语；一些作品被改编为话剧、广播剧、连环画和缩写故事、电影；一些作品被选入大学中文系儿童文学教材、小学实验课本，一些作品被选为瑞士、澳大利亚等国有关学习中文教材。"

笔者在学生时代就被刘兴诗、叶永烈等撰写的《十万个为什么》吸引，记忆犹新。

世界华人科普作家协会名誉会长、世界华人科幻协会监事会主席董仁威评介："在儿童文学创作上，刘兴诗主张真善美原则，认为美的意境和语言、真的情感和知识、善的性灵和追求，对当代儿童成长有潜移默化的作用。""在科普创作上，刘兴诗主张科普是将科学知识清楚明确交付给读者，不能故弄玄虚，使读者越读越糊涂，成为一种玄学。坚决不赞成将各种无聊的传闻冒充科普，坚决反对披着'科学'外衣，宣传迷信和伪科学的现代迷信倾向。"

世界华人科普作家协会副理事长赵健评介："在我看来，刘兴诗先生有不少过人之处值得赞许，而其中最值得赞许的，则是他治学的三个特点：严谨的治学态度，刘先生说过'学术不能有半分半毫错误，要严谨又严谨'；求新的治学精神，用四个字概括，那就是'勇于创新'；科学的治学方法。"

世界华人科普作家协会名誉主席、世界华人科幻协会监事长、"拼命三郎"董仁威（1942—　），教授级高级工程师，著名科普、科幻作家，中国科普作家协会荣誉理事、科学文艺委员会副主任，入选《中国科普名家名作》，曾任成都科普创作中心主任、四川省科普作家协会主席。

董仁威先生是世界华人科普作家协会和世界科幻协会的领军人物之一，从20世纪80年代初即投入科普、科幻创作事业，将科普、科幻创作作为毕生主要事业，从未间断，在培养青年作家中成绩斐然，组建了中国最大的四川省科普创作团队，董仁威与松鹰、笔者在中国澳门地区注册成功，创建了世界华人科普作家协会，董仁威与吴岩、姚海军联手在香港注册成功，创建了世界科幻协会。主编并主创24套科普、科幻丛书（150余部，2500余万字），获得过中国图书奖、全国优秀科普作品奖、冰心儿童图书奖、世界华人科普奖、第三届全球华语最佳科幻传播金奖，获评全国青少年推荐的百种优秀图书、最受公众欢迎的十部科普图书。被授予"中国有突出贡献的科普作家"荣誉称号。

董仁威的科普、科幻、少儿代表作有《中外著名科学家的故事——达尔文、李时珍》（科学家传记）、《分子手术刀》（科幻小说）和《生物工程趣谈》《奇异的"魔法"》《破译生命密码》《生命的奇迹》《万物之灵》《转基因技术漫谈》《鲜为人知的科学》，主编《新世纪少年儿童百科全书》《新世纪青年百科全书》《新世纪老年百科全书》《科普创作通论》《科普创作通览》《穿越2012——中国科幻名家评传》《新世纪科普大系丛书》等。

2001年，笔者在《科普创作与研究》中撰写纪实文学《董仁威——一个崇尚科学的"拼命三郎"》评介："董仁威何许人也？一个在四面八方作战，累得五次病危的'拼命三郎'。他在每一方面的成就在中国也许并不是顶尖级的，但他各方面成就的总和，肯定在中国是顶尖级的。""'拼命三郎'与刘兴诗合作，一部《新世纪少年儿童百科全书》品牌诞生了；他们的作品震动成都、震动北京……董仁威走出四川，走向全国。""董仁威用大手笔在科普上做大文章，他的理想是要通过编撰各类大型百科全书，构建起21世纪适合中国国情、融汇中外文化精华的思想体系、道德体系。""他的理想是构建起中国科普创作人才创新体系，打造一艘中国科普界的航空母舰，使大批青少年科普创作人才脱颖而出。"

由董仁威主编的《科普创作通论》《科普创作通览》受到中国科普界和世界华人科普群的高度评价与赞扬，奠定了其在中国科普界和世界华人科普、科幻群的顶尖级实力地位。

科学文艺两栖作家、世界华人科普作家领军人物松鹰（1944— ），世界华人科普作家协会理事长、著名科普作家、国家一级作家、《电子报》首任总编辑，被中国科普作家协会授予"建国以来成绩突出的科普作家"称号，被批准为"中国科普作家协会科普编创学科带头人"，其作品被中国科学技术协会评为"中国五十年十部公众喜爱的科普作品"，入选新闻出版总署"第二届'三个一百'原创出版工程"图书，入选《中国科普名家名作》，作品获评四川省50年（1958—2008）十部受公众喜爱的科普作品，获第十六届中国西部地区优秀科技图书一等奖、首届"中国青年优秀图书奖"、第六届"冰心儿童图书奖"、第十届"中国图书奖"、第一届"中国科普作家协会优秀科普作品奖"、首届"世界华人科普奖金奖"等。

松鹰的代表作有《啊，哈军工》《杏烧红》《白色巨塔》《白色迷雾》《白色漩涡》《电子英雄》《爱因斯坦》《法拉第》《麦克斯韦》《富兰克林》《伽利略》《原子风云》《三个人的物理》《可怕的微机小子乔布斯》《可怕的微机小子比尔·盖茨》和《落红萧萧》（合著），主编《科普学》《青年科技创新读本》，系《科普创作通论》《科普创作通览》等专著副主编。

世界华人科普作家协会大会主席、中国科普作家协会荣誉理事（终身）周孟璞评介："学工从文、文理兼修的难得人才，在科普、文学两个方面都硕果累累。""松鹰创作《电子英雄》这本书，不愧为最优秀的科普读物。获得第一届'中国科普作家协会优秀科普作品奖'，完全是应该的，我认为这本书完全完美地完成了科普的任务。在《科普学》一书中，提出了'科普学三大定律'，第一定律讲的是科普的任务，既有知识传播，又有思想教育，具体地讲是'五科'，即普及科技知识、倡导科学方法、传播科学思想、弘扬科学精神、树立科学道德。从《电子英雄》所介绍的14位科学家和发明家身上，我们完全能够受到称心如意的科普教育。""松鹰对《科普学》这本书做出了重要的贡献。这里只提两点：一点是对科普任务由'四科'发展到'五科'，这点使我们对科普任务有了进一步认识，'树立科学道德'，这一条是他加上的，我们都同意。科普的思想教育往往是含蓄在科研活动之中；另一点是关于科普的定义，这一章他写得很好，为科普下定义是科普学研究中的重要课题之一，我们认为科普是一个历史的、动态的、发展的概念，综合理论界的各种定义，提出了书中写出的92个字的定义。"

世界华人科普作家协会首席顾问吴显奎评介："松鹰先生学工从文，文理兼修，具有深厚的文学底蕴和科学修养。他的创作态度严谨，创作勤奋，作品独具风格。几十年来，松鹰先生笔耕不辍，创作了大量受读者欢迎的科学文艺作品。""松鹰先生是一位优秀的科学文艺两栖作家，也是一位有社会责任感的现实主义作家。他主张文学作品要关注社会，反映现实，给人以鼓舞向上的力量。"

世界华人科普作家协会副理事长王晓达评介："你读松鹰的科学家传记，涉及有关的'科学技术'时，非常顺溜畅通，而且这些似乎十分艰深的物理声学和有关的科学技术名词和内涵，竟然不知不觉地在阅读中欣然接受，并颇有兴味地随之探索寻求……科学家最主要的'要素'——科学技术，作为人物形象的亮点而熠熠生辉。"

2011年，笔者在"松鹰科学文艺作品研究会"上评介："作家松鹰以自身丰富多彩的阅历，优美的文笔，娴熟地运用自身掌握的社会学、法医学、心理学、语言学、当代侦查学，以及深厚的高新科技知识，使这部悬念迭起的社会推理小说（《杏烧红》）侦破充满智慧和启迪，让读者在信服中享受文学艺术的韵味与美感。"

世界华人科普作家协会在理事长松鹰的率领下，依靠团队力量，团结全国科普作家和海外华人科普作家，齐心协力成功举办两届世界华人科普奖，被媒体赞为世界华人科普最高奖，在中国科普界和世界华人科普群产生了很大的影响。

科普中的"成都元素"还有一些重量级的精英人物，如张景中、吴显奎、王晓达、赵健、张昌余、杨潇、谭楷、林绍韩、方守默、王吉亭、王德昌、张文敬、陈俊明、黄寰、杨再华、雷华、邓承康、魏知常等，他们在科普、科幻创作发展中做出的重大贡献，是受人敬仰的，笔者在这里就不再一一铺陈叙述。

从20世纪科普研究小组建立，到1999年成都科普创作中心成立，成都发展成为中国科普创作三大基地之一。2009年，成都科普研究所成立，再到21世纪初，世界华人科普作家协会和世界华人科幻协会的相继创建，成都科普、科幻走向全国，登上世界华人科普、科幻的平台，世界华人科普奖、全球华语科幻星云奖成功举办、评选，无不彰显科普中"成都元素"的实力和影响力。

成都科普精英团队的良好科普创作研究氛围、环境和实力，科普中的"成都元素"为中国科普事业和世界华人科普、科幻事业及科普理论发挥的作用和影响力，越来越受到人们的关注，科普中的"成都元素"值得从事科普创作、科普理论研究的专家、学者研究和探讨。

2015年12月1日于中国成都温江"一览斋"书屋

注：该文刊载于世界华人科普作家协会通讯《华人科普》"SHKP" 2015年12月第36期、《科普文汇》成都市科普创作成果汇编（2016年），获四川省优秀科普论文奖。

演绎"城乡统筹"的故事

——赏析章剑长篇小说《进城记》

章剑（张建国）先生的长篇小说《进城记》，近日由团结出版社公开出版发行，可喜可贺。

章剑先生是一个记者作家，作为四川省作家协会会员、温江区作家协会副主席、微篇文学研究会副会长、《微篇文学》副主编、成都市文学院签约作家，他以新闻工作者的敏锐眼光和职业赋予的责任感，捕捉新闻热点，观察温江社会生活，尤其观察温江新农民的幸福生活，客观公正地宣传正能量，写了不少新闻报道和小说。在文学创作中，他以中篇小说见长，其中篇小说《喊死》获第三届王光祈文艺奖一等奖。此外，他还著有中篇小说《改嫁》《嫁人》等，《进城记》则是他创作的第一部长篇小说。

章剑的中篇小说《改嫁》，笔者早在几年前的《青年作家》杂志上读过，有很深的印象，那时涉及"城乡统筹"的文学作品不多，一篇表现失地农民生存风景线的现代小说尤为引人关注。该篇小说以主人公王桂枝、陈木匠的爱和恨为主线展开，作者以新闻工作者的敏感和文化人对生活的洞察力，展现了融入城市的失地农民丰富多彩的社区情感生活画卷。

长篇小说《进城记》更是牢牢抓住"城乡统筹"这个敏感的热门话题，谋篇布局潜心进行撰写，22万字的长篇小说，分"乡村记"和"城市记"两部分，真实地描述了新农村建设中基层干部本着爱岗敬业的职责，利用自己的聪明才智化解与群众之间的矛盾关系，通过长期治理改善社区环境，让人与人之间的和谐关系进一步好转，农民进入社区成为居民，幸福社区的居民也从此过上了幸福生活的感人故事。长篇小说《进城记》通过解析基层干部的工作与群众沟通，用直述的手法抒写和谐社区生活新篇章。

章剑的长篇小说《进城记》实际就是一部"城乡统筹"新农村建设进程

中在温江演绎的真实记录。

对于"城乡统筹"新农村建设，笔者并不陌生。笔者曾应中共成都市委党史研究室邀请，为中共中央党史研究室《改革开放实录》，撰写城乡统筹"成都篇"《成都"农家乐"奏响新农村建设序曲》调查报告，在成都周边进行"城乡统筹"的深入调查研究，有一定的发言权。土地是农民的命根子，从古至今农民以种地为生，而今"城乡统筹"让乡下农民一夜之间变成城市居民，这种翻天覆地的历史变革，几千年的农耕文化思想意识被打破，其间的剧烈阵痛可想而知，这种悲喜交加的历史变革现实，正是作者章剑谋篇布局的精彩画卷。

章剑《进城记》的切入点选择了"城乡统筹"中农民变市民的剧烈阵痛的真实故事。章剑在对这历史重大变革进行叙事的时候，既梳理了"城乡统筹"的进程中各个重大节点，又将鲜活生动的乡愁情节与细节融入叙事之中，让新农村建设改革中的人物性格在惊心动魄、险象环生的剧烈阵痛故事发展之中呼之欲出，栩栩如生。用真实而独特的手法，直面失地农民的内心世界，真实地描写了"城乡统筹"改革命运后的美丽阵痛。小说语言生动流畅，乡土气息浓厚，有张力，触及灵魂，用全新的视角塑造了主人公陶婷以及陶吉勋、陶吉林、陶吉山、侯长明、苟达远、良将、陈虎等人物群像，在这历史变革的阵痛中的爱恨情仇的生动形象，感人至深，有较强的可读性，是一部演绎"城乡统筹"新农村建设中历史重大变革，留住乡愁，有魅力的作品，值得一读。

章剑先生人到中年，其文学作品《进城记》在内涵把握和人物形象塑造上尚有提升的空间，文学说到底即人学，文学艺术源于生活，高于生活。国学大师钱穆先生重视文学的情趣和敏感话题，他说："好的文学作品必须具备纯真与自然。真是指讲真理，讲真情……文学作品至此才是最高的境界。"愿章剑先生在今后的文学创作中，创作出更有内涵、更激励人、更上乘的佳作。

注：该文刊载于《今日温江》副刊11月25日。

柳城咏叹

——序张炜文集《长大后，我就成了你》

3年前，笔者从成都浣花溪畔迁居成都后花园——国际花园城市，上风上水的鱼凫之乡——金温江杨柳河畔，学陶渊明回归自然，读书、笔耕、养心，享受夕阳的平和。每读《今日温江》报，不经意即想起张炜先生。张炜先生是新闻工作者，是一个文化人，作为《今日温江》报文艺副刊主编，我觉得他们的报纸是办得出色的。每期我都认真读，就连我的家人也是它的忠实读者。政治、经济、社会、生活，新闻导向，展现新温江的魅力，文艺副刊也办得有味道。张炜在这家报社供职多年，对于他和他的同人们的辛勤劳作，我十分钦佩。也许是同行的关系吧，我更为关注其文艺副刊。

早在20世纪90年代初，笔者在《成都商报》前身《生活科学报》主编副刊《百花潭》，有幸参加了在中共中央党校（国家行政学院）举办的中国首届报纸副刊编辑研讨班，聆听了《人民日报》副刊《大地》原主编丁振海（现《人民日报》海外版总编辑）对副刊的论述："副刊是报纸的重要组成部分，是承传文明的一个重要阵地。报纸读者，其经济地位、思想倾向不同，文化水平各异，兴趣爱好不一，必然要求报纸除了提供新闻的信息外，还要创造某种形式满足他们的文化需求。报纸副刊，由于能最为灵活、最大限度地兼容纯新闻、硬新闻之外的各种题材和内容，又有长短适宜、雅俗共赏、感染力强的种种优势，深受不同类型的读者欢迎。历史和现实告诉我们，它对振奋民族精神，丰富文化生活，推动社会进步，对提升报纸形象，增强报纸的影响力与凝聚力都有不可代替的促进作用。"

这次张炜把他多年编辑之余撰写的作品，精选为文集由出版社出版，我很高兴为其作序，也得以有机会把他的一些主要作品认真读了一遍。也许是因为职业关系吧，张炜的作品很"杂"，散文、随笔、杂文、小说、纪实文学等体裁，他都在写，而且同他的编辑工作一样取得了丰硕的成果。

张炜的作品充满了乡土气息，朴实、真切、自然，很容易与读者沟通。张炜先生乃温江人氏，其性如这片沃土，厚朴，其心似清水之透彻。为人为文，无不肺腑相见，一秉至诚。读《长大后，我就成了你》这部文集，如见上善若水，三江（金马河、杨柳河、江安河）并流，清水出芙蓉。

读张炜的散文，篇篇几乎都是温江情愫。它是那么的直白，不为名，不为利，只为抒己之见，以小见大，崇尚正义，感悟人生，让人一读为快。

选在这个集子中的《"六一"随笔》，随笔不随，彰显幸福的真谛，忧天下人之所忧，急天下人之所急；《搬家纪事》，6次搬家，安居乐业，折射出人民生活跨越的步伐及时代的变革；《长大后，我就成了你》，感恩老师，三尺讲台，无私奉献，演绎薪尽火传。

张炜是个"老温江"，对于生于斯长于斯的这片沃土，他投入了真挚的情感，温江的风土人情，在他笔下如数家珍，读起来令人感到亲切。他写《感谢水井》，井水养育人，水井也造就人；《年味》，家乡过年习俗，其乐融融；《温江三绝》，传承历史饮食的名片，绝处逢生；《西门的记忆》，再现农二哥与城市贫民的交融，依稀难忘；《杨柳河纪事》，经历温江——母亲河的变迁；《永远的凤溪河》，传承历史，彰显未来。

读张炜的杂文，见证了张炜的思想与情操。其杂文其实是有针对性的，杂文不是大款大腕，却有大智大勇，以国家前途为己任，以苍生为疾苦为笔底波涛，持之有故，言之成理。

读张炜有感而发的、有深刻思想内涵的作品：《"工作"是什么》，质疑其含义，规范还是"宽范"？《免费赠送》，诱人广告词背后的圈套；《"小姐"的命运》，戏说其演变，折射出变异；《狗年好发财》，曾几何时，从"痛打"到"养狗"，再到"大文化"，一个"狗这东西"了得；《量小非君子辩》，从"量辩"到"质辩"，是为辩；《岂止"官舞"可以休矣》，"官舞"，剪不断，理还乱；《浅说"发"与"法"》，为"发"而违法，靠"法"，然有"法"可依，无法执行；《什么叫"新闻"》，"新闻"不新，皆因见惯不惊，"人咬狗才是新闻"；《自侃"搭台"与"唱戏"》，文化、经济，孰轻孰重，无法PK；《重要的是"行动"》，形式主义可以休矣。

读张炜杂文，篇篇言之有物，言之有理，追求精神情操，弘扬正义，以高洁为至境，发人深省。

副刊编辑既是媒体中人，又是文化人。副刊人是媒体文化与社会文化值得珍惜的特殊生产力，副刊在媒体中的地位与作用，虽不显赫一时，却将永远存在。张炜先生执笔副刊，铁肩担道义，柳城咏叹，使命高尚。

读罢张炜先生的这些小文章（其实小文章最难写），如沐春风，润物细无声。在我看来，张炜的创作还有极大的潜力，正值盛年，是收获的季节；衷心祝愿他在以后的笔耕生涯中，为创建现代国际田园城市示范区撰写出更多更好的作品，在金温江这座国际花园城市中结出更丰硕的果实。

是为序。

注：该文刊载于《今日温江》副刊、《长大后，我就成了你》（大众文艺出版社2010年6月出版。

诗歌乐土　鱼凫吟唱

——鱼凫诗社暨《鱼凫》诗刊成立7周年感言

　　诗，是火焰，是点燃人类心灵的火焰。

　　　　　　　　　　　　　　　　　　　　——列夫·托尔斯泰

　　诗，横溢四处。有美与生命的地方就有诗。

　　　　　　　　　　　　　　　　　　　　——屠格涅夫

　　鱼凫诗社暨《鱼凫》诗刊成立7周年了，受鱼凫诗社社长陈志超先生和《鱼凫》诗刊主编杜荣辉先生之托，要我写几句话，以示庆贺。盛情难却，我不谙诗书，虽然偶尔也率性为之，勉为其难了。我与温江有缘，抗日战争期间，才100天的小小的我，即被母亲抱着跑警报，过苏坡桥到温江避难。20世纪80年代初，在成都市农科所与何礼（后任温江区区长）共事，跑了不少温江的田坎。20世纪90年代在温江一苗圃完成我的第一部长篇小说《影子的诱惑》。20世纪90年代初，作为《生活科学报》副总编主编《百花潭》副刊及后《成都商报》任副总编调研员期间，有幸为诗人流沙河、曾伯炎、何井四、贺星寒、张昌余、谭楷、张放、干天全、殷世江、黄剑华、张大成、肖岩、阳光和、刘涛、谭宁君、刘安祥等编刊过作品，荣幸为女诗人张凤霞编发"处女作"，同时结识了许多温江籍诗人，如刘伯高、郑华钰、季文博、游复民、田友桂、杜成明等。退休后从成都浣花溪畔迁居温江杨柳河畔5年，很高兴结识了更多真诚、友善的温江诗人，如陈志超、杜荣辉、戈冰、沉冰、邹廷清、李永康、张炜、庄风、顾平、凌昆、周萍、寒雁、王晓兰、孟俊逸……

　　温江是一片诗意栖居的沃土，物华天宝，人杰地灵。

温江是诗歌乐土，历代诗人咏温江，鱼凫吟唱。早在唐代，伟大诗人李白"蚕丛及鱼凫，开国何茫然"的千古绝唱，便把我们带到遥远而沧桑的岁月。诗圣杜甫则曰："伐竹为桥结构同，褰裳不涉往来通。天寒白鹤归华表，日落青龙见水中。"智者傍水，一幅美丽的田园和依水而生的生活图景。陆游、朱熹、范成大、孙松寿等历代文人墨客竞相唱和，已故温江人王侃、车酉、王泽山、李汝南、曾学传、王光祈等都有诗作传世。

温江历史文化名人，少年中国学会创始人之一、五四运动播火者、中国现代音乐家王光祈，也是"有才华的诗人"（《成都市志·文学志》），诗作"传世不多，却华光四射"（《四川近现代文化人物》）。1960年6月，出了温江历史上第一个诗刊《红花》。温江早期的诗作者骆耕野在《诗刊》发表的作品《不满》，曾打动了一代年轻人。温江籍的诗人在国内有影响的还有四川省作家协会创研部主任、《星星》诗刊编辑部原主任、《作家文汇》执行主编、著名诗人孙建军和中国四大科学诗人之一魏知常。

2006年12月，鱼凫诗社暨《鱼凫》诗刊成立了。

诗歌是温江一张耀眼的历史文化名片。

新世纪，改革开放的大潮激发出生命的冲动。"对酒当歌，人生几何。"承接先人的遗韵，新一代的鱼凫歌者，天然本真，率性而为，情感泉涌，演为激动的诗行，在温江这片希望的沃土上放歌。

而今是诗歌被冷落的时代，然而，在笔者的陋室"一览斋"书屋的书桌上，却放着厚厚的几沓温江诗人出的诗集和《鱼凫》诗刊，让人振奋不已。这些诗歌艺术地再现了当今时代、精彩人生，讴歌了温江新生活，荡气回肠，具有强烈的震撼力。

《鱼凫》诗刊，从2006年12月第一辑《鱼凫》诗萃起，至今已出10期。它立足鱼凫故土，面向神州诗坛，来稿遍及全国，对川西诗歌新人的培养是空前的。正如已故鱼凫诗社原社长、主编游复民所说："借用鱼凫先人的灵气，写新时代的诗歌，做新时代的诗人，放歌和谐社会。"

鱼凫诗社和《鱼凫》诗刊成立7年来，引起了文学界、诗坛的广泛关注，影响与日俱增，取得了丰硕的成果。诗社不仅举办了"五月澄园诗会"，还在《今日温江》副刊发表了"鱼凫诗抄"专版；2008年，成都市文联《成都文艺》专栏推出鱼凫诗社成员作品；2009年，成都诗歌工作委员会《芙蓉锦江》推出"鱼凫诗社"专栏；2010年4月，著名诗歌杂志《诗歌月刊》民刊专号选发了《鱼凫》诗刊作品，9月，《中国诗歌》2010年民刊诗选专号选发了《鱼凫》诗刊作品。

鱼凫诗人们的作品，相继在《青年文学》《诗选刊》《四川文学》《星星》《青年作家》《中国诗歌》《散文诗世界》《散文诗》《四川政协报》《成都晚报》等报刊发表，并被收入《新世纪成都诗选》《2010年中国诗歌选》《中国当代诗群回顾与年度大展》等选本，出版了多部诗集，获"诗圣杯"全国诗赛、王光祈文艺奖等各类奖多次。邹廷清、杜荣辉、凌昆获选参加第二届四川青年作家创作培训班。目前，鱼凫诗社已有全国、省、市作家协会会员多名，已形成一个较有实力的诗歌群体，陈志超、杜荣辉、邹廷清、凌昆、庄风、戈冰、寒雁、周萍、王晓兰等都形成了自己独特的风格，受到诗歌界好评。成都市作家协会副主席、诗歌委员会主任杨然评价："这个意志坚定的诗社成立时间不长，却已结有丰盛的诗歌创作成果。"

读着社长陈志超的诗歌《心香》《水西门之树》理想深处的理想，活在诗里，大爱之家。主编杜荣辉的诗集《橘子园》，在隐忍的、充满爱的、跳动的诗行中，彰显着幸福的本真；以及执着编著《青涩的呢喃》《彰显华丽的瞬间》《站在爱的世界里》《尘事随风》《流淌在下午的情绪》《家在巴山蜀水间》的平和与真诚。编委周萍的诗歌《春风拂过水岸》《走在田园绿道上》《秋之痕》畅游在梦中的家园，吟唱生态田园的秀美和探出枫叶的火红、歌声的深沉。编委寒雁的诗集《梅魂》，将隐秘的真实生活体验升华为心灵的理想，"魂"在哪儿？"暗香浮动月黄昏"。孟俊逸的诗集《飘柔的绿纱巾》，淡定质朴的抒情情语。已故原社长游复民的诗集《拒绝向青春告别》《敬重好钢》《或是道听或是途说》，用诗与世界对话，心灵的写照，质朴的气韵，唱和在天宇之间，好一个快人快语的"庄稼汉"。

鱼凫诗社的诗人们硕果累累：杜荣辉诗歌《玉米地》《干爹》《橘子林》入选成都市委宣传部、成都市文联推出的文化精品项目丛书《新世纪成都文学》；杜荣辉《桃木梳子》、寒雁《孤梦湖》、邹廷清《小女人的雪》、王晓兰《火焰，雨季的鸟》、凌昆《红豆》、庄风《雪夜怀友》、李道星《心中的井》等诗歌入选《四川爱情友情精短诗选》；杜荣辉组诗《草堂抒怀》获草堂人日"诗圣杯"原创诗歌大赛征文二等奖，《成都文艺》还同时在《关注》栏目推出了《杜荣辉诗选》；2009年，游复民、李永康、顾平、杜荣辉的诗歌作品入选成都市作家协会主编的《中国成都汶川大地震诗歌选》。

诗歌历来长于言志抒情，抒写自我人生感悟与内心情感，自有其价值。鱼凫诗社的诗人们饱含生命的激情，抒写人生追求和奋斗精神，确证生命的意义。这些诗篇不仅仅局限于描写大自然的美，花鸟鱼虫，生活的感悟，而是紧扣时代脉搏，弘扬时代精神，颂扬高尚品德，揭示内心世界，展现人格魅力的文艺佳作。

读着这些激情四溢的诗文，深感鱼凫诗人们不仅是在咏叹，而是用自己深沉的情感铺陈和点燃生命的价值。用想象的空间跨越历史世界，使时间和空间凝结于片刻的诗境。用赤诚的心面对祖国的昨天、今天、明天，使个体饱经风霜的记忆与中华民族数千年的发展历程，在诗的光明世界里耕作、蒸腾……

鱼凫诗社成立后，与成都每月十五文学社及青白江屏风诗社结成友好社团，还与女书诗社、浣花楼女子诗社、玉垒诗歌学会、成都印钞公司诗词学会、《零度》诗刊等进行了各种交流。鱼凫诗社主要负责人应邀参加了杜甫草堂人日诗会、望江楼诗会、龙泉驿乡村诗歌节、冬至诗会、每月十五成立二十年诗会、芳邻诗歌节、平原诗会、五月玫瑰诗会、诗人之春——中法诗歌交流、白夜诗歌朗诵会、珠江国际诗歌节、真水无香圣诞诗会等诗歌活动。

鱼凫诗社及鱼凫诗人们所取得的丰硕成果，也赢得了诗歌界的称赞与支持。7年来，王尔碑、张新泉、杨牧、刘滨、曹纪祖、李自国、干天全、牛放、杨然、龙郁、凸凹、哑石、李龙炳、王国平、阳光和、张凤霞、刘涛、周渝霞、舟歌、许岚、胡仁泽、文佳君、杨国庆、徐文中、魏建林、徐蕊蕊、张义先、汪洋、陶家桂、木棉花、邓湘萍、余庆双、蔓琳、朱婉滢、文旦等诸多诗人热情洋溢地参加鱼凫诗社活动。温江籍诗人孙建军给予了鱼凫诗社长期的支持和指导，笔者也给予了鱼凫诗社真诚的帮助和关怀。

著名诗人刘滨来信说："《鱼凫》从装帧到内容都不错，给人耳目一新之感。"

四川大学教授徐经谟来信说："近日有诗友赠我《鱼凫》诗刊，读后很感动，诗好，版式也漂亮，引起了我投稿的兴趣。"

诗人周渝霞评价："《鱼凫》诗刊很有品位，感觉一匹黑马从金马河畔驰来。"

每月十五文学社原社长、诗人阳光和评价："一本精美的《鱼凫》诗刊放在我的案头，像一只太阳鸟放亮了我的眼球，一种冲动与震撼……《鱼凫》诗刊让我阅读着丝绸般轻盈高贵，电压的清澈，玲珑剔透的诗歌范本，让我享受到温江这块都市绿洲的诗歌灵魂。"

四川大学中文系教授干天全率研究生参加鱼凫诗社暨《鱼凫》诗刊座谈会，他说："《鱼凫》诗刊是当今办刊质量较高的诗歌民刊，拟将《鱼凫》诗刊作为川大中文系今后的研究课题之一。"

《绿风》诗刊、《星星》诗刊原主编，著名诗人杨牧来信："温江作为离四川政治经济文化中心最近的一个区县，办起了这个以蜀文化历史图腾'鱼凫'命名的诗刊，特别令人为之瞩目。刊物办得甚好，从定位、选稿到编辑、设计都别具匠心，别具特色，别具品位，完全不像'内部资料'，足见其深得源远流长的蜀文化，特别是诗歌文化的精髓。你们的鱼凫诗社，还坚持经常活动，相互交流，相互砥砺，尤其难得。也足见其当地创作之活跃，氛围之浓郁，这也正是《鱼凫》诗刊屹立于世的坚实基础……"

当前正是文化大发展、大繁荣的大好时机，期盼鱼凫诗社暨《鱼凫》诗刊的诗人们，把握时机，用诗歌这种艺术形式，用诗歌"新、真、情、深、精"的创作理念，投入建设现代国际生态田园城市的大潮中，用更加感人朴实的诗句，由衷地赞美崇高的精神世界，激情书写现代生态田园城市温江幸福、美丽的新生活篇章。

注：该文刊载于《鱼凫》诗刊2013年总第12期卷首。

鱼凫文艺平台成就金温江精神文明佳作

——《鱼凫文艺》创刊10周年赏析

古蜀鱼凫地，天府金温江，温江是一片诗意栖居的沃土，物华天宝，人杰地灵。诗仙李白的千古绝唱"蚕丛及鱼凫，开国何茫然"把我们带到遥远而沧桑的岁月。诗圣杜甫咏叹："伐竹为桥结构同，褰裳不涉往来通。天寒白鹤归华表，日落青龙见水中。"智者傍水，一幅美丽的田园和依水而生的生活画卷。

看今期，魅力温江，斗转星移，演绎着先辈的辉煌，五彩斑斓。当年走马锦城西，今日放眼金温江，在这片激情燃烧的沃土，《鱼凫文艺》创刊10周年了，鱼凫文艺平台成就了金温江精神文明佳作。

"文学是艺术的基点，小说是文学的主干。"因自身喜好的因素，笔者的赏析重在文学。

鸡年早春，温江杨柳河畔叠翠楼"一览斋"书屋，重读2007年秋《鱼凫文艺》总第1期，温江区文学艺术界联合会、温江区文化广播电视局、温江区文化馆主办，顾问方正行、何敏，主编曹进忠，执行主编李永康，笔者忝列为五个编委之一、成都市微型小说学会顾问、温江区作家协会顾问，有幸目睹了《鱼凫文艺》的诞生和茁壮成长。在这个创刊号上，笔者撰有散文《金灿灿的油菜花——车辐趣事》，不看都差点忘记了。日子过得太快，笔者从《成都商报》退休后，从浣花溪畔移居温江杨柳河畔，一晃10年了，《鱼凫文艺》也创刊10年了，值得书写，值得祝贺！

《鱼凫文艺》创刊号首推中国著名作家、评论家白烨的特稿《当代文学在发展，在进取》和著名作家、《四川文学》副主编罗伟章的小说《女字两题》，本土作家邹廷清的长篇小说选载《金马河》，以及区委宣传部原部长甄先尧的《思想札记》、区作家协会原主席王晓刚的《鱼凫王朝兴亡》

值得一读。

平心而论，白烨的文章充满正能量，有导向，有思想，发人思索："新的创作群体不断涌现，文学态势空前活跃。""文学创作的整体水准在攀升，而长篇小说的创作成就尤为突出。""当代文学在坚守与发展之中，以自身的作用与影响，成为变化着的当代文坛旗帜与主轴。"坚定了文化的自信，十分中肯。《鱼凫文艺》也正是在这种文艺时代的氛围中应运而生。

读本土作家、四川文学奖获得者邹廷清的长篇小说选载《金马河》，其文笔让人赞叹，乡音缭绕，让人耳目一新，那惊绝的叙事魔力和解读生命奥秘的张力，让小说回归小说。

2008年春总第2期，著名作家、茅盾文学奖获得者阿来的小说《自愿被拐卖的卓玛》，读来朗朗上口，回味无穷。作者的文笔极其煽情："要是你在路上遇见了，她的屁股、胸脯，她那总是在梦境与现实边缘闪烁的眼神，会让身体内部热烘烘地拱动一下。"性感丰满、青春躁动的卓玛姑娘，受作者狂飙式的语式描叙："她做梦了。先是在林子里踩着稀薄的阳光在采蕨苔，然后，一阵风来，她就飘在空中。原来，她是自己飞了起来，她就嗖嗖地往前飞。飞过了村子四周的庄稼地，飞过了山野里再生的树林，飞过了山上的牧场，然后，就飞过了那个镇子。嗖嗖地越飞越快，越飞越快，最后，自己都不知道飞到了什么地方。"自愿请收山货的车老板"拐卖"，走出深山荒林，走向她梦寐以求期盼的远方。其文笔功底的深厚，令人折服。

朱自清散文奖获得者、当代先锋诗人、思想随笔作家蒋蓝的散文《熄灭的马蹄》，通过"非虚构写作"，对矮个川马不堪重负，马失前蹄细致入微的精湛描写："马试图要站直，它唯一可以使用的是前蹄，死命刨石板，石板被刨起了粉尘，偶尔有蹄铁擦挂起的火花，匿于那些游动的石头纹理。那些晃动的蹄痕是在做以卵击石的自杀式努力，却竟然织成一堵水泼不进的血气之墙，在阳光下如带焰的火。"在阅读中产生强烈的精神共鸣，特别是作者对动物的描摹叙事，体验其笔锋的尖刻和诗化的柔美，给人以峰回路转的阅读快感和讶异的瞬间，把散文发挥到令人称奇的境界。

"80后"本土青年诗人杜荣辉92行长诗《草堂抒怀》，以现实与历史时空的交错，展示诗人心灵的相通——"把乱世中失散的文字一一找回""坏脾气的风至今还在流浪，今日又带来些西岭残雪的寒"，咏叹诗圣杜甫忧国忧民的情怀。

2009年总第3期，首届王光祈文艺奖评奖揭晓。

特稿推出，中共中央政治局原常委、国务院原副总理李岚清为《王光祈文集》作的序——《中国近现代音乐的开拓者——王光祈》，首肯了温江人王光祈是中国五四运动时期杰出的爱国主义社会活动家，也是中国近现代音乐史上杰出的音乐理论家，为我们留下了丰厚的音乐理论遗产，是中国近现代音乐学的开拓者和奠基人。

作为文学类评委，笔者就特别贡献奖李永康的小说集《生命是美丽的》点评："该作品文风朴实无华，充满激情和理想，极其成功地再现了原生态生活中普通民众的真善美，并透出智慧和哲理，有极强的感染力，催人奋进，是一部用灵魂深处真诚创作的佳作，让人爱不释手，是温江精神文明建设中最有代表性的文艺佳作之一。"

笔者为一等奖甄先尧的散文集《儒道文化资本》点评："《儒道文化资本》是一本传承优秀传统文化，传递智慧，研究中国优秀传统文化，致力于当今社会发展的具有前瞻性文化平台的独特专著。作品文风严谨缜密，构思新颖。作者引经据典，以散文化的笔法，探讨了传统文化、新的资本、房地产经济，成功地策划了《农家乐》《住在温江》等，是一部难得的佳作。"

这一期尚有成都大学教授刘连青的《寓意·荒诞·叙事层面——析李永康微型小说艺术表现》、评论家朱晓剑的《在时间之水中——读杜荣辉〈橘子园〉〈杜甫草堂三题〉》两篇评论文，均可圈可点。

这一期笔者还撰写了散文《激情燃烧的沃土——魅力温江咏叹调》，讴歌了金温江。

2011年春总第4期，第二届温江区王光祈文艺奖揭晓。

笔者撰文《书写温江精神风采，唱响时代田园颂歌》，同时刊载在《作家文汇》，对第二届温江区王光祈文艺奖评奖做了综述。

在综述中，笔者对特别贡献奖农民作家邹廷清的长篇小说《金马河》做了点评："这是一部力透纸背，具有很强艺术感悟力的'巴蜀风情画卷'。作者用细腻的笔触，在解读生命、历史和地域文化底蕴的同时，展示出川人最为独特真实的本性和惊心动魄的杀戮与爱恨情仇。人物形象栩栩如生，有血有肉，与离奇的故事情节融为一体。展现了一个独立自足的世界里生命的神秘，情景的魔幻，地域的风情和人性的诡谲。该作品是温江区精神文明建设中不可多得的优秀长篇佳作。"

对一等奖李永康的小说集《红樱桃》点评："作品以小见大，着力提倡社会的诚信，讴歌人情美和人性美，探索爱与迷惘，展示了生活的丰厚和机趣，有很强的艺术张力、审美意蕴和感染力，发人深思，引人入胜。"

点评一等奖沈佳黛的长篇小说《白色风车》："这是一部青春校园小说。'90后'青年女作者以沉甸甸的笔触，写实的手法，展现校园生活里少男少女们因社会变革的负面和家庭分离悲剧影响其成长与蜕变的过程。作者试图感动所有渴望被爱和在寂寞中偷偷哭泣的孩子们，是一部用青春的爱编织青春的梦想，创作出的首部纯治愈小说，读来让人动情、伤感。"

这一期还刊载了著名小小说家、评论家、《小小说选刊》主编杨晓敏的评论文《小小说事业的民间推动者——李永康小小说印象》，文中评介："李永康的小小说文笔简练，讲究语言的张力和多义性，作品的气势如水银泻地，追求沉稳、低调和内敛。他是一个思考型的作家，在广阔生活的想象空间里，用自己的目光聚集人生百态，深化着小说的题外之旨。"

2012年总第5期，顾问万雪梅、何敏，主编魏晓彤，副主编曹进忠、李永康，有两篇评论文值得一读。

西南大学中国新诗研究所教授、文学博士、著名诗评家蒋登科的评论文《把心掏出来就是优美的诗篇——序寒雁诗集〈梅魂〉》。笔者十分欣赏蒋教授的评介："读到诗人寒雁的诗集《梅魂》，我又好像感觉到过去体会过的那种诗，那种感情热烈、真挚的诗，那种把心掏出来献给读者的诗。""在诗中，寒雁对真爱的寻找，体验近乎狂热，她甚至在迷迷糊糊的状态之中都在体会着被爱着的温暖以及由此而生的心灵的升华。"笔者曾在《鱼凫》诗刊成立7周年感言中点评："寒雁的诗集《梅魂》，将隐秘的真实生活体验升华为心灵的理想。"

著名小小说家李永康的评论文《月季花开——一部回望成长的心灵史》。文中评介："全书有一种极致的素朴美，它带着不可言说的神秘直抵人的灵魂深处，与其说作者是给我们今天提供了一种姿态，一种参照，一种饱满的激情，一种对自然之美的捍卫，一种正义与良知的自我呈现，一种与庸俗现状永不妥协的高贵灵魂，它更是一部回望成长的心灵史。"

笔者有幸在国色天乡举行的甄先尧著《月季花开》首发式做主持人，并点赞："读《月季花开》这部书，让我看到甄先尧的人生态度和少年的心路历程，对人生的无比珍惜，对故乡的无比热爱，对人世间美好感情的执着，对艰难挫折的不屈不挠，以及明确的人生目标和他坚定不移的奋斗精神。"

2013年总第6期，第三届王光祈文艺奖获奖作品专辑。

文学类一等奖作品：李永康小说集《失乐园》、张建国中篇小说《喊死》。

李永康的小说集《失乐园》是四川文艺出版社推出的"百年百部微型小说经典"之一，中国著名作家王蒙在总序中说："它是一种机智，一种敏感，一种对生活中的某个场景、某个瞬间、某个侧面的突然抓住，抓住了就表现出来的本领。因而，它是一种眼光，一种艺术神经，一种一眼望到底的穿透力，一种一针见血、一语中的的叙述能力。"著名作家阿来说："这是一种出于灵魂深处、性情深处的真诚的写作。"

张建国是一个记者作家，创作以正能量见长，中篇小说《喊死》以他熟悉的农村生活为题材，用朴实无华的本土乡音，演绎新农村建设中渐入变革"境地"的生活画卷，画面生动，语言流畅，有较强的感染力。

"人文温江"田友桂的《温江农耕文化》，有历史参考价值，值得一读。

2014年总第7期，主编魏晓彤，副主编张伟、李永康。

读著名作家、巴金文学院签约作家杨虎的长篇小说《生路》，作者怀着深深的悲悯，深刻审视"在这广袤的土地上，所有村庄都是疼痛的"，淋漓尽致地描绘出了山村人民为改变命运付出的艰辛努力和惨重代价，人物生动，情节曲折，浓郁的川西风情和荡漾在字里行间的幽婉民歌更平添了小说的艺术氛围。

佳作欣赏，木子的评论《驾驭住最窄的风声》，赏析了本土诗人、成都文学院签约作家凌昆的组诗《宽窄巷子》，"温婉、柔美的意境，哲理与诗意融合，驾驭住最窄的风声"，以成都的特性彰显诗人个性的特点，这一点难能可贵。

这一期"文艺播报"报道，中国作家协会主办的《文艺报》专版推出温江作家邹廷清长篇报告文学《宽广的地平线》、李永康中篇报告文学《寻找幸福田园》、张建国中篇小说《幸福的荷花》作品的文学评论，展示了温江文学在中国的声音，也是温江文学工作者可喜的收获。

这一期笔者也撰写随笔《岁月遐思》，回顾了70年的人生历程。"人文温江"谢方沅的《和盛陈公馆的传奇故事》有看点，值得一读。

2014年总第8期，"特别推荐"：李永康的小说集《中国传奇》、邹廷清的长篇报告文学《宽广的地平线》入选角逐第六届鲁迅文学奖，可喜可贺。

温江著名诗人、作家孙建军和本土作家邹廷清合著的长篇小说《代号白塔子》作品讨论会在法国蒙彼利埃市举行，由中法文化交流传播基金会主席孙山山主持。温江的文学作品走出国门，在异国他乡开作品讨论会，这还是破天荒第一次。

赏鉴本土诗人周萍的散文《如果在温江遇见你》，作为本土诗人，作者对生于斯长于斯的这片沃土，充满激情和发自内心的深爱，她用诗化的语汇，连续用15个"如果在温江遇见你"抒发情愫，讴歌金温江，让人们"用心去细细体会，用心去感悟，让人停驻下来的城市，是一个可以把心搁浅的地方"。

2015年总第9期，第四届王光祈文艺奖专辑·文学一等奖获奖作品：孙建军、邹廷清合著长篇小说《代号白塔子》，李永康小小说《花开的声音》。

《代号白塔子》赏析评语："长篇小说《代号白塔子》属于史诗性的重大题材，作者能够在浩瀚的史料中寻找出独特的故事线索，将历史的温江、乡土的温江、传奇的温江和血脉的温江进行了生动的演绎，是一部展示地方风情历史的优秀作品。作者尽量摈弃概念化、模式化，以曲折丰富的情节塑造了一群鲜活的人物，值得推荐。"

《花开的声音》赏析评语："小小说《花开的声音》构思精巧，语言简洁准确，在常见的生活中挖掘富有内涵的故事，表现人性中的善良正直。体现了小小说精准精彩、以小见大的特点，具有较高的艺术水准。"笔者评语："作者观察人世间的生活百态，在润物细有声中，确也听到小花蕾绽放时的音符，是那样具有强烈的现代生活节奏感，优美、动听的旋律也仿佛让笔者身临，普通百姓生活中那感人、朴实、真实的节奏之中，不能自已，灵魂得以升华。"

2015年总第10期，成都市微型小说学会顾问、成都大学教授刘连青撰写《价值与意义——我读〈鱼凫文艺〉有感》一文，其评介十分中肯、精准，笔者十分赞同："第一，《鱼凫文艺》是温江文学与艺术的信息库、展示台……温江文化从古到今，人才辈出，新时代出现的新的文化高手，是温江历史文化传统的延续、创新。""第二，《鱼凫文艺》的内容有分量，它选刊的作品不仅有作家智慧，还有编辑的审视眼光。正如有评论称，该刊发表的作品'无不与文字深处的人文情怀紧密相连，因而也更多地呈现作者对世界的认识、对世界的分解、对生命的体悟'。""第三，《鱼凫文艺》是温江文化人的文化坚守，是人文精神的发扬光大。"

2016年总第12期，赏析温江书院秘书长吴筱琼"卷首美文"《冬日银杏，那一抹醉人的明黄》，诗化的语汇，以润物抒情，礼赞"市树"银杏："绚烂了双眸，浪漫了季节！""那一抹醉人的明黄"令人陶醉。

2016年总第13期，笔者撰写"卷首美文"《幸福和谐家园》，讴歌"温馨温江，天府天堂。生活在温江，幸福像花儿一样"。

赏析"特别推荐"睢父的散文《秋风秋景忆克芹》，这是一篇怀念故友的悲悯感慨的叙述文，读来让人伤感，令人惋惜，也勾起了笔者的回忆——30年前，逢春时，作为校友、文友，笔者总要随克芹、流沙河等兄长去郊外踏青，去农舍做客。那时克芹在文学创作上已有所成就，任省作家协会副主席、《四川文学》主编。使人感到亲切的是，每有我去参加，他总要把我拉到他身边："来，老同学，我们坐在一起。"

读成都文学院签约作家、记者作家张建国的长篇小说《进城记》点评："作者创作《进城记》的切入点选择了'城乡统筹'中农民变市民的真实故事。作者在对这历史重大变革进行叙事的时候，既梳理了'城乡统筹'的进程中各个重大节点，又将鲜活生动的乡愁情节与细节融入叙事之中，让新农村建设改革中的人物性格在惊心动魄、险象环生的故事发展之中呼之欲出，栩栩如生。用真实而独特的手法，直面失地农民的内心世界，真实地描写了'城乡统筹'改革。小说语言生动流畅，乡土气息浓厚，有张力，触及灵魂，用全新的视角塑造了主人公陶婷以及陶吉勋、陶吉林、陶吉山、侯长明、苟达远、良将、陈虎等人物群像，在这历史变革的阵痛中的爱恨情仇的生动形象，感人至深，有较强的可读性，是一部演绎'城乡统筹'新农村建设中历史重大变革，留住乡愁，有魅力的作品，值得一读。"

2016年总第14期，中国文艺名家咏叹金温江。

"卷首"《中国诗歌万里行走进成都温江》写道："'中国诗歌万里行'活动走进温江，中国著名诗人、文艺名家叶延滨、张新泉、晓雪、龚学敏、程维、洪烛、石厉、李犁、李自国、杨志学、曲近、沙克、柳忠秧、张况、周占林等，以诗人独特的视角，创作一批优秀的诗歌，以诗的浪漫与抒情，来呈现美丽温江、诗意温江和活力温江，进一步提升了温江文化影响力和城市品质。"

佳作欣赏：

> 最长的春天不在树尖的嫩芽
> 最长的春天不是花朵的蓓蕾
> 最长的春天是诗人的吟唱
> 关关雎鸠，在河之洲
> 窈窕淑女，君子好逑
> ……
>
> ——叶延滨（中国作家协会诗歌委员会主任）

> 城在田园里，田园在城中，
> 家在花园中，花园在家里，
> 办公桌上一台电脑，
> 联系着华夏大地、五洲四海，
> 累了到窗外花园里品品茶，
> 看看又有多少花正在盛开……
>
> ——晓雪（中国诗歌学会副会长）

> 是这一方土地暖了来水
> 是这里276平方公里的沃野
> 结束了一条长河的凛冽与沧桑
> 从此暖雨熏风，天香国色

蜻蜓都长出了双眼皮

麻雀飞成了鸳和鸯

——张新泉（《星星》诗刊常务副主编）

置身于万春镇，感觉有些异样

尤其是到了夜晚，灯光闪烁

——这是巴黎的郊区吗？

还是瑞士小镇，被转移了地方？

——杨志学（《诗刊》编辑部主任）

这一期，值得一读尚有"特别推荐"四川省作家协会主席阿来的文章《一个中国作家的开放与自信》和"温江人物速写"作家陈载暄的文章《智者甄先尧》《作家何定镛的精彩传奇人生》。

2016年总第15期，温江区第五届王光祈文艺奖颁奖。

文学类一等奖女作家周仁聪的小小说集《那一团紫》，笔者赞赏专家评语。

"《那一团紫》：周仁聪的小说不以故事情节出奇制胜，而是关注日常生活，特别是底层社会的'泼烦人生'。在短小的篇幅内，通过对生活片段的截取和描述，写出底层人的苦乐、善恶、无奈和挣扎，给予了人性的照拂与关爱。本书塑造了众多女性形象，注重人物性格刻画，更在意人物的命运沉浮。作者笔下的女性年龄不同，层面殊异，却都在各自的白天黑夜里过着日子，共同折射出个人命运的时代投影。小说语言平实而清丽，抒情而节制，注重整体氛围的营造。"

笔者以为："作者文如其人，文笔健康丰满，充满机敏的生活情趣，亲切感人，令人寻味。作者将现实生活虚构入小说，苦涩中浸着温暖，展示其慧根，用心良苦，确实为温江精神文明文学创作的佳作。"

《鱼凫文艺》创刊十年，展示了温江区五届王光祈文艺奖的获奖佳作，推出温江文艺在文学、音乐、书法、摄影、美术、戏剧、舞蹈、曲艺、小品、历史文化研究等诸多精品，收获了丰硕的成果。

《鱼凫文艺》"文化信息"：由成都音乐学院、温江区人民政府编的330万字5卷《王光祈文集》隆重公开出版；为传承中国优秀传统文化汇编的"温江历史文化丛书"《人文温江》13册先后公开出版；在中国文化界产生广泛影响的《微篇文学》出刊84期；李永康小小说《生命是美丽的》获首届中国小小说"金麻雀奖"提名奖，《将军树》《生命是美丽的》《生活》《两棵树》分获中国微型小说学会年度二等奖、三等奖，《盲人与小偷》获第十届全国微型小说二等奖、"第六届小小说金麻雀奖"；邹廷清长篇小说《金马河》获第六届四川文学奖，短篇小说《红树皮》获首届庄周杯全国儿童文学优秀作品奖；《微篇文学》获首届全国"文化杯"文化（群艺）馆群文期刊评选优秀编辑奖；中国诗歌网四川频道推出"温江诗人方阵"，杜荣辉、凌昆、庄风、寒雁、田友桂、塔双江入选；何定镛获四川省资深科普作家称号和金质奖章，何定镛主编撰写的《智慧的光芒——中外著名科学家的传奇故事》获第二届世界华人科普奖图书佳作奖，并入选"中国农家书屋"；周仁聪小小说《那一团紫》一书部分作品获全国小小说征文奖、《四川日报》文学奖；温江区被命名为"四川省民间文化艺术之乡""微篇文学之乡""川剧票友之乡"；吕骑铧书法作品获新世纪全球华人书法大赛金奖、全国首届公务员书法大展一等奖，《正书六条屏》获全国第十四届群星奖书法创作一等奖，《隶书中堂·辛弃疾词选》获2012群星璀璨·全国群众美术书法作品优秀奖；杨永君山水画获中国美术家协会"西部国画大展"三等奖，国画《溪山幽居图》获全国群众美术书法作品优秀奖；赖建强美术作品《哺》获第二届全国群众美术书法大展优秀作品奖；周晓冰美术作品《荷魂记忆》获第四届西部陶艺精品双年展特等奖；周克风摄影作品《翻砂厂农民工速写》获第五届全国农民摄影大赛优秀收藏作品奖；"鱼凫乐团舞蹈队"舞蹈《饮酒乐》获"首届全国社区健身舞蹈大赛"表演特等奖、最佳组织奖、最佳创作奖，获香港国际金紫荆花舞蹈大赛大金奖；舞蹈《阿赤金丝席勒》获全国第十届"群星奖"优秀节目奖；舞蹈《蛾蛾飞》获全国第十五届"群星奖"优秀表演奖；舞蹈《彝铃声声》获全国第四届"舞向未来"校园舞蹈汇演表演特别奖，单人舞蹈《雨中花》《铃铛女孩》获银奖；温江文化团队登上中央电视台"星光大道"，黄国蓉作词、张伟作曲的《大地美容师》和张伟作词、作曲的《美丽温江》获周冠军。介林作词、卫升作曲的《小白鹭》获"童声嘹亮"全国首届少年儿童环保歌曲征集评选最佳创作奖；首届四川省农民艺术节暨民间艺术节"群星奖"大赛，温江区原创作品舞蹈《鱼凫渔歌》获金奖，袁菲原创作品曲艺《幸福美丽新温江》获铜奖。

《鱼凫文艺》推出温江文艺名家：阿依林芳（舞蹈家，"文化部群文之星"）、邹廷清（作家，"鱼凫人才"）、董学强（美术家）、赖建强（美术家）、吕骑铧（书法家）、何定镛（作家，首届全国"书香之家"）。

《鱼凫文艺》作为温江文艺的平台，传播中国优秀传统文化，成就了金温江精神文明佳作，推动了温江精神文明的繁荣兴盛，促进了温江文化的传承发展，丰富了群众文化生活，陶冶了情操，提升了群众精神文明素质，功不可没。

注：该文刊载于《鱼凫文艺》2017年第4期。

评价报道

岁月
融融

著名评论家、作家评介何定镛著《成都文化人散记——我与成都文化名人的零距离接触》

何开四（茅盾文学奖、鲁迅文学奖评委，四川省文艺评论家协会名誉主席，四川省作家协会原副主席，《当代文坛》原主编）：

何定镛先生的《成都文化人散记——我与成都文化名人的零距离接触》视角独特，内容丰富，艺术表达生动流畅，跌宕起伏，颇能引人入胜。书中述及的成都文化人无不血肉丰满，栩栩如生，给人留下了深刻的印象。这是当代成都文人的艺术画廊和巡礼，是成都文艺界重要的文化积累，也是广大读者价值阅读的一个范本。枕藉观之，不亦宜乎，不亦乐乎！谨祝2019年度《鱼凫文艺》文学颁奖会暨何定镛《成都文化人散记——我与成都文化名人的零距离接触》出版分享会成功！

2020年6月4日

傅恒（茅盾文学奖评委，巴金文学院原常务副院长，四川省作家协会原党组副书记、副主席）：

大多是文化人写别的行业的人，何定镛选择了一个很少人写的题材，也是遵从了文学不重复、不跟风的写作规律。《成都文化人散记——我与成都文化名人的零距离接触》看似写了成都的一群文人，实则是记录了成都一个时期的文学片段。虽然只是何定镛眼里的一部分，依旧可以通过这一部分了解到这个地域的一小段文学经历。何定镛擅长写实，文笔自然，讲述平和，不做作，绝少夸张和瞎吹的字句。我听读过的人说，有一种好朋友聊真心话的感觉。祝愿何定镛继续写出发自内心的好文章。

曾智中（著名作家、李劼人学术研究会常务副会长、成都市作家协会原副主席）：

读何定镛先生新作《成都文化人散记——我与成都文化名人的零距离接触》，深感其：

以成都文化人为特定表现对象，以文化散文为特定表现手段，形成专书，为成都文坛罕见。

记录了从改革开放以来至今成都文学界的诸多人物、事件、作品，为研究者留下诸多线索。

特别翔实地记录了成都科普界数十年来的演进，为中国科普史、中国科幻文学史的研究者留下了诸多线索。

写贺星寒、周克芹、车辐诸先生，平实中见有深情深意焉。

林文询（《成都人》作者，成都的代言人，著名作家、编辑家）：

祝贺何定镛《成都文化人散记——我与成都文化名人的零距离接触》出版分享会圆满成功。

何定镛著的《成都文化人散记——我与成都文化名人的零距离接触》这部书，记录了"文化大革命"后改革开放转型期，一些成都文化人对这个时代的姿态和文学创作的历程。其中，特别是以已故著名作家、首届茅盾文学奖获得者周克芹和著名作家贺星寒为代表的优秀成都文化人，对成都文化做出了很多贡献。其功德无量，不应被人们忘记。

凸凹（魏平，著名作家、成都市作家协会副主席）：

光阴的报料
——读何定镛《成都文化人散记——我与成都文化名人的零距离接触》

　　读何定镛非虚构随笔《成都文化人散记——我与成都文化名人的零距离接触》之前，读过他的《巴蜀武林英豪》，从题材来看，作者可谓文武全才。真实上也是，出自将官之家、夫人为武林高手的他，既吃过农林的饭，又吃过新闻的饭；至于写作，更是无所不包，如果非要划拉一下不可，大致可分为科普类和非科普类。

　　读《成都文化人散记——我与成都文化名人的零距离接触》，即可读出作者的人生经历与多样学养在其文本肌骨间的游走与作用。作者对文化的痴爱，对文化人的敬重，对数十载过往烟云的放弃与锁留，无不转切为该书的大廊风貌与字词造句。各地都有文化人，作者着墨故乡成都的当代文化人，无疑是正确的选择，因为成都的历史文化本底养得起也扛得住各色文化人的招展与腾挪。书中反复叨及与炫示的"一览斋"，应该看作作者文化情结的自恋品与具象标志。

　　能一口气读完这本书，应该归结于因朴实而亲切、因亲历而真实所洇染出的一份诚实与感动。记者的踏勘深访，科学家的严谨务实，作家的温情迂回，以及人本对生命的意义追寻，建构和回答了这本书的文格尺码与价值取向。

　　书中叙写了周克芹、贺星寒、车辐、吴鸿、阿来、何开四、傅恒、林文询等17人，其中大半认识，只有几个科普作家陌生。纵是如此，读这本书，还真有一种读报料的感觉，因为我读到了好些陌生的信息。比如，我不知周孟璞是何方神仙，读了，才知是大名鼎鼎的周太玄的公子。比如周克芹、贺星寒、吴鸿，知道早逝，不知皆病殁于53岁。正因为难得的报料性，使这本书可以成为在自己的书架上好好存放之书。何定镛写人，一方面勾勒这个人的总体情状，另一方面却着重用"我"和"何定镛"两位主体角色交替进出的转换技术，深掘故事讲述人与被讲述人的缘起、交集与纠葛，将被讲述人的地望、家况、作品及评价等，以正写、倒叙、穿插的手法，予以种子变苗木、苗木变森林的自然表达。

　　做这样的工作，光有经历、激情与技术，显然是不够的。从不断流逝的光阴中打捞光阴，没有钉子般的记忆是不行的。作者正是用这样的记忆为我们复盘了珍贵的细节，而文学离开细节就不叫文学，叫公文。从作者文章可看出，他是又谦虚又自信，对文化大家敬重，对自己文本自信，文学需要这样的品质。

如果要给《成都文化人散记——我与成都文化名人的零距离接触》挑剔的话，那就是写得有些"拉杂"。可又一想，如果不"拉杂"，何以称散记，何以匹合成都的闲散、文化人的散漫，何以换算凸显肉身记忆中原生态生活的真？

作者已过"从心所欲，不逾矩"之年，如果身体支持，我真希望他还能如该书《后记》所言，完成自己的计划，将与自己多有交往的张澜、流沙河、童恩正、谭继和、谭楷等文化人逐一写来，再成一书。

2020年6月3日

卢一萍（著名作家、《亚洲周刊》十大作家之一、《西南军事文学》杂志副主编、成都市作家协会小说专委会主任）：

何定镛先生在《成都文化人散记——我与成都文化名人的零距离接触》中写到的成都文化人共有17位，这是一部凝结着作者多年心血和追求的人物专访集，有的人依然光芒四射，有的人已光环渐褪，有的人已鲜有人知，但他们都通过这本书有了新的光彩。作者通过对这些人物的渲染，让我们看到了文化赋予一个人、一座城市的价值，也从他们身上看到了生活的底色和一个时代的静默无色或喧哗骚动。

何先生这部近30万字的《成都文化人散记——我与成都文化名人的零距离接触》，在作者笔下本色具足，使人可感受到他们在精神创造、文化传承时体现出的人格力量。作者笔力所注，无不服从于主题：或深沉轻松，或崇高平实，或大气玲珑，都是为了体现一种文化人的生活、遭遇与命运。

阅读该作的过程，无疑是一次颇为漫长的寻访之旅，作者把我们领进一个个精神的客厅，进行的是思想的对话，心灵的沟通。他们"身份"不同，性格各异；有的认真执拗，有的谦恭随和，有的率真洒脱，有的刚正质朴……何先生曾在媒体从业，从书中可知其始终专注于文化报道，忠实、真诚地记录一位位文化人，他对采访对象人生、事业、日常的关注，既反映出他观察人物的方式，也折射出他自身的精神追求。

刘小波（著名评论家、《当代文坛》编辑部主任）：

文化瑰宝的民族志呈现

很高兴能有这样的机会进入文学的现场，搞文学研究不进入现场，其研究注定是空洞乏味的。何老师的这本书也是他进入现场才有的结果。看了之后谈点粗浅的看法。

巴蜀文化与文学的关系

四川有灿烂的文学是不争的事实，古代的李白、杜甫、苏轼，这些大文豪都与四川有着不解之缘。白话文学诞生后，郭沫若、巴金这些泰斗级的文学人物，也从四川走出去。还有沙汀、艾芜这对双子巨星，后来还有马识途、周克芹等，新生代的阿来、贺享雍、罗伟章，到现在更加年轻的一代——卢一萍、颜歌、格尼、阿微木依萝、周恺，繁盛的文学一直延续了下来，这其中必定有着特别的文脉与基因的影响和塑造。巴蜀文化就是最大的影响因子。川茶、川酒、川菜、川话、川剧以及少数民族文化，这些绵延千年的巴蜀文化深深塑造了四川文学的书写。《成都文化人散记——我与成都文化名人的零距离接触》其实就是在探寻这样的一种文化和文学关系，作者详尽记录和成都文化名人的交流点滴，很多名字我上面没提，只是不想重复，这些文化名人很多都是文学家，这样的一种文化考察就是抓住了问题最根本的实质。

文化名人的现实价值

文化也有着现实的意义，当文化成为发展战略，创意成为经济的时候，文化的价值就不容忽视了，成都文创一直走在全国的前列，离不开这些文化名人的功绩，记叙这些人的生活点滴，本就是一件功德无量的事。这本纪实散文，用现在时髦的话来说是一种非虚构体裁，用了一种民族志深描的方法，记录了原始生活的现场，能够为文化名人的解读找到原始的依据，一种口述史，一种文化活化石，并且也是一种历史记忆。

作者的艺术手法（语言特色）

这本散文集的语言也是一个不得不说道的方面，朴实的文风，扑面而来的生活气息，能够感觉到如沐春风，也能感觉一丝威严，质朴无华的文字符合四川文学与文化的基本气质，正如同发源于民间而非出自宫廷的川菜一样，能够收获所有人的味蕾。这本书用原汁原味的成都话，将既往的生活浮现，读者徜徉在与文化名人的交往中，涤荡灵魂。将这些文化名人，文化的瑰宝，用民族志的方式流传下去。

袁远（著名作家，巴金文学院、成都文学院签约作家）：

本书作者以亲切、翔实的文笔，以多年来与当代四川文人作家们交往的经历和从这份经历中萃取的记忆精华，为蜀地的文化江山勾勒出了一幅带有个人体温的人文地图，让读者感受到了蜀地人杰地灵的气象和当代四川作家的风采。作者所写的，都是他有过深度接触的作家、文化人。当我们从作者笔下，读到我们熟悉的这些作家文人们的故事，读到他们生活创作中的点点滴滴，感受是很温暖的。同时，也如同从另一个窗口，看到我们熟悉风景的另一些刻面。作者是新闻人士出身的前辈，他的文章带有鲜明的新闻人写作的特点，资料搜罗得相当详尽。可以看出，作者在这方面下了不少功夫，花了不少时间精力搜寻、梳理各种资料，比如书中写到的不少作家，本书作者都不吝烦琐，将其作品一一陈列出来，并且还把其中一些章节展示出来，让一些没有读过或不太了解这些作家作品的读者，能由此对这些作家的创作历程和作品风格，有一个基本的了解。另一点是，作者对这些作家的研究也下了功夫，他在后记中写道，为写一个作家，他总要研读其上百万字甚至上千万字的作品。这种不惜大耗心血以成就文章著述的精神，也是中国文人一贯的传统。

郭发财（著名作家，摇滚乐和契丹史研究者，非主流文化评论人）：

误入藕花深处

读何定镛老师的新书《成都文化人散记——我与成都文化名人的零距离接触》，正如李清照在《如梦令·常记溪亭日暮》所述："误入藕花深处。争渡，争渡，惊起一滩鸥鹭。"

不过这"一滩鸥鹭"，对李易安来说是其酒后泛舟，"沉醉不知归路"的念兹在兹，于我而言则关系到阅读何先生新书，让我对成都文化人——这个群体生活史进行咀嚼的念兹在兹。

如何定镛先生写乡土作家周克芹，对周童年读《三字经》《大学》，学生时代读域外作家杰克·伦敦、狄更斯、毛姆等人作品的描述，乃至周先生英年早逝，长篇手稿《饥饿的平原》不知所终的披露；如何老师写贺星寒，对贺一部中篇小说在《解放军文艺》已出清样，最终因没正式刊出，字里行间流露出的惋惜；如与知名作家阿来从阿坝到成都的踪迹，和阿来与周克芹尽管文学谱系各异，却有亦师亦友高谊的感佩……这些都是何老师新书的亮点与特色。

当然，何定镛新书的价值还不止于此，如他在书中对成都文化人"大慈寺茶叙""四川小说促进会"缘起及始末、"成都科普作家群"形成和影响，还有《生活科学报》与《成都商报》的渊源——诸多文化现象的筚路蓝缕，也无不折射着迷人的文献之光。

我是说，在成都乡邦文化的建立与研究，乃至四川文化学的构建及完善上，只要我们认真地对待何定镛的这部作品，那么，其作用还会在研究成都文人个人际遇、文化交游、师友传承等命题上，更加清晰直接地发挥出去，并且产生更加深远广泛的全国影响。

吴鸿的最近：《丢书记》

何定铺先生在我眼里是个什么都会的人，作为一个作家，他是小说、散文、诗歌、评论、报告文学，什么都写，出了不少的书。干过媒体，当过领导，是个社会活动家。还善于发现人才，培养人才，现在很多大名鼎鼎的作家和成功的管理人，都受过他的教诲。他的摄影技术也是很棒的，总之我就不晓得他有什么是不会的。

与他不见有好多年了，那天到出版社来看我，让我很有些意外。他给了我他现在的名片，正面、反面都印满了他担任的各种角色。

他现在搬到温江去住了，成了当地的红人。

他自谦说他没有什么本事，就会读书写作，温江政府看得起他，让他在当地电视台做读书栏目，给大家指导怎么读书，也推荐好书给温江读者。

当地的朋友听说他今年满70岁了，要给他过一个有意义的生日。何老师坚决不许，吃吃喝喝的事就免了。然而盛情难却，他就说，如果要有意义，他就给温江的图书馆捐一些书。

捐书当然最好是跟他有关的书，比如他编的，或是他参与了的。他想到了我。

我虽没有出过他的书，但跟他有关的书却有好几本。那是他退休后被一家美容时尚报聘为总监（实为执行总编）时，与我合作过的。

他介绍张晓梅主编的《二十世纪末影响中国美容业30人》给我。因要赶首届中国美容时尚周，出版时间要求得很紧。

张晓梅是个做事要求很高的人，她也跟很多人一样，认为是不可能完成的事。而我气盛，就要试试。在很短的时间内把书做了出来，而且比她想象的要好。

从此，她有什么书都要出总是交给我出主意，后来由我经手出版了她的《中国美容学》《修炼魅力》等书。现在张晓梅已是女性图书的畅销书作家了。张晓梅在这方面的成功，是与何定镛先生给我的引见分不开的。

我曾策划过一套"与大师同游"的丛书，其中的《与徐志摩游欧洲》《与朱自清游欧洲》需要图片，正好那时他游欧洲回来，他的照片为本套书增色不少。书是内人所编，开创了图文书的先河，印了几版，香港的三联书店还买了版权。这次我把这些书都给何老找了出来。

我的藏书多且分散，他的生日马上就要到了，我又无暇多加整理。又不好什么书都让何老捐出去——图书馆需要才行。花了大半天的时间，也只选出150本来给他。

他是一个人来取书的，幸好没有准备更多，这150本拿那么远，已是够麻烦的事了。

只好说，如果以后还有机会，我再鼎力支持。

我无法列出这150本书的书名，学何老，把跟我有关的几本书记录一下，以资纪念。

《近墨者黑》，我的随笔集，充数一本。

《等待满城风雨》《清婉的心事》，内人的诗集，多年前出版的书了，一直珍藏在书橱里，其中《等待满城风雨》也是一本纪念生日时出版的，这次交给图书馆，想来也是有意义的。

《小城之远》，诗人龚静染写他故乡乐山五通桥的专集，五通桥是民国时期的西南重镇，有许多的文化名人曾在这里生活过。他发掘并记录下来，以诗人的视觉切入，是一本难得的好书。

《巴蜀奇人》，李浩兄大作，是一部类似唐宋传奇的笔记体小说。

《少年时代》杂志，我曾任该杂志的总经理，手上还有几本刊物与一增刊，一并送给了他，放在图书馆比放在我书房不见天日好。

《钝刀》，一本有思想的散文集，作者阿宽，他非常喜欢我岳父印的诗集《好刀》，他说他的作品没有《好刀》锋利，就叫《钝刀》吧，我为他出版，让他满意，成为酒友，常沉醉不知归路。

买来读过的书就不说了，有的都翻旧了，送他本不好意思的，好在他能理解。

2013年6月9日

吴鸿（资深编辑家、出版家、作家、四川文艺出版社原社长）

注：忘年之交吴鸿，2017年6月29日在克罗地亚突发脑疾，撒手人寰，终年53岁，时为四川文艺出版社社长。

2019年6月，吴鸿遗作《吴读有偶》由四川文艺出版社出版，著名作家阿来在序中说："好在，他作为一个编书的人，已将心血留在了这个世界。好在，他作为写书的人，已把品味这个世界美好的文字留在了这个世界。"

2019年11月，笔者撰写《成都文化人散记——我与成都文化名人的零距离接触》（团结出版社2019年11月出版），文中撰写《乐为他人作嫁衣——资深编辑家、四川文艺出版社原社长吴鸿》，以资怀念。

四川省科普作家协会贺信

"鱼凫文艺文学奖"评委会并何定镛先生:

值此《鱼凫文艺》文学奖颁奖大会暨何定镛《成都文化人散记——我与成都文化名人的零距离接触》出版分享会召开之际,四川省科普作家协会谨表示最热烈的祝贺!

《鱼凫文艺》作为成都市温江区的文艺平台,在传播优秀传统文化,促进地方文化的传承和发展,陶冶市民的情操,提升城市的文化品位,丰富群众文化生活等方面做出了重要的贡献。今天,温江区在这里举行《鱼凫文艺》文学奖颁奖大会,四川省科普作家协会谨向获奖者表示衷心的祝贺!

何定镛先生出身于书香之家,他非常热爱科普,是中国科普作家协会会员、我会常务理事、四川省资深的媒体人和享誉全国的科普科幻作家。从20世纪80年代初发表第一篇科普短文《佐餐佳品——辣椒》开始,近40年来,他创作并发表了一大批优秀的科普科幻作品,其主要代表作有《美哉,空中果园》《啊,金色的菜花》《智慧的光芒》等,不少作品获得国家级和省级大奖。他还参加编写国家重点图书《新世纪少儿百科全书》《新世纪青年百科全书》《新世纪老年百科全书》,为四川科普创作做出了重要贡献。

巴蜀文脉,源远流长。成都无论在古代,还是近、现代,都产生了数量众多的文化名人,为成都历史文化名城建设做出了历史性贡献。何定镛先生与成都现代文化人打交道的时间多,留下的印象也十分深刻。他编著的《成都文化人散记——我与成都文化名人的零距离接触》记录了包括中国科普科幻的领军人物在内的数十位成都文化人,让我们了解了成都文化人的"底色",更让我们看到了当下成都文化人的特色、个性以及他们的创作成就,这是对新时代成都文化人的"写生"。《成都文化人散记——我与成都文化名人的零距离接触》的出版发行,对大力宣传成都文化名人,传承和弘扬天府文化具有十分重要的意义。在《成都文化人散记——我与成都文化名人的零距离接触》公开出版之际，四川省科普作家协会谨向何定镛先生表示热烈的祝贺和最诚挚的祝福。同时，向关心支持何定镛先生创作的各级领导及出版单位表示真诚的感谢！

下一步，我们将认真贯彻落实习近平总书记关于做好文化艺术和科普工作的重要讲话精神，让文学和科普科幻传播插上互联网的翅膀，让文学和科普科幻事业插上产业化的翅膀，让文学和科普科幻插上国际化的翅膀，为共同推进新时代文学和科普创作的发展而努力奋斗！

最后，衷心祝愿《鱼凫文艺》文学奖颁奖大会暨何定镛《成都文化人散记——我与成都文化名人的零距离接触》出版分享会圆满成功！

四川省科普作家协会

2020年6月5日

文联简报

——省、市作家协会联合召开何定镛长篇小说讨论会（节选）

7月18日，成都市作家协会与四川省作家协会首次联合在新都召开协会理事何定镛长篇小说《影子的诱惑》研讨暨长篇小说创作探索会。省、市知名作家、评论家及新闻界人士30余人出席了会议。会议由省作协秘书长王敦贤主持，新上任的市文联党组书记蔡继康、副主席王琦专程到会表示祝贺。

到会的专家认为《影子的诱惑》这部长篇小说，具有强烈的时代色彩，调动了作者几十年的生活经历，有对生活、人生、人性和时代的严肃思考。在开放的网状叙述构架中，提出了女人是男人的影子、男人是女人的影子、欲望是奋斗的影子、性格是命运的影子、理想是人生的影子等诸多有价值的命题。同时，与会者也指出了这部作品的不足。

注：该文刊载于成都市文学艺术界联合会简报第12期2001年7月23日。

参会作家有陈之光、徐康、意西泽仁、傅恒、王敦贤、袁基亮、董仁威、吴野、李明泉、曾智中、肖红、林文询、张昌余、张平、张放、严庆蓉、色波、戴善奎等。《四川日报》《四川工人日报》《华西都市报》《天府早报》《成都日报》《成都晚报》《成都商报》和四川有线电视台、成都电视台、成都经济电视台等媒体报道。

《巴蜀武林英豪》
让四川武术史"再现江湖"

中华武术博大精深，历史悠久，而四川武术是中华武术的一部分，继承了传统武术的精华。川籍著名作家何定镛花了两年的时间，行走了数千公里，采访了几十个人，撰写出一本46万字的武林纪实文学传记——《巴蜀武林英豪》。

年过七旬的作家何定镛出身于武术世家，作为行武之人，他曾深受过去巴蜀武林的影响，对此也很熟悉，后来他到了绿海炊烟的茂林和广袤的田野从事农林科研工作，中年后从事新闻、科普创作，现为世界华人科普作家协会秘书长，去过十多个国家和地区，何定镛笑言："行武数十载，不想终成文人。"

在出版了多部小说、散文、诗歌等文学作品后，为何这次把目光聚焦到了最初的武术生活？为什么要创作这样一本书？何定镛介绍，四川武术在全国比较有代表性的是峨眉武术，峨眉武术在金庸先生的笔下总是带着负面的感情色彩，最近弘扬传承传统文化，四川武术在全国武术界有影响却没有人写，四川武术史也没有写出来，他想，他必须趁着这些对四川武术有贡献的代表人物健在，采访他们，把他们的故事写出来，展现出那个时代的精神。因为一直缺乏一本系统的传记，所以他创作了《巴蜀武林英豪》，也是为了回顾四川武术界让人无法忘却的历史，激励今天的武术人。

据何定镛介绍，书中囊括了20世纪30年代末到现在四川武术精英的传奇故事，以及四川武术人迈向全国、走向世界的辉煌历史，还涉及川内外武术人在研究传统技艺和创新发展武术方面的努力和贡献。这部史诗的出版，填补了四川武林人传记的空白。

"读一个人的故事，你了解的是一个人的人生；而读一群武林人的人生，你了解的是整个巴蜀武林英豪的传奇。"何定镛说，这部纪实传记文学真实地记录了巴蜀武术的代表人物、武术宗师、中国十大武术教练之一邓昌立和武术泰斗郑怀贤等，把所有对四川武术做出贡献的人选入，进行采访。书稿完成后，何定镛第一时间给中国武术协会的主席高小军审核，他题字表示赞许："弘扬武术，苦练精兵。"

成都商报记者　陈谋

注：该文刊载于《成都商报》2015年8月14日。

央视采访成都书香之家

——70岁何定镛讲述爱书故事

首届全国"书香之家"评选中，成都共有5个家庭入选。昨日，央视新闻频道记者特意来到成都，走进其中一个"书香之家"，采访了70岁何定镛一家的爱书故事。

70岁的何定镛曾是《成都商报》副总编辑，现为世界华人科普作家协会秘书长，退休后依然笔耕不辍，除了写书外，还受邀在温江区电视台的《读书时间》节目中担任特约主持人，分享他的阅读乐趣："一定要多读书，读好书。"

尽管已是古稀之年，但何定镛精神矍铄，在温江的家中接受记者采访时，声音洪亮，不时发出爽朗的笑声。"能得这个奖，很荣幸。"何定镛说，自己之所以能够得这个奖，可能和他一家人爱读书有关。何定镛的夫人江登霓曾在报社和大学图书馆工作过，24岁的女儿则在泰国清迈的皇家大学教授对外汉语。"爸爸爱读书，我也是耳濡目染。"何定镛的女儿何睿蓝说。

何定镛的书房有20多平方米，三面都是大书柜，收藏有约6000本书。具体读了多少书，他想了想说："太多了，数不清楚。"迄今为止，何定镛已经撰写各种文体作品数百篇，达到300多万字，代表作有科普图书《科学育儿手册》《智慧的光芒》、散文游记《行走欧洲》、长篇小说《影子的诱惑》等等。目前，他除了在写作一部关于四川体育、武术人才的纪实文学外，还准备写一部名为《成都的诱惑》的长篇小说。何定镛说，他希望通过这些年的所见所闻，写在成都打工的年轻人的故事，希望给更多年轻人一些生活的指引和建议。著名文学评论家何开四曾在何定镛的文集《初撩雾纱》的序中写道："定镛的作品真切、自然，很容易和读者沟通……他的作品里，没有玄言虚谈的文字游戏……重要的是有一种美好的境界。"

　　谈到好书的标准，何定镛认为，一本好书，必须能使你积极向上、阳光健康地对待未来。另外，每个人要找适合自己的书，能促进自己进步，提升自己素质的就是好书。

　　　　　　　　　　　　　　成都商报记者　邱峻峰　　摄影记者　刘畅

　　注：该文刊载于成都商报电子版2014年4月17日。

这些人半床月半床书（节选）

读书贴近灵魂，呈现普通人的真善美。倾听"书香之家"的故事，可以深深地感受到一个个普通中国人对书籍、对生活的真挚热爱、美好情感与不懈追求。

他们如此普通，如此亲切，仿佛就是生活在我们身边的左邻右舍。书房的照片最能带给人震撼和感动，那斑驳或考究的书柜，那整齐的书架和书架旁的绿萝，那书籍间露出的铸铁暖气片，那横着竖着摆放的一摞摞杂志、报纸和书籍，那插在剪开的塑料瓶里的一把毛笔，那一排旧版名著里竟然有你小时候看过的版本，那书脊中竟然有你心仪已久却无缘购得的那部书，那墙上挂着的古朴字画或泛黄的照片，那静静依偎着书本的陕西布老虎、乌木雕刻的长颈鹿……倏然间，你的心扉就这样被打开了。你是不是很想热情地扑上去握住户主的手，诚恳地说："很想和您做个朋友！能不能先借我那本书读读……"

下面就请跟随我们一起，走进这些"书香之家"来一探究竟。

何定镛：出身武术世家，终究还是文化人

何定镛的名字，是中国民主同盟的创建者和领导者张澜取的。那是1944年5月，日本的飞机还在轰炸成都，张澜说，这个小孩就叫何定镛吧。"镛"是字辈，而"定"，就是说"定国平天下"。

何定镛出身于武术世家，祖爷是清朝最后的武举人之一。但何定镛说，虽然他习武已经有50多年，但他终究是文化人。究其原因，就是他爱读书。

被称为"何百科"

从小何定镛就被同学称为"何百科"，有什么不知道的，问他总能知道

答案。何定镛无人能及的是，他一个初中生就拥有5张借书证，包括学校图书馆、劳动人民文化宫图书馆、省图书馆、市图书馆以及成都市基督教青年爱国会阅览室在内的借书证他全有。

何定镛4岁半开蒙，先读《三字经》，之后是唐诗宋词，他的母亲就是教师。不过很快教材就不够了，他开始读国学经典、四大名著，甚至武侠小说。那时还没有金庸小说，他记得有一本武侠小说叫《青龙剑》。不过读武侠小说在母亲看来是不务正业，便把他的书拿走，在灶上烧了。这下可麻烦了，那本书是他找图书馆借的，他只好偷拿家里的钱去还。

关于童年的回忆，何定镛印象最深的就是见到了女作家冰心。那还是抗日战争刚结束后，一天父亲神秘地对他说："想不想见大作家？"这个大作家就是冰心，来成都参加慈善会活动。何定镛随父亲前往，看到以后心满意足，他那时还太小，没能和冰心说上话。

"闭门闲不得"

何定镛的书房，三面墙壁都是书柜，书比较杂，有字典、词典，有农业科学书籍，有名人选集，也有自己写的书，放满了8个大书柜。门边挂着成都著名书法家洪志存给题的字，出自清代大诗人张船山的《偶成》："出门无所营，闭门闲不得。一笔用十年，消磨几斗墨。"

和这首诗说得一样，对何定镛来说，他的一生除了工作，就是读书、写书。这间"一览斋"书房也被何定镛称为他的"工作车间"。

他从1983年开始给报纸写科普文章和新闻，机缘巧合，他从市农科所调往《成都科技报》当记者、编辑，然后是《生活科学报》副总编辑。从《成都商报》副总编调研员岗位退休后，他闲不下来，开始接各种课题，看书写书。今年何定镛刚好70岁，他非常忙，一边在温江电视台主持《读书时间》，一边又要研究四川的武术，研究成都的农家乐是如何发源的。稿费往往是很少的，但他乐在其中。

何定镛读书，涉猎非常广泛。事实上，他说自己有3个情人：新闻、文学、科普。读书首先是兴趣，再就是提高自己的职业技能。他喜欢看报刊，在成都市农科所时，他自己订阅的报刊比阅览室还多，人们想知道报纸上说了什么，直接来问他就行了。在农科所，他热衷于科普类书籍，自己也开始写科普、新闻文章，后来又写小说、散文、出书。

和"大家"一起出书

作为一个爱书的人，何定镛觉得自己很幸运，因为他找了个图书管理员当妻子。让何定镛骄傲的还有他的女儿，她现在在泰国清迈皇家大学教汉语言，传播中国传统文化。

2000年，他随四川省新闻代表团去欧洲考察，觉得欧洲人最大的特点就是爱读书，到处都是图书馆，街头也是看书的人。

他游遍了大半个欧洲，拍了1000多张照片，一行人加起来带的胶卷，还没他一个人带的多。他自学摄影，没想到这些照片却被出版社的社长看中，出版了《与徐志摩游欧洲》《与朱自清游欧洲》，大都是用他的照片。何定镛笑道，能与这些大家一起出书，真是他的骄傲。

巧合的是，在威尼斯，他还遇到了携妻子马兰在此游玩的余秋雨。何定镛回忆说，当时马兰说："怎么秋雨比你年轻5岁，看着却更显老？"他回答："那是因为余秋雨看了更多的书。"

何定镛后来出版了全彩色的旅游散文集《行走欧洲》，至今在全世界20多个国家以电子书为载体播出。

成都商报记者　王越

注：该文刊载于《成都商报》"大周末""好读又读"2014年5月3日。

从书香之家到书香中国

——成都5个家庭入选首届全国"书香之家"（节选）

　　氤氲的书香，没有形状，没有重量，千百年来，却总能为一个个家庭涂抹最明丽的底色——"钟鸣鼎食之家"也必得是"诗书簪缨之族"，否则便多了土豪气；稼穑之户若能"农锄还带轻"，才担当得起"耕读家"的匾额。无数读书人家的寻常生活，簇拥形成了滋养中华文化之藤的浓密根须，即使那熊熊的战火将无数传世典籍化作焦蝶，却仍有数不尽的家庭，将书香与血脉、姓氏、家风一起，默默地传续了百年、千年，一次次为"礼失而求诸野"成为可能而储藏、积攒了能量。

　　4月19日，由原国家新闻出版广电总局在北京召开的首届全国"书香之家"大会上，四川省43个家庭，其中包括成都市5个家庭被命名表彰为全国"书香之家"。走进这些"书香之家"，可以发现，他们买书、藏书，却不是大藏书家、大学问家；他们读书、写书，却不是知名作家、文坛巨擘。他们只是格外喜欢读书，为"半床明月半床书"而浅吟，有"束书牛角还农圃"的低喝，有一本本读书笔记，有一次次征文比赛的获奖证书，阅读让他们知书达理、夫妻恩爱、家庭和睦、工作出色、儿孙成器、邻里称赞……

　　"书香之家"是以普通读书人家作为接地气、可仿效的身边榜样，让更多的家庭"见贤思齐"，让更多的"自然人口"转变为"读书人口"，从而建成一个"书香中国"。

何定镛：浅阅读为了娱乐，深阅读让你"知其所以然"

你的藏书量大约是多少？

　　何定镛：我从20世纪60年代就开始买书，现在家里一共有6000多册图书，我还捐赠了很多自己写的书给省、市、区和各大学图书馆。

在你读过的书里，哪本对你的人生影响最大？

何定镛：这本是我在20世纪50年代看过的——《钢铁是怎样炼成的》，它激励了我一生。

你最近在读的一本书？

何定镛：我现在正在看《中国武术史》。我接了个课题，要写一本关于四川武术对全国的贡献的书。

你从阅读中得到的最大收获是什么？

何定镛：虽然看书占用了我很多时间和精力，买书也花去我微薄收入的很大一部分，但我觉得阅读必不可少，能让我获得新的知识，不落后于这个日新月异的社会。

现在是个快速阅读和浅阅读的时代，我们这次想要提倡大家静下心来，深度阅读，对此你有什么建议？

何定镛：浅阅读是为了娱乐，但深阅读才让你"知其所以然"。对于感兴趣的书，一定不能不求甚解，要花时间、花心力，这没有捷径可走。

成都商报记者

书以传家　香远益清

今年3月，原国家新闻出版广电总局启动了首届"书香之家"推荐活动，在全国选拔1000个热爱阅读的优秀家庭，通过吸引基层群众的参与，发挥典型示范作用，培养社会阅读风尚，并将于今年7月确定入选家庭后向社会公布，予以表彰。

为积极响应总局的此次评选活动，5月10日至13日，就初审遴选出的8个我市"书香之家"候选家庭，由市民代表、《书香成都》周刊记者等共10人组成的复审团，走进这8个市民家庭，既实地考察其是否符合申报要求，又广泛征集意见和建议。

退而不休，传递正能量的温江区何定镛家庭

何老家的独立书房约有20平方米，几个大书柜中有不少是何老本人的著作。记者了解到，何老退休前为《成都商报》副总编辑，与成都的众多文化名人交往甚密。退休后，仍然义务担任了很多社会职务，并受邀在温江区电视台的《读书时间》节目中担任特约主持人，与34万温江人分享阅读的乐趣。

据介绍，何老用8年时间撰写了国家重点图书《新世纪老年百科全书》中的"生活篇"，《新世纪少儿百科全书》《新世纪青年百科全书》等几十本书。今年何老已69岁，目前仍然在写一部名为《成都的诱惑》的长篇小说，想给许多来成都寻梦、打拼的外来朋友一些生活的指引和建议。何老认为："不仅要读书，更要选对书，才能传递向上的力量。"

注：该文刊载于四川新闻网、成都晚报"我有话说"2013年5月15日。

"金温江"文化人物咏叹之一（节选）

马春：古典诗人、辞赋家、散文作家、中华诗词学会理事、河南省诗词学会秘书长、四川省作家协会会员、《西部开发报——文化旅游周刊》副主编。

诗人马春诗文作品（2021年10月31日）

幸会温江文化群彦

文华荟萃动诗情，风正气清传故城。
笔起波澜起锦绣，胸存丘壑写峥嵘。
明心立意窗含雪，赓韵怡神鸟叠声。
花木生生淳雅地，求师问惑我先行。

拜读何定镛先生大作《成都文化人散记——我与成都文化名人的零距离接触》

崇文尚武将门风，转益多行功业隆。
两手茁花肥沃土，千篇科普启蒙童。
宅心仁厚天缘好，经历丰饶世事通。
散记真知收一卷，成都才俊胜江东。

注：何定镛，农业技术专家、著名科普作家、诗人、资深传媒人、《成都商报》副总编。

成都文化大家原来是这样的

　　成都因都江堰的水系发达，成就了一片天然的沃土，这里的物产十分丰富，"水旱从人，不知饥馑"，由此带来了成都平原的安逸生活。也正因如此，在成都平原上，历代以来，都有着数量众多的文化人。

　　2019年，成都作家何定镛先生出版了《成都文化人散记——我与成都文化名人的零距离接触》，让我们看到了当下的成都文化人特色与个性。这是新时代的成都文化的书写。

　　这本书收录了何定镛先生所接触到的成都文化名人数十位，包括云南省老年网络大学校长周孜仁，四川省小说促进会会长贺星寒，首届茅盾文学奖获得者周克芹，编辑兼作家林文询，美食家车辐，中国科普作家协会顾问周孟璞，世界华人科幻协会监事长董仁威，作家曾智中，四川省作家协会原副主席傅恒，四川省文艺评论家协会名誉主席何开四，茅盾文学奖和鲁迅文学奖获得者阿来，四川文艺出版社原社长吴鸿，四川省科普作家协会理事长吴显奎，科普科幻作家刘兴诗，国学家、辞赋家张昌余，世界华人科普作家协会理事长松鹰，中国农家乐创始人甄先尧。

　　这里面有不少成都文化名人，我也有所交流。但要说像何定镛先生这样交流一辈子的则不多见，他能在文章中抓住每位名人的特点写出独特的文章来，就非常不容易。这就得益于何定镛先生早年从事新闻工作。所以，在他的笔下，这些文化人给人的印象也不同。

　　比如说现任四川省作家协会主席的阿来先生，就十分具有个性，其作品不管是小说还是诗歌、散文，都有着独特的味道。在何定镛先生的笔下，他是活灵活现的。不仅如此，其作品更是有着独特性，堪称大作家。

　　又比如作家松鹰近年来的几部长篇小说不仅在中国出版，而且在美国出版，成为成都稀有的在多个地方出版作品的作家之一。从这些作品中，可以看出成都文化于其创作精神的给养。

我还记得，在这本书没有出版的时候，何定镛先生曾说书里也写到了2019年去世的文化大家流沙河，他们之间的故事也精彩、丰富，但最后在书里并没有呈现出来，想来这背后也有段故事吧。下次拜访何定镛先生不妨听一听龙门阵。

当然，在这本书里，何定镛先生提到的成都文化人数量也不少。那是因为他多年从事新闻媒体工作，接触的文化人多，从这些人物中，可以看出最近30年的成都文化生态，至少是见证了这一历史时期的文化发展。

这就是《成都文化人散记——我与成都文化名人的零距离接触》的价值。

成都为何出现那么多文化大家？这当然是跟成都的文化、气候和环境有着密切的关系。在我看来，层出不穷的文化大家出现，正是发展了一个地方文化的独特魅力之处。试想，这些大家在成都生活，本身就具有故事性和趣味性。

不过，我要说的是何定镛先生出身于书香世家，其名字就是四川大学原校长张澜所取的，而他的人生故事，也是见证了成都文化的发展。在成都现代文化长河中，他不仅是亲历者，也是见证者。正因如此，这些文化名人的故事他才有条件书写。

作者朱晓剑

注：该文刊载于《成都商报》副刊2020年1月25日。

何定镛年谱

岁月
殷殷

1944年6月22日，农历五月初二凌晨出生于成都市内姜街鲁班庙，籍贯四川省西充县。出身武术世家，曾祖何宗盖是清末武举人，与同乡清末秀才张澜（中华人民共和国成立后任中央人民政府副主席）为通家之好。抗日战争期间，父亲何镜波任四川省公民训练场所主任（前任主任由四川省省长张群兼）、少将总教官，四川省防空司令部成都中心区临空副指挥，成都市总工会主席，川北会馆会长（前任会长张澜），鲁班会会长，成都市福利协会副主任（主任由成都市市长陈离兼，中华人民共和国成立后任林业部副部长）。母亲何兴猷系成都市商业场小学教师。出生后由父亲的同乡、老师、中国民主同盟主席、成都市慈善会会长张澜赐名何定铺，意为时值抗日战争期间，国难当头，需要"定国平天下"。

1944年9月，出生100天即由母亲何兴猷抱着跑警报（日寇飞机轰炸成都），向苏坡桥温江方向逃生。

1948年，在家接受做小学教师的母亲何兴猷启蒙教育，熟读《三字经》、唐诗、宋词等古文。9月，入成都市商业场小学读一年级，班主任即母亲何兴猷，教语文、算术、美术。

1949年9月，复读小学一年级。

1949年12月27日，成都和平解放。年仅5岁半的小学生何定铺，在商业场、总府街街口，骑在大人的肩头上，和欢迎解放的成都市民一起，观看了壮观的解放军入城仪式，第一次见到雄赳赳、气昂昂的解放军和坦克、大炮。

1955年7月，商业场小学毕业，是班上唯一未能戴上红领巾的毕业生。

1955年7月，参加初中考试，在成都第二中学（五世同堂）考场上因碰翻墨水瓶，试卷污染"不阅"，数学0分落榜。

1956年，因家庭缘故，成流浪儿，露宿街头，打猪草、拉架架车、卖香烟、做报童，沿街叫卖："卖报喽！买《成都日报》《四川日报》，看今天的新闻……"由此也萌发了长大要当记者的心愿。

1957年，被好心的巡夜民警送回家，在梓橦桥街道办事处参加成都市人民广播电台自学广播小组学习，全班学生均16岁，有不少是共青团员，学毕准备投考成都东郊工厂做工，只有何定铺仅13岁，天方夜谭般在街道办事处戴上了红领巾，如愿考上成都市第五中学（列五中学）。

1957—1960年，在成都市第五中学读书，因品学兼优，数学测试成绩为全年级9个班第一名，当了少年队小队长，有4个借书证：学校图书馆、春熙路成都基督教青年爱国会阅览室、劳动人民文化宫图书馆、四川省图书馆。帮助同学学习，甚至帮数学、生物、地理老师改作业，被戏称为"小老师""新闻记者"。毕业时虽出身不好，又未加入共青团，却被班主任老师周寄凡推荐，被民主党派、海外归来的校长漆瑶光看好，保送上中专——成都市农业学校。

1960—1962年，在成都农校果树蔬菜栽培专业读书，被班主任方仲安（原解放军文化教员）看好，当通讯组组长、教歌员、成都市中专合唱团团员，因困难时间，学校停办，成为班上唯一分配到成都市人民政府农林水电局的男生，作为市政府机关工作人员。

1962年10月，持成都市市级机关工作证到东风渠畔鸭子池成都市水利技术指导站劳动。

1963年10月，调天回山皇恩寺成都市林业试验站工作。

1964年，试验站更名为成都市天回山林场，20岁时做第二生产队副队长。

1965—1966年，调林场第三生产队（鸭子池）做副队长兼伙食团团长（撤水利站更名为林场第三生产队）。

1966年，调回天回山林场做第二生产队队长，兼林场教歌员。在林场工作期间，多次获评先进工作者和市农口系统先进个人。每天清晨，在林场树林或皇恩寺山顶，习练峨眉武术、燕青拳和基本功、拍打功，蹬朝天腿。

1968年，24岁的何定镛任成都市林场大联委主任、革命委员会筹备组组长，推荐原场长、书记赵殿尊任革命委员主任，推脱赵主任诚邀做副主任、委员或办公室主任，主动申请到木工房做木工、解匠。

1970年，26岁时到中共成都市委党校学习，参加成都市总工会讲师团，任主笔，在锦江大礼堂、市农口系统宣讲马克思列宁主义、毛泽东思想、军事战略战术。

1972年，在市农牧局政治处做理论辅导员，为市属农口系统各单位领导上理论课，宣讲毛泽东思想。

1973—1977年，返回成都市天回山林场做理论辅导员兼第二生产队政治队队长。在白骨塔旁茅草房内接待来访的著名作家贺星寒，以及来自成都的武术界拳友们。

　　1977年，33岁调成都市农业科学研究所任试验队队长，参与高级农艺师、蔬菜研究室主任、农科所所长黄裕蜀（读农校时教蔬菜栽培的老师）主持的"大白菜雄性不育"科研课题。

　　1978年，"大白菜雄性不育"科研课题获首届全国科学大会奖。

　　1981年，37岁时受中共四川省委领导指示，参加以高级农艺师、果树研究室主任张思学（读农校时教果树栽培的老师）为组长的四川省野生猕猴桃资源调查，背着20多斤重的标本架，走遍阿坝州、凉山州、峨眉山地区海拔1500米的高山峻岭、峡谷，进行野外调查。在各科研部门的共同努力下，成功地为中国培育出人工栽培猕猴桃、生产加工，为全国果农致富，繁荣市场，丰富城市人民生活，奠定了坚实的科研基础，做出了贡献，荣立三等功。

　　1983年，39岁时利用科研业余时间撰写科技新闻、科学文艺成为《成都晚报》《成都科技报》《四川科技报》和成都人民广播电台、四川人民广播电台、成都电视台、四川电视台等若干新闻媒体通讯员，获奖"专业户"。

　　1983年，《成都晚报》刊出《及时防治菜青虫》《及时播种西红柿》《理想药剂——粉锈宁》《二荆条栽培要点》（《四川科技报》同时刊出，四川人民广播电台播出）。3月28日，《成都晚报》刊出《农科人员下乡服务》。

　　1984年，40岁时参加高级农艺师、果树研究室主任张思学主持的"屋顶绿化盆栽果树矮化"科研项目，个人形象上了四川电视台"四川新闻"、中央电视台"午间新闻"（提供解说词，5月、6月两次播出）。4月20日，《成都晚报》头版头条刊出《请来"财神"送走"瘟神"——高级农艺师李懋声指导果园大增产》，记者杨魏，通讯员何定镛。

　　1985年，《成都晚报》刊出《佐餐佳品——辣椒》《西餐与草莓》，两文入选《生活良友》（四川科学技术出版社出版）。《成都晚报》"周末版"刊出《茈米·高笋》，录入《初撩雾纱》（新疆大学出版社出版）。

　　1986年，和老师、市农科所所长、市园艺学会会长、高级农艺师黄裕蜀一道进入四川人民广播电台直播间《对农村广播》节目，向广大听众讲农业科学技术，促进农民增收致富。任市农科所宣传干事、青羊街道绿化委员会副主任、青羊街道社会福利委员会副主任、治安保卫委员会委员、青羊辖区身份证领导小组副组长。在市农科所工作10年间，每天清晨跑步到百花潭公园原熊猫馆处习练峨眉武术。被评为《成都科技报》优秀通讯员，获一等奖；被评为成都市西城区（今青羊区）公安局先进个人。

1987年，人到壮年，43岁时调成都市科学技术协会《成都科技报》，任记者、编辑。

1988年1月，《成都晚报》刊出《美哉，空中果园》，获"绿化成都"征文一等奖（成都晚报社、成都市绿化委员会、成都市园林局），录入《初撩雾纱》（新疆大学出版社出版）。

2月，《成都晚报》刊出《蔡妈交班记——蔬菜随笔》，获第五届优秀科普作品二等奖、首届芙蓉奖科学文艺征文二等奖、金牛区首届群众文化年"金牛文学奖"三等奖。入选《生活良友》（四川科学技术出版社出版），录入《初撩雾纱》。

7月1日，领取《成都科技报》记者证；8月4日，领取四川省成都市市级机关工作证。

《成都科技报》刊出《茜裙初染一般红——金秋话石榴》《〈中国科学诗人作品选〉出版》《科普创作协会更名科普作家协会》《营养食品——酸牛奶》。

44岁时加入成都市科普作家协会，任副秘书长。

9月30日，《成都人口报》刊出小小说《雨！哗哗下个不停》。

11月21日，《成都科技报》刊出《为长空铸造慧眼，赤子让女娲补天——记我市拔尖人才曾令福》，入选《成都党建》。

12月16日，《成都党建》《国光报》刊出报告文学《情系蓝天》。

1989年3月15日，《一个农村妇女的新追求》荣获1989年全省优秀广播节目"对农节目"二等奖（四川省广播电视台、四川新闻学会、四川省广播电视学会）。

5月13日，《成都科技报》刊出《繁星映苍穹，华灯照空明——记市劳动模范周泰华》。

6月10日，《成都科技报》刊出《第二次创业——记国光电子管总厂厂长陈家铨》。

6月30日，中国作家协会四川分会文学院函授部结业，《人民文学》创作函授中心结业。7月1日，领取成都市科学技术协会会员证。

《成都晚报》刊出《家乡的柑橘》（录入《初撩雾纱》，新疆大学出版社出版）、《城市垃圾——不容忽视的污染》。

何定镛入选《锦艺群芳》（中共成都市委宣传部编）。

9月10日，《成都晚报》《锦水》副刊刊出散文《美在一瞬间》。

11月15日，《成都人口报》刊出小说《日月湾》。

45岁时以"南村人"自勉：养身之道——不吸烟，不喝酒，不打牌，少看电视，生活清淡，坚持锻炼；社交学问——心胸宽阔，讲平和，不保守，自胜则强；超脱境界——不为官，不贪财，不受诱惑，追求人生。

1990年3月22日，中亚函授学院文学新闻系语言文学专业结业（海南省教育厅验印）。5月30日，香港东方函授学院文学系汉语言文学专业毕业。

5月26日，《成都晚报》"憩园"刊出散文《久违了！鲜花店》《令人眼花缭乱的食品——软饮料》。

《成都科技报》刊出《〈中华本草〉获四川省首届卫生好新闻三等奖》（四川省卫生记者协会、四川省卫生新闻学会）。

何定镛入选《蜀都文苑》（中共成都市委宣传部编）。

《成都晚报》副刊《锦水》刊出小小说《盎盎绿意》，录入《初撩雾纱》，后入选《四川三十年小小说选》。

1991年1月，《一个农村妇女的新追求》荣获1990年"金牛文学奖"二等奖（中共金牛区委宣传部、金牛区文化局）。

2月7日，荣获成都市人民政府制奖励证书"1990年成都市科协机关先进工作者"称号。

11月23日，《成都科技报》头版刊出《宝山之路——彭县宝山村科技致富纪实》。

12月11日，《成都科技报》头版刊出《一位德才兼备的骨科高手——记成都骨伤医院院长刘育才》。

1992年，48岁时，《成都科技报》从市政府迁往红墙巷24号（市委原书记米建书住宿小院），更名为《生活科学报》，任副总编辑兼总编室主任、副刊部主任，主编《百花潭》副刊。时为中国科技报研究会会员、中国报纸副刊研究会会员、四川省报纸副刊研究会常务理事、四川省记者文学艺术研究会常务理事、四川省科普作家协会会员、四川省动物学会会员、四川省散文学会会员、四川省小说创作促进会副秘书长。

1月9日，《生活科学报》副刊《百花潭》刊出《火锅发烧》。

1月11日，《生活科学报》副刊《百花潭》创刊。刊头题字：流沙河。版图：白描梅花。本版（第4版）编辑何定镛撰写"编后记"。刊出《猴年趣谈》，录入《初撩雾纱》。

头版刊出《有朋自远方来，不亦乐乎——'92中国友好观光年（成都）拉开帷幕》。

1月31日，荣获成都市人民政府制奖励证书"1991年度成都市科学技术协会先进工作者"称号（成都市科学技术协会）。

2月1日，《生活科学报》副刊《百花潭》刊出随笔《喜逢双春话新年》。

2月29日，《生活科学报》副刊《百花潭》刊出散文《浣花溪畔春日融融》。

散文《忘情于梦幻中》录入《初撩雾纱》。

3月12日，《生活科学报》副刊《百花潭》刊出《塑造美的形象》。

3月27日，《生活科学报》副刊《百花潭》刊出《四川省'92报纸副刊好作品评选在渝揭晓》。

3月28日，《生活科学报》副刊《百花潭》刊出小小说《义务》。

5月9日，《生活科学报》副刊《百花潭》刊出《在宽松的氛围中侃侃而谈，省小说创作促进会举行年会》。

5月16日，《生活科学报》副刊《百花潭》刊出小说《日月湾》。

5月30日，《生活科学报》副刊《百花潭》刊出散文《鹤林春雨》，后入选《笔底波澜——四川省记者散文随笔选》（四川人民出版社出版），录入《初撩雾纱》。

7月18日，《生活科学报》副刊《百花潭》刊出散文《巴山蜀水闲庭信步》，录入《初撩雾纱》，成都人民广播电台配音乐播出。

8月15日，《生活科学报》副刊《百花潭》刊出散文《老店逢春》。

9月19日，《生活科学报》头版刊出特写《"海龙"的魅力》。

《生活科学报》刊出《啊，金色的菜花》，获"成都市优秀科普作品"一等奖，录入《初撩雾纱》（新疆大学出版社出版），后入选《四川科普作品选》。

成都市科普作家协会换届改选，王晓达任理事长，董仁威、松鹰、王吉亭、何定镛（兼秘书长）任副理事长。由《生活科学报》联合科技企业和成都市人民广播电台、成都市科普作家协会举办"黎明杯"人与水作品奖征文，兼征文评选办公室主任。

10月，作为成都媒体唯一学员，到中共中央党校（国家行政学院）参加首届中国报纸副刊编辑、记者研修班，荣任班长，被评为优秀学员（国家新闻出版署、中华全国新闻工作者协会、中国报纸副刊研究会联合举办）。加入四川省作家协会，成为会员。

10月20日，被聘为海南三维公司四川地区新闻宣传顾问。

10月31日，《生活科学报》副刊《百花潭》刊出《为美化生活贴近群众交流经验，全国报纸副刊研修班在京举行》。

《一个悄然崛起的民办科技实体》荣获成都市"科技好新闻"三等奖（1992年，中共成都市委宣传部、成都市科学技术协会）。

《扬起科普宣传的风帆》被评为1990—1991年成都市科学技术协会学术年会优秀论文三等奖（成都市科学技术协会）。

11月4日，《四川林业报》《绿金》刊出《全国四十家副刊编辑聚会北京，研讨新形势下如何办好副刊》。

11月14日，《生活科学报》副刊《百花潭》刊出《百花潭举办林旭中师生画展》。

11月28日，《生活科学报》副刊《百花潭》刊出《以知青为题材的电视剧〈越过雨季〉在蓉开机》《四十集言情电视剧〈爱你没商量〉拍完最后一个镜头》。

12月9日，《巴山蜀水闲庭信步》获"巴蜀古迹微缩苑"好新闻三等奖（成都市园林局），被成都市人民广播电台"文艺部"配音乐播出。

1993年1月2日，《生活科学报》副刊《百花潭》刊出散文《蜀风园的食文化》，录入《初撩雾纱》。

1月16日，《生活科学报》头版头条刊出报告文学《扬起美容的风帆》，录入《初撩雾纱》。

2月，由《生活科学报》联合科技企业、《四川日报》《成都晚报》和省、市电台及市科普作家协会举办"龙凤宝"卫生科普征文，撰写的《从讲究卫生说起》获二等奖。

3月12日，编辑的《不懂不是错》（文/曾晓嘉）、《洗不起的脸》《撩开万宝路的烟幕》（文／傅吉石）荣获四川省1992年度报纸副刊好作品散文三等奖（四川省报纸副刊研究会）。

4月10日，《生活科学报》副刊《百花潭》刊出散文《初撩雾纱》，录入《初撩雾纱》。

5月8日，《生活科学报》副刊《百花潭》刊出《梁实秋讲价的艺术》。

6月4日，《市委、市政府领导到第一农科所现场办公为蔬菜基地征地20亩》被评选为1992年度成都新闻奖三等奖（成都市新闻工作者协会、成都市新闻学会）。

7月1日，《西部旅游报》创刊，撰写"发刊词""编后"（9月8日更名为《旅游开发报》）。

7月31日，《生活科学报》副刊《百花潭》刊出散文《希望在明天》，录入《初撩雾纱》。

9月17日，《四川经济日报》副刊刊出《男士美容方兴未艾》。

9月25日，《生活科学报》副刊《百花潭》刊出《美容并非女人专利——男士美容悄然兴起》。

由《生活科学报》联合市电台、市科普作家协会举办"人与路"科普作品奖征文，兼征文办公室主任。

12月4日，《生活科学报》副刊《百花潭》刊出《直挂云帆半边天——成都市第十届妇女代表大会侧记》。

12月14日，《西部旅游报》刊出《圣诞节的魅力》。

《生活科学报》副刊《百花潭》刊出报告文学《愿君得到美的享受》《骨科高手》，录入《初撩雾纱》。

1994年，四川省科普作家协会与成都市科普作家协会会商，市科普作家协会会员同为省科普作家协会会员。

1月1日，《生活科学报》刊出报告文学《让消费者得到美的享受——访四川美发厅总经理李福元》。

1月4日，《生活科学报》副刊《百花潭》刊出《北国风光莅锦城，冰灯艺术展风采》。

1月22日，《生活科学报》副刊《百花潭》刊出《94故乡行二胡独奏音乐会令人陶醉》。

2月5日，《生活科学报》副刊《百花潭》刊出《"全兴杯"环保杂文大赛在蓉揭晓》。

3月5日，《生活科学报》副刊《百花潭》刊出散文《彩虹春灯映红帆——记成都市第二十六届灯会暨民族艺术博览会》，录入《初撩雾纱》。

3月15日，编辑的《我们有约》（文／吴鸿）荣获四川省1993年度报纸副刊好作品三等奖（四川省报纸副刊研究会）。

3月26日，《生活科学报》副刊《百花潭》刊出报告文学《奉献爱心扮美人间》，通讯员谢欢，记者何定镛。

4月8日，《生活科学报》副刊《百花潭》刊出《诱人的凯利莎》。

4月16日，《生活科学报》副刊《百花潭》刊出散文《阳春三月花烂漫》（录入《初撩雾纱》）、《留下永恒的美》《关小姐回来了！》。

5月7日，《生活科学报》副刊《百花潭》刊出散文《休闲》。

5月8日，被聘为四川鼎天CIS策划部新闻高级顾问。

被评为1993年度成都市科协系统先进工作者（成都市科学技术协会）。

5月21日，《生活科学报》刊出报告文学《甘洒热血斗凶顽，救死扶伤谱新曲》《天府豆腐——溢珍园》。

6月，撰写的作品《希望在明天》被评为1993年度四川新闻奖三等奖（四川新闻工作者协会、四川省新闻学会）。

6月18日，《生活科学报》刊出《93四川省十佳演员揭晓》《一九九四年四川新闻奖、副刊好作品 本报三篇文章获奖》。

7月2日，《生活科学报》副刊《百花潭》刊出《执着追求寻觅》。

7月30日，《生活科学报》副刊《百花潭》刊出《相约在康乐》《与君共勉，编者按：推出一句话"生活寄语"》。

8月6日，《生活科学报》副刊《百花潭》刊出报告文学《生活的强者——记新著长篇力作〈生命呼啸〉的川籍作家贾万超》（与伍玉文合写），录入《初撩雾纱》。

9月10日，《生活科学报》副刊《百花潭》刊出《书源滚滚涌蓉城，金桂翰墨共飘香，首届四川书市即将开幕》。

9月12日，编辑的《闲话人和水》（文／林绍韩）、《故乡的小河》（文／杨再华）、《螳螂办案》（文／李友勋）荣获第三届四川省优秀科普作品奖（四川省新闻出版局、四川省广播电视台、四川省科普作家协会）。

《生活科学报》副刊《百花潭》刊出小小说《无题》《犟小子"莫三娃进城"》，随笔《初识秀品》，录入《初撩雾纱》。

《初撩雾纱》文集由新疆大学出版社出版，著名文艺评论家何开四作序，获地区"五个一工程"奖。《四川日报》副刊曾鸣、《四川工人日报》副刊傅吉石报道，《上海家庭生活报》副刊张逸评介。

11月5日，《生活科学报》刊出《广汉市金雁湖再展风采，世界名菊让你一饱眼福》、报告文学《中国也有圆月亮》。

11月26日，《生活科学报》头版头条刊出报告文学《摇篮曲》。

1994年底，50岁时，《生活科学报》与《成都商报》（内刊）合并为《成都科技商报》。

1995年1月15日，获"1994年度科普创作成绩显著"荣誉证书（成都市科普作家协会）。

3月4日，任《成都科技商报》总编助理兼总编室主任。

3月，《扬起科技报科普宣传的风帆》荣获第六届中国科技报研究会学术论文纪念奖。

4月7日，环保工作成绩显著（1991—1994年），被评为先进个人（金牛区人民政府）。

4月8日，撰写的作品《生活的强者》（与伍玉文合写）荣获四川省报纸副刊1994年度好作品三等奖。

6月，《四川作家报》刊出金剑评论《艰辛的劳动，丰硕的成果》，其中评介何定镛著《初撩雾纱》。

8月18日，《成都科技商报》正式更名为《成都商报》，任副总编辑、调研员。

10月21日，《成都商报》副刊刊出散文《一代文豪，魂归故里——拜谒沙汀墓》。

11月21日，《四川工人日报》副刊刊出《风流人物——董仁威》。

11月25日，《成都商报》副刊刊出游记《锦上添花，金蕊流霞》。

12月1日，《四川经济日报》副刊刊出《董仁威遭遇〈狂人情书〉》。

1996年，成都市作家协会成立，任理事，被选为四川省新闻工作者协会理事。

《当年报童，今日记者》录入《我与成都晚报——成都晚报创刊四十周年纪念》（成都出版社出版）。

策划组稿出版《狂人情书》（四川文艺出版社出版），作者董仁威。

1月14日，《四川日报》副刊《原上草》刊出文学评论《董仁威和他的

〈狂人情书〉》。

《四川经济日报》副刊《文化广场》刊出文学评论《商潮下爱的异化》。

1月28日，《成都晚报》"读书天地"刊出著名文学评论家何开四评论《"序跋精萃"——初撩雾纱》。

为金牛区人民政府制作《情系古柏村》《无影灯下的奉献》《金牛沃土》《两爱铸真情》4部电视片，任编导，编写剧本。其中，《两爱铸真情》在北京获奖。

《成都晚报》副刊报道，四川大学教授曾绍义评论《科学时代需要科学头脑——读成都晚报第五届优秀科普作品有感》，其中评介何定镛著《蔡妈交班记》。

1997年5月27日，被成都市人民政府授予"成都市优秀科普作家"荣誉称号（中共成都市委宣传部、成都市科学技术委员会、成都市科学技术协会、成都市广播电视局、成都市新闻出版局）。

6月18日，被聘为成都市文学院创作员（1997—1998年，成都市文学院）。

6月20日，被评为1996年市科协先进个人（成都市科学技术协会）。

6月，科普图书《科学育儿手册》（王晓达、何定镛主编）由四川科学技术出版社出版。

1998年5月27日，被评为"九十年代四川省优秀科普作家"（四川省科普作家协会）。

1999年3月26日，《西部金融报》副刊刊出散文《神游白鹿》。

5月2日，55岁时，主动申请提前退休，成为《成都商报》第一位退休老人。

其间兼任《旅游开发报》副总编辑、《成都司法报》副总编辑、《西部金融报》顾问（实为执行总编）。任成都市"五个一工程"奖评委、四川省报纸副刊好新闻评委和四川省、成都市优秀科普作品奖评委。

被聘为四川省白鹿森林公园委员会顾问、冰川漂砾保护委员会顾问。

任四川省科普作家协会常务副秘书长（主持日常工作，在吴显奎副理事长兼秘书长挂职扬州市市长助理和资阳市副市长期间），《科普创作与研究》《科普作家》执行主编。

12月，《啊，金色的菜花》荣获成都市优秀科普作品一等奖（中共成都市委宣传部、市科委、市科协、市广播电视局、市新闻出版局）。

1999—2002年，应邀做《中国美容时尚报》总监，实为执行总编，主持日常编务工作，参加省委宣传部通气会。

散文《鹤林春雨》入选《笔底波澜——四川省记者散文随笔选》（四川人民出版社出版）。

1月4日，《中国美容时尚报》刊出"中国美容时尚周"特别报道之《2000"中国美容时尚周"进入启动程序》。任"时尚周"主席团秘书长。邀请著名作家何开四撰写《中国美容世纪宣言》，作为嘉宾参会，邀请中央电视台主持人王小丫做"时尚周"活动开幕式主持人。

《美容时尚报》"千禧年大特写"刊出整版《千年一缕时尚风，衣香貌美九州同，爱情坪上度千禧》。

夏季，随四川省新闻代表团到欧洲的意大利、德国、法国、荷兰、奥地利、瑞士、卢森堡、梵蒂冈，中国香港、澳门地区。何定镛任第四小组组长，组员有中共四川省委宣传部副部长余长久、四川新闻中心主任张声远、《精神文明报》副总编贺信夫。

5月，科学文艺作品《啊，金色的菜花》入选《四川科普作品选》（四川省科普作家协会选编，主编周孟璞，四川科学技术出版社出版）。

5月26日，《科普创作与研究》第2期刊载《一个执着的科普创作耕耘者、一个痴迷的儿童文学"老天真"作家刘兴诗潜心创作五十载童心未泯——刘兴诗作品研讨会在蓉举行》。

6月18日，《成都晚报》《锦水》副刊刊出评论《勃然衷情遣笔端——读李正武彩墨艺术兼谈人文画》。

2000年12月4日，加入中国科普作家协会，成为会员。

12月，《二十世纪末影响中国美容业30人》由四川文艺出版社出版，主编张晓梅，执行主编何定镛。

2001年1月，参与编写、宣传总策划的《新世纪少年儿童百科全书》（叶永烈作序，主编刘兴诗，执行主编董仁威，5月再版，分春、夏、秋、冬4卷，定价138元）由四川辞书出版社出版。出版非常成功，在新华文轩（春熙南路口）签名售书上千册。

《科普创作与研究》2001年第1期总第6期刊载《四川省科普作家协会、

成都市科普作家协会、成都市科普创作中心联合召开迎新世纪笔会》。

《科普创作与研究》2001年第2期刊载《神奇的创新老人卿秋》。

《锦西文化》2001年第1期刊载散文《人生常乐》。

5月17日，《美容时尚报》整版特写刊出《白玫瑰事件之后》。

5月19日，被聘为资阳市科学技术普及高级顾问（资阳市科学技术局、资阳市科学技术协会）。

金牛区文学艺术界联合会成立，任委员；金牛区作家协会成立，任主席团成员。

7月23日，针对长篇小说《影子的诱惑》（巴蜀书社出版），四川省作家协会和成都市作家协会首次联合召开作品研讨会，著名文艺评论家、作家陈之光、何开四、李明泉、傅恒、徐康、意西泽仁、吴野、林文询、曾智中、董仁威、张昌余、张放、何平等高度评介，四川电视台、四川人民广播电台、成都电视台、成都电台、成都市文联《文艺简报》和《四川日报》《四川经济日报》《四川工人日报》《四川青年报》《四川作家报》《精神文明报》《成都晚报》《华西都市报》等作了报道，作家董仁威在《华西都市报》发评论文《避免"高大全"——读〈影子的诱惑〉》。

12月，被评为第三届四川省科学技术协会先进工作者（四川省科学技术协会）。

报告文学《"拼命三郎"董仁威》荣获中国世纪大采风金奖，《光荣与梦想相伴的女人》荣获银奖（中国报告文学学会、中国散文学会、中国诗歌学会、中国文艺家俱乐部联合举办，全国人大常委会副委员长颁奖）。

《科普创作》通讯2001年4期总第104期刊载《弘扬先进文化，以抓科普创作为中心出作品、出人才》（中国科普作家协会主办）。

2002年1月，被评为四川省科学技术协会2000—2001年度先进学会工作者（四川省科学技术协会）。

《侨心铸真情丹心谱华章——记四川省侨办主任、省侨联主席王宋达》入选《西部大开发——来自四川的报告》（柳斌杰作序，宋玉鹏主编，四川人民出版社出版）。

《文化生活报》2002年2月（特邀专刊编辑）刊出《成都作家向科学进军》（成都市文联、成都市作家协会）。

《锦西文化》2002年第1期刊载散文《分房以后》。

3月15日，被聘为四川省青少年科普创作中心顾问（四川省科普作家协会、四川省青少年科普创作中心）。

5月，参与出版全彩色图书《与朱自清游欧洲》（朱自清原著）、《与徐志摩游欧洲》（徐志摩原著），张寄波编，收录何定镛摄影图片52幅（四川美术出版社出版）。

7月30日，被聘为"共和国骄子"大型系列丛书特约编委（"共和国骄子"编辑委员会、中国经济信息报刊协会）。

《科普创作与研究》2002年第1期、第2期合刊刊出报告文学《薪尽火传——记科普学的奠基人周孟璞》（四川省科普作家协会）。

10月9日至13日，在蓉应邀参加文化部（后更名为"文化和旅游部"）21世纪文学与美术发展趋势论坛暨采风活动，作"作家向科学进军"发言。与会有著名作家、评论家、美术家谢冕、宗鄂、孙郁、格非、王干、叶兆言、赵玫、林白、张梅、张者、杨延文、王镛、陈履生等。

11月，策划组稿出版《中国美容学》（张晓梅著，四川科学技术出版社出版）。

2003年5月，策划组稿出版全彩色图书《科学童话》《科学寓言》（彭万洲著，四川科学技术出版社出版）。

《科普作家》2003年第17期刊载《科普作品要"三有"》（四川省科普作家协会）。

《锦西文化》2003年第1期刊载诗歌《枫叶醉了》。

11月2日凌晨4时，夜不成眠，思绪万千，起身步入书房，挥毫、击掌、合韵，反复修订，唱和，即兴谱词曲《秋色芙蓉》。

2004年，被聘为四川省中长期科学和技术发展规划战略研究专题组专家、四川大学科技园人才培训中心顾问。

5月2日，60岁正式退休，领取中华人民共和国退休证，闲居浣花溪畔光华公屋。

5月20日，被聘为四川大自然探索杂志社《少年科学家》专刊编委会委员（四川省科普作家协会）。

5月，《成都日报》副刊半版刊载《吃的学问——你知道多少？》。

7月，《浇灌，让生命之树常青——感受四川交通稽征"七个理念"》入选《剑胆琴心——世纪之交的四川交通稽征人》（伍松乔主编，中国文联出版社出版）。策划出版《审读人生》（中国文联出版社出版，作者吴显奎系四川省科普作家协会理事长）。

10月27日，《成都日报》副刊刊出散文《百转千回的麻辣》。

12月，《成都日报》副刊半版刊出《茶，滋养身体，放松心情》。

2005年，世界华人科普作家协会在中国澳门地区注册创建，何定镛作为创始人之一，荣任常务副秘书长、秘书长。

3月12日，《成都日报》副刊半版刊出《绿色食品——21世纪的主导食品》。

3月19日，《成都日报》副刊半版刊出《无公害食品让你放心吃个够》。

7月10日，《成都日报》副刊半版刊出《我们的身体和五种滋味——酸、甜、苦、辣、咸的作用》。

9月24日，《成都日报》副刊刊出《花博会上的异木奇花》。

11月19日，《成都日报》副刊刊出《吃大米更聪明》。

12月3日，被评为四川省科学技术协会2004年先进学会工作者。

12月25日，被评为四川省科普作家协会2004年先进协会工作者。

《列五人》创刊，任执行主编，第1期刊出"卷首语""编后记"（《心的唱和》）、诗词《贺神舟六号升空》（文邦权书）。

2006年1月3日，《成都晚报》副刊刊出散文《老董的"活法"》。

1月14日、21日，《成都日报》副刊刊出《为糖平反》上、下。

2月，被授予2005年度有突出贡献的协会先进工作者称号（四川省科普作家协会）。

4月6日，被聘为四川长龙科技信息中心高级顾问（四川长龙科技信息中心）。

4月8日，《成都日报》副刊刊出《奇妙的水》。

8月，定居温江区柳城大道西段"江南房子"叠翠楼，至今。发起并成立江南房子业主委员会，任首届主任。

坚持每天清晨与夫人江登霓一起，在温江公园、杨柳河畔、江南房子习练峨眉武术、太极拳。

《香港》杂志刊出散文《望丛五彩荷——国色天香》。

2007年，《行走欧洲》全彩色旅游散文集由贵州人民出版社出版（新华网、人民网、央视网、百度等数十家网站媒体报道和国外20多个国家以电子书为载体播出）。

《锦西文化》2007年第1期刊出旅游散文《魅力无限的法兰克福》。

《锦西文化》2007年第2期刊出散文《金灿灿的油菜花——车辐趣事》。

《成都文艺》2007年第3期刊出评论《疑虑之处细商榷》。

4月，任《新世纪青年百科全书》（四川辞书出版社出版，阿来作序，董仁威主编）编委，参加编写生活部分，4万字。

6月12日，《今日温江》副刊、《锦西文化》第2期刊出《金灿灿的油菜花——车辐趣事》。

7月10日，《今日温江》副刊刊出散文《春风化雨》。

《成都文艺》第4期刊出《车辐二三事》。

《鱼凫文艺》创刊号，忝列编委，刊出散文《春风化雨》《金灿灿的油菜花——车辐趣事》。

11月13日，《今日温江》副刊刊出散文《岁月融融》。

《列五人》总第5期刊出纪实文学《生命的华章》。

2008年4月，《新温江》4期"柳苑文艺"刊出《激情燃烧的沃土——魅力温江咏叹调》。

《鱼凫文艺》春刊出诗歌《枫叶醉了》。

9月14日，被评为"四川省50年（1958—2008年）五十位优秀科普作家"（四川省科普作家协会）、第四届四川省科学技术协会先进工作者（四川省科学技术协会发文，冠名用"何定镛等99名"）。

应邀为成都市微型小说学会顾问、温江区作家协会顾问、温江区政协文史研究员、温江区地名委专家。

10月，《新闻之友》刊出散文《生命的华章》。

10月7日，《今日温江》副刊刊出"纪念改革开放30周年文学作品征文"《花为媒情系温江》。

12月，《鱼凫》诗刊第5辑刊出诗歌《枫叶醉了（外二首）》《你与我——情人节寄语》《梦》。

12月16日，展现温江区文艺创作的丰硕成果，首届温江区"王光祈文艺奖"揭晓。何定镛任文学组评委，并代表评委会作"王光祈文艺奖"综述。

《四川旅游》"游记鉴赏"第4期刊出散文《无巧不成书》，同期鉴赏的尚有徐志摩的《巴黎的鳞爪》。

《南大校友通讯》——"纪念金陵大学建校120周年特刊"（秋季号）总第42期刊出《薪尽火传——记科普学奠基人周孟璞》。

新浪网、凤凰网刊出文学评论《〈杏烧红〉一部让人爱不释手的社会推理小说——评松鹰长篇社会推理小说》。

编审《四川旅游》2008年地震特刊，大16开，112页，全彩色杂志。

12月，（2001年、2007年、2008年）任编委并参与撰写国家重点图书《新世纪少年儿童百科全书》《新世纪青年百科全书》《新世纪老年百科全书》"生活卷"13万字（四川辞书出版社出版），荣获冰心文学奖、中国优秀科普作品奖提名奖、四川省图书奖、四川省科技进步奖。

2009年，中国影视小说第一刊《安徽文学》（安徽省文联主办）"长篇小说"刊载评论文章《我读长篇小说〈花朝门〉》。

四川科普网刊出文学评论《董仁威的全景式长篇小说〈花朝门〉》。

2月13日，《今日温江》副刊刊出诗歌《你与我》《梦》。

3月10日，《花为媒情系温江》荣获"纪念改革开放30周年文学作品征文活动"二等奖（中共温江区委宣传部、温江区新闻中心）。

7月12日，《今日温江》副刊刊出散文《海峡情愫——祖国六十华诞感怀》（"放歌60年"征文）。

《锦西文化》第1期刊出文学评论《〈杏烧红〉一部让人爱不释手的社会推理小说——评松鹰长篇社会推理小说》。

《锦西文化》第2期刊出散文《生命的华章》。

9月15日，《今日温江》副刊刊出诗歌《教师颂——献给第25个教师节》。

10月10日，《海峡情愫》荣获"放歌60年"征文一等奖。

11月13日，由中共成都市委宣传部主办的"花重锦官城首届成都文艺双年展"在成都沙湾会展中心举行。何定镛的《初撩雾纱》（文集）、《影子的诱惑》（长篇小说）、《行走欧洲》（全彩色旅游散文）3部文学图书入选参展。

12月18日，《今日温江》副刊刊出《唱响"田园交响曲"》。

《鱼凫文艺》冬刊出散文《激情燃烧的沃土——魅力温江咏叹调》。

2010年，被聘为温江书院副院长。

2010年，《益盖绿意》入选《四川三十年小小说选》（李永康、石鸣主编，四川省作协创研室编，内蒙古人民出版社出版）。

2月9日，《锦西文化》第1期、《今日温江》副刊刊出诗歌《邂逅——50年一遇春节邂逅情人节》。

2月12日，《今日温江》副刊刊出诗歌《橙园放歌——有感鱼凫、成钞诗社联谊会》（外一首）、《我的梦》。

5月18日，《今日温江》副刊刊出小说《情未了》。

6月8日，《今日温江》副刊刊出散文《但愿人长久——忆农民诗人游复民》。

6月，世界华人科普通讯"SHKP"118号刊出《每逢佳节倍思亲》《春风细雨时》。

《鱼凫》诗刊第8辑刊出诗歌《邂逅》（外二首）、《澄园放歌——有感鱼凫、成钞诗社联谊会》（外一首）、《我的梦》，散文《但愿人长久——忆农民诗人游复民》。

10月，《春风化雨》入选《当代四川散文大观》（主编何映森，四川省散文学会选编，中国戏剧出版社出版）。《作家文汇》刊出文艺评论《书写温江精神风采，唱响时代田园颂歌——第二届温江区"王光祈文奖"评奖综述》。

2011年1月，何定镛和夫人江登霓加入四川省武术协会综合太极拳研究会。何定镛被聘为温江区太极推进办顾问，江登霓任竞训部副部长。

《温江文史》总21期刊出纪实文学《现代田园城市探索者——记中国农家乐创始人甄先尧》。

2月22日，《今日温江》副刊、《鱼凫文艺》春刊出综述《书写温江精神风采，唱响时代田园颂歌》。

4月，被聘为《温江区地名通览》编审小组副编审（成都市温江区地名委员会）。

4月1日，世界华人科普通讯"SHKP"第2期刊出《薪尽火传——记科普学奠基人周孟璞》。第4期刊出文学评论《行走在科学与文学之间——话说〈魏知常科学诗选〉》。《鱼凫诗刊》第9期、第10期刊出。

4月13日，《今日温江》副刊刊出散文《春风细雨时——忆文博先生其人其文》。

5月，被聘为成都市温江区政协科教文卫与文史委员会研究员（政协温江区委员会办公室）。

5月20日，陪同夫人江登霓在四川省夹江县第一次参加四川省武术太极锦标赛，江登霓获女子B-C组32式太极剑第五名。

5月23日，四川科普快讯1号刊出《"拼命三郎"董仁威》《"拼命三郎"的乐天人生》第一卷。

夫人江登霓参加成都市第四届老年人运动会，获42式太极拳第三名。

7月17日，夫人江登霓参加第二届"汉唐雄风林"巴蜀武术交流大会，获女子成年E2组24式太极拳金章奖、32式太极剑金章奖。

9月，《岁月融融——快乐人生》入选《四川精短散文选》（袁基亮、孙建军主编，中国文联出版社出版）。《旅程》入选《四川爱情友情精短诗选》（孙建军、袁基亮主编，中国文联出版社出版）。

9月3日，《今日温江》副刊刊出文学评论《柳城咏叹——序张炜散文杂文随笔集〈长大后，我就成了你〉》。

9月23日至10月18日，《今日温江》副刊连载旅游散文《八千里路云和月——新南行游记》，世界华人科普通讯"SHKP"第247期刊出。

10月，《温江文史》第21期刊出评论文《现代田园城市的探索者》。

《科普作家》第4期、世界华人科普通讯"SHKP"第6期刊出评论文《探索在文学与科学之间——读两栖作家松鹰长篇小说〈杏烧红〉》。

11月22日，《今日温江》副刊刊出散文《秋日赏红》。

夫人江登霓参加2011年成都市太极拳锦标赛，荣获女子G组24式太极拳第一名（金质奖章）、女子G组32式太极剑第一名（金质奖章）。

2012年，世界华人科普作家协会设立世界华人科普作品奖，任评委、评委办主任，成功地主持召开第一届世界华人科普奖颁奖大会。

2月14日，《今日温江》副刊刊出诗歌《旅程——善待自己》。

《微篇文学》第2期刊出小说《雨中情》。

3月20日，《今日温江》副刊连载、《温江文史》第22期刊出《彰显幸福温江的文化之魂》、纪实《听政协老甄讲课》。

3月29日，《金盆地》"旅游文化"刊出散文《秋日赏红》。

6月28日，世界华人科普通讯"SHKP"刊出报告文学《科普学奠基人周孟璞》。

《鱼凫》诗刊第12期刊出文学评论《鱼凫诗社暨〈鱼凫〉诗刊成立七周

年感言》。

7月17日，《今日温江》副刊刊出《"唯有此花开不厌，一年长占四时春"——甄先尧新书读者畅谈会隆重举行》（何定镛主持，并对此书做了极高的评价）。

受邀做温江电视台《读书时间》栏目特邀主持人，《读书时间》视频撰稿8—12月，1—18期（内容：读书故事、重温经典、推荐好书）。

10月，何定镛陪同夫人江登霓赴湖北省十堰市武当山参加第四届世界太极拳健康大会。在激烈的竞争中，江登霓（编号2468）勇夺女子D组规定42式太极拳一等奖（金质奖章）和42式太极剑一等奖（金质奖章），大会总裁判长、中国武术家协会竞训部部长吴冰亲自给江登霓颁奖，并为其挂上金质奖章，荣幸之至。吴冰为中国十大武术教练之一、中国武术九段，武打明星李连杰、吴京的师父。

夫人江登霓加入中国武术协会，成为会员。

10月16日至26日，《今日温江》副刊刊出旅游散文连载《梦牵魂绕的香格里拉——大凉山的彝族风情》。

百度、网易等网站刊出诗歌评论《诗歌乐土，鱼凫吟唱》。

11月6日，《今日温江》刊出《世界太极拳健康大会在湖北十堰举行，我区运动员夺得10金5银10铜佳绩》。

11月23日，何定镛作为成都市武术代表队领队，陪同夫人江登霓参加"首创城南郡杯"四川省第三届传统武术名人明星争霸赛，夫人江登霓荣获D组42式太极剑一等奖（金质奖章）、D组42式太极拳二等奖（银质奖章）。夫人加入四川省武术协会，成为会员。

2013年4月，报告文学作品《彰显幸福温江的文化之魂——美丽温江"文化强区"巡礼》荣获第三届"王光祈文艺奖"三等奖（温江区人民政府）。《今日温江》副刊2012年3月20日至5月14日连载。

4月23日，何定镛家庭在温江区全民阅读活动中被评为"书香家庭"（成都市温江区文化广电和新闻出版局）。

《温江文史》第23期刊出《温江书院书声琅琅》，张建国、何定镛合写。

5月，夫人江登霓参加"太极蓉城"2013年成都市太极拳锦标赛暨世界太极拳精英选拔赛，获女子G组竞赛42式太极拳第三名（铜质奖章）、42式太极剑第三名（铜质奖章）。

6月13日，为温江区政府撰稿《温江农家乐调查报告》。

7月，《新温江》"柳苑文艺"刊出随笔《岁月遐思》。

7月9日，《今日温江》报道《读书是实现梦想的途径——作家何定镛向温江区图书馆赠书208册》。

7月20日，何定镛作为世界华人科普作家协会秘书长，在成都成功地组织和主持了第一届世界华人科普奖颁奖大会，中国科普作家协会发来贺信，中外媒体和网站进行了宣传报道，在海内外华人科普界产生了广泛的影响。

7月31日，世界华人科普通讯"SHKP"、《新温江》"柳苑文艺"、《列五人》第2期刊出散文《岁月遐思》。

9月，夫人江登霓参加2013年全国开展百城千村健身气功交流展示活动成都市启动仪式暨成都市健身气功交流展示比赛，荣获易筋经一等奖。参加"太极蓉城""体彩杯"2013年成都市太极拳冠军赛暨成都市传统武术冠军赛，荣获第一名。

10月，世界华人科普通讯"SHKP"2013年18期、《今日温江》报道何定镛、王建勤、蓝泽蓬主编、撰写的少儿科普图书《智慧的光芒——中外著名科学家的传奇故事》（四川科学技术出版社出版，第二次再版，并入选"中国农家书屋"）。同时刊出《奇妙的水》《水分是皮肤生命的源泉》《水与声波》。

12月，在成都市2013年"学习型家庭"评比中，被评为"学习型家庭"（成都市社区教育工作推进小组、成都社区大学）。

2014年4月，何定镛家庭被原国家新闻出版广电总局授予首届全国"书香之家"称号，并获金字牌匾（中央电视台和四川多家媒体上门采访报道）。

4月17日，《成都商报》"文娱"19版报道《央视采访成都书香之家——70岁何定镛讲述爱书故事》，记者邱峻峰，摄影刘畅。网易新闻，侯敬文。

4月22日，《今日温江》报道《温江一家庭入选首届全国"书香之家"》，记者高原、涂洲。

4月24日，四川新闻网城市频道报道《第十九个世界读书日川籍名家温江现场荐书》，记者珠珠。

5月，70岁时，《成都商报》"大周末"刊出《从书香之家到书香中国》，《这些人半床月半床书》。

5月15日，四川新闻网刊出《书以传家　香远益清》，《成都晚报》副刊刊出"我有话说"《退而不休，传递正能量的：温江区何定镛家庭》。

《鱼凫文艺》第1期刊出随笔《岁月遐思》。

被聘为《走进鱼凫金温江》特约编辑，撰写第三篇章"生态温江"（中国生态文明论坛成都年会温江执行委员会、成都市温江区地方志编纂委员会办公室编）。

5月15日，夫人江登霓参加"运动温江、太极温江"2014年温江区"国色天乡杯"首届太极拳锦标赛，获女子D组传统太极剑一等奖、42式太极拳一等奖。

5月23日，《今日温江》副刊刊出《清风送爽，花语廉心》。6月20日，《温江老科协报》《微篇文学》第2期刊出。

荣获"温江区文艺名家"称号（中共温江区委宣传部、温江区文学艺术界联合会）。

入选《温江人物》（1949—2013）（中共成都市温江区委党史研究室、成都市温江区地方志编纂委员会办公室编）。

《鱼凫文艺》第2期报道《作家何定镛主编科普图书〈智慧的光芒〉出版》。

11月，《温江文史》第24期刊出《成都"农家乐"奏响新农村建设序曲——从"农家乐"兴起到成都市乡村旅游的发展演变》，此为中央党史研究室《改革开放实录》中共成都市委党史研究室报告专题，何定镛执笔。

世界华人科普通讯"SHKP"2014年第4期刊载《探索在文学与科普之间——松鹰科学文艺作品研讨会》（世界华人科普作家协会）。

12月27日，四川省科普作家协会授予何定镛四川省科普作家协会成立35周年"四川省资深科普作家"称号。

《四川省科普作家协会成立三十五周年大事记（1979—2014）》刊载《我与科普的缘——与四川省科普作家协会的二三事》。

2015年，《四川科普》、世界华人科普通讯"SHKP"刊载《科普中的成都元素——从"甘本被现象"说起》。

4月，夫人江登霓参加"太极蓉城"2015年成都市第十二届太极拳锦标赛，获女子G组竞赛42式太极拳第一名（金质奖章）、太极器械第二名（银质奖章）。

7月18日，第二届世界华人科普奖在中国成都"四川科技馆"隆重颁奖，何定镛主编撰写的少儿科普图书《智慧的光芒——中外著名科学家的传奇故事》荣获图书佳作奖（世界华人科普作家协会），并入选"中国农家书屋"。

《温江文史》第25期刊出《心生"廉"花静静开——记温江区"花语廉心"廉洁文化教育基地的建设》《〈巴蜀武林英豪〉中的温江人》。

7月，何定镛、江登霓家庭荣获温江区柳城街道西街社区"最美夫妻"荣誉称号。

8月4日，《今日温江》副刊刊出纪实文学《投身抗日洪流》。7日，《温江纵横》第2期刊出。

8月14日，《成都商报》"文娱"版报道《〈巴蜀武林英豪〉让四川武术史"再现江湖"》，记者陈谋。

8月28日，《今日温江》副刊报道《行走4000公里，耗时两年潜心创作——著名作家何定镛长篇传记〈巴蜀武林英豪〉举行首发式》。

9月11日，《巴蜀武林英豪》出版后反响热烈：《四川日报》"天府周末"报道《四川作家绘制巴蜀武林群英谱》，新华网、环球网、光明网、中国网、搜狐、新浪、央广网、全球功夫网、中华武术博览网、京东图书频道、四川新闻网、四川作家网、天府要闻、江苏网、中国西藏网、大成网、腾讯网等数十家网站转载报道。

9月18日、22日，《今日温江》副刊报道作家陈载暄的《身边的武林——读〈巴蜀武林英豪〉》（连载6000字）。

9月，夫人江登霓参加2015年全国百城千村健身气功交流展示系列活动暨成都市健身气功交流展示比赛，获五禽戏一等奖。

10月，何定镛著《巴蜀武林英豪》（天地出版社出版），中国武术家协会主席高小军作序，国家武术队总教练、四川武术队总教练任刚和《中国武术史》作者、中国十大武术教授、成都体育学院武术系原主任习云泰高度评介。《四川日报》《四川作家》《成都日报》《华西都市报》《成都商报》等媒体和网站报道。温江书院举行首发仪式，并向四川省、成都市、温江区、金牛区图书馆赠书。

11月，夫人江登霓参加2015年"太极蓉城"成都市太极服装T台秀展示活动，获一等奖。

12月21日，参加四川省科普作家协会年会，被聘为四川省科普作家协会名誉理事（四川省科普作家协会）。发表评论文《浅谈科普佳作〈人类在自然界中的位置〉解读"赫胥黎背后进化论"——也说"董仁威现象"》。

12月31日，书写请辞书《知足常乐，学会放弃》，辞去世界华人科普作家协会秘书长职务，呈交大会主席周孟璞、理事长松鹰、监事长张昌余。

2016年正月十五元宵节，《智慧者的精彩传奇人生——记作家何定镛》（作家陈载暄撰稿，1万字）被世界华人科普通讯"SHKP"、新华网、四川新闻网、中国作家网、中国文化观察网、百度等网站刊出，《鱼凫文艺》"温江人物速写"刊载，在国内外产生了很大的社会反响。

《科普文汇》（成都市科普作家协会成果汇编）刊载《我与科普的缘——与省市科普作家协会的二三事》《华罗庚——中国数学家》《李四光——中国地质学家》《王选——中国汉字激光照排系统发明家》《林巧稚——医学家、中国妇产科学的开拓者之一》。

《温江纵横》第1期"放歌"刊出《清润温江，花语廉心》。

4月26日，《今日温江》副刊刊出《与你分享读书的快乐和受益》。

5月20日，《今日温江》副刊刊出文学评论《读缺鼻牯》《高七五级二班的学生们》。

6月14日，《今日温江》副刊刊出文学评论《橘子幽香——序杜荣辉散文纪实文学〈橘子花开〉》。

《鱼凫文艺》第2期刊出散文《百花潭情愫》。

《九寨沟中学》"八面来风"第2期刊出《开卷有益——读〈九寨沟中学〉校刊2015年4期有感》。

《温江文史》26期刊出《忆温江文化人郑华钰》。

8月1日，撰写《为武警战士赠书感言》（"世界读书日"，金牛图书馆组织捐书140册）。

8月9日，《今日温江》副刊刊出《满堂书香，引领三口之家畅游文艺殿堂——记柳城街道何定镛家庭》。

10月，何定镛家庭在寻找"最美家庭"活动中被表扬为成都市"最美家庭"（中共成都市委宣传部、成都市精神文明建设办公室、成都市互联网信息办公室、成都市妇女联合会）。

"中国农家书屋"公告：何定镛主编的《智慧者的光芒》入选"中国农家书屋"，让亿万农民享受精神大餐。

何定镛荣获温江文艺名家《鱼凫文艺》（2016年第2期）封二介绍，撰"卷首美文"《幸福和谐家园》。

11月，《乐游温江"农家乐"》入选《成都市井闲谭》（巴蜀民风民俗丛书，四川省政协文史委编，四川人民出版社出版）。

11月25日，《今日温江》副刊刊出文学评论《演绎"城乡统筹"的故事——赏析章剑长篇小说〈进诚记〉》。

12月29日，被聘为温江区公平街道"文化公平"特邀专家（温江区公平街道办事处）。

2017年2月23日，夫人江登霓参加"我要上全运·健康中国人"太极拳公开赛（西南、西北区）系列活动成都市太极教练员培训班，考核合格，获国家体育二级指导员证书。

2017年7—12月，应温江区新闻中心邀请，担任温江电视台《读书》栏目特邀主持人，与数十万温江人民一起读书，读好书，陶冶情操，浸润心灵。

文学评论《鱼凫文艺平台成就金温江精神文明佳作——〈鱼凫文艺〉创刊十周年赏析》刊载于《鱼凫文艺》"鱼凫论坛"2017年第4期。

3月，被聘为温江区政协第十四届文史委员会研究员（2017—2021）（温江区政协委员会）。

5月10日，《温江老科协报》刊载《弘扬以"进取"为核心的温江城市精神，抢占"高科技创新制高点"再创新的辉煌》。

5月31日，被聘为温江区柳城街道关工委"五老讲师团"讲师（温江区柳城街道关工委）。

6月，被聘为时光幻象俱乐部顾问（时光幻象俱乐部）。

撰写的科普评论《赵健：奉献、严谨、直率》刊载于《科普作家》2017年第3期（四川省科普作家协会）。

《温江文史》第27期刊出《鱼凫史话》。

2018年，作品《科普中的"成都元素"》荣获四川省第五届优秀科普作品短篇奖（四川省科普作家协会）。

作为特约编辑撰写《走进鱼凫金温江》"生态温江"篇章（成都市温江区地方志编纂委员会办公室编）。

随笔《百花潭情愫》刊载于《中国副刊》8月6日、"行脚成都"公众号、《鱼凫文艺》第3期。

7月，被聘请为温江区老干部城乡社区发展治理研究会研究员（中共温江区委离退休干部管理局）。

7月16日，"行脚成都"刊出《百花潭情愫》。

7月20日，"行脚成都"刊出《闹市中心的老商场——商业场》。

7月31日，"行脚成都"刊出《马镇街和列五中学》。

8月6日，"中国副刊"刊出《百花潭情愫》。

《琴台文艺》第3期、四川文学网散文选刊出随笔《岁月遐思》。

9月，为温江区柳城街道关工委暑期红色传承诗词活动汇编《红色诗词》撰"卷首语"，并刊出诗歌《善待》。

9月27日，《天府影视》刊出散文游记《大凉山的彝族风情》。

9月28日，《大洋文艺》刊出散文《触摸欧洲》。

11月，何定镛家庭在寻找"最美家庭"活动中被评为四川省"书香文明最美家庭"（四川省妇女联合会、四川省精神文明建设办公室）。

11月22日、12月1日，按中国科协计划，四川启动"四川科普科幻未来之星千人培训计划"，应四川省科普作家协会、四川师范大学和四川农业大学共青团邀请，分别作科普讲座《四川科普科幻名家纵横谈——科普中的"成都元素"》。

12月，《百花潭情愫》荣获2018年度《鱼凫文艺》优秀作品奖（温江区文学艺术界联合会）。

《晚霞》杂志"往事追忆"2018年第23期、"行脚成都"刊出散文《闹市中的老商场——商业场》。

《天府影视》2018年优秀作品揭晓，何定镛作品《大凉山的彝族风情》荣获优秀作品奖。

何定镛荣幸列入《温江人物》（1949—2013年）"文学艺术界"（中共温江区委党史研究室、成都市温江区地方志编纂委员会办公室编）。

2019年1月，"天府影视"电视散文解说词刊出《神秘的女儿国》。

3月27日，"天府影视"电视散文解说词刊出《休闲天堂》。

4月20日，被授予四川省科普作家协会成立40周年"杰出贡献奖章"（四川省科普作家协会）。

为纪念"世界读书日"，应邀参加温江区新闻中心、温江区作家协会"阅读温江"朗读会，作录像、发言，分享书香，温江区朗读协会的张萌朗读何定镛作品《乐游温江"农家乐"》。

4月26日，《天府影视》"电视解说词"刊出《大理"风花雪月"》。

5月8日，《大洋文艺》"经典散文"刊出《乐游温江"农家乐"》。

6月20日，《大洋文艺》"旅游天地"刊出《缅甸边境一日游》。

7月23日，《天津日报》数字平台刊出朱晓剑撰《温江公园品茶记》。

"行脚成都"刊出《沙河堡大观堰成都农校和周克芹》。

8月30日，《天府影视》经典散文刊出《边贸重镇"瑞丽"》。

9月26日，温江电视台（国庆前）播出《祝福祖国此话 听新温江人何定镛怎么说》。

9月28日，《大洋文艺》寻天遥看刊出《触摸欧洲》。

10月18日，温江区老科协举行"与共和国共成长"活动，邀何定镛主讲《我和共和共成长》。

10月21日，《大洋文艺》海外见闻刊出《别样情怀——缅怀母亲陈兴猷》。

10月22日，温江电台"悦读温江70声"播出《忆温江文化人郑华钰》（献礼中华人民共和国成立70周年）。

10月25日、28日，《天府影视》调查报告刊出《成都"农家乐"奏响新农村建设序曲》。世界华人科普通讯"SHKP"刊出。

11月21日，《天府影视》"大好河山"刊出《茶马古道的余香》。

《温江文史》2019年总29期、市政协《风雨同舟》文史资料2019年刊出《温江政协首任主席车逢宏》《成都"农家乐"奏响新农村建设序曲——记温江政协原副主席、中国农家乐创始人甄先尧》。

《温江老科协报》2019年第1期刊出《关于提高温江区市民科学文化素质的建议》。

《丝路》杂志2019年总13期刊出《神秘的亚平宁半岛——行走丝绸之路之意大利（上）》。

11月，《成都文化人散记——我与成都文化名人的零距离接触》由北京团结出版社出版。成都市作家协会小说专委会、温江区委宣传部和温江区文学艺术界联合会联合召开首发式，四川省科普作家协会宣读了贺信，著名文艺评论家、作家何开四、傅恒、林文询、曾智中、凸凹（魏平）、卢一萍、刘小波、袁远、郭发财做了高度评介，大会圆满落幕。会后，中央广播电视总台国际在线、中国网、中国日报网、中国作家网、中新网四川新闻、人民网四川频道、《经济日报》《中国县域经济报》、腾讯网、凤凰网、《潇湘晨报》、搜狐网、中国青年网、四川文学网、贵州作家网、四川电视台、四川新闻网、四川在线、《四川作家报》、四川作家网、四川科普作家通讯、度看四川、川报观察、金台资讯（精选人民网）、《华西都市报》"宽窄巷"、《成都日报》"锦观"新闻、封面新闻"凸凹评述"、《晚霞报》、成都市作家协会、成都文学馆、温江区文学艺术界联合会、温江电视台、温江新闻网30多家媒体做了报道，《大洋文艺》《天府名片》开始转载。会前，世界华人科普通讯、《成都商报》"读书"版、成都市作家协会"行脚成都"公众号做了报道书评，温江文艺做评述，总计38家媒体做了宣传报道。并向四川省图书馆、成都市图书馆、温江区图书馆、锦江区图书馆、金牛区图书馆、橙园图书馆和在温江的四川财经大学、四川农业大学、成都中医药大学、四川交通职业技术学院、成都师范学院和母校成都农业科技职业学院图书馆赠送了图书。

成都市作家协会、成都文学馆撰文《为蜀地文化勾勒出一幅人文地图》，魏平（凸凹）、卢一萍、袁远、郭发财高度评介。

《华西都市报》"头条新闻"刊出凸凹评论《光阴的报料——读何定镛〈成都文化人散记——我与成都文化名人的零距离接触〉》。

2020年，文学作品《成都文化人散记——我与成都文化名人的零距离接触》荣获成都市温江区第七届王光祈文艺奖（温江区人民政府）。

1月25日，"行脚成都"读书会，朱晓剑发表述评《成都文化大家原来是这样的》。

2月21日，《西部散文选刊》刊出《清韵温江，花语廉心》。

3月，"行脚成都"刊出朱晓剑述评《他是资深媒体人，这一回他说成都文化人》。

4月3日，布克购书中心精心布置上架，中心展位，隆重推出著名作家何定镛作品《成都文化人散记——我与成都文化名人的零距离接触》，并在天猫、京东网售。

4月8日，"温江文联"刊出《他写书，让我们看到成都文化人的底色》。

4月12日，《成都商报》"读书版"刊出朱晓剑书评《成都文化人散记——我与成都文化名人的零距离接触》。

4月20日，世界华人科普通讯"SHKP"刊载朱晓剑书评《他是资深媒体人，这一回他说成都文化人》《成都文化大家原来是这样的》，刊出何定镛作品《成都文化人散记——我与成都文化名人的零距离接触》的后记。

《大洋文艺》"蜀中文化名人榜"刊出《现代田园城市探索者——中国农家乐创始人甄先尧》。

《别样情怀——缅怀母亲陈兴猷》入选《大洋文艺》2019年优秀作品。

《温江文史》2020年总第30期刊出《温江政协第五届、第六届主席孙家猓》。

《温江文史》2020年总第31期刊出《天府骄子——记"少年中国"创始人之一王光祈》之一、之二、之三、之四系列文章。

6月18日，承蒙四川省地方志馆原馆长叶红女士及四川省地方志工作办公室厚爱，收藏何定镛作品：科普图书《智慧者的光芒——中外著名科学家的传奇故事》、长篇小说《影子的诱惑》、旅游散文全彩色《行走欧洲》、文集《初撩雾纱》、报告文学《二十世纪末影响中国美容业30人》、非虚构传记文学《成都文化人散记——我与成都文化名人的零距离接触》、长篇传记《巴蜀武林英豪》，7种10本图书，并发给收藏证书。

叶红女士吉言："何老师大作，藏之金匮石室，传之后世，泽被桑梓！可敬可贺！"

7月29日，"界面四川"界面官方城市号刊出《用知识传递爱——记科普作家何定镛》。

10月29日，母校成都农业科技职业学院60周年校庆、揭牌"耕读者俱乐部"，教师代表选读《成都文化人散记——我与成都文化名人的零距离接触》，应邀讲话"回忆农院往事"，赠《成都文化人散记——我与成都文化名人的零距离接触》等图书60册。与著名作家周克芹同时列入校史陈列室荣誉校友榜。

10月，《周太玄咏叹〈过印度洋〉》入选《四川历史文化名人百人画传》（四川省政协文化文史和学习委员会编，吴显奎主编，四川辞书出版社出版）。

11月13日，悦读温江，走进柳城，分享作品《成都文化人散记——我与成都文化名人的零距离接触》，《成都日报》"锦观新闻"报道。

《鹤林春雨》入选《笔底波澜——四川省记者散文随笔选》（四川省记者文学艺术研究会编，四川人民出版社出版）。

2021年1月11日，《温江老科协报》刊出《深切缅怀文化大家沙河老师》。

《四川群文》2021年第1期总第131期刊出纪实散文《缅怀成都文化大家流沙河先生》，第4期总第134期刊载《天府骄子——记"少年中国"创始人之一王光祈》。

《天府锦水》"天府人物"刊出《天府骄子——记"少年中国"创始人之一王光祈》。

《成都市科普作家协会成果汇编之二》刊载《"少年中国"的"成都元素"》《中国科普学主要奠基人周孟璞》《中国重文学流派科幻代表作家童恩正》3篇科普论文。

3月8日，成都市温江区妇女联合会刊出幸福温江"她"力量，幸福温江花开正好，三八节最美家庭风采展"何定镛家庭"，"诚实做人，终生读书，无私奉献"。

3月12日，"行脚成都"刊出《听何定镛讲成都抗战往事》讲话稿，讲座于3月11日在成都市锦江区百家堂姓氏文化博物馆举行。

3月中旬，在大邑大坪村参加《花间集》"桃李春风一杯酒"诗咏活动，主讲"养生"。

3月27日，在塔子山公园参加旅德作家严丁创作的《老成都新唱词》研讨交流活动，为其命名，审稿、改稿。

《鱼凫文艺》2021年1期刊出《深切怀念文化大家沙河老师》。

5月8日，参加四川省科普作家协会会员代表大会暨第七届四次理事（扩大）会和2021四川省科普科幻创作理论研讨会，当选监事长，发书面科普论文《中国科普科幻中的"成都元素"》。

"封面新闻"刊出《新媒体时代的科普科幻都爱写什么》。

6月4日，成都市科普作家协会简报2021年8期刊出《辛勤耕耘的资深科普作家何定镛》。

6月12日，《西部散文选刊》刊出《成都抗日战争时期民族英雄和往事》。

6月25日，《温江记忆，百年献礼——庆祝建党100周年文学征文作品选登》第9期刊出《天府骄子——记"少年中国"创始人之一王光祈》。

7月1日，《西部散文学会》刊出《成都抗日战争时期民族英雄和往事》。

"锦水鸣声"作品，录制出《中华百家堂开讲座，听何定镛老师讲"成都抗日战争时期民族英雄和往事"》。

8月11日，"封面新闻"刊出《重游上海滩》。

8月12日，金温江时政要闻《"对话书记"开讲啦！》，温江首届"雪峰远映，碧水初心——对话书记"活动在陈家大院举行，新任温江书记王乾与10位历史文化专家、艺术家、文创企业家对话，何定镛荣幸应邀对话，作题为《悦读温江，传承文化》发言，并献6条建言。

8月13日，《读城》"地方聚焦"刊出《"雪山远映，碧水初心——温江未来，以文立城》，介绍世界华人科普作家协会常务理事何定镛发言：提升全民科学文化素养，让文化事业后继有人。

8月26日，《大洋文艺》"大好河山"刊出旅游散文《行脚杭州》。

《亚旅卫视》"亚洲文旅网"刊出《怀念文化大家流沙河》。

9月1日，《亚旅卫视》"亚洲文旅网"刊出《王光祈：中国近现代音乐学的开拓者和奠基人》。

9月2日，《华西都市报》"宽窄巷"刊出《再访上海滩》。

《大洋文艺》"大好河山"刊出《古刹灵隐寺》。

9月11日，"行脚成都"刊出《难以忘却的暑假生活》。

9月12日，《天府锦水》"天府散文"刊出《彩云之南——新"南行记"》。

9月14日，"温江文联"刊出《再访上海滩》。

《亚旅卫视》"亚洲文旅网"刊出《彩云之南——新"南行记"》。

9月16日，"行脚成都"刊出《班主任老师》。

9月18日，2021温江区"幸福小品""幸福故事"评选活动欢乐开赛，应邀做主评委。

9月19日，著名诗人马春以诗评介《拜读何定镛先生大作〈成都文化人散记——我与成都文化名人的零距离接触〉》。

9月24日至26日，2021中国·成都王光祈学术研讨会在温江费尔顿大酒店举行，荣幸应邀参会。

9月26日，《大洋文艺》"大好河山"刊出《信步苏州》。

9月27日，《晚霞》杂志2021年第19期刊出纪实文学《王光祈：为"少年中国"奏响黄钟之律》。

9月，《"少年中国"的"成都元素"》《中国科普学主要奠基人周孟璞》《中国重文学派科幻代表童恩正教授》入选《科普文汇》成都市科普创作成果汇编之二。

10月9日，《温江老科协报》刊出《悦读温江，传承文化》。

《四川群文》2021年第1期刊出《缅怀成都文化大家流沙河先生》。

10月11日，"行脚成都"刊出《秋色芙蓉》。

10月15日，"行脚成都"刊出《"活化石"银杏》。

10月20日，《大洋文艺》刊出《烟花三月下扬州》。

10月25日，"行脚成都"刊出《亦兮买菜记》。

11月10日，"行脚成都"刊出《萝卜上了街》。

11月，《温江文史》2021年总第31辑刊出《天府骄子——记"少年中国"创始人之一王光祈》。

12月12日，"行脚成都"刊出《猕猴桃情结》。

12月17日，"行脚成都"刊出《秋末晚菘大白菜》。

《再访上海滩》入选《鱼凫文脉：温江作品选2021》。

《四川群文》2021年第4期头条刊出《天府骄子——记"少年中国"创始人之一王光祈》。

12月27日，"行脚成都"刊出《蜡梅幽香》。

2022年1月30日，收到温江区委社治委常务副主任官明辉转交的中共温江区委书记王乾的新年贺信。

3月22日，应邀参加在大邑安仁乡村举行的《花间集》田园诗歌咏诵会，作为"戏如人生"专家评委，作《诗歌画乐，滋养心田》主题发言，浅议"田园诗意生活"和"艺术康养，乡村振兴"。

3月23日，在温江新港大酒楼参加温江区作家协会举办的驻温知名作家聚会，与农家乐之父甄先尧，四川省作家协会副主席蒋蓝、达真，成都市作家协会副主席庞惊涛、彭志强，温江区文学艺术界联合会主席宿静、副主席周萍，温江区作家协会主席李永康、副主席许永强、秘书长顾平共述文学创作，相谈甚欢。

3月，被聘为温江区政协成都市温江区委员会第十五届文史委员会研究员（2022—2026年）（政协温江区委员会）。

4月20日，"行脚成都"刊出《"情困"西双版纳》。

4月23日，朱晓剑在"行脚成都"刊出《我所知道的全国"书香之家"》，评介何定镛。

4月28日，应特别邀请参加"书暖和盛·益起悦读"——2022年和盛镇青藤书斋阅读分享活动，作《阅读是人类获取未知的重要途径》分享。

4月30日，"温江作家"公众号2022年第2期刊出"散文欣赏"《王光祈：为"少年中国"奏响黄钟之律》。

6月11日，《温江作家》"鱼凫论坛"刊出何忠汉《简述70年来温江文学的几个特征》，其中评介何定镛。

6月，被聘为温江区柳城街道关心下一代工作委员会"五老"宣讲团宣讲员。

7月9日，《天府锦水》"天府散文"刊出散文《走进鸡冠山》。

8月，《鱼凫文艺》"温江表达"刊出散文《"情困"西双版纳》。

10月11日，《晚霞报》"晚春苑"刊出散文《18年，埋头磨剑再"演义三国"》。

10月30日，《天府锦水》"天府散文"刊出《武当神韵》。

《四川科普作家》第155期刊出报道"四川省科普作家协会荣誉理事专访"《何定镛不凡经历，造就精彩人生》，颜菁菁、孙泽钰录制，何定镛视频讲话。

《四川政协文史》第2期"文史春秋"刊出《天府骄子——记"少年中国"创始人之一王光祈》，第4期"文史春秋"刊出《成都抗日战争时期民族英雄和往事》。

《温江文史》总第32辑刊出《走进鱼凫金温江生态水域》《王光祈与家人及恋人故事》。

《鱼凫文脉：温江文学作品选2022》刊出《走进鸡冠山》。

2023年1月，散文《王光祈：为"少年中国"奏响黄钟之律》入选《文人笔下的温江——与李白同游鱼凫》（成都市温江区文学艺术界联合会、成都市温江区文化体育和旅游局编，四川人民出版社出版）。

4月3日，作为2023鱼凫文艺沙龙第2期嘉宾，受邀在江安河畔"依田桃源"参加"锦江春色来天地""花间集"活动（中共区委宣传部主办），主讲《诗歌和蜀学渊源》。

4月6日，应邀参加温江区关工委"五老"座谈会，建言"关心青少年健康成长"。"四川先锋网"报道。

6月9日，中共温江区委宣传部副部长、温江区文学艺术界联合会主席杨青锋率员拜访"一览斋"书屋，看望何定镛，受到热情接待，相谈甚欢。何定镛表示，将一如既往地对温江宣传工作鼎力支持。杨主席介绍温江区文学艺术界联合会8个方面工作，并有所托付。何定镛签章赠书《巴蜀武林英豪》《智慧者的光芒》《成都文化人散记——我与成都文化名人的零距离接触》，并提及已搁笔的新作《岁月融融——何定镛作品选》准备出版。

6月11日，杨青锋主席告知，何定镛新作《岁月融融——何定镛作品选》将由中共温江区委宣传部、温江区文学艺术界联合会编汇出版。

后 记

　　人生只有三天，昨天、今天、明天。

　　人生如四季，春、夏、秋、冬。笔者年届八十，进入了人生的冬季。

　　在这八十个春、夏、秋、冬漫长的人生苦旅中，演绎着人生追求的执着与拼搏，生命阅历中的无数尴尬和阵阵伤痛，成就了磨砺个人成长的基石。

　　八十个年华，演绎了多少人生角色——报童、学生、农林工、守门员、生产队队长、政治队队长、理论辅导员、讲师团成员、科研人员、宣传干事、记者、副总编调研员、作家。在社会最基层的生活中实践，读万卷书，行天下路，一步步走来，可谓酸、辣、苦、甜皆品尝，喜、怒、哀、乐均感受，最后解甲归田，成为一个退休老人，靠水而居，回归自然，在上风上水的锦城西杨柳河畔定居，享受夕阳的平和。

　　感恩父母造就了我，感恩祖国培养了我，感恩社会成就了我。

　　生命有长短，命运有升沉，所幸我的八十个春秋，能化成匍匐在华夏大地上的一支挥毫疾书的笔，也算是我坎坷人生的莫大幸事。

　　从1983年开始执笔发表作品至今，已四十年了。为纪念执笔四十年，年届八十，将四十年发表的作品挑选成集，聊以自慰，与人分享，告慰读者。

　　已出版的长篇小说《影子的诱惑》，长篇传记《巴蜀武林英豪》，科普图书《科学育儿手册》《智慧者的光芒》，散文游记《行走欧洲》，长篇传记《成都文化人散记——我与成都文化名人的零距离接触》，以及参加编写的《新世纪青少年百科全书》《新世纪青年百科全书》《新世纪老年百科全书》"生活卷"和大量新闻稿件、科普作品等，未选择，不包括在其中。

　　《岁月融融——何定镛作品选》分设"卷首语""散文随笔"24篇、"小说篇章"4篇、"科学文艺"10篇、"诗歌咏叹"4篇、"纪实文学"5篇、"评论文章"8篇、"评价报道"11篇、"何定镛年谱"和"后记"，宣传、记录成都的人和事，总计30多万字。

作为一个坚持终生读书，坚持唯物主义、历史辩证法的读书人，感受生活，有感而发，撰写文章40年来，有数百万字作品问世，获世界、国家、部、省、市、区奖72次，著作等身，也算没有虚度人生，知足了。

谢谢夫人江登霓与我相伴到老，一起读书生活，支持我的创作，并一起成为"成都市最美家庭""成都市十大藏书家庭""四川省书香文明'最美家庭'""首届全国'书香之家'"，先生这厢有礼了。

谢谢著名文艺评论家何开四先生作序，30年前，我第一本文集《初撩雾纱》也是何开四先生作的序。

谢谢著名科普、科幻作家吴显奎先生作序。

谢谢中共成都市温江区委宣传部部长李梅和温江区文学艺术界联合会主席杨青锋的大力支持帮助，编汇出版。

谢谢著名小说家李永康先生为该书作最后校注。

谢谢著名作家、编辑家庞惊涛先生对该书出版的精心策划和大力帮助。

谢谢所有相遇的人，感恩相知、帮助和批评过我的所有人，真诚地谢谢你们！

有读者读这本书，喜欢这本书，就知足了。

2023年初夏搁笔于锦城西杨柳河畔叠翠楼"一览斋"书屋